Melissa Foster

Tru Blue
– Im Herzen stark

Die Whiskeys: Dark Knights in Peaceful Harbor

DIE AUTORIN

Melissa Foster ist eine preisgekrönte *New-York-Times-* und *USA-Today*-Bestsellerautorin. Ihre Bücher werden vom *USA-Today-Bücherblog*, vom *Hagerstown Magazin*, von *The Patriot* und vielen anderen Printmedien empfohlen. Melissa hat mehrere Wandgemälde für das *Hospital for Sick Children*, eine Kinderklinik in Washington, D. C., gemalt.

Besuchen Sie Melissa auf ihrer Website oder chatten Sie mit ihr in den sozialen Netzwerken. Sie diskutiert gern mit Lesezirkeln und Bücherclubs über ihre Romane und freut sich über Einladungen. Melissas Bücher sind bei den meisten Online-Buchhändlern als Taschenbuch und E-Book erhältlich.

www.MelissaFoster.com

MELISSA FOSTER

Tru Blue

– Im Herzen stark

Die Whiskeys: Dark Knights in Peaceful Harbor

LOVE IN BLOOM – HERZEN IM AUFBRUCH

Aus dem Amerikanischen von Janet König

Die Originalausgabe erschien erstmals 2016 unter dem Titel
»Tru Blue« bei World Literary Press, MD, USA.

Deutsche Erstveröffentlichung
2020 bei World Literary Press, MD, USA
© 2016 der Originalausgabe: Melissa Foster
© 2020 der deutschsprachigen Ausgabe: Melissa Foster
Lektorat: Judith Zimmer, Hamburg
Umschlaggestaltung: Elizabeth Mackey Designs
ISBN: 978-1948868525
V1.6.14.20

Vorwort

Truman und Gemma begleiten mich in Gedanken schon sehr lange, und ich freue mich wirklich sehr, Ihnen ihre Geschichte zu erzählen. *Tru Blue – Im Herzen stark* ist ein Roman, der für sich gelesen werden kann, aber wenn Sie meine Bücher über die Bradens kennen, werden Sie vielleicht einige Figuren in Peaceful Harbor wiederentdecken. Einen kleinen Ausblick auf *Liebe gegen den Strom*, die Geschichte, in der die Whiskeys erstmals auftauchten, finden Sie am Ende dieses Buches.

Damit Sie keine Neuerscheinung verpassen, abonnieren Sie meinen Newsletter:
www.MelissaFoster.com/Newsletter_German

Falls dies Ihr erstes Buch aus meiner weitverzweigten Reihe »Love in Bloom – Herzen im Aufbruch« ist, dann erwartet Sie eine ganze Sammlung von loyalen, leidenschaftlichen und unverschämt unartigen Helden und frechen, klugen Heldinnen. All meine Liebesromane können für sich oder als Teil der Reihe gelesen werden. Eine vollständige Liste aller Serientitel sowie eine Vorschau auf kommende Veröffentlichungen finden Sie am Ende dieses Buches und noch mehr Informationen gibt es hier:
www.MelissaFoster.com/Herzen-im-Aufbruch

Auf www.MelissaFoster.com/Reader-Goodies finden Sie Familienstammbäume, Serien-Checklisten und vieles mehr zum Download (in englischer Sprache).

Melissa Foster

Eins

Truman Gritt schloss die Werkstatt »Whiskey Automotive« ab und trat in den stürmischen Septemberabend hinaus. Strömender Regen erschwerte ihm die Sicht und durchnässte in wenigen Sekunden Jeans und T-Shirt. Ein zaghaftes Lächeln schlich sich in sein Gesicht, als er das Kinn hob und diese Dusche der *Freiheit* einfach nur genoss. Er ging um das dunkle Gebäude herum und stieg die Holztreppe zur Veranda seiner Wohnung hinauf. Er hätte auch die Tür im Inneren benutzen können, aber nachdem er sechs lange Jahre hinter Gittern verbracht hatte, genoss Truman die kleinen Freuden, die ihm versagt gewesen waren – wie zum Beispiel seinen eigenen Zeitplan festzulegen, selbst zu bestimmen, wann er aß oder trank, und auch im verdammten Regen zu stehen, wenn ihm danach war. Er lehnte sich an das raue Holzgeländer und beachtete die Splitter gar nicht, die in seine tätowierten Unterarme stachen. Durch den Regen hindurch ließ er den Blick über die Autos auf dem Schrottplatz gleiten, die sie als Ersatzteillager benutzten und die er außerdem manchmal nutzte, um Frust abzubauen. Er stellte einen Fuß auf die Metallkiste, in der er seine Malutensilien aufbewahrte. Viel besaß Truman nicht – seinen alten Pick-up mit dem verlängerten Führerhaus, den sein Freund Bear Whiskey für ihn aufbewahrt hatte, während er im Gefängnis gewesen war, diese Wohnung und einen festen Job, was er beides der Whiskey-Familie zu verdanken hatte. Der einzigen Familie, die er noch hatte.

Gefühle, mit denen er sich nicht auseinandersetzen wollte, rumorten in ihm und schnürten ihm den Brustkorb ein. Er drehte sich um und wollte in die Wohnung gehen, in der Hoffnung, den Gedanken an seine eigene verkorkste Familie zu entkommen, die er – vergeblich – hatte retten wollen. Sein Handy meldete sich mit dem Klingelton seines Bruders, dem Lied »A Beautiful Lie« von Thirty Seconds to Mars.

»Mist«, murmelte er und überlegte, ob er die Mailbox drangehen lassen sollte, aber sechs Monate Funkstille von seinem Bruder war lang. Der Regen prasselte auf seinen Rücken, als er sich mit der Handfläche an der Tür abstützte. Das Klingeln verebbte und er schnaufte tief durch. Er hatte gar nicht bemerkt, dass er den Atem angehalten hatte. Doch dann klingelte das Telefon wieder und er erstarrte.

Gerade erst hatte er sich aus der Hölle befreit, in die er geworfen worden war, weil er damals versucht hatte, seinen Bruder zu retten. Er konnte es nicht gebrauchen, in irgendeinen Mist hineingezogen zu werden, in den dieser drogensüchtige Idiot sich wieder hineinmanövriert hatte. Die Mailbox sprang an, und Truman betrachtete die Metallkiste, in der er seine Malutensilien aufbewahrte. Außer Atem, wie nach einer Schlägerei, wünschte er sich, dass er sich den Frust einfach von der Seele malen könnte. Als das Handy zum dritten Mal in ebenso vielen Minuten klingelte, zum dritten Mal, seit er vor sechs Monaten aus dem Gefängnis entlassen worden war, nahm er das Gespräch zögernd an.

»Quincy.« Wie der Name eines Feindes klang es aus seinem Mund und er fand es abscheulich. Quincy war gerade mal ein Teenager gewesen, als Truman hinter Gitter kam. Schwere Atemgeräusche drangen durch den Hörer. Die Haare auf Trumans Unterarmen und in seinem Nacken richteten sich auf. Er wusste genau, wie sich Angst anhörte, konnte sie praktisch schmecken, als er die Kiefer aufeinanderpresste.

»Ich brauche dich«, flehte sein Bruder mit gequälter Stimme.

Du brauchst mich? Truman hatte seinen Bruder ausfindig gemacht, nachdem er aus dem Gefängnis entlassen worden war, und als er ihn endlich angetroffen hatte, war Quincy so dermaßen auf Crack, dass er fast besinnungslos war. Doch das *Verpiss dich* war laut und deutlich zu vernehmen gewesen. Was Quincy *brauchte*, war ein Entzug, aber Truman erkannte an dem Tonfall, dass sein Bruder nicht deswegen anrief.

Noch bevor er etwas antworten konnte, brachte sein Bruder nur krächzend hervor: »Es ist wegen Mom. Es geht ihr wirklich schlecht.«

Scheiße. Er hatte keine Mutter mehr, seit sie sich vor sechs Jahren von ihm abgewendet hatte, und er hatte nicht vor, das endlich gewonnene Gleichgewicht für die Frau wegzuwerfen, die ihn ins Gefängnis gebracht und sich nie mehr umgeschaut hatte.

Er fuhr sich mit der Hand über das regennasse Gesicht. »Bring sie ins Krankenhaus.«

»Keine Bullen. Keine Krankenhäuser. *Bitte*, Mann!«

Ein schmerzvolles, schrilles Jammern drang durch das Telefon.

»Was hast du gemacht?«, knurrte Truman, während Erinnerungen an eine andere dunkle Nacht, die Jahre zurücklag, ihn übermannten und sich wie ein heftiger Schlag in seine Magengrube bohrten. Er ging auf der Veranda hin und her, gleichzeitig grummelte Donner über ihm wie eine Warnung. »Wo bist du?«

Quincy ratterte eine Adresse in einer zwielichtigen Gegend etwa eine halbe Stunde außerhalb von Peaceful Harbor herunter und dann war die Leitung tot.

Trumans Daumen schwebte über dem Handydisplay. Drei kleine Ziffern … 9-1-1 … Der Notruf würde ihn von jeglicher Katastrophe befreien, in die Quincy und ihre Mutter geraten waren. Bilder von seiner Mutter, die Lügen verbreitete und ihn damit hinter Gitter brachte, und von Quincy, einem verängstigten Dreizehnjährigen, der trotz seiner fast eins achtzig kindlich und zerbrechlich wirkte, stürmten auf ihn ein.

Wähl die Nummer.

Wähl die verdammte Nummer.

Er erinnerte sich an Quincys große blaue Augen, die stumme Entschuldigung schrien, als Trumans Strafmaß verkündet wurde. Dieser flehende Blick, egal wie beschissen das alles war, ließ ihn jetzt durch den Regen zu seinem Pick-up marschieren und über die Brücke aus Peaceful Harbor und seinem sicheren, stabilen Leben hinausfahren.

Der stechende Geruch von Urin und Abfall lag über der dunklen Gasse – Abfall nicht nur im Sinne von Fäkalien, sondern Abfall auch im Sinne von Dealern, Zuhältern und anderen Widerlingen. Schlamm und Graffiti zogen sich über rissigen und geschundenen Beton. Irgendwo wurde herumgebrüllt. Mit einem Tunnelblick huschte Truman im starken Regen zwischen den hohen Gebäuden hindurch. In der Ferne bellte ein Hund, gefolgt von dem untrüglichen Aufjaulen eines verletzten Tieres. Truman zog die breiten Schultern hoch und ballte die Hände zu Fäusten, als Erinnerungen auf ihn einprasselten. Doch sein Atem beschleunigte sich, als er das unaufhörliche gequälte Jammern vernahm, das von der anderen Seite der Betonwände zu ihm drang. Er machte sich auf einen Kampf gefasst. Es klang, als würde jemand – oder etwas – in diesem Gebäude Qualen erleiden, und trotz seines Abscheus über die Frau, die ihn zur Welt gebracht hatte, wünschte er weder ihr noch sonst jemandem solche Qualen – ebenso wenig wie er jemandem wünschte, Zielscheibe des Zorns zu werden, den er gerade empfand.

Die rostige grüne Metalltür rief Erinnerungen an das Geräusch der sich schließenden Gefängnistüren wach und ließ ihn innehalten. Er nahm ein paar tiefe Atemzüge und stieß sie schnell und heftig wieder aus. Das Jammern wurde lauter, und er zwang sich, die Tür aufzustoßen. Ein widerlicher, penetranter Gestank von Müll und Drogen erfüllte den verrauchten Raum und wetteiferte mit den entsetzlichen Schreien. Mit bis zum Halse hämmerndem Herzen erfasste Truman die Situation innerhalb von wenigen Sekunden. Kaum wiederzuerkennen war die fast zahnlose, spindeldürre Frau, die leblos auf dem Betonboden lag und ausdruckslos an die Decke sah. Wütende Einstiche bedeckten die dürren Arme wie Schlangenbisse. In der Ecke saß ein kleines Kind in schmuddeligen Klamotten auf einer dreckigen, zerrissenen Matratze und heulte. Die Haare des Mädchens waren zerzaust und verklebt, die Haut schmutzig. Die Wangen glühten rot und die Augen waren vom Weinen verquollen. Neben ihr lag ein Baby auf dem Rücken, die zerbrechlichen Ärmchen zur Decke ausgestreckt, und brüllte sich zitternd und bebend die Seele aus dem Leib. Sein Blick fiel auf Quincy, der neben der Frau auf dem Boden kauerte. Tränen rannen ihm über die unrasierten, eingefallenen Wangen. Sein Blick wirkte gequält und verängstigt, die großen, leuchtend blauen Augen, an die Truman sich erinnerte, waren nun abgestumpft und blutunterlaufen, glasig von einem seelenraubenden Rausch. Die tätowierten Arme offenbarten die Dämonen, die hereingebrochen waren, nachdem Truman für das Verbrechen eingesperrt worden war, das sein Bruder begangen hatte. Sie hatten sich auf den einen Menschen gestürzt, den er hatte beschützen wollen. Vom Gefängnis aus hatte er niemanden beschützen können.

»Sie ist …« Quincys Stimme war kaum zu hören. »Tot«, stieß er hervor.

Trumans Herz krachte immer wieder gegen seinen Brustkorb. Seine Gedanken sprangen zurück zu einer anderen stürmischen Nacht, in der er das Haus seiner Mutter betreten und seinen Bruder mit einem blutigen Messer in der Hand vorgefunden hatte – ebenso wie einen toten Mann, der ausgestreckt über dem halbnackten Körper ihrer Mutter gelegen hatte. Er schluckte die Galle hinunter, die ihm hochkam, während Schmerz und Wut in ihm um die Vorherrschaft rangen. Er hockte sich hin und tastete nach ihrem Puls, zuerst am Handgelenk, dann am Hals. Ihm drehte sich der Magen um. Seine Gedanken rasten in alle Richtungen, als er an seinem Bruder vorbei zu den Kindern auf der Matratze schaute.

»Deine Kinder?«, brachte er mühsam hervor.

Quincy schüttelte den Kopf. »Moms.«

Truman stolperte zurück, fühlte sich wie aufgeschlitzt, gehäutet und blutend zurückgelassen. Seine Geschwister? Die hier so hausten?

»Was geht hier ab, Quincy?« Er ging durch den Raum und nahm das Baby hoch, das mit zitterndem Körper noch immer schrie. Mit zusammengeschnürter Kehle hockte er sich neben das kleine Mädchen und streckte auch nach ihr die Hand aus. Sie schlang schlotternd die Arme um seinen Hals und hielt sich mit all ihrer winzigen Kraft an ihm fest. Beide waren federleicht. Seit Quincys Geburt hatte Truman kein Baby mehr auf dem Arm gehalten, da war er neun Jahre alt gewesen.

»Seit sechs Monaten bin ich draußen«, zischte er. »Da bist du nicht mal auf die Idee gekommen, mir zu sagen, dass Mom noch mehr Kinder hat? Dass sie deren Leben auch versaut? Ich hätte helfen können.«

Quincy gab spottend zurück: »Du hast gesagt …« – er hustete und fiepte dabei, als ginge es bald zu Ende – »ich soll mich verpissen.«

Truman starrte seinen Bruder wütend an und hatte das sichere Gefühl, dass seine Lunge in Flammen stand. »Ich hab dich aus einem verdammten Crackhaus rausgeholt, sobald ich aus dem Gefängnis kam, und hab versucht, dir Hilfe zu verschaffen. Ich habe mein Leben zerstört in dem Versuch, dich zu retten, du Idiot. *Du* hast *mir* gesagt, dass ich mich verpissen soll, und bist dann abgetaucht. Du hast nie erwähnt, dass ich eine Schwester und –« Er sah das Baby an und hatte keine Ahnung, ob es ein Junge oder ein Mädchen war. Ein dünner rötlicher Flaum bedeckte den winzigen Kopf.

»Bruder. Kennedy und Lincoln. Kennedy ist … keine Ahnung, zwei oder drei Jahre alt vielleicht? Und Lincoln ist … Lincoln ist der Junge.«

Ihre bescheuerte Mutter mit ihren Präsidentennamen. Irgendwann einmal hatte sie zu ihm gesagt, es wäre wichtig, einen unvergesslichen Namen zu haben, weil sie leicht zu vergessende Leben führen würden. So viel zu selbsterfüllenden Prophezeiungen.

Mit zusammengebissenen Zähnen und regennassen Klamotten, die nun dank der übervollen Windeln auch noch uringetränkt waren, stand Truman auf und versuchte nicht einmal, seine Abneigung zu verbergen. »Das hier sind *Babys*, du Arschloch. Du konntest dich nicht mal zusammenreißen, um dich um sie zu kümmern?«

Quincy drehte sich missmutig wieder ihrer Mutter zu und Trumans Abscheu angesichts dieses armseligen Lebens wurde noch größer. Die Schreie des Babys verebbten allmählich, als das kleine Mädchen es streichelte. Kennedy blickte Truman mit großen, feuchten braunen Augen an, und in diesem Moment wusste er, was er zu tun hatte.

»Wo sind ihre Sachen?« Truman sah sich in dem dreckigen Raum um. Unter einer schäbigen Decke lugten ein paar Windeln hervor, die er aufsammelte.

»Sie wurden auf der Straße geboren. Es gibt nicht einmal Geburtsurkunden.«

»Willst du mich verarschen?« *Wie verdammt noch mal haben sie überhaupt überlebt?* Truman schnappte sich die zerfledderte, nach Verwesung stinkende Decke, legte sie um die Babys und ging Richtung Tür.

Quincy faltete seinen dürren Körper auseinander, als er aufstand und dann mit seinem eins neunzig großen Bruder auf Augenhöhe war. »Du kannst mich nicht mit *ihr* hier allein lassen.«

»Du hast deine Entscheidung vor langer Zeit getroffen, kleiner Bruder«, gab Truman mit vernichtendem Tonfall von sich. »Ich habe dich angefleht, clean zu werden.« Sein Blick wanderte zu der Frau auf dem Boden, unfähig, sie als seine Mutter zu sehen. »Sie hat mir mein Leben versaut und deines eindeutig auch. Aber ich werde sie, verdammt noch mal, auf keinen Fall das Leben dieser beiden hier versauen lassen. Der Albtraum der Gritts ist hier und jetzt zu Ende.«

Er zog die Decke über die Köpfe der Kinder, um sie vor dem Regen zu schützen, und machte die Tür auf. Kalte, nasse Luft empfing ihn.

»Was soll ich denn jetzt machen?«, flehte Quincy ihn an.

Truman ließ den Blick ein letztes Mal durch den Raum wandern und Schuld und Wut überkamen ihn gleichermaßen. In gewisser Weise hatte er immer gewusst, dass es dazu kommen würde, auch wenn er gehofft hatte, sich zu irren. »Deine Mutter liegt tot auf dem Boden. Du hast deine Schwester und deinen Bruder im Dreck leben lassen. Und du fragst dich, was du machen sollst? Werde clean!«

Quincy wandte sich ab.

»Und lass sie einäschern.« Er schob die Kinder so auf seinen Armen zurecht, dass er sein Portemonnaie herausholen und ein Bündel Scheine auf den Boden werfen konnte. Dann ging er einen Schritt zur Tür hinaus. Zögernd drehte er sich noch einmal um und war sogleich wütend auf sich, weil er nicht stark genug war, um einfach davonzugehen und sich nie mehr umzuschauen. »Wenn du so weit bist, dass du clean werden willst, dann weißt du, wo du mich findest. Bis dahin will ich dich nicht in der Nähe der Kinder sehen.«

Zwei

Peaceful Harbor stand eigentlich für Trumans Neuanfang. Die Brücke, die nach Peaceful Harbor hineinführte, stellte die Grenze zwischen seinem alten und seinem neuen Leben dar. Aber als er heute Abend über die Brücke nach Hause fuhr, klammerte sich seine Vergangenheit in Gestalt eines Babys an ihn, das an seiner Schulter lag und tief schlief, und eines Kleinkindes, das neben ihm angeschnallt saß und sich gegen seinen Arm lehnte. Nur dass diese Kinder nicht Teil seiner Vergangenheit waren – aber sie würden verdammt noch mal Teil seiner Zukunft sein. Wut hatte sich in ihm eingenistet, finster und tief, Wut auf seine Mutter und auf seinen Bruder. Auf *sich selbst*, weil er nichts davon geahnt hatte, dass es Kennedy und Lincoln überhaupt gab – was angesichts der Umstände wirklich unsinnig war. Er wollte nicht einmal darüber nachdenken, was sie durchgemacht hatten oder ob seine Mutter während der Schwangerschaft ihren Drogenkonsum unterbrochen hatte, so wie es ihr bei Quincy gelungen war. Bis eine Woche nach seiner Geburt hatte sie durchgehalten, dann war sie wieder in die Unterwelt abgetaucht.

Mit dem Baby an seiner Schulter griff er nach den Windeln, löste Kennedys Sicherheitsgurt und nahm sie auf den Arm.

»Komm, Prinzessin.«

Mit einem leisen Seufzer kuschelte sie sich an seinen Hals und rührte damit an Gefühle in seinem Innersten, von denen er dachte, er hätte sie vor langer Zeit verloren. Er legte die grauenhafte Decke über die Kinder, um sie vor dem Regen zu schützen, der jetzt nur noch nieselnd auf sie niederfiel, und trug sie in seine spärlich möblierte Wohnung hinauf. Er hatte keine Ahnung, was er nun tun sollte. Sie aufzuwecken und wieder ein Schreikonzert in Gang zu setzen, wollte er unbedingt vermeiden, aber ihre Windeln drohten zu zerplatzen und sie hatten ein Bad dringend nötig.

Er trug sie in sein Schlafzimmer und legte Kennedy auf sein Bett. Sie schlug ihre kleinen Augen auf und die dunklen Wimpern zuckten auf und ab. Ihr Gesicht verzog sich, die Unterlippe zitterte und die Mundwinkel gingen nach unten. Sie fing an zu wimmern und so nahm er sie wieder hoch.

»Sch, sch, sch … Schon gut. Ich bin ja da.« Er setzte sich auf die Bettkante und hielt je ein Kind an eine Schulter gedrückt. Kennedy wimmerte weiter, und jeder dieser traurigen Laute zupfte an Saiten seines Herzens, von denen er dachte, er hätte sie gar nicht. Sein Blick fiel auf sein Spiegelbild, und zum ersten Mal überhaupt versuchte er, sich selbst durch die Augen eines anderen zu sehen. Tattoos bedeckten Hände und Arme, schlängelten sich unter seinem Kragen hervor und weiter den Hals hinauf. Seit mindestens einer Woche hatte er sich nicht mehr rasiert, vielleicht auch länger, und seine dunklen, regennassen Haare klebten am Kopf.

Er sah sich selbst als harten Menschen an, wirkte auf manche vielleicht sogar kalt, doch das hatte ihn nie gestört. Aber zu wissen, dass er der kleinen Schwester, von deren Existenz er bis zum heutigen Abend noch nicht einmal gewusst hatte, wahrscheinlich Angst machte, das tat ihm auf neue, unbekannte Art weh.

Er legte das Baby auf das Bett und schob sich die Haare aus dem Gesicht in der Hoffnung, Kennedy würde sehen, dass er kein schlechter Mensch war. Sie hob den Kopf von seiner Schulter und in ihrem Blick lag ein so großer Kummer, wie ihn ein Kind in ihrem Alter nicht kennen sollte. Er zwang sich zu einem Lächeln, um ihr etwas von der Furcht zu nehmen, doch er wusste verdammt gut, dass das, was sie an diesem Abend miterlebt hatte, wahrscheinlich nur die Spitze des Eisberges von all dem fürchterlichen Mist war, den sie in ihrem kurzen Leben schon durchgemacht hatte.

»Ich bin dein Bruder«, erklärte er ihr sanft und schluckte dabei den Kloß in seinem Hals herunter, als er an den Bruder dachte, den sie gerade zurückgelassen hatten. »Ich heiße Truman und von jetzt an kümmere ich mich um euch.«

Wieder zitterte ihre Unterlippe und Tränen traten in ihre Augen. Er hatte keine Ahnung, ob die Tränen diesem schrecklichen Abend galten, ihrem Leben im Allgemeinen oder ihm, aber er nahm an, dass es wohl eine Mischung aus allem war. Er zog sie wieder an seine Brust.

»Sch. Ich weiß, das alles hier ist neu, aber ich verspreche dir, dass jetzt alles besser wird.« Er hoffte verdammt noch mal, dass er die Wahrheit sagte. »Aber zuerst müssen wir dich einmal sauber kriegen, okay?«

Da er Lincoln nicht unbeaufsichtigt lassen wollte, trug er das schlafende Baby, eine saubere Decke und Kennedy ins Badezimmer. Er breitete die Decke auf dem Boden aus, legte Lincoln darauf und ließ die Badewanne volllaufen. Seine Gedanken wandelten auf düsteren Pfaden. Gott allein wusste, was ihre Mutter seiner kleinen Schwester alles hatte zustoßen lassen. Er befreite Kennedys Körper von den dreckigen Klamotten und betete innerlich, dass keine Narben und blauen Flecken zutage treten würden, obwohl er wusste, dass die eigentlichen Narben dieses süßen kleinen Mädchens für das bloße Auge nie erkennbar sein würden. Er nahm die schwere, verschmutzte Windel ab und zuckte innerlich zusammen, als er die brennende Röte auf ihrer zarten Haut entdeckte. Ihm wurde übel angesichts der Tatsache, dass sich Lincoln wahrscheinlich in einem ähnlichen Zustand befand.

»Okay, Prinzessin, Zeit für ein Bad.« Er hob sie hoch, um sie in die Wanne zu setzen, doch sie grub die Fingernägel in seinen Arm und strampelte heftig mit den Beinen.

»Nein! Nich baben!«, schrie sie und zog die Knie an, um das Wasser nicht zu berühren.

»Okay«, sagte er schnell und nahm sie wieder hoch, während Lincoln sich nun etwas regte. Wut stieg wieder in ihm auf. Was zum Teufel war ihr bereits zugestoßen? Er beruhigte sie, drückte ihren zitternden Körper an sich und ignorierte dabei Urin und andere Ausscheidungen, die nun seinen Arm und das T-Shirt bedeckten.

»Nich baben!«, schrie sie. »Nich baben! Aua!«

Lincoln fing an zu weinen.

»Sch, alles ist gut.« Nichts war gut, aber er konnte sie nicht in ihrem eigenen Dreck schlafen lassen.

Er nahm Lincoln hoch, der mittlerweile im vollen Schreimodus war, hielt ihn im anderen Arm und verschmierte dabei die Ausscheidungen seiner Schwester über die ohnehin schon verdreckten Klamotten des Babys.

»Baby Hunga«, sagte sie und klopfte Lincoln auf den Rücken.

Klar hatte er das. Viel Ahnung hatte Truman nicht von

Babys, aber jeder wusste, dass sie alle paar Stunden gefüttert werden wollten. Er musste Nahrung und Kleidung kaufen, aber zuerst musste er sie von ihrem Dreck befreien. Er bot das Einzige an, was in seiner Macht stand, um Kennedy zu beruhigen.

»Ich gehe mit in die Badewanne und halte dich die ganze Zeit über fest, okay? Dann muss ich etwas zu essen für deinen Bruder besorgen. Was isst er?«

Sie drückte sich von seiner Schulter ab und blickte ihn an, als spräche er eine Fremdsprache. Meine Güte, wie lange war es wohl her, dass sie etwas gegessen hatten? Bei näherer Betrachtung konnte er Schmutz unter ihren Fingernägeln sehen. Ihr Haar war nicht nur verknotet und verfilzt, es war fettverschmiert, und er konnte ihre Rippen erkennen. Er hatte keine Wahl, er musste es auf die harte Tour machen, und er war sich sicher, dass ihr Ausschlag höllisch wehtun würde, sobald die Haut das Wasser berührte. Es war besser, diese Prozedur schnell hinter sich zu bringen, als herumzutrödeln und die Qualen in die Länge zu ziehen.

»Okay, Prinzessin, wir gehen das jetzt gemeinsam an.« Er setzte sie auf seinem Bein ab, legte Lincoln hin und nahm dem Baby rasch die Windel ab. Ein schlimmerer Ausschlag als der von Kennedy kam zum Vorschein. Vorsichtig zog er dem Baby das Hemd aus und rastete fast aus beim Anblick eines großen verdammten blauen Flecks am Oberarm des Kindes. Er presste die Zähne aufeinander, um nicht denjenigen zu verfluchen, der dem Baby das angetan hatte. Ihm war speiübel und er drückte Lincoln fest an seine Brust. Während er gegen Tränen der Wut und des Mitgefühls ankämpfte, flüsterte er: »Nie wieder, mein Kleiner. Das verspreche ich dir. Nie wieder.«

Truman streifte sein eigenes verschmutztes T-Shirt ab und

stellte Kennedy auf ihre Füße, um sich dann bis auf die Unterhose auszuziehen. »Wir müssen euch beide sauber kriegen. Dann fahren wir los und besorgen dir und deinem Bruder etwas zu essen und warme Kleidung.«

»Nicht baben!« Sie klammerte sich an seine Beine.

Tru schloss die Augen eine knappe Sekunde lang, um seine Gefühle unter Kontrolle zu bringen. Noch immer wartete er auf irgendeine Reaktion darauf, dass er seine Mutter tot aufgefunden hatte, aber sie war für ihn schon sehr lange tot gewesen. Doch dadurch machte ihm dieser höllische Abend nicht weniger zu schaffen. Dieses schreiende Baby und das dickköpfige Mädchen hätten ihn vor Wut kochen lassen müssen, aber es war nicht ihre Schuld, dass sie eine unfähige und lieblose Mutter gehabt hatten.

Er nahm Lincoln hoch und stieg in die Badewanne. Lincoln strampelte mit den Beinen und schrie, während Truman ihn wusch. In der Zwischenzeit hielt Kennedy sich an dem Rand der Badewanne fest und beobachtete sie.

»Baby mag nich baben.«

»Ihm geht's gut«, versicherte er ihr und hielt das Baby weiter im Arm, während er sich Seife nahm. »Dir geht es gut, stimmt's, kleiner Bruder?« Er küsste das Baby auf den Kopf. »Fühlt sich das nicht gut an, wieder sauber zu werden?« Lincolns Weinen wurde leiser und Kennedy legte den Kopf auf die Seite und zog die kleinen Augenbrauen fest zusammen.

»Ich glaube, jetzt mag er das Baden, Prinzessin«, sagte Truman.

»Ich mag baben.« Sie legte die Arme über den Badewannenrand und versuchte, ein Bein hineinzuheben.

»Hoppla.« Mit einer Hand hob er sie auf den Schoß und wünschte sich, er hätte einen dritten Arm.

Kurze Zeit später legte er ihnen neue Windeln an, zog beiden eines von seinen sauberen, weichen T-Shirts über, schnappte sich ein paar Cracker, die Kennedy im Auto essen konnte, und fuhr zu Walmart.

Gemma Wright warf eine dritte Eiscremepackung in ihren Korb und nahm sich ein Glas Karamellsoße aus dem Regal neben der Kühltruhe. Sie hielt noch einmal inne, beäugte das Karamelltopping und die bunten Streusel und beschloss, alles drei zu kaufen. Es war schon nach Mitternacht und dann zählten Kalorien nicht mehr. Das war ihre Nachteulen-Regel und an der hielt sie fest. Insbesondere nachdem ihr irgendein Mistkerl ins Auto gefahren war und sich aus dem Staub gemacht hatte. Heute Nacht verdiente sie den größten Eisbecher, den die Menschheit je gesehen hatte.

Sie ging in den Gang mit den Kindersachen, um sich das neue Tutu-Kleid anzusehen, von dem ihre Freundin und Mitarbeiterin Crystal ihr erzählt hatte. Als Eigentümerin der Boutique»Princess for a Day« war sie immer auf der Suche nach süßen Outfits. An einem Ständer entdeckte sie pastellfarbene Anzüge mit fröhlichen, bauschigen Tutus.

Danke, Crystal!

Als sie einen rosafarbenen Anzug mit einem weißen Tutu vom Ständer nahm, verspürte sie diesen vertrauten sehnsuchtsvollen Schmerz in sich. Manche Mädchen träumten von weißen Hochzeiten, teuren Kleidern und Rittern in glänzenden Rüstungen – oder von Milliardären in Armani-Anzügen und verschwenderischen Flitterwochen. Gemma brauchte keine schicke Hochzeit und eigentlich auch keinen galanten Ehemann. Sie kam ganz gut allein zurecht. Sie hatte ihre Träume. Nur unterschieden sie sich ein wenig von denen der meisten jungen Frauen. Ihr ganzes Leben lang hatte sie am Spielfeldrand gestanden und zunächst zugehört, wie sich die Mädchen über ihre Regelschmerzen beschwerten, und dann später zugesehen, wie die Bäuche der Frauen mit neuem Leben größer wurden. Aber Gemma war ohne Gebärmutter auf die Welt gekommen, und wie gern hätte sie diese grauenhaften Krämpfe erlebt, um selbst zu entscheiden, ob sie wirklich so schlimm waren, wie ihre Freundinnen behauptet hatten, und um sie als Entschuldigung für den Sportunterricht zu benutzen. Gemmas Träume hatten nichts mit verschwenderischen Hochzeiten zu tun, sondern nur damit, in verschwenderischer Liebe zu leben. Sie träumte von kleinen Babys mit kastanienbraunen Haaren und einem liebevollen, zuverlässigen Mann als Vater für diese Kleinen. Einem Mann, der wusste, wie man liebte, keinem, der sie mit Geld und Geschenken erstickte, um seine Abwesenheit zu kompensieren. Einem Mann, der seine Familie nicht aus falschen Gründen im Stich ließ.

Ein weinendes Baby versetzte ihr einen weiteren sehnsüchtigen Stich. Sie schaute in die Richtung, aus der das lauter werdende Jammern kam, und trug ihren Korb bis an das Ende des Ganges, wo sie um die Ecke schaute. Ihr Herzschlag setzte fast aus, als sie einen unmöglich großen Mann mit dichtem, dunklem Haar und einem wilden Dreitagebart sah, der das weinende Kind auf dem Arm hielt, während er in einer Zeitschrift blätterte. Seine heftig tätowierten, muskelbepackten Arme verschlangen das Kind nahezu, als hätte er Angst, das Baby könnte ihm entgleiten, wenn er nicht jeden Zentimeter davon festhielte. In dem Einkaufswagen saß ein kleines

Mädchen mit dem Rücken zu Gemma. Es war umgeben von allem an Kindernahrung und Babymilch, was es so gab. Alarmglocken schrillten in Gemmas Kopf. Warum waren diese kleinen Kinder so spät nachts noch unterwegs? Und warum las er in einer Zeitschrift, während das Baby weinte? Gemma war von Natur aus wissbegierig, und sie war es gewohnt, dass ihre Gedanken in die verrücktesten Richtungen liefen. Mögliche Geschichten zu dem Mann entstanden in ihrem Kopf: Seine Frau hatte ihn verlassen, er war plötzlich alleinerziehender Vater und total aufgeschmissen. Oder vielleicht hatte er die Kinder entführt … Ihre Fantasie ging mit ihr durch. Als sie klein gewesen war, hatte sie mit Hilfe ihrer Fantasie auch schon immer Geschichten erfunden, um ihr schrecklich einsames Leben besser durchstehen zu können, und als Erwachsene schrieb sie nun den Newsletter für ihr Geschäft, in dem auch erfundene Geschichten für die Kinder und interessante regionale Informationen für die Eltern standen. Sie zog sich wieder in ihren Gang zurück, drückte ihren Korb fest an sich und überlegte, wie sie die Traurigkeit dieses jammernden Babys lindern konnte, ohne zu neugierig zu wirken.

Das Baby stieß einen markerschütternden Schrei aus, und sie schob ihre abenteuerliche, verrückte, Geschichten erfindende Fantasie beiseite und lugte wieder um die Ecke, um den Mann etwas genauer in Augenschein zu nehmen. Die Zeitschrift, in der er gerade blätterte, fiel zu Boden, und er drückte dem Baby einen Kuss auf den Kopf und murmelte etwas, das sie nicht hören konnte. Seine große Hand bedeckte den gesamten Rücken des Babys wie einen Football. Er hatte tiefliegende Augen, die im Moment konzentriert auf das unglückliche Baby gerichtet waren. Sein dunkles T-Shirt lag eng um seine muskulösen Arme, sodass sie sich fragte, wie er wohl seinen

Lebensunterhalt verdiente. Gab es hier in der Gegend Holzfäller? Die starken Schenkel wurden ebenso eng von einer Jeans umspannt, die tief bis über die schwarzen Stiefel reichte. Er war auf diese krasse, harte Art sexy, die Crystal so gefiel. Er strich dem kleinen Mädchen so sanft über die Wange, dass Gemma es an ihrer eigenen spürte. Dann drückte er dem Mädchen einen Kuss auf den Kopf, nahm ihre winzige Hand in seine und brachte so die Alarmglocken in Gemmas Kopf vollends zum Schweigen.

»Ihm geht's gut, Prinzessin. Er hat nur Hunger. Er bekommt etwas, sobald wir noch ein paar Sachen besorgt und die Babymilch bezahlt haben.« Er sprach leise mit dem kleinen Mädchen und in seiner Stimme schwang große Fürsorglichkeit mit.

Prinzessin.

Sein Blick wanderte vom Baby zu dem kleinen Mädchen, dann wieder zurück zu dem süßen kleinen Kerl auf seinem Arm. »Mach dir keine Sorgen, Kumpel. Wir nehmen von jeder Sorte eine.«

Sie beobachtete, wie er von jeder Windelgröße eine Packung um das Mädchen herum in den Wagen legte und dann die, die oben nicht mehr hineinpassten, unter den Wagen packte. Eine Gebärmutter hatte sie zwar nicht, aber sie hatte Eierstöcke, und die waren gerade förmlich explodiert angesichts der Liebe, die diese leicht beängstigende Inkarnation von Finsternis und Licht vor ihr ausströmte.

Drei

Truman spürte das unverkennbare Gefühl eines fremden Blickes auf sich, noch bevor er aufsah und die langbeinige Schönheit entdeckte, die ihn beobachtete. Haarsträhnen in Braun, Gold und nahezu jedem Farbton dazwischen fielen in lockeren Wellen um ein Gesicht mit ebenmäßiger elfenbeinfarbener Haut und vollen blutroten Lippen – Lippen, die in seiner Fantasie binnen Sekunden alle möglichen erotischen Dinge taten. Er sah sie in Pinselstrichen, stellte sich vor, ihr zartes Kinn zu malen, ihren langen, schlanken Hals, die schmalen Schultern, die zierliche Taille und die sündhaft sexy Kurven ihrer Hüfte. Sein Körper stand in Flammen. Lincolns Quengeln holte Truman zurück in die Realität und besiegte den kleinen Gierigen unterhalb der Gürtellinie. Truman stellte sich zwischen die Fremde und Kennedy.

Der Blick ihrer grünen Augen huschte über seinen Einkaufswagen. »Ich nehme an, Ihr Baby isst ziemlich viel?«

Ihre Stimme glich einer flüssigen Hitze, die über seine Haut rann, weich und warm wie die Sommersonne. Doch die Neugier, die in ihrer Bemerkung mitschwang, veranlasste ihn, die Schultern zu straffen. Er konnte es nicht gebrauchen, von irgendjemandem aufgehalten zu werden.

»Er ist sehr hungrig«, erwiderte er schroff. Er legte eine Hand auf den Wagen und hielt Lincoln an seiner Schulter, um ihn zu beruhigen.

»Dann *geben* Sie ihm was.« Ihr Blick ließ seinen nicht los, wie eine Katze, der das gesamte Revier gehörte – durchdringend und herausfordernd zugleich.

Er sah sie mit einem eisernen Blick an, der, wie er wusste, deutlich war und so viel sagte wie: *Ach, was Sie nicht sagen!*

»Klar.« Er wollte an ihr vorbeigehen, doch sie hielt den Einkaufswagen an der Seite fest. Sofort legte er den Arm um Kennedy. Der Blick der Frau fiel auf das kleine Mädchen, das sie skeptisch betrachtete.

»Spielen wir Verkleiden mit Daddys Klamotten?« Ihre Finger umklammerten den Wagen, während sie mit der anderen Hand nach einer Packung trinkfertiger Babymilch griff. Sie schraubte den Sauger auf die Flasche, schüttelte das Ganze und hielt es ihm hin.

Er schaute zunächst auf die Flasche, dann zu ihr. »Ich habe noch nicht bezahlt.« Jetzt noch zur Rechenschaft gezogen zu werden, weil er etwas nahm, was er noch nicht bezahlt hatte, war wirklich das Letzte, was er gebrauchen konnte. Sein Plan hatte so ausgesehen, dass er kurz in den Laden ging und dann sofort wieder nach Hause fuhr, und nicht, dass er von einer aufdringlichen kleinen Besserwisserin aufgehalten wurde, egal wie heiß sie auch sein mochte. Zwischen den Schreien wurde Lincoln nun von Schluckauf geplagt und sie drückte Truman die Flasche in die Hand.

»Die werden Sie schon nicht gleich verhaften, weil Sie einem hungrigen Baby die Flasche geben.«

»Baby hungig«, stimmte Kennedy zu.

Truman verspürte ein Stechen in der Brust. Zögernd nahm

er die Flasche und hielt sie dem Baby an den Mund. Lincoln saugte, dann weinte er, saugte und weinte wieder.

»Sie sollten die Wiegehaltung ausprobieren.« Sie stellte ihren Korb ab und machte so eine Bewegung, als würde sie ein Baby im Arm wiegen. Er schob Lincoln auf seinem Arm zurecht. Die Frau trat näher an ihn heran. Sie musste die Skepsis in seinem Gesichtsausdruck bemerkt haben, denn sie blieb ein Stück vor ihm stehen und streckte die Arme aus. Ihre Hände waren weich und warm, als sie Trumans Ellenbogen nach unten drückte und Lincolns Kopf höher als seine Füße legte.

»So«, sagte sie liebevoll und mit einem Lächeln für Lincoln. »Das müsste besser gehen.«

Und tatsächlich, Lincoln trank die Milch. Kennedy strahlte die Frau an, die Truman beäugte, als versuchte sie, schlau aus ihm zu werden. Das war das Stichwort für seinen Abgang.

»Danke«, sagte er und trat einen Schritt auf den Einkaufswagen zu.

»Wissen Sie, wie Sie das Bäuerchen mit ihm machen?« Sie schaute noch einmal kurz in den Einkaufswagen. »Denn es sieht so aus, als sei das hier Daddys erster Tag.«

»Das sind meine Geschwister«, meinte er tonlos. »Und ja, ich weiß, wie das mit dem Bäuerchen geht. Glaube ich.«

»Haben Sie Spucktücher?«

Er zog eine Augenbraue hoch.

Sie verdrehte die Augen und lächelte Kennedy an. »Zeit für die Weiterbildung deines Bruders.« Sie machte sich daran, die Babymilch und Windeln in dem Einkaufswagen unter die Lupe zu nehmen. »Zu groß, zu klein. Wow, der große Bruder scheut keine Ausgaben, um euch Racker gut zu wickeln. Das gefällt mir bei einem Mann.« Sie lächelte zu ihm auf, legte die falschen

Windelgrößen wieder zurück ins Regal und warf andere in den Einkaufswagen. Sie streckte sich, um an ein hohes Regal zu kommen, sodass der Saum ihrer teuren Bluse gerade so hoch rutschte, dass ein kleines bisschen von ihrem gebräunten, straffen Bauch sichtbar wurde.

Vielleicht war sie aufdringlich, aber die Wirkung, die ihr kurvenreicher Körper auf ihn hatte, war unverkennbar. *Na klasse, zeig mir noch ein wenig mehr Haut und dann hab ich mit einem Baby und einem Steifen zu kämpfen.* Er musste seine ganze Willenskraft aufbringen, um wegzuschauen.

»Die Größen richten sich nach dem Gewicht«, erklärte sie. »Aber die liegen immer etwas daneben. Ich würde es für ihn also mit Baby Dry und Premium Protection versuchen. Und benutzt du schon die Pants?«, fragte sie Kennedy, die sie nur anblinzelte.

»Windeln«, antwortete Truman, obwohl er keine Ahnung hatte, was *Pants* sein sollten.

»Das kommt schon noch«, sagte sie und strich Kennedy über den Kopf. Dann lud sie mehrere Windelpakete in den Wagen. »So, und was die Babymilch betrifft, da gibt es alle möglichen. Wie alt ist er?«

»Keine Ahnung. Ein paar Monate.« Woher zum Teufel wusste sie, dass er ein Junge war?

Die Hände in die Hüfte gestemmt, sah sie ihn skeptisch an. »Ich dachte, das wären Ihre Geschwister?«

»Sind sie auch«, brummte er, ermahnte sich aber sofort, dass sie nur versuchte, behilflich zu sein, und dass sie schön anzusehen war. Außerdem war Lincoln gerade so glücklich wie die gesamte Zeit noch nicht, seit er ihn aus dieser Hölle gerettet hatte. Auch wenn er es – generell – verabscheute, um Hilfe zu bitten, konnte er in dieser chaotischen Nacht sicher etwas Beistand gebrauchen.

»Tut mir leid«, gab er freundlicher von sich. »Ich bin nicht ganz sicher, wie alt sie sind.« *Weil ich bis zum heutigen Abend überhaupt keine Ahnung von ihrer Existenz hatte.*

Sie beugte sich über den Wagen und lächelte Kennedy wieder an. »Wie alt bist du, Süße? Zwei? Drei?«

Kennedy wich zurück und schaute zu Truman.

»Oh, du bist eine kleine Schüchterne«, sagte die Frau. »Also, ich heiße Gemma Wright, und ich war auch ein kleines schüchternes Mädchen. Komm, wir besorgen dir alles, was du brauchst.« Sie legte ihre Hände auf den Griff vom Einkaufswagen neben seine und sah ihn wieder mit diesen fesselnden smaragdgrünen Augen an. »Es ist wohl offensichtlich, dass Sie nicht den Wagen schieben und gleichzeitig Ihren kleinen Bruder füttern können. Was brauchen wir sonst noch?«

»Wir?«

Sie seufzte, als wäre sie von ihm genervt, und hob die Zeitschrift auf, die er vorhin fallen gelassen hatte. »*Eltern und Erziehung.* Gute Wahl.« Sie bemerkte die weißen Fingerknöchel seiner Hand, die den Griff des Wagens fest umklammerte. »Haben Sie Angst, dass ich sie Ihnen klaue? Im Ernst, entspannen Sie sich einfach mal, damit Ihre Kleinen zügig von hier wegkommen und etwas Schlaf kriegen.«

Sie betrachtete die Zeitschrift und beugte sich dann etwas vor, woraufhin all seine Sinne mit dem zarten Duft von Vanille und *Frau* erfüllt wurden. Viel Beachtung hatte er Vanille nie geschenkt, aber er wusste, er würde den Geruch nie wieder auf die gleiche Weise wahrnehmen.

Sie sprach leiser: »Sie versuchen ja ganz offensichtlich, ein guter großer Bruder zu sein. Ich kann meiner Wege gehen und Sie hier im Walmart weiter umherirren lassen, oder Sie können sich entspannen und das Angebot einer Nachteule annehmen, der es Spaß bringt, furchterregend aussehenden Männern zu helfen.«

»Warum sollten Sie jemandem helfen wollen, der furchterregend aussieht?«, fragte er missmutig.

Sie ließ ihren Blick mit mehr als nur einem Anflug von Interesse über seinen Körper gleiten und fuhr sich mit der Zunge über die Lippen, als ihr Blick wieder nach oben wanderte. Sie erwischte ihn dabei, wie er sie ebenfalls beobachtete, und verdrehte die Augen. Er hatte sie offensichtlich falsch eingeschätzt. Was wusste er denn schon von Frauen wie ihr? Sie trug eine Hose und eine Bluse, die wahrscheinlich mehr kosteten als seine monatliche Miete.

»Sie sind nicht *so* furchterregend. Außerdem erkenne ich an der Art, wie Sie die Kinder behandeln, dass Sie ein Softie sind.« Sie fuhr mit den Fingern über Lincolns Kopf. Dann nahm sie eine Packung mit einem ihm unbekannten Inhalt aus dem Regal und riss sie auf. Anschließend legte sie Truman ein weißes Tuch über die Schulter. »Legen Sie ihn auf Ihre Schulter, damit er aufstoßen kann und kein Bauchweh bekommt.«

Truman betrachtete Lincoln, der fast eingeschlafen war und dem die Flasche an der Unterlippe hing. Er stellte die Flasche in den Wagen neben Kennedy, die Mühe hatte, die Augen offen zu halten, und hob Lincoln an seine Schulter, wo er ihm sanft auf den Rücken klopfte, bis der Kleine genüsslich aufstieß. Dieses aufdringliche Mädel wusste, wovon sie sprach.

»Wie heißen Sie?«, fragte sie.

»Truman.«

»Truman … gefällt mir«, sagte sie, als bräuchte er ihre Zustimmung. »Und die Kinder?«

Er sah die Kinder an und hatte das Gefühl, sein Revier verteidigen zu müssen.

»Sie haben doch bestimmt einen Namen«, drängte sie.

»Kennedy«, gab er nach und strich dann mit der Wange über die des Babys, »und Lincoln.«

Schmunzelnd sah sie ihn an. »Hat Ihre Mutter eine Schwäche für Präsidenten?«

Noch bevor ihm eine angemessene Antwort einfiel, schnappte sie sich den Einkaufswagen und sagte: »Also gut, legen wir los. Was brauchen wir?«

Es gab Schlimmeres, als sich von einer heißen Maus mit Sinn für Humor helfen zu lassen. Er nahm ihren Korb und sagte: »Kleidung, Essen, Autositze und ein Bett.«

»Ein Bett?«

»Für ihn.« Er deutete mit einem Nicken auf das Baby. »Ein Gitterbett. Und Autositze? Sie haben keine Autositze? Wie haben Sie sie bloß hierherbekommen?« Als er nicht antwortete, sagte sie: »Meine Güte, was hat sich Ihre Mutter bloß dabei gedacht? Sie hätte Ihnen ein paar Lektionen in Kinderbetreuung geben sollen.«

Das ist schwierig, wenn man bedenkt, dass sie tot ist.

Gemma schob den voll beladenen Einkaufswagen über den dunklen Parkplatz, während Truman beide schlafenden Kinder trug. Einen zweiten Wagen mit dem Gitterbett und dem Laufstall, von dessen Anschaffung Gemma Truman überzeugt hatte, zusammen mit einigen anderen notwendigen Dingen, ließen sie vor dem Geschäft stehen, damit er ihn holen konnte, sobald er die Kinder im Auto angeschnallt hatte. Sie fragte sich, warum die Kinder seine T-Shirts trugen und warum nicht zumindest Kennedy Schuhe anhatte, aber immer wenn sie nachhakte – was sie in der vergangenen Stunde ziemlich oft getan hatte –, wechselte er das Thema. Er verhielt sich derart beschützend und liebevoll ihnen gegenüber, dass sie es trotz ihrer Neugier dabei beließ.

»Da sind wir.« Er blieb bei einem alten blauen Pick-up stehen, der eine Vorder- und eine Rückbank hatte. »Woher wissen Sie so viel über Kinder?«

Sie zuckte mit den Schultern. »Ich habe eine Prinzessinnen-Boutique. Sie sollten mal mit Kennedy zur Spielstunde kommen. Das könnte ihr helfen, sich ein wenig zu öffnen.« Sie hielt seinem direkten, ernsten Blick stand. Seine Augen waren tiefblau und fesselnd, aber sein Blick war auch ruhelos und argwöhnisch und glitt immer wieder verstohlen über den Parkplatz.

»Prinzessinnen-Boutique? Ich mache mir gar nicht erst die Mühe zu raten, was das sein könnte.« Er schloss die Tür auf und legte Kennedy auf die Sitzbank. Sie regte sich ein wenig, er beugte sich hinein, flüsterte etwas und hauchte ihr einen Kuss auf die Wange.

Alles an seinem Umgang mit den Kindern war rührend und zärtlich. Während des Einkaufs war er überhaupt nicht genervt gewesen, als Kennedy quengelig wurde. Er hatte sie einfach auf den Arm genommen und sie beruhigt. Sie hatte Eltern gesehen, die weniger geduldig mit ihren eigenen Kindern gewesen waren, und dies waren nur seine Geschwister. Sie fragte sich, warum sie bei ihm waren und für wie lange wohl, wenn er all die Sachen kaufen musste. Sie war froh, dass sie ihm helfen konnte, denn sonst hätte er Schuhe, Babyseife und andere Dinge vergessen, an die große Brüder nicht dachten.

»Soll ich Lincoln halten, während Sie die Autositze

festmachen?« Sie streckte die Hände nach dem Baby aus, doch er sträubte sich. »Truman, glauben Sie ernsthaft, dass ich Ihnen helfen würde, diesen ganzen Kram zu kaufen und dann Ihrem kleinen Bruder irgendwie wehtun würde? Ich bin zutiefst beleidigt.«

Ein schmerzvoller Ausdruck huschte über sein Gesicht. Er nahm Lincoln von seiner Schulter und küsste ihn auf die Wange. Liebe erfüllte den Raum zwischen ihm und dem Baby und Gemma betrachtete diese wunderschöne Szene still. Der Moment dauerte nur wenige Sekunden an, aber in diesen Sekunden wusste sie, dass das Herz dieses großen stattlichen Mannes seine zwei kostbaren Geschwister beschützend umschloss.

»Tut mir leid.« Seine Mundwinkel zogen sich zu einem kleinen Lächeln nach oben, das erste Lächeln, das nicht den beiden Kindern galt. Es war nur eine winzige Veränderung seines Ausdrucks, aber es nahm ihm all seine rauen Kanten, und als er sie mit diesen gefühlvollen blauen Augen ansah, schlug ihr Magen Purzelbäume.

»Ich bin Ihnen für all Ihre Hilfe dankbar. Ich bin es nur einfach nicht gewohnt …« Sein Kiefer spannte sich an. »Ich möchte einfach nur vorsichtig sein, wenn es um die beiden geht.« *Vorsichtig* beschrieb nicht einmal ansatzweise, wie er mit ihnen umging. *Aufmerksam, beschützend* und *liebevoll* kratzte vielleicht an der Oberfläche. Als er ihr von dem Windelausschlag erzählt hatte, waren der Schmerz in seiner Stimme und sein Gesichtsausdruck überdeutlich gewesen.

»Ich werde besonders gut aufpassen«, versicherte sie ihm.

Als er ihr das Baby in den Arm legte, tauchte unvermittelt wieder die vertraute Sehnsucht auf. Doch als sie Lincolns süßen Babyduft einatmete, wurde dieser Schmerz gelindert. Trumans

Hände lagen auf ihren Unterarmen, als sie das Baby nahm, und Gemma betrachtete seine Tattoos. Warum waren sie alle blau? Und was bedeuteten sie? Sie hatte sich nie für Männer mit Tattoos oder für harte Typen interessiert. Truman war eine geheimnisvolle Mischung aus vielen Dingen, und deshalb wirkte er etwas gefährlich, aber er hatte auch etwas aufrichtig Zärtliches an sich, das Gemmas Herz schneller schlagen ließ.

Er beeilte sich, die Tüten in den Pick-up zu laden und die Autositze auszupacken, wobei seine Muskeln sich sichtbar anspannten und wölbten. Da Kennedy auf der Beifahrerseite schlief, trug er die Babyschale zur Fahrerseite und platzierte sie in die Mitte der vorderen Sitzbank.

»Sie sollten die wirklich auf die Rückbank stellen. Da ist er sicherer aufgehoben.«

»Hinten? Und wenn er sich verschluckt oder so?« Er sprach leiser, während er zu Kennedy schaute, die noch immer fest auf der Beifahrerseite schlief. »Da kann ich ihn nicht sehen. Ich hätte ihn lieber vorne.«

»Dann müssen Sie den Airbag ausschalten. Babyschalen dürfen nur entgegen der Fahrtrichtung angebracht werden. Die Basis wird mit dem Sicherheitsgurt befestigt und die Schale wird dann darauf gesetzt.« Sein verwirrter Gesichtsausdruck zeigte ihr, dass er keine Ahnung hatte, wovon sie sprach. »Hier, nehmen Sie Lincoln, und ich zeige es Ihnen.«

Er nahm ihr das Baby ab und sah zu, wie sie in den Pick-up stieg und ihm Anweisungen gab, wie er die Airbags bei laufendem Motor ausschalten musste und wie sich die Babyschale installieren ließ. Sie kniete sich darauf und zog den Gurt fest. »Sie müssen sicherstellen, dass sie ganz fest ist.«

Sie setzte sich auf den Fahrersitz, und er lehnte sich über sie, um Lincoln behutsam in die Schale zu legen. Sein Arm streifte ihre Brüste und jagte ihr eine Hitzewelle durch den Körper, aber er war so auf das Baby konzentriert, dass er es wohl nicht bemerkte.

Er drehte sich zu ihr und lächelte, wobei ihre Gesichter einander so nah waren, dass sie seinen Atem spürte. Sie nahm seine schönen Gesichtszüge in sich auf, sah hinter sein wildes Äußeres. Seine Wangenknochen waren kantig und kräftig. Die Lippen dunkler als die meisten und auf eine Art geschwungen, dass sie sie am liebsten geküsst hätte. Er sah sie mit einem Ausdruck der Sorge – *für das Baby* – an. Wie es sich gehörte.

»Können Sie mir zeigen, wie ich ihn anschnalle?«

»Äh, ja, klar.« *Lass mich nur gerade noch diese verrückten Hormone bändigen.* Sie zeigte ihm, wie er die Gurte legen und das Baby anschnallen musste, drehte sich dann um, um aus dem Pick-up zu steigen, und er stand *direkt vor ihr.*

Die kräftigen Arme ausgestreckt und die Hände auf das Dach des Wagens gelegt, versperrte er ihr den Weg, während er sie mit diesen durchdringenden blauen Augen ansah. Ihr Puls raste.

»Sie wissen eine Menge über Babys.«

Sie atmete etwas heftiger. »Ich bin eine Frau. Wir wissen einiges.«

Sein Blick hielt ihren eine gefühlte Ewigkeit, dann räusperte er sich und wandte sich ab, um sie mit rasendem Herzschlag stehen zu lassen. Sie beobachtete, wie er um den Pick-up herumging, Kennedy auf den Arm nahm und sie gegen seine Schulter legte, während er den anderen Kindersitz nahm und ihn in das Auto stellte.

Da ihr klarwurde, dass er wahrscheinlich auch nicht wusste, wie er den befestigen sollte, eilte sie ihm hinterher. »Warten Sie, ich mache das.«

Sie stieg auf das Trittbrett, damit sie über den Autositz langen und den Gurt befestigen konnte, während sie seine sehr große, sehr heiße Hand in ihrem Kreuz fühlte. Sie biss sich auf die Unterlippe und war sowohl erregt durch seine Berührung als auch nervös bei dem Gedanken, dass er wirklich gefährlich sein konnte. *Gefährlich liebevoll zu diesen kleinen Kindern. Okay, ich bleibe bei erregt.*

Und vielleicht ein bisschen nervös.

Er spähte an ihr vorbei, während sie den Autositz sicherte und die Schritte erklärte, um Kennedy richtig anzuschnallen. Als sie sich umdrehte, um herunterzuklettern, legte er einen kräftigen Arm um ihre Taille und hob sie vom Trittbrett herunter. Wenige Sekunden spürte sie all seine harten Muskeln an ihrem Körper, der ein weiteres Mal von Hitze durchflutet wurde. Er setzte sie auf dem Boden ab und verfrachtete Kennedy auf den Kindersitz, wobei er die Funken, die er gezündet hatte, überhaupt nicht wahrnahm.

Wie war das möglich?

Er schloss die Autotür und nahm Gemmas Tüten aus dem Einkaufswagen, bevor er sich auf dem Parkplatz umschaute. »Wo parken Sie?« Sein Blick fiel auf ihren Honda Accord, der zwei Reihen weiter unter einer Laterne stand. »Oh Mann, da ist aber jemandem einer so richtig reingefahren.«

»Und zwar mir«, sagte sie und griff nach den Tüten. »Irgendein Idiot ist mir ins Auto gefahren, als ich bei der Arbeit war, und dann abgehauen. Meine Versicherung wird meinen Beitrag erhöhen, wenn ich das wieder melde.«

»Wieder …?« Belustigt sah er sie an.

»Ich ziehe miese Fahrer magnetisch an. Mir hat schon zwei Mal jemand das Auto demoliert. Also, drei Mal, wenn man das hier mitrechnet.«

»Bringen Sie es morgen nach der Arbeit zur Werkstatt Whiskey Automotive. Ich repariere Ihnen das umsonst. Nicht nötig, dass Sie Ihre Versicherung damit behelligen, und für mich ist das eine perfekte Möglichkeit, mich bei Ihnen für Ihre Hilfe zu bedanken.«

»Das ist viel zu viel für das bisschen Hilfe.« War er verrückt? Die Reparatur war sicher ein paar hundert Dollar wert, wenn nicht mehr.

Er trat näher und wieder nahm ihr Herzschlag an Fahrt auf. Im Mondlicht wirkte er noch größer und breiter und so fest verwurzelt, dass sie sich wehrlos und verwundbar fühlte. Er betrachtete sie, und er lächelte dabei nicht unbedingt, hatte aber auch nicht mehr diesen Wachhund-Blick, mit dem er sie anfangs angesehen hatte.

»Sie haben mir stundenlanges Umherirren im Walmart erspart und Hunderte Dollar, weil ich fast die falschen Windeln, das falsche Essen, die falschen Klamotten und Gott weiß was gekauft hätte. Bringen Sie Ihren Wagen morgen in der Werkstatt vorbei.« Den letzten Satz sagte er mit einer bedächtigen Ruhe, die keinen Platz für Verhandlung ließ.

Sie wollte ihm das Auto bringen, wenn auch nur, um ihn wiederzusehen, aber es fühlte sich falsch an, für die kleine Hilfe ein so großes Dankeschön anzunehmen. »Aber —«

Er legte einen langen Finger auf ihre Lippen und entwaffnete sie erfolgreich mit seinem plötzlichen und faszinierenden Lächeln. »Bringen Sie ihn morgen nach der Arbeit in die Werkstatt. Ich repariere das übers Wochenende, dann haben Sie ihn am Montag wieder. Es dauert bestimmt nur ein paar Stunden, aber wir haben Leihautos in der Werkstatt, dann sind Sie nicht unmotorisiert.«

»Truman, das ist zu viel«, widersprach sie. »Muss er denn

nicht auch lackiert werden?«

»Das glaube ich nicht.«

»Aber wie …?«

»Ich kann Ihnen nicht all meine Geheimnisse verraten. Sie sind sehr gut mit dem Babykram. Ich bin sehr gut mit meinen Händen.« Glut flackerte kurz in seinen Augen auf. »Kommen Sie morgen vorbei. Und jetzt hauen Sie hier ab, damit ich weiß, dass Sie in Sicherheit sind, bevor ich die Kinder nach Hause bringe.«

Sie nickte und machte einen Schritt, bevor sie sich noch einmal umdrehte: »Denken Sie daran, dass Sie Lincoln zum Schlafen nicht auf den Bauch legen. Und benutzen Sie die Salbe gegen den Ausschlag. Die hilft sehr gut.«

»Verstanden«, sagte er und sah zu, wie sie ihre Autotür aufschloss. »Danke noch mal. Bis morgen.«

Sie spürte seinen behütenden Blick auf sich, während sie hinter dem Lenkrad Platz nahm – genau so hatte er auch seine Geschwister bewacht. Als sie vom Parkplatz fuhr und ihre Eiscreme schon lange vergessen hatte, war sie dem Unfallflüchtigen unglaublich dankbar.

Vier

Truman war überzeugt, dass er gerade den längsten Morgen seines Lebens erlebt hatte, und zwar nach der längsten Nacht seines Lebens. Nachdem er die Kinder in sein Bett schlafen gelegt hatte, hatte er die Einkäufe verstaut und sich dann daran gemacht, das Gitterbett zusammenzubauen. Lincoln war gefühlte zehn Minuten später aufgewacht, auch wenn es in Wirklichkeit wahrscheinlich eine Stunde gewesen war, und hatte sich nach weiteren zwei Stunden schon wieder hungrig zu Wort gemeldet. Dieser Morgen war eine verrückte Abfolge von füttern, wickeln, baden und wieder wickeln – und hatte so gar nichts gemein mit den gewohnten chilligen Morgenstunden, an denen Trumans größte Herausforderung darin bestanden hatte, es bis halb acht nach unten in die Werkstatt zu schaffen. Er hatte nicht einmal geduscht, aus Angst, die Kinder unbeaufsichtigt zu lassen. Wie schafften alleinerziehende Eltern das?

Morgen würde er gleich nach Lincolns Morgengrauen-Fläschchen duschen, sobald sein kleiner Bruder wieder eingeschlafen war.

Es war Viertel vor acht und wieder fütterte er Lincoln – dieses Mal in der Werkstatt. Der Junge war ein Trinkautomat. In der Zwischenzeit spielte Kennedy glücklich in dem Laufstall, aber er wusste, dass sie zu groß war, um lange darin zu bleiben. Er würde sich seinen Tag irgendwie neu organisieren müssen. Mann, er musste sich sein ganzes Leben neu organisieren.

Die Tür zum Büro ging auf, Dixie Whiskey steckte ihren Kopf herein und brachte mit ihren roten Haaren und dem herzlichen Lächeln ein Leuchten in die Werkstatt. »Wir sind hier, Tru –« Sie riss die Augen auf und stürmte in die Werkstatt, wobei ihre Pfennigabsätze in einem schnellen Rhythmus auf dem Betonboden klapperten. Ihr älterer Bruder Bear folgte ihr. »Ohh! Wessen Baby ist das denn?«

Die Familie Whiskey war Eigentümer der Werkstatt und des Whiskey Bro's, der Bar weiter unten an der Straße. Bear und Dixie arbeiteten tagsüber im Büro der Werkstatt und an manchen Abenden in der Bar.

»Jetzt meins.« Truman zog ein Spucktuch aus seiner Gesäßtasche und warf es sich über die Schulter, um dann Lincoln daraufzulegen und ihm leicht auf den Rücken zu klopfen. Am Morgen hatte ihm das Baby das ganze T-Shirt vollgespuckt, weil er das Tuch vergessen hatte. Gemma hätte wahrscheinlich nur die Augen verdreht.

Bear grinste breit. »Dachte, im Gefängnis waren eheliche Besuche nicht gestattet.«

»Sie sind meine *Geschwister*«, erwiderte Truman schroff. Lincoln stieß laut vernehmlich auf. »Braver Junge.«

»Was soll das heißen, sie sind deine Geschwister?« Dixie kniete sich vor Kennedy hin. »Und wie heißt dieses entzückende Mädchen? Hallo, meine Süße, ich bin Tante Dixie.«

Kennedy zog skeptisch die Augenbrauen zusammen, als Dixie ein Spielzeug aus dem Laufstall in die Hand nahm.

»Schon gut, Prinzessin«, beruhigte Truman sie. »Tante Dixie hat komische Haare, aber sie ist nett.«

Dixie streckte ihm die Zunge raus und Kennedy kicherte.

»Das ist Kennedy und dieser kleine Kerl heißt Lincoln.« Er erwiderte den ernsten Blick von Bear und sprach leiser, damit Kennedy ihn nicht hören konnte: »Mein Bruder hat sich gestern Abend entschieden, wieder auf der Bildfläche zu erscheinen. Unsere Mutter hat sich eine Überdosis reingezogen. Er war völlig durch den Wind und diese beiden hier lebten mitten in einem Crackhaus. Der reinste Albtraum. Es macht euch doch nichts aus, wenn ich die beiden hier bei mir in der Werkstatt behalte, oder? Nur bis ich alles unter Kontrolle habe?«

»Hey, deine Familie ist unsere Familie. Was auch immer du brauchst.« Bear fuhr sich mit der Hand durch die dichten dunklen Haare. Er und seine Geschwister Dixie, Bullet und Bones waren Mitglieder des Motorradclubs Dark Knights, und mit Ausnahme von Dixie waren die Namen, die sie benutzten, ihre Bikernamen. Bear hatte mal mit einem Bären gekämpft, was er mit Narben belegen konnte. Bullet war bei den Special Forces gewesen und Bones war Arzt.

Truman war im Nachbarort aufgewachsen und hatte Bear mit sechzehn bei einem Oldtimertreffen kennengelernt. Bear hatte ihn unter seine Fittiche genommen, ihm eine Arbeit gegeben und ihm beigebracht, wie man Autos reparierte. Er hatte sich auf die unregelmäßigen Zeiten eingestellt, zu denen Truman auftauchte, weil der es mit dieser Familie nun mal nicht anders schaffte, und hatte ihn jedes Mal wieder zur Vernunft gebracht, wenn er auch nur Millimeter vom rechten Weg abkam und zum Beispiel die Schule schwänzte, um bei ihm zu arbeiten. Er hatte Truman sogar erlaubt, Quincy mit in die Werkstatt zu bringen, da ihre nichtsnutzige Mutter nie da war, um sich um ihn zu kümmern. Sobald Truman Auto fahren konnte, hatte Bear ihm einen Wagen geliehen und ihm schließlich den Pick-up verkauft, den er jetzt noch fuhr. Seitdem waren sie wie Brüder füreinander. Die Whiskeys waren die nettesten, verlässlichsten Menschen, die Truman je kennengelernt hatte, und er war stolz, als Teil ihrer Familie angesehen zu werden.

»Was hast du jetzt vor?«, fragte Bear. »Und wie geht es Quincy?«

Truman seufzte. Wie sehr er es auch versuchte, er konnte nicht anders, als sich diese Frage auch immer wieder zu stellen. Er hatte seinen Bruder angerufen, bevor er sich letzte Nacht schlafen gelegt hatte, doch er hatte sich nicht gemeldet.

»Was ich vorhabe? Dafür zu sorgen, dass sie kein mieses Leben haben. Und was Quincy angeht ... Ich habe schon Jahre meines Lebens weggeworfen, damit er ein Leben haben kann.«

»Und ...?« Bear kannte ihn so gut. Im Gegensatz zu Trumans nichtsnutziger Mutter hatte Bear ihn jede Woche im Gefängnis besucht und auch Quincy ein oder zwei Mal mitgenommen. Aber Quincy hatte Bears Anrufe irgendwann nicht mehr erwidert und war dann völlig abgetaucht. Truman wusste, wie sehr Bear versucht hatte, Quincy zu finden und ihn auf einen besseren Weg zu bringen. Aber Drogensüchtige kannten sich damit aus, wie man von der Bildfläche verschwand, und Quincy hatte von den Besten gelernt.

»Ich habe letzte Nacht versucht, ihn anzurufen«, gab Truman zu. »Er hat mich nicht zurückgerufen, aber ich habe ihm schließlich auch gesagt, dass er sich von den Kindern fernhalten soll, bis er clean ist. Ich helfe ihm, wenn er bereit dazu ist, aber ... Mann ...« Er schaukelte Lincoln auf seinem Arm und küsste ihn auf die Wange. »Sie haben nicht mal Geburtsurkunden. Er hat mir nie erzählt, dass es sie überhaupt gibt, und so, wie er sie hat leben lassen ...« Er knirschte mit den

Zähnen, um die Wut im Zaum zu halten, die in ihm kochte. »Man kann ihn nicht in ihre Nähe lassen.«

Bear legte ihm die Hand auf den Rücken. »Da hast du sicher recht, Kumpel.«

»Hör mal, glaubst du, Bones kennt einen Kinderarzt, der sie sich mal angucken könnte? Ohne Fragen zu stellen? Nur bis ich mir überlegt hab, was ich tun kann. Wenn ich sie in eine Praxis bringe, werden sie mir alle möglichen Fragen stellen, und ich werde es auf keinen Fall zulassen, dass das Jugendamt sie in die Hände bekommt. Ich brauche einfach etwas Zeit, um mir etwas zu überlegen, aber ich muss auch wissen, ob sie gesund sind.«

»Klar. Ich rufe ihn gleich an. Lass mich nur mal kurz ...« Bear nahm Lincoln in seine tätowierten Arme und rieb seine Nase gegen die des Babys. »Ich liebe diesen Babygeruch.«

»Gemma hat mir geholfen, Babyseife und -shampoo auszusuchen und noch tausende andere Babysachen.«

»Gemma?«

Allein ihren Namen zu hören, zauberte ein Lächeln in Trumans Gesicht. Er wollte nicht einmal darüber nachdenken, wie es am Abend zuvor ausgesehen haben musste – er nachts mit zwei Kindern unterwegs, die seine T-Shirts anhatten, während er sich mit allem Möglichen eingedeckt hatte. Er war überrascht, dass sie überhaupt ihre Hilfe angeboten hatte. Wahrscheinlich hatte sie es sich heute Morgen noch einmal durch den Kopf gehen lassen und entschieden, diesen Teil von Peaceful Harbor zukünftig immer weit zu umfahren. *Mein Pech.* Aber unweigerlich fragte er sich doch, was geschehen wäre, wenn sie sich unter anderen Umständen kennengelernt hätten. *In einem anderen Leben.*

Kennedy streckte die Arme nach ihm aus und holte ihn in die Gegenwart zurück. »Komm her, Prinzessin.« *Prinzessin. Was ist überhaupt eine Prinzessinnen-Boutique?*

Bear und Dixie sahen ihn erwartungsvoll an, und er merkte, dass sie immer noch eine Antwort auf die Frage erwarteten, wer Gemma war.

»Ich habe sie gestern bei Walmart kennengelernt, als ich diesen ganzen Scheiß gekauft habe.« Er sah Kennedy an und korrigierte sich: »Diesen Kram. Sie hat mir geholfen, alles zu finden: Kleidung, Babynahrung, Flaschen, Windeln. Mann, die brauchen so viel. Nicht dass ich mich beklage, mir war nur nie klar, wie viel Arbeit kleine Kinder machen. Die ganze Sache ist ein totales Durcheinander. Am Donnerstagmorgen hab ich mich noch bei meinem Bewährungshelfer gemeldet und gedacht, dass es nur noch dreizehn Monate sind …« Er schaute wieder zu Kennedy. »Und fünfzehn Stunden später kommen mir dreizehn Monate wie nix vor.«

»Es gibt andere Möglichkeiten, das zu regeln«, sagte Dixie vorsichtig. »Du musst sie nicht großziehen und das würde dich nicht zum Versager oder zu einem schlechten Menschen machen.«

Truman hatte darüber nachgedacht, als er sich um vier Uhr morgens *Kaka* von den Händen wischte, und dann noch einmal um sieben, als ihm klarwurde, dass selbst Pinkeln zum Familienereignis wurde. Aber sie waren sein Blut und er würde sein Blut nicht im Stich lassen.

»Ich habe Quincy enttäuscht. Diese beiden hier werde ich nicht enttäuschen.«

»Ich verstehe nur einfach nicht, weswegen du dir Sorgen

machst.« Crystal schob ihre pechschwarzen Haare über die Schulter zurück und hob das andere Ende des Kartons hoch, den sie und Gemma in den Lagerraum verfrachten wollten. Sie trug ein komplettes Gruftiprinzessin-Outfit samt dunklem Lippenstift, klobigen schwarzen Lederstiefeln und schwarzer Spitzenstrumpfhose, Tutu und Bluse. »Waren die Kinder sauber?«

»Sah so aus, als wären sie gerade gebadet worden.« Gemma stieß die Tür mit dem Hintern auf, hielt sie offen, bis Crystal einen Fuß davor stellen konnte, und schob sich dann in den Raum. Sie hatten gerade die neue Lieferung mit Kleidungsstücken für die Rebellenprinzessin bekommen, und sie freute sich darauf, alles in Augenschein zu nehmen. Heute Morgen hatte sie sich für ihr Prinzessin-Merida-Outfit entschieden, ein kurzes blaues Samtkleid mit einem breiten goldenen Gürtel und Riemchensandalen. Normalerweise machten Männer sie nicht nervös, aber bei Truman brauchte sie den Mut dieser legendären Prinzessin.

»Hatten sie Angst vor ihm?«, wollte Crystal wissen, als sie den Karton mit einem Wumms abstellten.

»Nein, aber ich hatte eine kleine Gänsehaut, was eigentlich nichts war in Anbetracht dieser Mann-pur-Aura, die er ausgestrahlt hat. Der trug Testosteron als Aftershave. Es war nur alles irgendwie merkwürdig, mehr nicht. Kennedy hatte keine Schuhe an. Als wenn er die Kleinen gerade aus dem Bett geholt hätte, dabei hatte er ja noch nicht einmal ein Bett für sie, das hat er ja dann gekauft.«

Ihr Herz wurde ganz warm bei dem Gedanken daran, wie Truman Lincoln beruhigt hatte, und an die süße Art, mit der er Kennedy über das Gesicht gestreichelt und so besänftigend mit ihr geredet hatte. »Er liebt sie. So viel konnte man sehen. Aber alles andere ist seltsam, findest du nicht?«

Crystal nahm ein Teppichmesser aus dem Regal und schnitt den Karton auf. Die Haare fielen ihr wie ein Vorhang vors Gesicht, und so warf sie Gemma ihren *Du weißt genau was ich denke*-Blick durch die Haarmähne hindurch zu, während sie den Karton aufriss. Sie zog eine kleine Lederjacke heraus und hielt sie zufrieden lächelnd in die Höhe. »Da ich auch eine Rebellenprinzessin bin, hätte ich ja heute Morgen gleich als Erstes mein Auto dort vorbeigebracht, hätte mir meine Dosis dieser prächtigen Tattoos, die du beschrieben hast, reingezogen, mir einen glühend heißen Kuss abgeholt – oder auch zehn – und hätte ihn nach mehr lechzend zurückgelassen. Und du? Sonst suchst du doch immer nach den Geschichten hinter den Dingen, das aufdringliche Mädel, mit dem niemand rechnet. Es überrascht mich, dass du da nicht einfach reinmarschiert bist und ihn verhört hast, um Antworten auf all deine brennenden Fragen zu bekommen. Dabei bist du heute sogar die mutige Prinzessin Merida. Was also ist los?«

Sie lachte. Crystal war das Leder zu Gemmas Spitze. Sie war frech, wenn Gemma aufdringlich war. Gemma hatte definitiv auch etwas Rebellisches, aber während ihr rebellisches Lieblingsoutfit aus einem pink-schwarzen Schulmädchenrock, Schnürschuhen mit Stöckelabsätzen, einer weißen Rüschenbluse und einer abgetragenen Lederjacke bestand, war Crystal zu hundert Prozent düstere Bikerbraut mit Lederhose, Stiefeln und einem extra tief ausgeschnittenen Bustier. Dennoch waren sie ein perfektes Gespann und immer füreinander da.

»Ich *verhöre* nicht.«

Crystal stemmte die Hände in die Hüften und sah sie streng an.

»Okay, vielleicht doch, aber bei ihm habe ich es nicht getan.

Irgendetwas an ihm hat mich davon abgehalten. Ich könnte mir gerade in den Hintern treten, weil ich heute Morgen *fast* das getan habe, was du gesagt hast, aber er hat irgendetwas an sich, dass mich so ...« Sie fischte ein hübsches rosa Prinzessinnenkleid aus einer anderen Kiste.

»Ach, Gem, du bist sonst vielleicht Prinzessin Selbstvertrauen, aber etwas an diesem Typen hat das vaterlose Mädchen wachgeküsst, das Angst hat, alle könnten versteckte Gefühle und geheime Pläne haben, oder dass sie dich einfach nur enttäuschen. Und wenn er so fürsorglich ist, wie du ihn beschrieben hast, dann macht dir das, glaube ich, auch Angst, denn das hast du dir immer gewünscht.«

Ein Schauer durchrieselte Gemma. Ihre Eltern hatten sie mit all den Dingen überhäuft, die sie *für sie* wollten, hatten sie in einer bewachten Luxuswohnanlage aufgezogen, mit Kindermädchen rund um die Uhr und mit einem erdrückenden Terminplan. Als sie älter wurde, hatte sie erkannt, dass ihre Eltern nicht fähig waren, ihr das Einzige zu geben, was *sie* je wollte: die Art von Liebe, die man nicht kaufen konnte, die Sicherheit und den Trost, die mit einer solchen Liebe einhergingen, und die Freiheit, die man einer Person zugestand, die man so sehr liebte, dass man *ihre* Träume erfüllt sehen wollte.

»Und das erklärt, meine liebe Gemma«, neckte Crystal sie und holte sie damit wieder zu ihrer Unterhaltung zurück, »warum du an einem Freitagabend noch immer hier bist, obwohl wir vor einer Stunde zugemacht haben und Mister Tierisch Heiß darauf wartet, dass du dein Auto vorbeibringst, was wiederum – wie wir alle wissen – so viel bedeutet wie: ›Schaff deinen sexy Body her!‹«

Gemma verdrehte die Augen, obwohl ihr der Gedanke auch

schon gekommen war.

Crystal riss die Augen auf. »Du meine Güte! Kann das sein? Nach all der Zeit, die du mit Typen ausgegangen bist, die dich nicht die Bohne interessiert haben, hast du endlich einen Kerl kennengelernt, der dein Herz höherschlagen lässt? Oder noch besser, der deine Muschi zum Kribbeln und Pulsieren bringt und –«

Gemma warf das rosa Kleid nach ihr und sie wich lachend aus.

»Das ist es! Dir gefällt dieser tätowierte, harte Typ. Einer von der Sorte ›Der schreit nach Schwierigkeiten‹, vor der du mich immer warnst! Dir gefällt dieses Alphatier-Geknurre und die testosterongeladene kalte Schulter.« Sie schlenderte aus dem Lagerraum, pustete sich dabei auf die Fingernägel und rieb sie dann an ihrem Brustkorb. »Meine Arbeit hier ist getan.«

Gemma stöhnte und folgte ihr. »Mensch, bist du nervig. Warum hatte ich dich noch mal eingestellt?« Sie hatten sich in einem Café in Peaceful Harbor kennengelernt, als Gemma sich nach dem College verschiedene Gegenden angesehen hatte, die als mögliche neue Heimat in Frage kämen. Crystal war wie sie eine ehrliche Haut, weshalb sie sich auf Anhieb verstanden hatten. Crystal war vielleicht frecher und düsterer, was Aussehen und Kleidung betraf, aber sie beide waren starke Verfechterinnen der direkten Art, die das Geschäft – und ihre Freundschaft – so erfolgreich machten.

»Weil du mich lieb hast.« Crystal klimperte mit den Wimpern. »Und weil ich dir die Meinung geige.« Sie legte die Hände auf Gemmas Schultern und sagte: »Gehe hin, süße Maid, und erobere deinen Neandertaler.«

Gemma musste lachen.

»Genau das ist es ja. Ich mag ihn tatsächlich. Er fasziniert mich auf eine Art, die ich nicht ignorieren kann. Normalerweise mag ich einen Typen nicht so schnell. Und trotz der Tattoos und des mürrischen Auftretens ist er kein Neandertaler. Neandertaler haben nicht so ein großes Herz, dass es ihnen fast schon den Brustkorb sprengt.« Ihr wurde allein schon bei dem Gedanken an die Art, wie er die Kinder gehalten hatte, wie er mit ihnen geredet und sie angeschaut hatte, warm. Und als sie daran dachte, wie er *sie* angesehen hatte, wurde ihr glühend heiß. Sie holte ihre Handtasche hinter der Ladentheke hervor, dazu noch eine Tüte mit Geschenken, die sie vorher schon zusammengepackt hatte, und ging zur Tür. »Wünsch mir Glück.«

»Ich wünsche dir das *Lange harte Schwänze und stählerne Eier*-Glück. Versprich mir, dass du aufhörst, zu viel nachzudenken, und dass du die wachgeküssten Sorgen wieder schlafen schickst, denn ansonsten gibst du ihm überhaupt keine Chance.«

»Versprochen«, rief sie über die Schulter zurück und hoffte gleichzeitig, dass sie dazu überhaupt in der Lage war.

»Ich will alle Einzelheiten! Und komm mir nicht mit dem *Es ist nichts passiert*-Mist, denn in deinem Kopf ist schon alles passiert. Das sehe ich an deinem Blick!«

Gemma verließ das Geschäft, ohne sich umzuschauen, um nicht alle erotischen Gedanken zu offenbaren, die sie jetzt gerade hatte.

Fünf

Whiskey Automotive lag am Ortsrand in der Nähe der Brücke, die aus Peaceful Harbor herausführte. Eine Brücke, die Gemma in den vier Jahren, die sie hier lebte, nur selten überquert hatte. Ihr gefielen die Annehmlichkeiten der engen Gemeinschaft in dem Küstenort, der so anders war als die exklusive Nachbarschaft in der bewachten Wohnanlage, in der sie aufgewachsen war. Durch ihr Geschäft war sie Teil der Gemeinschaft geworden, mit Stammkunden und vielen Freundschaften. Der Umzug war eine bewusste Entscheidung gewesen und sie hatte sich als die richtige erwiesen. Dem Schmerz über den Freitod ihres Vaters würde sie wohl nie entkommen, aber zumindest musste sie nicht mehr die mitleidigen Gesichter der Menschen um sie herum sehen. Diesen Teil ihres Lebens hatte sie hier für sich behalten, einzig Crystal hatte sie sich nach einem der grauenvollen Anrufe ihrer Mutter anvertraut.

Während ihre Boutique und die anderen Läden im Stadtzentrum aus ihrem Rückspiegel verschwanden, wanderten ihre Gedanken wieder zu Truman, und ein Prickeln durchfuhr ihren Körper. Oh ja, der Typ hatte ihr Interesse in jeglicher Hinsicht geweckt.

Sie fuhr am Whiskey Bro's vorbei, einer zwielichtig

aussehenden Bar, vor der Motorräder standen und die sie bisher nicht groß beachtet hatte. War Truman ein Biker? Ein oder zwei Meilen weiter sah sie das Schild von Whiskey Automotive und sie fuhr die lange Auffahrt entlang zu dem Gebäude am Ende des Weges. Je näher sie kam, umso nervöser wurde sie. Und wenn er einfach nur hatte nett sein wollen und gar nicht erwartet hatte, dass sie sein Angebot, das Auto zu reparieren, annahm?

Und wenn er seine Dienste angeboten hat, um mich wiederzusehen?

Schmetterlinge stoben in ihrem Bauch auf.

Sie hielt vor dem langgezogenen Gebäude an. Drei der vier Tore waren geschlossen. Das vierte war geöffnet und die Werkstatt dort beleuchtet. Die rechte Seite des Gebäudes diente als Büro, dort gab es Fenster und Schilder, die auf Reifen, Auspuffrohre und andere Autoteile hinwiesen. Sie hatte nicht auf die Öffnungszeiten geschaut und war froh, dass noch jemand da war. Sie hoffte, es war Truman.

Mit der Geschenketüte, die sie für Kennedy mitgebracht hatte, stieg sie aus dem Auto und folgte dem Geräusch der Musik, die durch das offene Tor aus der Werkstatt drang. Dort sah sie nun Truman mit Lincoln auf dem Arm und Kennedy ans Hosenbein geklammert. Das Mädchen trug eines der hübschen Kleider, die sie am Abend zuvor ausgesucht hatten. Gemma entdeckte auch den Laufstall und fragte sich, ob die Kinder den Tag darin verbracht hatten, während er gearbeitet hatte.

Truman griff nach dem Rucksack auf dem Boden, legte ihn sich über die Schulter und drehte sich um. Ihre Blicke trafen sich. Die Wucht, mit der seine intensiven Augen sie erfassten, machte sie sprachlos. Sie war wie elektrisiert. Seine Mundwinkel hoben sich zu einem ehrlichen Lächeln, als sie auf ihn zuging. Seine stechend blauen Augen taxierten bedächtig ihren Körper, und ihr fiel ein, dass sie noch immer das kurze Prinzessinnenkleid trug. Sein Lächeln wurde lüstern, und sie hatte das Gefühl, an Ort und Stelle unter seinem Blick zu schmelzen.

»Sie sind gekommen.« Er klang fast erleichtert.

»Ist das in Ordnung?« Sie spürte, dass ihre Unsicherheit sich regte, und schob sie gleich wieder ganz weit weg. Heute Abend wollte sie sich nicht unnötig den Kopf zerbrechen. Sie war seit ... *noch nie* so angeturnt gewesen.

Kennedy lugte hinter seinem Bein hervor und hob zaghaft die Hand, um ihr langsam und schüchtern zuzuwinken.

Gemma winkte zurück und sah zu, wie Truman sie hochhob, als wäre sie federleicht. Das kleine Mädchen legte den Kopf auf seine Schulter, und sein Lächeln wurde etwas entschuldigend, als er näher auf sie zukam. »Wir waren gerade auf dem Weg nach oben.«

Sie schaute zu der Tür, auf die er gedeutet hatte.

»Meine Wohnung.« Er sah nun auf Lincoln hinab, der tief und fest auf seinem anderen Arm schlief.

»Oh, es tut mir leid, dass ich so spät gekommen bin. Ich kann das Auto morgen vorbeibringen oder ...« Sie hätte früher kommen sollen, denn sie war sicher, dass er sie nicht gebeten hatte zu kommen, um sie wiederzusehen.

»Haben Sie es eilig?«, fragte er etwas schroff.

»Nein, aber ich will nicht –«

Er grinste. »Und ob Sie wollen. Kommen Sie mit hoch.«

Sie folgte ihm durch die Tür und eine Treppe hinauf, während sie sich um das *Und ob Sie wollen* Sorgen machte. War ihr Interesse so offenkundig? »Ich kann ein anderes Mal wiederkommen. Ich hätte anrufen sollen, um zu fragen, wann Sie schließen.«

»Jetzt sind Sie ja hier«, bemerkte er. Oben auf der Treppe schaffte er es, mit beiden Kindern auf dem Arm den Knauf herumzudrehen, und stieß dann mit dem Fuß die Tür auf.

Sie folgte ihm in eine loftartige Wohnung. Breite Holzdielen und eine bequem wirkende braune Couch mit tiefen Kissen empfingen sie. Gerne hätte sie sich mit einem Buch darauf verkrochen und wäre für Stunden verschwunden. Nein, sie wollte sich mit Truman darauf verkriechen und ... Sie zwang sich, den Blick abzuwenden, und entdeckte einige Skizzenbücher und die Zeitschrift *Eltern und Erziehung*, die er gestern Abend gekauft hatte, auf dem Couchtisch. Auf der gegenüberliegenden Seite des Raumes führte eine Glastür hinaus auf eine Veranda, und rechts von ihnen befand sich eine große Nische, in der mehrere hohe Metallkisten und eine Werkbank aus Holz standen, über der zahlreiche Werkzeuge an der Wand hingen. Ein wunderschönes großes Rundbogenfenster begrenzte die Nische zum Raum hin. Zu ihrer Linken entdeckte sie eine offene Küche mit den Flaschen, den Babygläschen und anderen Dingen, die sie am Vorabend gekauft hatten. Sie schaute zu den freiliegenden Dachsparren auf. Die kleine Wohnung war männlich und herb – wie Truman. Sie hatte spontan den Impuls, ein paar Oktaven tiefer zu sprechen.

»Kann ich Ihnen zumindest irgendwie helfen? Soll ich Kennedy nehmen, während Sie Lincoln ins Bett legen?«

Er betrachtete das kleine Mädchen. »Das geht schon.« Er hob die Mundwinkel zu einem zaghaften Lächeln und küsste Kennedy auf die Stirn. »Bin gleich zurück.«

Er verschwand rechter Hand im Flur, und sie ging etwas weiter in die Wohnung hinein, während sie aufmerksam auf

Trumans tiefe Stimme horchte, die von dem anderen Zimmer zu ihr drang. Sie wusste, dass es unhöflich war zu lauschen, aber er klang so ruhig und liebevoll, dass sie nicht anders konnte. Sie hörte, dass das Wasser lief, während er mit Kennedy redete und ihr gleichzeitig die Zähne putzte. Dann wurde es wieder still und nur seine festen Schritte waren zu vernehmen.

Sein leises, beruhigendes Gemurmel war nicht zu verstehen. Neugierig trat sie näher heran.

»Und Tinkerbell traf Schneewittchen im Wald, wo sie Apfelmus machten.« *Oje.* Er brachte die Märchen durcheinander. Sie lächelte und spitzte die Ohren. »Und dann brachten die Bikerjungs Tinkerbell in einer besonderen Kutsche auf eine wunderschöne Wiese, wo Winnie Puuh mit einem großen Glas Honig auf sie wartete ...«

Sie schmunzelte und schlich sich auf Zehenspitzen fort, um die Geschenketüte auf dem Beistelltisch abzustellen. Sie setzte sich auf die Couch und nahm einen der Skizzenblöcke in die Hand, der offen herumlag. Behutsam blätterte sie die ersten Seiten durch und sah sich dann einzelne Zeichnungen genauer an. Skizzen von Menschen und Tieren im Graffiti-Stil füllten alle Seiten und fesselten sie mit ihren fließenden Konturen und gequälten Mienen. Aus einem Kaleidoskop von Schwarz- und Grautönen traten Augen, wütende Münder mit viperartigen Giftzähnen, verzerrte, gepeinigte Gesichter, Drachen und vieles andere hervor. In den Bildern steckten so viel Tiefe und Emotionen, dass es geradezu spürbar war. Auf ihren Armen breitete sich Gänsehaut aus.

Da erschien eine große tätowierte Hand über dem Skizzenblock und sie schaute zu Trumans undurchdringlichem Gesicht auf.

»Es tut mir leid. Ich hab nur …« Gemma zog die Augenbrauen zusammen, ihre Augen blickten flehentlich und dann breitete sich ein umwerfend sexy Lächeln auf ihren Lippen aus. Sie hob die Hände und zuckte mit den Achseln, wobei sie so verdammt hinreißend aussah, dass es ihm schwerfiel, sich weiter über das Eindringen in seine Privatsphäre zu ärgern. »Ich war neugierig. Ich kann nicht anders. So bin ich nun mal. Und diese Zeichnungen sind der Wahnsinn. Sind die von Ihnen?«

Truman warf den Block auf den Tisch und versuchte, seinen Kopf von diesem Gewirr aus Gefühlen zu befreien, die in ihm tosten. In den vergangenen vierundzwanzig Stunden war sein Leben in alle möglichen Richtungen geschliddert, und er hatte das Gefühl, auf zwei anstatt auf vier Rädern balancieren zu müssen.

»Das ist nichts Besonderes.«

»Nichts Besonderes?« Ihre Stimme hob sich überrascht. »Die sind verwegen und dramatisch und so vollkommen anders als alles, was ich bisher gesehen habe.« Sie streckte die Hand nach dem Block aus.

»Bitte nicht.« Sein ernster Tonfall ließ sie innehalten.

Ihr Blick schoss zu ihm, herausfordernd und verwirrt. Sie lehnte sich auf dem Sofa zurück und ihr Kleid rutschte verführerisch an ihren Oberschenkeln hinauf.

Er wandte den Blick von dieser verlockenden Sehenswürdigkeit ab und sagte: »Das sind wirklich nur sinnlose Kritzeleien.«

»Sie sind ein unglaublich begabter Künstler, wenn das sinnlose Kritzeleien sind. Ich könnte Sie in einen der Newsletter reinnehmen, den ich für mein Geschäft schreibe. Da bekommen

Sie sicher Angebote für Auftragsarbeiten.«

Er ging zur Küche, um die Hitze, die in seinem Innersten brodelte, etwas abzukühlen. Normalerweise mochte er aufdringliche Frauen nicht, aber Gemmas Selbstvertrauen und der Ausdruck in ihren Augen ließen in ihm das Verlangen aufkommen, sie in den Arm und ihren Mund in Beschlag zu nehmen. »Möchten Sie etwas trinken?«

»Netter Themenwechsel.« Sie stand auf und kam zu ihm – wie ein sündhaft sinnlicher Sonnenstrahl. Nachdem er nun nicht mehr mitten im Albtraum des vergangenen Abends gefangen war, sah er Gemma deutlicher. Sie war sogar noch schöner, als er sie in Erinnerung hatte. In den flachen Sandalen war sie etwa einen Kopf kleiner als er, ihr Kleid war wie der Zuckerguss auf dem Gemma-Wright-Kuchen – und er hatte einen Heißhunger. Die knallige Farbe, wie es ihre ansprechenden Kurven umschmeichelte und der breite goldene Gürtel verliehen ihr ein provokantes Aussehen, das in krassem Gegensatz zu dem sittsamen Outfit stand, das sie am Abend zuvor getragen hatte.

Er musste den Verstand einschalten, denn als Ex-Knacki mit zwei Kleinkindern stand er sicher nicht weit oben auf der Wunschliste der Frauen, und außerdem hatte er selbst auch andere Prioritäten. Mal ganz abgesehen davon, dass er weder Zeit noch ein Schlafzimmer zur Verfügung hatte, und somit war allein der Gedanke, sie zu verführen, lächerlich.

»Ich muss gestehen, dass ich mir nicht nur Ihre Zeichnungen angesehen habe, sondern auch ein wenig von dem Märchen gehört habe, das Sie Kennedy erzählt haben, aber … äh … Sie haben da, glaube ich, einige Geschichten durcheinandergebracht.«

»Die richtigen Geschichten kann ich ihr nicht erzählen. Sie

hat schon genug Schlimmes in ihrem Leben gesehen. Also habe ich eine Gutenachtgeschichte für sie erfunden.« Meine Güte, er klang wie ein Weichei.

Ihr Blick war voller Wärme.

Vielleicht ist es gut, wie ein Weichei zu klingen. Herrgott noch mal, es gab Wichtigeres, um das er sich Sorgen machen musste. »Sie haben sich eine Gutenachtgeschichte nur für sie ausgedacht?«

Er presste die Kiefer aufeinander. »Ja. Es überrascht mich, dass Sie sich *den* Skizzenblock da nicht auch angesehen haben. Ich zeichne etwas zur Geschichte, damit sie sich Bilder anschauen kann. Nichts Großes. Können wir bitte über etwas anderes reden?«

»Ja, aber Kennedy ihr eigenes Märchenbuch zu machen, ist das Bezauberndste, was ich je gehört habe. Und ich muss mich wiederholen. Im Ernst, Truman, Ihre Zeichnungen sind unglaublich. Warum wollen Sie nicht, dass ich sie sehe?«

Weil sie direkt aus meiner Seele kommen. »Nehmen Sie es nicht persönlich. Ich zeige sie niemandem.«

»Sollten Sie aber. Sie sind richtig gut.« Sie sah ihn an, als forderte sie mehr Antworten ein als am Abend zuvor, aber dann schaute sie hinüber zu den Gläsern mit der Babynahrung auf der Arbeitsfläche und ihr Gesichtsausdruck änderte sich. »Ich habe ein schlechtes Gewissen, weil ich so spät gekommen bin. Sie brauchen jetzt nicht das Gefühl haben, mich unterhalten zu müssen. Sie wollten gerade nach oben gehen, als ich hier eintraf, und wahrscheinlich haben Sie tausende Dinge zu tun, während die Kinder schlafen. Ich sollte ja auch nur mein Auto vorbeibringen. Ich gehe besser.«

»Schon gut«, sagte er und zuckte unter seinem harschen Tonfall selbst zusammen. Es war ja nicht ihr Fehler, dass sie zu einem Zeitpunkt aufgetaucht war, zu dem sein Leben verrückter als ein dreiäugiger Stier war. Außerdem wollte er ihr nicht das Gefühl geben, sie käme ungelegen, wo er doch den ganzen Tag gehofft hatte, dass sie kommen würde.

Ein sanfterer Tonfall kam ihm leichter über die Lippen als erwartet. »Ich bin froh, dass Sie hier sind.« Ihm gefiel, wie sich ihr Gesichtsausdruck bei diesen Worten erhellte. »Normalerweise ist mein Leben nicht so unorganisiert. Mann, normalerweise bin *ich* nicht so unorganisiert. Wenn Sie an irgendeinem anderen Tag zu dieser Tageszeit vorbeigekommen wären, hätten Sie mich bei der Arbeit an einem Auto vorgefunden. Aber jetzt … Ich muss den Tagesablauf von drei Leuten unter einen Hut bringen und ihren Tagesablauf kenne ich noch nicht einmal.« *Falls sie überhaupt einen haben.* Er machte den Kühlschrank auf, der mit den Einkäufen von gestern Abend gefüllt war. »Wie wär's jetzt mit einem Drink?«

»Oh, hm, haben Sie etwas Alkoholfreies? Es ist nicht so, als trinke ich nie – ich mag zum Beispiel Wein –, aber ich bin nur nicht in der Stimmung.«

»Falls Eistee, Apfelsaft oder Wasser in die Kategorie Alkoholfrei fallen, kann ich Ihnen etwas anbieten.«

»Eistee ist wunderbar, danke.« Sie beobachtete ihn aufmerksam, während er die Getränke einschenkte. »Können Sie Ihre Mutter nicht nach den Tagesabläufen fragen?«

Er reagierte gereizt, obwohl er mit der Frage hätte rechnen müssen. Sie war offenkundig. Er gab Gemma das Glas und deutete Richtung Wohnzimmer, bevor er die Tür hinaus zur Veranda öffnete, um frische Luft hereinzulassen. Ihre Frage schnürte ihm die Kehle zu.

»Sie ist nicht da«, sagte er, als er sich neben sie auf die Couch setzte. Er fühlte sich schuldig, weil er Quincy mit der

Einäscherung ihrer Mutter alleinließ, aber er hatte Wichtigeres, das ihn auf Trab hielt – zwei sehr kleine Menschen mit sehr großen Problemen.

»Können Sie sie denn nicht anrufen? Oder ihr schreiben?«

»Sie ist ...« Er musste sich daran gewöhnen, es auszusprechen. Und damit konnte er genauso gut jetzt gleich anfangen. »Sie ist unerwartet gestorben.«

»Oh.« Sie legte ihre zarten Finger auf seinen Unterarm, und das gefiel ihm mehr, als es gut für ihn war. »Das tut mir so leid.«

»Glauben Sie mir, die Kleinen sind ohne sie besser dran.«

Sie schreckte zurück, als hätte sie sich verbrannt. »Warum?«

Er ließ sich die Frage durch den Kopf gehen und nahm noch einen Schluck von seinem Eistee, wobei er sich wünschte, er hätte etwas Stärkeres. Viel trank er nie, normalerweise genehmigte er sich nur ein oder zwei Bier, wenn er mit den Jungs unterwegs war. Aber die beiden Kleinen konnten keinen betrunkenen Typen gebrauchen, der sich um sie kümmerte. Er musste einen klaren Kopf behalten und präsent sein, jetzt mehr denn je. Er stellte sein Glas auf dem Tisch ab und rieb sich das Kinn – dabei fiel ihm auf, dass er sich seit Ewigkeiten nicht rasiert hatte. Zumindest hatte Dixie lang genug auf die Kinder aufgepasst, sodass er hatte duschen können. Keine Zeit zum Duschen, Kennedy beim Zähneputzen helfen, Windeln wechseln ... Über Nacht war er zu einer Art Elternteil geworden, und genauso schnell hatte er sich in die Kleinen verliebt, die nebenan schliefen.

Seine Gedanken wanderten zurück zu ihrer Mutter, ließen die Galle in ihm hochsteigen und brachten ihn wieder zurück zu Gemmas Frage. »Manche sind nicht dafür geschaffen, Mutter zu sein.«

Sie nickte, als stimmte sie ihm zu, und stellte ihr Glas neben seines. »Dennoch, es tut mir leid, dass Sie sie verloren haben. Unabhängig davon, ob sie eine gute oder schlechte Mutter war, so war sie doch Teil Ihrer Familie. Der Familie der Kinder.«

»Richtig«, murmelte er. Sie hatte die richtige Einstellung, legte Wert auf Familie. Nur leider waren Kennedy und Lincoln Kinder einer Mutter, die einen solchen Respekt nicht verdiente. »Also, ich hoffe jedenfalls, dass sie sich an keine einzige Sekunde ihres Lebens vor dem gestrigen Abend erinnern werden.«

»Gestern Abend? Ist da …?«

»Ja.« Er fragte sich, warum zum Teufel er ihr das erzählte, aber es tat gut, es loszuwerden. Es war ja nicht so, dass er der Drogenabhängige war. Er hatte nichts zu verbergen – außer dass er sechs Jahre seines Lebens für ein Verbrechen bezahlt hatte, das er nicht begangen hatte.

Sie berührte wieder seinen Arm. Es war eine sanfte, beruhigende Berührung, wie man sie einem Freund oder Verwandten zuteilwerden ließ. Es hatte nichts Sinnliches an sich, fühlte sich aber richtig gut an.

»Mussten Sie deshalb so viel einkaufen? Hat es ein Feuer gegeben oder so etwas? Haben die Kinder ihre ganzen Sachen verloren?«

»Nein, sie haben nie irgendwelche Sachen gehabt.«

»Das verstehe ich nicht. Wie konnten sie nichts haben?« Sie legte den Kopf auf die Seite.

Was hatte er denn gedacht? Natürlich konnte sie das nicht verstehen. Wahrscheinlich stammte sie aus einer Familie mit normalen Problemen, die sich zum Beispiel fragte, wo sie den nächsten Urlaub verbringen würden oder mit welchem Auto sie zum Einkaufen fahren würden. Diese Unterhaltung konnte er ebenso gut gleich beenden. Er stammte aus einer abgefuckten Familie, und sobald sie hörte, wo er die letzten sechs Jahre verbracht hatte, wäre sie schneller weg, als er gucken konnte.

»Wissen Sie was? Vielleicht war das hier doch nicht so eine gute Idee. Lassen Sie mir doch einfach Ihren Schlüssel hier. Ich gebe Ihnen einen Leihwagen und rufe Sie an, wenn Ihr Auto fertig ist.« Er stand auf.

Sie stand ebenfalls auf. »Warum?«

Er hob eine Augenbraue.

»Sie haben gerade noch gesagt, Sie seien froh, dass ich hier bin.«

»Bin ich auch, aber Sie müssen sich ja diesen Kram nicht anhören.«

Diese Katzenaugen wurden zu einem Schlitz. »Ich würde nicht fragen, wenn ich es nicht hören wollte.«

»Sind Sie immer so?«

»Wie?« Sie legte den Kopf wieder zur Seite und lächelte unschuldig.

Sein Blick fiel auf ihre Finger, die auf ihrer hervorstehenden Hüfte lagen. »Oh ja, Sie sind immer so.« Er konnte nicht verhindern, dass ein Lächeln um seine Mundwinkel spielte.

»Sie meinen freundlich? Neugierig in Bezug auf einen Mann, der mein Auto kostenlos reparieren will und mich etwas nervös macht?« Die Unschuld in ihrem Lächeln glühte direkt vor seinen Augen.

»Sie benehmen sich nicht so, als würde ich Sie nervös machen.« Er trat näher und sie wich nicht von der Stelle. Die Luft zwischen ihnen sprühte Funken, so wie schon bei ihrem Eintreffen, bevor er von den Kindern abgelenkt worden war.

»Warum haben Sie Angst, mit mir zu reden?« Sie hob das Kinn und hatte ihren Gesichtsausdruck gut unter Kontrolle. Aber ihren schneller werdenden Atem konnte sie nicht verbergen.

»Warum wollen Sie mit mir reden?«

Sie schürzte die Lippen. »Weil Sie Ihre Geschwister so vergöttern, dass Sie praktisch triefen vor Liebe, und das gefällt mir an anderen. Liebe und Loyalität findet man nicht so leicht, besonders unter Geschwistern. Und Sie sind fürsorglich, was viel über Sie aussagt. Außerdem sind Sie künstlerisch unglaublich talentiert und Sie sind offensichtlich großzügig. Sie haben angeboten, mir mein Auto umsonst zu reparieren. Sie sind etwas geheimnisvoll.« Ihr Blick glitt über seinen Oberkörper, was in seiner Mitte sofort registriert wurde. Als sie zu ihm aufsah, grinste sie. »Und Sie sind ansatzweise attraktiv.«

Er trat näher, sodass sich ihre Oberschenkel berührten. »Ansatzweise attraktiv?«

Sie verdrehte die Augen. »Sie könnten eine Rasur vertragen.«

Verdammt, ihre Courage gefiel ihm. »Falls es Ihnen noch nicht aufgefallen sein sollte: Mein Leben ist zurzeit ziemlich chaotisch. Viel Zeit zum Rasieren bleibt da nicht.«

»Chaotisch? Nein, ist mir nicht aufgefallen. Aber mir ist zu Ohren gekommen, dass Sie seit Kurzem für zwei sehr süße Kinder verantwortlich sind, und ich bin zufällig ziemlich gut im Umgang mit Kindern. Sollten Sie also mit mir reden wollen, wäre ich vielleicht willens, Ihnen einige Geheimnisse zu verraten, wie man Zeit zum Rasieren und für *andere Dinge* findet.«

Abgesehen von der Whiskey-Familie hatte er nie von irgendjemandem Hilfe erhalten. Der Gedanke erinnerte ihn daran, dass er sich von der schönen Gemma fernhalten sollte. »Ich brauche keine Hilfe.«

Sie versuchte wieder, in seinem Gesicht zu lesen. »Jeder braucht Hilfe.«

»Sie haben keine Ahnung, wer ich bin.«

»Nein, aber für gewöhnlich unterhalten Menschen sich aus genau dem Grund. Um sich kennenzulernen.« Sie schluckte. »Meine Freundin hat mich daran erinnert, dass ich zu vorsichtig bin, wenn es um Männer geht. Ich möchte nicht zu vorsichtig sein. Ich würde Sie gern kennenlernen.«

Er sah, wie schwer ihr dieses Eingeständnis fiel, und doch hatte sie es nicht nur zugegeben, sie hatte auch eine sehr selbstbewusste Erklärung folgen lassen. Eine Erklärung, die sein Herz ansprach. Es war ihm nicht fremd, dass er angebaggert wurde. Die Frauen machten sich oft an ihn ran, wenn er im Whiskey Bro's war oder Billard spielte. Wenn er sich mit härteren Typen umgab, wo solche Dinge wie Gefängnisstrafen nicht abschreckend, sondern eine Auszeichnung waren. Frauen, die ihre Autos in die Werkstatt brachten, egal ob verheiratet oder Single, baggerten ihn auch an – Frauen, die wahrscheinlich glaubten, dass Sex mit einem tätowierten bösen Buben spannend wäre. Aber er ging nie darauf ein. Er hatte in seiner Vergangenheit genug Finsternis ertragen, das brauchte er nicht noch in seine Zukunft zu bringen, indem er sich fragen musste, mit wessen Frau er geschlafen hatte.

Aber Gemma … Gemma war klug und clever, und je mehr sie redeten, umso mehr mochte er sie, und genau das war der Grund, aus dem er dieses Gespräch beenden musste. Er war nicht masochistisch veranlagt und er wollte ihr nichts vormachen. Er wusste, dass seine Vergangenheit sie vertreiben würde.

Bevor er sich zwang, einen Schritt zurückzutreten, konnte er nicht widerstehen und streichelte ihr über die Wange. Sie war umwerfend, klug und witzig. Sie verdiente einen Kerl ohne eine Vergangenheit, die ihm wie eine Schlinge um den Hals lag.

»In diesem Fall, Gemma Wright, sollten Sie wohl lieber etwas vorsichtig sein. Holen wir Ihnen den Leihwagen.«

Sechs

Truman Gritt konnte Gemma nichts vormachen, keine einzige Sekunde lang. Er war ein Mann, der seine Gefühle nicht verbergen konnte. Schmerzhafte Gefühle. Wahre Gefühle, unverkennbar in der Art, wie er sie anschaute: wie ein hungriger Wolf, der kurz davor war, seine nächste Mahlzeit zu verschlingen. Sie hatte gesehen, wie angestrengt er sich unter Kontrolle gehalten hatte. In dem Funken sprühenden kurzen Streicheln hatte sie es gespürt. Und als er über seine Mutter geredet hatte, war in den wenigen Sätzen die Abscheu herauszuhören gewesen, die er für sie hegte. Jetzt wollte sie den Grund dafür verstehen, ebenso wie den Grund dafür, dass er sie weggeschickt hatte, obwohl es doch so offensichtlich gewesen war, wie sehr er wollte, dass sie blieb. Und genau deshalb stand sie am nächsten Morgen um halb sieben bei ihm auf der Veranda mit zwei Bechern Kaffee von Jazzy Joe's, ihrem Lieblingscafé. Sie war bewaffnet und bereit zum Verhör, wenn es sein musste.

Sie strich sich das T-Shirt glatt, straffte die Schultern und klopfte genau in dem Moment an das Glas, als der weinende Lincoln bis nach draußen zu hören war. Sie klopfte noch einmal und auf der anderen Seite der Glastür wurde der Vorhang beiseitegeschoben. Kennedy sah zu ihr auf. Sie trug den rosa Pyjama mit aufgedruckten Eiswaffeln, den Gemma ausgewählt hatte. Sie gähnte und ihre kleinen Augen schlossen sich dabei.

Gemma kniete sich nieder und winkte ihr durch die Scheibe zu. Kennedy drehte sich um und Gemmas Blick folgte ihrem aufwärts, als Trumans große Gestalt mit freiem Oberkörper – *atme, atme, atme* – hinter ihr auftauchte. Gemma erhob sich langsam, nahm dabei Zentimeter für Zentimeter dieses Anblicks in sich auf. Eine dunkelblaue Pyjamahose hing gefährlich tief auf seiner Hüfte, darüber unmöglich definierte und unsinnig köstliche Bauchmuskeln. Sie fuhr sich mit der Zunge über die Lippen, als sie höher kam und ihr Blick über den kräftigen Arm glitt, mit dem er Lincoln hielt, über gewundene Zeichnungen aus blauer Tinte, die seine breite Brust verzierten, dabei zwischen muskulösen Brustmuskeln versanken, sich über kräftige Muskeln bis hinauf auf die rechte Seite seines Halses zogen. Ein Klopfen gegen die Glastür weiter oben lenkte ihren Blick wieder zu seinem Gesicht, und sie spürte, wie ihre Wangen unter seinem Grinsen glühten. Seine Haare waren zerzaust, der Blick verschlafen und ... *neugierig?* Dieser verschlafene Ausdruck an ihm gefiel ihr sehr. Dadurch wirkte er wie ein sanfter Riese. Sein Grinsen wurde zu einem geraden Strich, als er die Tür aufzog. *Oh, oh.* Vielleicht hatte sie neugierig mit genervt verwechselt.

»Begaffen und stalken Sie alle *ansatzweise* attraktiven Männer?«

Kennedy schlang die Arme um seinen Oberschenkel und zog die Hose tiefer. *Genau, Kennedy, zieh noch etwas mehr.*

Oh Mann, sie war echt schlimm! Sie sollte nicht wollen, dass er vor den Kindern die Hose runterließ. Wer hätte gedacht, dass Muskeln die Fähigkeit besaßen, ihren IQ zu senken?

Viel schneller, als sie angesichts all der in ihr tobenden Lust für möglich gehalten hätte, überlegte sie und sagte:»Ich stalke Sie nicht. Sie müssen sich rasieren, und das heißt, Sie müssen duschen, was mit zwei Kleinen im Schlepptau nahezu unmöglich ist. Ich bin hier, um zu helfen.«

Er legte eine Hand auf Kennedys Wange und diese Geste öffnete Gemmas Herz diesem zurückhaltenden Mann noch ein wenig mehr.

»Sie hören nicht besonders gut, oder? Ich dachte, ich hätte gesagt, dass ich keine Hilfe brauche.« Er trat zur Seite und ein verhaltenes Lächeln erschien auf seinen Lippen.

»Haben Sie, aber Ihre Augen sagten mir etwas anderes.« Sie betrat die Wohnung und fühlte sich ein bisschen wie eine Siegerin. Dann bemerkte sie Decken und Kissen auf der Couch, leere Flaschen auf der Arbeitsfläche und das Elternmagazin, das aufgeschlagen auf dem Boden neben dem Sofa lag. Die Geschenketüte, die sie am Vortag mitgebracht hatte, stand immer noch auf dem Beistelltisch.

»Schwerer Morgen?«, erkundigte sie sich.

»Bin nicht ganz sicher, wann die Nacht aufgehört hat und der Morgen anfing.« Er unterdrückte ein Gähnen. »Lincoln hat gestern ein paar Impfungen bekommen und hatte leichtes Fieber. Ich hab die Ärztin angerufen, und sie meinte, das wäre eine normale Reaktion. Gegen das Fieber habe ich ihm schon etwas gegeben und es geht ihm jetzt anscheinend gut, aber sie sagte, er bräuchte die Medizin wahrscheinlich in vier Stunden noch mal.«

»Ach, der arme Kleine. Sie waren mit ihnen schon beim Arzt?« Sie stellte die Kaffeebecher auf die Arbeitsfläche in der Küche.

»Die Ärztin war gestern hier, hat meinem Kumpel einen

Gefallen getan.«

»Das war nett von ihr. Ich wusste nicht, dass Ärzte noch Hausbesuche machen.« Gemma streckte die Arme nach dem Baby aus. »Geben Sie mir Lincoln, dann können Sie sich den Kaffee reinziehen und duschen gehen – und sich rasieren.«

Er ließ den Blick über ihr T-Shirt mit dem Rundhalsausschnitt und die enge Jeans gleiten. »Heute kein Prinzessinnenkleid?«

»Die bewahre ich mir für besondere Gelegenheiten auf, zum Beispiel wenn ich weggeschickt werde.«

Er küsste Lincoln auf den Kopf und gab ihn ihr, wobei sein Blick auf ihren Mund fiel und dort so lang verharrte, dass ihr Puls zu rasen anfing. Als er langsam an ihrem Körper hinunterwanderte, wurde ihr heiß.

»Wenn Sie meine Meinung hören wollen«, sagte er mit leiser, verführerischer Stimme, »mir gefällt dieses Outfit ebenso sehr wie das Kleid.« Er nahm Kennedy auf den Arm und gab ihr einen Kuss auf die Wange.

»Gut zu wissen. Solange Sie mir nicht sagen, dass ich gehen soll ...«

Sein Mundwinkel zuckte nach oben und er drehte Kennedys Gesicht zu sich. »Kommst du ein paar Minuten mit Gemma zurecht, während ich duschen gehe, Prinzessin?«

Kennedy schaute Gemma an.

»Wir werden schon gut zurechtkommen«, versicherte Gemma ihm, hingerissen von der Art, wie er sich um sie sorgte. »Es wird ihr guttun, wenn wir Mädels mal unter uns sind. Außerdem habe ich ihr etwas mitgebracht.«

»Kaffee?«

»Ja, starken Kaffee, braucht ja schließlich jedes Kind. Für wen halten Sie mich? Jeder weiß doch, dass Kinder Frappuccinos mögen und keinen Kaffee.«

Sorge trat in sein gutaussehendes Gesicht und seine Hand legte sich auf Kennedys Rücken – wie ein Löwe, der seine Jungen beschützt. Vielleicht hatte er doch ein kleines bisschen was von einem Neandertaler. Das gefiel ihr sehr.

»Das war ein Witz. Ich habe gestern Abend ein paar Sachen mitgebracht.« Sie zeigte zur Tüte auf dem Beistelltisch. »Hören Sie auf, sich Sorgen zu machen, und gehen Sie unter die Dusche. Und um Himmels willen, bedecken Sie all diese ansatzweise attraktiven, ablenkenden Muskeln.«

Ein zufriedenes Grinsen erschien auf seinen Lippen und genauso schnell wurde sein Gesichtsausdruck wieder ernst. »Sie haben ihr gestern Abend Geschenke mitgebracht?«

Sie zuckte mit den Schultern und streckte dem kleinen Mädchen die Hand entgegen, als er Kennedy absetzte. Kennedy schaute zu Truman auf, er nickte und sie ergriff Gemmas Hand.

»Nur ein paar Sachen, die ihr vielleicht Spaß machen könnten. Ist es in Ordnung, wenn ich ihnen Frühstück mache, falls sie hungrig werden?«

»Sicher, danke.« Er ging durch den Raum und jeder entschlossene Schritt war eine Darstellung seiner Kraft und seiner Selbstbeherrschung. Selbst die Art, wie er den Rucksack aufhob, der an der Eingangstür lag, war entschieden, so als würde er im Kopf jede einzelne Bewegung abhaken. Er griff in den Rucksack und holte mehrere Zettel heraus. »Ich habe Kennedy gestern Morgen Eier gemacht und sie mochte es anscheinend. Die Ärztin hat mir diese Essensvorschläge, Pläne und so was gegeben.«

Ihr ging durch den Kopf, wie unvermittelt sich sein Leben vor erst zwei Tagen geändert hatte. Seine Mutter zu verlieren, sich plötzlich um diese beiden Kleinen zu kümmern ... Kein

Wunder, dass er sich wie ein Wachhund benahm. Und jetzt stand er hier, nachdem er die ganze Nacht mit einem fiebernden Baby verbracht hatte, und musste immer noch dazu gezwungen werden, Hilfe anzunehmen. Sie kannte Mütter, die um Hilfe mit Kleinkindern bettelten, nur damit sie sich ihre Nägel machen lassen konnten.

Sie sah an sich herunter, um zu überprüfen, ob ihr das Herz schon aus der Brust gesprungen war. Dieser Mann brauchte sich nicht zu ändern. Er war perfekt, so wie er war.

»Wissen Sie was, Tru? Sie müssen sich nicht rasieren, wenn Sie es nicht wollen. Etwas Ablenkung ist gut.«

Wie sollte er duschen, wenn sich Gemma nur ein paar Schritte entfernt um seine Kinder kümmerte? *Seine* Kinder. Nicht die Kinder seiner abgefuckten Mutter, nicht die der verdammten Behörden, die ihm die einzig wahre Familie, die er noch hatte, wegnehmen würden. Dieses Problem musste er irgendwie noch regeln, aber er würde es schaffen. Irgendwie. Das war eine Sorge, mit der er sich noch nicht beschäftigen konnte. Zuerst musste er Lincolns Fieber überstehen und sich darüber klarwerden, wie die Tagesabläufe aussehen würden und wo sie alle schlafen sollten – und wie zum Teufel er den ganzen Tag mit den Kindern in der Werkstatt bewältigen sollte. Das waren zu viele Dinge, die er sich während einer zehnminütigen Dusche überlegen musste, und diese Dusche fühlte sich verdammt gut an. Er schloss die Augen und hielt das Gesicht dem warmen Wasser entgegen, während seine Gedanken zurück zu Gemma wanderten. Die kluge, schöne und höllisch aufdringliche Gemma. Die Gemma in dem sexy kurzen, blauen Kleid, mit ihren zur Schau gestellten langen Beinen und samtenen Oberschenkeln, die ihn auf eine Art in Versuchung brachten, wie er schon sehr lange nicht mehr in Versuchung geführt worden war. Die Wölbung ihrer Brüste, die im Ausschnitt hervorlugte. Seine Hand glitt hinunter zu seiner pulsierenden Länge, legte sich darum und fuhr ganz langsam daran entlang. Er stellte sich Gemmas schlanke Finger unter seinen vor, diesen verführerischen Blick ihrer grünen Augen. *Hoch. Runter.* Ihre Zunge, die über diese blutroten Lippen glitt, während sie auf die Knie ging. *Hoch. Runter.* Er drückte die Handfläche an die Wand, mitgerissen von seiner erotischen Fantasie, während er durch seine Faust stieß und von dem Bild von Gemma, die ihm einen Blowjob verpasste, gepackt wurde. Er wurde schneller, fuhr mit der rauen Handfläche über die Spitze, dann noch schneller, enger an sich herunter. In seiner Fantasie beobachteten Gemmas Augen ihn von unten, während sie ihn tiefer nahm, fester saugte und ihn immer weiter Richtung Höhepunkt trieb. Wollust konzentrierte sich in seinem Unterleib, er stieß schneller zu und stöhnte – »Gemma« –, als die Wellen seiner Erleichterung über ihm zusammenschlugen. Er wankte rückwärts, lehnte sich gegen die Kacheln und schnappte nach Luft. *Fuck.*

»Truman?«, war Gemma durch die Tür zu hören.

Seine Libido loderte erwartungsvoll wieder auf. Was sollte das denn? Pawlowscher Hund, oder was? Ziemlich uncool.

»Ja?«, brachte er heraus.

»Ich habe Ihnen Frühstück gemacht, wenn Sie wollen.«

Er fuhr sich mit der Hand über das Gesicht und fühlte sich schuldig. Sie hatte ihm Frühstück gemacht und er war gerade in ihrem fiktiven Mund gekommen. »Danke, bin gleich da.«

Schnell spülte er sich den Beweis seiner Fantasie von der Haut, putzte sich die Zähne, kämmte sich und legte sich ein Handtuch um die Hüfte. Eilig hastete er über den Flur ins Schlafzimmer, stolperte dabei aber fast über Gemma, die neben Kennedy kniete und ihr beim Anziehen half.

Gemma schnappte nach Luft, beugte sich vor und griff nach Kennedy, damit sie nicht hinfiel, während Truman sein Gleichgewicht wiederfand. Sie sah mit einem *Oh Mist*-Blick, der sich zu einem *Oh mein Gott*-Blick wandelte, zu ihm auf. Ihre roten Lippen und hungrigen Augen waren auf Höhe seiner Körpermitte, und seine Fantasie holte ihn wieder ein, während sie auf die größer werdende Beule im Handtuch starrte. Ihre Wangen wurden feuerrot, aber sie wandte sich nicht ab. In aller Ruhe hob sie ihren Blick seinem entgegen, leckte sich über die Lippen und machte mit dem Finger eine drehende Bewegung, während sie mit dem Kopf Richtung Kennedy deutete.

Du meine Güte. Kennedy. Er wandte sich ab und verfluchte innerlich seinen verräterischen Freund dafür, dass er eine Unterversorgung des Hirns auslöste.

»Am besten nicht überreagieren«, sagte sie leise. »Ich dachte, Sie hätten im Badezimmer was zum Anziehen. Tut mir leid.« Sie nahm Kennedy auf den Arm, schaute noch ein letztes Mal ausgiebig über die Schulter und sagte dann: »Komm, Süße. Wir sehen mal nach deinem schlafenden kleinen Bruder, damit dein *großer* Bruder sich anziehen kann.«

Als sie hinter der Tür verschwand, schaute er auf seine stramme Erektion hinab und wusste, dass es auf der ganzen Welt nicht genug kalte Duschen gab, um die wütenden Flammen in ihm zu löschen.

Sieben

Zum hundertsten Mal in ebenso vielen Minuten schaute Truman zu Gemma hinüber, die in ihrer hautengen Jeans und dem cremefarbenen Top am äußeren Werkstatttor lehnte. Sie lächelte zu Kennedy hinab, die ganz in ihrer Nähe im Gras saß und glücklich mit der Prinzessinnenpuppe spielte, die Gemma ihr mitgebracht hatte. Auf dem Kopf hatte sie eine Tiara, die gleiche, die auch die Puppe trug, ebenfalls ein Mitbringsel von Gemma. Kennedy hatte den ganzen Vormittag mit ihren Geschenken gespielt und Lincoln schlief friedlich daneben im Laufstall. Gemma hatte eine Decke über den Rand des Laufstalls gelegt, damit ihm durch die Sonne nicht zu warm wurde. Sich um die Kinder zu kümmern, wirkte bei ihr so leicht, während bei ihm wegen jeder Kleinigkeit Stress ausbrach. Die Ruhe, die von dieser Szene ausging, stand in krassem Gegensatz zu der chaotischen Nacht, die hinter ihm lag – den chaotischen Tagen, die hinter ihm lagen –, und bei ihr hatte man das Gefühl, dass dieser Frieden auch länger als nur ein paar Minuten anhalten könnte. Aber wenn jemand wusste, wie schnell sich das Leben ändern konnte, dann war es Truman.

Wie an diesem Morgen.

Wieder hatte er die Szene im Schlafzimmer vor Augen –

ihren ruhigen, interessierten Blick, wie sie sich mit der Zunge über die Lippen gefahren war, als wollte sie ihm das Handtuch wegreißen und ihn genauso gern kosten, wie er sie verschlingen wollte. Auch wenn kein Wort über diese Begegnung gefallen war, so war die Hitze zwischen ihnen doch auf höllische Temperaturen angestiegen. Bei jeder zufälligen Berührung ihrer Hände sprühten Funken. Jeder Blick glühte. Das führte dazu, dass sein bestes Stück den ganzen Vormittag auf halbmast stand. Zum Glück kamen Dixie und Bear heute nicht in die Werkstatt, sodass niemand anderes Zeuge der lächerlichen erwartungsvollen Beule in seiner Hose wurde.

»Auf alle Fälle …«, sagte Gemma und brachte ihn zurück zu ihrer Unterhaltung. Sie erzählte ihm gerade von ihrer Prinzessinnen-Boutique.

Truman hörte zu, als sie von den Unterschieden zwischen einer Geburtstagsfeier für eine Zweijährige und für eine Siebenjährige erzählte, zu der anscheinend ein Walk auf einem roten Teppich inklusive Scheinwerfer, Musik und jede Menge Trara gehörte.

»Wir machen Maniküre, Pediküre, Frisuren und Make-up, aber das ist nicht das Beste. Das Beste ist es, wenn man zusieht, wie die Kinder ihre Outfits auswählen, ohne dass die Eltern ihnen sagen, was sie anziehen sollen. Einige der sittsamsten Mädchen entscheiden sich für Leder und Spitze, und manche Wildfänge suchen sich Rüschenkleider heraus.« Ihre Augen strahlten, und sie sah an ihm vorbei, als sähe sie in der Ferne einige dieser Situationen. »Und dann ist da dieser Moment, in dem alles zusammenkommt und diese kleinen Mädchen plötzlich zu anderen Menschen *werden*. Das ist sogar noch besser, als sie beim Aussuchen der Klamotten zu beobachten. Dieser Augenblick der Offenbarung und der Freiheit, wenn ihnen klarwird, dass sie alles werden können, was sie wollen. Das liebe ich.«

Zum ersten Mal, seit er sich erinnern konnte, nahm in seinem Kopf etwas anderes als dunkle Bilder Gestalt an, und seine Finger kribbelten mit dem Wunsch, etwas zu erschaffen, das nicht von Frust und Ärger ausgelöst wurde. Gemma inspirierte ihn, sie war lebendige Kunst. Während sie ihm von ihrem Geschäft erzählte, stellte er sich vor, sie zu malen. Er hatte Gelb-, Rosa- und Orangetöne für ihr Haar vor Augen, durchsetzt von Blau und Lila. Er stellte sich vor, ihr Gesicht mit einem pastellfarbenen Gestöber aus Wirbeln und sanften Linien zu malen, mit kräftigen Streifen in Blau und Schwarz für diese verführerischen Funken, die sie versprühte. Und ihren Körper? All diese sinnlichen Kurven und diese Kraft konnten nur als Mischung aus makelloser Schönheit und süßer Rebellion gemalt werden, mit Tönen von Gold, Hellgrün, Gelb und knalligem Pink.

»Jetzt kennen Sie meine Leidenschaft. Erzählen Sie mir nun von Ihren Zeichnungen?«

Er schüttelte den Kopf, um seine Gedanken zu sortieren. »Sie haben sie doch gesehen. Erzählen Sie mir lieber mehr von sich.« Er wollte alles wissen, auch wenn er nicht bereit für eine Gegenleistung war. »Warum Prinzessinnen?«

Sie kniff ihre stechenden Augen auf diese ernste und gleichzeitig verspielte Art zusammen, die er mittlerweile als typisch für Gemma erkannte. »Warum Zeichnungen?«

Er richtete seine Aufmerksamkeit wieder auf ihr Auto, um der Frage auszuweichen.

»Sie lassen mich im Morgengrauen in Ihre Wohnung stürmen, aber Sie reden mit mir nicht über Ihre Zeichnungen?«

Er lächelte und sah sie wieder an. »Sieht so aus.«

Sie verdrehte die Augen. Das tat sie oft, anstatt ihn zu drängen, und das gefiel ihm. Es verschaffte ihm Zeit nachzudenken. Aber um ehrlich zu sein, drängte ihn nie jemand zu etwas, und irgendwie gefiel es ihm auch, wenn sie es tat. Es war schön zu wissen, dass sie sich für ihn interessierte, auch wenn ihm klar war, dass sie auf dem Absatz kehrtmachen würde, wenn sie ihn wirklich kennenlernte.

»Wenn Sie mit mir nicht über Ihre Zeichnungen reden wollen und auch nicht weitere Einzelheiten über Ihre Mutter erzählen mögen, dann erklären Sie mir doch, wie es kommt, dass ich jetzt seit ein paar Jahren in Peaceful Harbor wohne und Sie noch nie irgendwo gesehen habe.«

Sie hatte ihn schon während des Frühstücks mit Fragen bombardiert, und ebenso, während er das Geschirr spülte und als er eine Ladung Wäsche in die Maschine geworfen hatte. Sie hatte ihm die gleichen Fragen auf zehn verschiedene Arten gestellt. Sie war bewundernswert hartnäckig.

»Sind Sie oft an diesem Ende der Stadt?«, fragte er, obwohl er die Antwort kannte. In der Nähe der Brücke gab es – abgesehen vom Whiskey Bro's – nicht viel.

»Nein, eigentlich nicht, aber Sie kommen doch bestimmt manchmal ins Zentrum?«

Er konzentrierte sich darauf, die Delle in der Autotür auszubeulen. »Klar, wenn ich etwas brauche. Aber sonst bleibe ich eher mehr für mich und ich bin erst vor ein paar Monaten hergezogen.«

»Wo haben Sie denn vorher gelebt?«

Hinter Gittern. Das Thema würde er nicht vertiefen. Er hielt den Blick auf das Innere der Tür gerichtet. »Wo haben Sie gelebt, bevor Sie hierhergezogen sind?«

»Ich bin zwei Stunden entfernt von hier aufgewachsen.«

Er wagte einen Blick. Sie drehte gerade eine Locke um den Finger, wirkte so entspannt, mit einem ungezwungenen und schönen Lächeln, das bis in ihre Augen reichte. Mann, sie haute ihn um mit diesem Lächeln.

»War es so in etwa wie in Peaceful Harbor?«

Sie schüttelte den Kopf. »Nein, ich bin in einer vollkommen anderen Umgebung aufgewachsen. Ich durfte nicht stundenlang mit einer Puppe im Gras spielen. Das war ein streng geregeltes Leben in einer bewachten Wohnanlage mit Musikunterricht, Knigge-Kursen, Privatlehrern für Fremdsprachen …« Sie rümpfte die Nase.

»Warum sind Sie hierhergezogen?« Ihr Leben fand in einer völlig anderen Welt statt als seines – ein weiterer Grund dafür, dass er die Hosen anbehalten sollte.

»Mal überlegen.« Sie löste ihre Haare und erwiderte seinen Blick. »Bewachte Wohnanlage, Musikunterricht, Privatlehrer.«

Er lachte verhalten über ihre Offenheit. »Die meisten würden alles dafür geben.«

»Die meisten haben keine Ahnung, wie grauenhaft das alles ist. Ich wollte immer nur mit Feenflügeln herumflattern, mich mit Zehn-Dollar-Kostümen verkleiden und ein Zelt aus Laken bauen. Ich hatte diesen Traum, dass ich über Wiesen renne – ohne eine Nanny, die auf mich aufpasst. Wissen Sie, was ich meine? Einfach nur ein Kind zu sein, vielleicht eine Teeparty mit solchen kleinen Plastikbechern und falschem Tee zu veranstalten. Es wäre schön gewesen, nur ein einziges Mal selbstgebackene Vanille-Cupcakes zu haben statt einer dreistöckigen Mousse-au-Chocolat-Geburtstagstorte. Es wäre für meine Eltern auch so einfach gewesen, mir irgendetwas davon zu geben. Und Zeit«, sagte sie verträumt. »Ein paar Minuten ihrer Zeit ohne irgendeinen Zweck, das wäre das beste

Geschenk überhaupt gewesen. Es wäre mir auch egal gewesen, was wir gemacht hätten. Wir hätten auch einfach nur in einem leeren Raum sitzen und reden können.«

Sie atmete tief durch und wandte den Blick ab. »Meine Eltern waren der Ansicht, ich wollte ›das Leben einer Sozialhilfeempfängerin leben, anstatt das einer Prinzessin‹, und vielleicht hatten sie recht, denn ich interessierte mich für nichts von dem, was sie so taten. Ich wollte nie Klavier oder Französisch lernen.« Sie schüttelte den Kopf. »Tut mir leid. Der Vergleich mit der ›Sozialhilfeempfängerin‹ stammt von ihnen, nicht von mir.«

Er schaute zu Kennedy und ihm wurde klar, dass Sozialhilfe bereits eine Stufe höher war als die Bedingungen, in denen die Kinder gelebt hatten. »Das ist nicht beleidigend.«

Sie nickte, Erleichterung im Blick. »Zeit war das Einzige, was ich wollte. Zeit mit ihnen, meine eigene Zeit, um zu rennen, zu spielen und ein Kind zu sein. Lieber hätte ich nichts gehabt und wäre geliebt worden, als wäre ich ihr Ein und Alles, als alles zu haben und mich wie ein Gegenstand zu fühlen, den sie vorführen konnten.«

Auf den ersten Blick hatte er nicht vermutet, dass sie irgendetwas gemeinsam haben konnten, und er hatte sich gefragt, warum er sich so von jemandem aus einer ganz anderen Welt angezogen fühlte. Aber je mehr er über sie erfuhr, umso mehr wurde ihm klar, dass sie so manche Dinge gemeinsam hatten. Wichtige Dinge, die er nie erwartet hätte.

»Warum also Prinzessinnen? Man könnte annehmen, Sie würden lieber in die andere Richtung gehen.«

»Weil es bei Princess for a Day nicht einfach darum geht, eine aufgeputzte kleine Prinzessin zu sein, die alles bekommt, was sie will. Es geht darum, dass die Kinder einen Tag lang das sein können, was *sie* sich erträumen. Wir haben die Rockerprinzessin, die Akademikerprinzessin, die Bauarbeiterprinzessin. Was immer sie wollen, wir haben es. Gruftiklamotten, Rüschen, Leder, Spitze, Burschikoses ... Ich wollte es ›You for a Day‹ nennen, aber der Marketingexperte, mit dem ich gesprochen habe, meinte, niemand würde verstehen, was oder für wen es wäre.« Sie zuckte mit der Schulter. »Also entschied ich mich für Princess. Wie war Ihre Kindheit?«

Mit aufeinandergepressten Zähnen wandte er seine Aufmerksamkeit wieder dem Auto zu. »Wie oft können Sie die gleichen Fragen stellen?«

»Wie oft können Sie ihnen ausweichen?«

»Verdammt oft.« Er hob den Blick und sie lächelte wieder. »Was ist?«

»Sie sind süß, wenn Sie versuchen, so machohaft und abweisend zu sein.«

Er lachte. »Süß? Lincoln ist süß. Kennedy ist süß. Ich mache Sie nervös, schon vergessen?«

»Mhm.« Sie drückte sich vom Türrahmen ab. »Ich habe noch einmal über dieses spezielle Adjektiv nachgedacht. *Heiß* ist wohl ein besserer Ausdruck.« Sie wandte sich ab und ging zu Kennedy auf den Rasen.

Wie sollte er sich nach diesem Spruch noch konzentrieren? Er versuchte, seine Aufmerksamkeit auf die Reparatur der Delle zu richten, aber seine Gedanken sprangen immer wieder zu Gemma. In der vergangenen Nacht hatte er viel an sie gedacht, während er in der Wohnung auf und ab lief, um Lincoln zu beruhigen und wieder in den Schlaf zu wiegen. Als er am Morgen das Klopfen an der Tür gehört hatte, war er sich sicher gewesen, dass die Polizei vor ihm stehen und ihm die Nachricht bringen würde, sie hätten seinen Bruder irgendwo tot aufgefunden, oder die Behörden kämen, um ihm die Kinder wegzunehmen. Als er Gemma durch die Scheibe gesehen hatte, war er nicht nur erleichtert, sondern erfreut gewesen. Er genoss ihre Gesellschaft, trotz ihrer ewigen Fragerei. Ihre Neugier machte sogar einen Teil ihrer Anziehungskraft aus.

Der sanfte Tonfall von Gemmas Stimme begleitete ihn durch die diffizile und zeitaufwändige Arbeit. Etwas später trug sie Lincoln in die Werkstatt und er wurde von einer Welle des Glücks erfasst. Er stand auf, um Lincoln zu nehmen, und fühlte sich durch die Gefühle, die auf ihn einstürmten, etwas aus dem Gleichgewicht gebracht.

»Schon gut, ich kann ihn füttern«, sagte sie.

»Sicher halte ich dich von irgendetwas ab. Du bist schon seit Stunden hier.« Das Du kam ihm plötzlich wie selbstverständlich über die Lippen.

Ein süßes, vorsichtiges Lächeln trat in ihr Gesicht. »Hast du mich schon satt?«

»Ganz und gar nicht«, sagte er und trat näher. »Aber du bist keine Babysitterin und doch bist du schon seit dem Morgengrauen hier.«

»Ich fühle mich nicht wie eine Babysitterin. Es ist schön, dich und die Kinder kennenzulernen.«

Er strich mit der Hand über Lincolns Stirn und war froh, dass sie sich kühler anfühlte. Den Blick in ihrem versunken ließ er seine Hand auf ihren Arm sinken. Stromschläge fuhren ihm unter die Haut, und als ihre Lippen sich öffneten und ein verträumtes Seufzen entwich, fing sein Herz an zu rasen.

»Wärst du nicht lieber woanders?«

Wortlos schüttelte sie den Kopf. Das Verlangen, die Hände um ihr wunderschönes Gesicht zu legen und den Kuss einzufordern, nach dem er sich so sehnte, war so stark, dass seine Hände zu zittern begannen. Ein Kuss, nur einmal kosten, sagte er sich. Es war eine Ewigkeit her, dass er eine Frau aus Leidenschaft und nicht als Mittel zum Zweck geküsst hatte.

»Aber ich dachte«, sagte sie und durchbrach seinen Gedankengang, »dass ich Kennedy gern mit in meinen Laden nehmen und sie dort spielen lassen würde.«

Kennedy schob ihre Hand in seine. Er war noch nicht bereit, sie aus den Augen zu lassen. »Wie wäre es, wenn wir alle zusammen gehen, wenn ich hier fertig bin?«

»Im Sinne von einem Date?« Ihre Augen funkelten verschmitzt.

Seine Hand glitt von ihrem Arm zu ihrer Taille, und es war unglaublich, wie sich diese kleine Berührung anfühlte. Sie war weich und feminin, und der leichte Wind trug einen Hauch vom Vanilleduft ihres Haars zu ihm. Er wollte diesen Duft auf ihrer Haut riechen, ihn in ihrem Schweiß schmecken, wenn sie die köstlichen Qualen der Leidenschaft erlebte. Sie sahen einander lange an, während sich ein sinnlicher Faden zwischen ihnen spann. Das hier war gefährliches Territorium. Sie verdiente einen Mann ohne harte Vergangenheit, aber er wollte sie.

Das verworrene Netz aus Lügen, das er geschaffen hatte, um die zu schützen, die er liebte, würde ihn bis in alle Ewigkeit umgeben. Wie ein Mantel, der ihn verhüllte. Sein liebendes Herz war unter der Haut eines Killers verborgen. Wenn er erst einmal seine Vergangenheit offenbarte, würde sie ihn nie wieder so ansehen.

Er beugte sich vor und wollte sich diesen Kuss nehmen, für den Fall, dass dies alles wäre, was je geschehen würde.

»Tuuman«, erklang Kennedys piepsige Stimme und durchbrach seinen Tunnelblick.

Sie sahen beide hinab auf die unschuldig blickende kleine Prinzessin mit der schiefen Tiara. Es war das erste Mal, dass Kennedy seinen Namen gesagt hatte, was den Strudel seiner Gefühle nur noch mehr aufwühlte.

Er hob seine kleine Schwester hoch und schaute zu Gemma, die mehrmals blinzelte, so als müsste sie den Sturm, den sie heraufbeschworen hatten, auch erst beruhigen.

»Ja, Prinzessin?«, fragte er Kennedy.

»Hunga.«

Als er seinen Blick wieder Gemma zuwandte, war sein Begehren und die Absicht, die mitschwang, nicht zu leugnen. »Ich auch, Prinzessin. Ich habe einen *Heißhunger*.«

Das Atmen sollte doch eigentlich leicht und wie von selbst vonstattengehen, nicht stoßweise und abgehackt. Das galt auch fürs Denken. Gemma war schon immer eine schnelle Denkerin gewesen, doch jetzt, nachdem sie den Großteil des Tages mit Truman und den Kindern verbracht hatte und in ihren Laden gefahren war, um alles für die drei vorzubereiten, rasten ihre Gedanken hin und her, kreisten um den heißhungrigen Blick in Trumans Augen vor dem Mittagessen und die Art, wie seine Hand bei mehreren Gelegenheiten am Nachmittag auf ihrer Haut verharrt hatte. Und als er mit nichts weiter als einem Handtuch um die Hüften über sie gestolpert war … Ihr ganzer Körper wurde wieder heiß bei der Erinnerung daran, wie erregt sie *beide* gewesen waren. Sie hatte noch nie eine so umfassende Lust verspürt, die sich so verheerend auf ihren Körper und ihr Denkvermögen auswirkte.

Sie setzte sich, um ihre goldenen Mary-Jane-Pumps anzuziehen. Für die Kinderpartys zog auch sie immer eins der Kostüme an. Heute machte sie sich für Truman ebenso wie für Kennedy schön. Es hatte Ewigkeiten gedauert, sich für ein Outfit zu entscheiden, da sie sexy aussehen wollte, aber nicht so, als würde sie es zu verkrampft versuchen. Schließlich hatte sie sich für eines ihrer Lieblingskostüme entschlossen: Passion Princess, die leidenschaftliche Prinzessin. Das war ein niedliches kleines Outfit mit Puffärmeln, die mit weißen Schleifen verziert waren und die Schultern frei ließen. Das Kleid war aus babyblauem Satin mit goldenen Zierstreifen, einem changierenden Paisleymuster und winzigen Glitzersteinchen entlang des Herzausschnitts. Es wurde im Rücken geschnürt und mit einer großen weißen Schleife zusammengebunden. Der goldene Overlay-Rock war hinten lang und ließ vorne die schenkelhohen Strümpfe frei. Der Rock reichte bis zur Mitte des Oberschenkels und hatte das gleiche goldene Paisleymuster mit einem weißen Spitzensaum. Ein weißer Tüll-Unterrock verlieh dem Outfit einen koketten Schwung.

Die Haare nahm sie mit einem blauen Satinband aus dem Gesicht, ließ aber ein paar lange Ringellocken an den Seiten lose herunterhängen. Sie zog weiße Handschuhe an, die bis zu den Ellbogen reichten, und legte sich die stahlblaue Chokerkette um den Hals, an der ein blauer Edelstein baumelte. Die Farbe erinnerte sie an Trumans Augen, und ihr Magen schlug Purzelbäume bei der Aussicht darauf, dass Truman sie so sehen würde.

Als sie sich im Spiegel begutachtete, musste sie lächeln. Sie liebte dieses Outfit. Es war wirklich ihr Lieblingskleid – die richtige Dosis Sexappeal, sodass es für eine Erwachsene angemessen war, und immer noch ausreichend märchenhaft, um all diese magischen Gefühle auszulösen, für die Märchen bekannt waren. So viele Jahre hatte sie davon geträumt, jemand anderes zu sein, und Geschichten erfunden, um ihrem einsamen, langweiligen Leben zu entkommen, dass das Verkleiden nun noch mehr Spaß machte. Sie lebte all die Fantasien aus, die sie als kleines Mädchen nie haben durfte, daher machte ihr die Arbeit unglaubliche Freude.

Sie ging in die Spielecke, um die letzten Vorbereitungen zu treffen, die Körbe und Ständer mit den Kleidern für Kennedy zu richten und den kleinen Spielbogen aufzustellen, den sie auf dem Weg für Lincoln besorgt hatte.

Ihr Handy vibrierte und Crystals Gesicht erschien auf dem Bildschirm. Es war fast sechs Uhr. Gemma war überrascht, dass Crystal so lang damit gewartet hatte, sie nach Einzelheiten über ihren Tag auszufragen. Sie hatten am Abend zuvor noch lange geredet, und Gemma hatte ihr von den Plänen berichtet, Truman an diesem Morgen zu besuchen.

Sie klickte die Nachricht an. *Hat er unterhalb der Gürtellinie auch Tattoos?* Zwinkernde und lachende Smileys waren nie so Crystals Ding gewesen. Sie war visueller veranlagt. Daher auch die folgende Serie von Fotos, die auf Gemmas Handy erschienen: eine Reihe von tätowierten Penissen.

»Aua«, murmelte Gemma, als sie ihre Antwort eingab. *Weiß ich nicht, aber das sieht schmerzhaft aus. Ich hoffe also nicht. Wir haben uns noch nicht einmal geküsst. Und ich bin mir auch nicht sicher, ob ich einen Kuss überleben würde!*

Crystals Antwort kam sofort. *Einen Kuss nicht überleben? Oh Mann, ich glaube, ich muss mein Auto zu Schrott fahren.*

Mit mürrischem Blick schrieb Gemma zurück: *Oh nein, das wirst du nicht! Finger weg! Muss mich beeilen. Er kommt jeden Moment. Kennedy spielt heute Abend Prinzessin.*

Nur Sekunden später kam die nächste Nachricht. *Und ihr spielt Versteck die Wurst?*

Noch eine Nachricht. *Oder Flaschendrehen?*

Ihr Handy vibrierte wie gedopt, während Schlag auf Schlag Nachrichten ihrer Freundin ankamen. *Prinzessin Schluck? Prinz Cunnilingus? Macht ihr Hintertürspielchen? Oder bringst du ihn dazu, ganz und gar loszulassen?!*

Gemma lachte, als die Glocke an der Eingangstür die ganz eigene magische Melodie ihrer Boutique spielte und Truman hereintrat, mit Kennedy an der einen Hand und der Babyschale samt Lincoln in der anderen. Sie legte ihr Handy auf den Tresen, während er diese betörenden blauen Augen auf sie richtete und sichtbar schluckte, als sie näherkam. Sein Blick ließ sie schmelzen wie ein Eis am Stiel. Ihr Magen verknotete sich bei den Purzelbäumen, die er schlug. Es gefiel ihr, dass sie offensichtlich diese Barriere von barscher Schroffheit durchbrach, die er so krampfhaft aufrechtzuerhalten versuchte. Allerdings war ihre Wirkung auf ihn ja schon unübersehbar gewesen, als er mit diesem sehr dünnen Handtuch aus dem Badezimmer gekommen war.

»Hallo!« Sie wandte den Blick von seinen durchdringenden Augen ab und bemerkte, dass er nun eine tief sitzende Jeans trug, die sich – überall – nett an ihn schmiegte. Na großartig, jetzt starrte sie sein Gehänge an und versuchte, nicht darüber nachzudenken, ob er dort tätowiert war. *Verdammt, Crystal!*

»Das ist …« Er fuhr sich mit der Zunge über die Lippen, während sein Blick langsam an ihrem Körper hinunterglitt und an ihren schenkelhohen Strümpfen hängenblieb. »Das ist ein tolles Outfit. Wir bräuchten wahrscheinlich mehr Prinzessinnen-Tage in unserem Leben.«

Wie einen Samtumhang wollte sie sich dieses Kompliment

umhängen, aber als er sie mit den Augen verschlang, kribbelte ihre Haut in hoffnungsvoller Erwartung einer Berührung. Sie musste sich unter Kontrolle bekommen und auf die Kinder konzentrieren, ansonsten würde sie mit ihren Puddingbeinen noch in Ohnmacht fallen.

Sie wandte ihren Blick wieder ab, schloss die Tür hinter ihnen und sagte: »Ich bin froh, dass ihr hergefunden habt, und wie ich sehe, hast du meinen Ratschlag zu Lincolns Babyschale angenommen.«

»Deine Wegbeschreibung war perfekt, und wer immer sich das hier ausgedacht hat, ist ein Genie.« Er hob die Babyschale an und sein wölfisches Grinsen verwandelte sich in ein liebevolles brüderliches Lächeln für das glückliche Baby.

Wie schaffte er das, während sie doch in Gedanken noch die Knoten löste, die dieses hungrige Grinsen ihr beschert hatte? Sie hockte sich neben Kennedy und spürte die brennende Hitze von Trumans Blick auf sich. Der Wolf war zurück! Vielleicht hätte sie ihr Rotkäppchen-Outfit anziehen sollen.

Acht

»Tru, nicht bewegen. Du bist fast fertig.« Gemma knöpfte die oberen Knöpfe an Trumans weißer Popelinejacke zu – das fünfte oder sechste Outfit, das sie und Kennedy für ihn ausgesucht hatten. »Nur damit du's weißt, dieses Märchenprinzkostüm ist sehr gefragt.«

»Wenn du es zuknöpfst, kann ich mir das gut vorstellen«, stieß er leise hervor.

Auf der Unterlippe kauend stand sie vor ihm mit diesen schenkelhohen weißen Strümpfen, die er ihr für sein Leben gern ausgezogen hätte – und zwar mit den Zähnen. Ihr Gesicht spiegelte pure Konzentration wider, als sie zurechtrückte und glattstrich, mit den Händen über seinen Brustkorb und seine Schultern fuhr und dabei erregende Explosionen direkt in sein Innerstes schickte. Aus seiner Perspektive hatte er einen anregenden Ausblick auf den Ansatz ihrer Brüste. Ihr sexy Prinzessinnenkostüm puschte ihren Busen geschickt nach oben und sorgte für ein so tiefes Dekolleté, dass er sich am liebsten darin vergraben hätte und nie wieder herausgekommen wäre. Sie war der Inbegriff heißblütiger Unschuld, und er war nichts anderes als ein glotzender, lüsterner Typ, der kurz davor war, den Kampf, die Hände bei sich zu halten, zu verlieren.

»Ziehst du dich für alle Events so an?« Er ballte die Hände zu Fäusten, um Gemma nicht zu berühren. Eifersucht kroch von hinten über seinen Rücken bei dem Gedanken an andere Männer, die sie so begafften.

Sie zuckte mit den Schultern und kniff die Augen zusammen, als sie an seinen goldenen Manschettenknöpfen und dann an den schwarzen Samtschulterstücken seiner Jacke herumfummelte. »Hängt von meiner Stimmung ab. Manchmal trage ich so lange Satinkleider, wie Kennedy gerade eines anhat.«

Er schaute zu Kennedy, die mit einem Korb voller Tiaras spielte, und stellte sich Gemma in einem langen, glänzenden Kleid vor, die schlanken Schultern nackt, sodass jeder in ihren Genuss kam – so wie jetzt, wie sie seinen Mund geradezu anflehten, die seidene, verführerische Haut zu kosten. Das grünäugige Monster vergrub die Klauen noch tiefer in ihm.

»Manchmal trage ich Kostüme mit mehr Spitze und Rüschen«, fügte sie hinzu. »Oder kürzere Outfits. Wenn ich richtig mutig bin, ziehe ich das Lederoutfit der Bikerprinzessin an. Das kommt auf den Partys immer gut an. Ach, und das Kleid der Feenprinzessin mit den Flügeln, das Kennedy vorhin anprobiert hat. Das mag ich auch. Damit fühle ich mich leicht und vergnügt.«

Er stellte sich vor, dass die Väter ihre Töchter zu Partys vorbeibrachten, nur um einen Blick auf Gemma zu erhaschen. Die Eifersucht versuchte er tief in sich wegzusperren, aber das war vergebliche Liebesmüh.

»Verkleiden sich die Eltern auch immer?«, fragte er angespannt.

Sie lächelte, die Augen vor Freude ganz groß, und nickte. »Manchmal.« Sie fuhr mit den Händen an seinen Armen hinunter, dann vom Brustkorb hin zu seiner Taille, um seine Jacke glatt zu streichen. »Hoppla, warte kurz.« Sie kniete sich vor ihm hin, um den Saum seiner Hose umzulegen.

Heiliger! Verdammt noch mal, da ging seine Fantasie wieder mit ihm durch! Seine Temperatur stieg nicht nur rasant an, sie explodierte, brannte unter seiner Haut, schnitt sich sengend durch die Brust nach außen, raste über den Rücken hinunter bis hinein in seine Knochen – und seine Eifersucht brannte sich über den gleichen Weg durch seinen Körper.

»Hilfst du den Männern beim Anziehen?« Sie gehörte ihm nicht, daher war Eifersucht nicht angebracht, und er wusste auch, dass es daneben war, das zu fragen, aber er war unfähig, diese hässlichen Gefühle zu zügeln.

»Mhm.« Sie stand wieder auf und trat einen Schritt zurück, um ihn hemmungslos zu bewundern. »Du siehst aus …« Sie seufzte sehnsuchtsvoll und tätschelte seine Wange. »Wie der übelste Märchenprinz, den ich je gesehen habe.«

Diese Berührung. Diese Stimme. Dieses Seufzen – *diese Frau.* Sein Arm schoss um ihre Taille wie eine Kugel, und er zog sie so fest an sich heran, dass sie kurz und sexy aufschrie.

»Übel im Sinne von nicht gut?«, knurrte er – eine Folge seines glühenden Verlangens.

Sie legte ihre anmutig behandschuhten Finger auf seine Wange, und ihre bezaubernden grünen Augen hielten ihn gefangen, während sie mit einem heißblütigen Tonfall sprach, der eher zu einer Femme fatale passte als zu einer Prinzessin: »Übelster im Sinne von krassestem, coolstem, *heißestem* Märchenprinzen, den diese Prinzessin je gesehen hat.«

Er spürte ihr Herz gegen seines hämmern, schmeckte ihren Atem, und als ihre Hand sich auf seinen Rücken legte, wurde er unter ihrer Berührung warm. Er strich mit den Lippen über ihre Wange, atmete den Vanilleduft ihres Shampoos ein und drückte dann sein Gesicht an ihren Hals, um seine Sinne mit einem anderen weiblichen Duft zu füllen – dem Duft des Begehrens. Ihre Finger legten sich fester auf ihn und seine Hand drückte stärker in ihren Rücken. Er zog sich etwas zurück, sah ihr in die Augen, die dunkel und vertrauensvoll zu ihm aufblickten.

»Vor drei Tagen wusste ich noch nicht einmal, dass es Prinzessinnen gibt«, flüsterte er ganz nah an ihren Lippen. »Jetzt werde ich das Wort nie wieder hören können, ohne mich an dich in diesem mörderischen Outfit zu erinnern, daran, wie du meinen Kindern hilfst ... und mich berührst.«

»Deinen Kindern«, wiederholte sie mit zittriger Stimme.

»Meinen Geschwistern«, korrigierte er sich, besann sich dann aber doch noch einmal. »Aber sie sind so klein. Es fühlt sich so an, als seien sie meine Kinder, auch wenn sie meine Geschwister sind.«

Sie nickte. »Ich weiß, das sehe ich.«

Er schaute zu Lincoln, der so winzig und unschuldig war, der endlich aß, wie er sollte, der sicher und warm in einem richtigen Babybett schlief und jemanden hatte, der ihn liebte und auf ihn aufpasste. Und Kennedy, die glücklich spielte, sich mit ihren frisch gewaschenen und gekämmten Haaren im Spiegel anlächelte, mit vollem Magen und ... vollem Herz. Na ja, Letzteres musste er noch weiter auffüllen.

»Sie sind meine Kinder, Gemma«, wiederholte er. »Sie waren es von dem Tag an, an dem ich sie fand.«

Sie legte ihm die flache Hand auf den Brustkorb, und der Atem strömte aus ihrer Lunge, während sich ihre Finger krümmten, ihn festhalten wollten, ihr Blick so ernst und voller Emotionen, dass er völlig überwältigt war.

»Ich weiß«, sagte sie.

Er spürte Kennedys Hand auf seinem Bein, als sie sich zwischen sie quetschen wollte. Er und Gemma lächelten, traten auseinander, um sie hereinzulassen. Ein lautloses Verlangen füllte den Raum zwischen ihnen, als Kennedy Gemma die Arme entgegenstreckte. Er spürte einen Riss, der in seinem Herz entstand, ein kleines Reißen beim Anblick seines kleinen Mädchens, das nach der einzigen Frau die Arme ausstreckte, die ihn zum ersten Mal seit Jahren – vielleicht sogar in seinem ganzen Leben – etwas fühlen ließ. Die Wärme in Gemmas Augen gab ihm fast den Rest, als sie Kennedy auf den Arm nahm und die Kleine ihren Kopf auf Gemmas Schulter legte.

Truman versuchte, die neuen und unerwarteten Emotionen, die ihm die Kehle zuschnürten, herunterzuschlucken, und küsste Kennedy auf die Wange. »Zeit, nach Hause zu gehen, Prinzessin.« Er sprach mit Kennedy, doch sein Blick verharrte noch immer auf Gemma.

Er wusste, er sollte das, was auch immer sich da zwischen ihnen abspielte, ignorieren, er sollte ihr ermöglichen, einen passenderen Kerl zu finden, jemanden, dessen Vergangenheit ihn nicht immer ausbremsen und Erklärungen erfordern würde. Aber er hatte sein Leben lang immer alles getan, um andere zu beschützen, und hatte sich selbst hintangestellt. Nur dieses eine Mal wollte er seinem liebenden Herzen nachgeben – und nicht an den Killer denken, in dessen Haut er hatte schlüpfen müssen.

»Komm mit mir nach Hause«, sagte er hoffnungsvoll.

Gemma legte Lincoln in sein Gitterbett, während Truman Kennedy zu Bett brachte. Gemma war nicht klar gewesen, dass er dem Mädchen sein Bett überlassen hatte. Jetzt ergaben die Decken auf dem Sofa mehr Sinn.

Truman legte sich zu Kennedy und flüsterte ihr zärtlich zu, während sie einschlummerte. »Süße Träume, kleine Prinzessin. Du bist in Sicherheit. Du wirst geliebt. Ich bin hier bei dir.«

Ein Kloß bildete sich in Gemmas Kehle. Nachdem sie sich umgezogen und ihre Kostüme weggehangen hatten, waren sie mit zwei Autos zurück zu seiner Wohnung gefahren. So hatte sie gerade genug Zeit, um nervös angesichts dessen zu werden, was sich ergeben würde. Jetzt verschwand all diese Nervosität, und an ihre Stelle trat etwas Magisches, etwas so überwältigend Mächtiges, dass Gemma nicht einmal versuchte, es in Frage zu stellen.

Truman Gritt war hart, rau und schroff, er war tätowiert, und er sah so aus, als hätte er sich seit Wochen nicht rasiert. Er war all das, von dem sie nie gedacht hatte, dass sie es wollte, und innerhalb von nur zwei Tagen hatte er ihr gezeigt, dass nichts davon eine Rolle spielte. Als ihr bewusst wurde, dass sie ihn anfangs eingeschätzt hatte, wie ihre Mutter es wohl getan hätte, zuckte sie innerlich zusammen. Sie schwor sich, das nie wieder zu tun. Unter dieser harten Rüstung befand sich der freundlichste, sanfteste, loyalste Mann, den sie sich vorstellen konnte. Er war kein Märchenprinz, und er war nicht die Art von Mann, die ihre Mutter je gutheißen würde. Aber er war echt, und er war gut, und in genau dieser Sekunde, als sein starker, maskuliner Körper sich über das Schutzgitter des Bettes beugte, das er im Laufe des Tages für Kennedys Bett gekauft haben musste, sah er Gemma an, als hätte er gerade einen Teil seines Herzens auf die Matratze gelegt. Sie spürte, dass sie sich in ihn verliebte. Es war unmöglich, sich in einen Mann zu verlieben, den sie kaum kannte, aber als er ihre Hand nahm und mit der anderen nach dem Babyfon griff – *wann hat er das denn gekauft?* –, war unmöglich nicht mehr wichtig.

Neun

Ein Blick reichte, und schon stürzten sich Truman und Gemma aufeinander, küssten sich wild, während sie die Tür zur Veranda aufstießen und nach draußen stolperten. Truman konnte nicht schnell genug die Tür zuknallen und das Babyfon abstellen. Selbst eine Sekunde fern von Gemmas Lippen war zu lang. Nie war er so dankbar für ein Outdoor-Sofa gewesen wie in diesem Moment, als er und Gemma sich in einem wilden, leidenschaftlichen Gemenge von tastenden Händen und hungrigen Küssen darauf fallen ließen. Ihre Hände erforschten ihn fordernd, griffen unter sein T-Shirt und entlockten ihm ein Stöhnen aus den Tiefen seiner Lunge. Himmel, er wollte sie. *Alles* von ihr. Ihre Küsse, ihre Hände, ihren sinnlichen Mund, ihr großzügiges Herz. Während er mit einer Hand ihren Hintern umfasste und mit der anderen ihre Wange, vertiefte er den Kuss, und bald rieben und stießen ihre Hüften im gleichen rasenden Rhythmus aneinander. Sie stöhnte in den Kuss und schickte brodelnde Lust bis in sein Innerstes.

»Fuck, Gemma«, stöhnte er auf, froh darüber, dass die Kinder sicher hinter verschlossenen Türen schliefen und sie nicht hören konnten.

Sie riss die Augen auf, dann wurde ihr Blick dunkler.

»Ich liebe deinen Mund –«

Sie umfasste seinen Kopf, erstickte seine Worte mit dem nächsten stürmischen Kuss, einem Kuss, der ihm sagte, dass sie bei ihm war, bereit, willig. Seine Hand ließ von ihrem Hintern ab, suchte nach mehr, bewegte sich fest und schnell über ihre Hüfte, ihre Rippen, hin zu ihren vollen Brüsten und entlockte ihr noch ein sehnsüchtiges Stöhnen. Er lehnte sich zurück, schob ihr T-Shirt hoch, und sein gesamter Körper erschauderte beim Anblick ihrer samtenen Haut und der festen dunklen Brustwarzen, die gegen einen rosafarbenen Spitzen-BH mit zarten Satinschleifen drückten.

»Herrgott«, murmelte er.

Sie lächelte zu ihm auf und fuhr mit einem Finger über seine Wange.

»Entschuldige«, sagte er. »Ich hab nur … Du bist nur …«

Keine Worte konnten beschreiben, wie ihre Schönheit ihn erschlug, und er wollte keine Sekunde mit dem Versuch vergeuden. Er löste den Haken und schob die Körbchen beiseite, um einen köstlichen Nippel in den Mund zu nehmen und seine Hand mit der anderen Brust zu füllen. Sie bog sich ihm entgegen, vergrub die Hände in seinen Haaren, stöhnte und wand sich, während sie ihn festhielt.

»Oh Gott. Das fühlt sich so gut an.«

Er liebkoste und saugte, fuhr mit den Zähnen über die empfindliche Spitze. Sie atmete ruckartig ein, und er lächelte, als er es wiederholte, denn er liebte dieses Wilde an ihr. Er wich etwas zurück und streichelte mit der Zunge langsame Kreise um die harte Spitze. Den anderen Nippel rollte er zwischen Finger und Daumen und drückte ihn gerade so fest, dass er noch ein laszives Stöhnen geschenkt bekam, während er die wonnige Qual fortsetzte. Ihre Hände glitten über seine Schultern, seine muskulösen Oberarme, klammerten sich an ihm fest, während sie ein Bein um seines schlang und den Fuß auf seine Wade drückte. Verdammt, das Gefühl, von ihr umschlungen zu werden, war großartig. Er wollte alles wissen, was sie verrückt machte. Mochte sie es, gefingert zu werden, geleckt, gesaugt, hart und schnell genommen zu werden oder langsam und sinnlich? Er nahm wieder eine Brust in den Mund, während seine Hand über ihre Hüfte glitt und zwischen ihre Beine tauchte.

Fuck. Ihre Jeans war heiß und – wenn er sich nicht täuschte – *feucht*. Seine Härte pochte hinter dem Reißverschluss. Er küsste sich an ihrem Bauch hinunter, der sich mit jedem schnellen Atemzug hob. Seine tätowierte Hand an ihrer weichen Weiblichkeit zu sehen, ließ ihn noch härter werden, drängte ihn weiter. Er stellte sich vor, tief in ihr zu versinken, hatte diese perfekten Brüste vor Augen, die auf und ab wippten, während sie ihn ritt.

Er senkte die Zähne auf den Knopf ihrer Jeans und war bereit, alle Bedenken in den Wind zu schlagen, sich einfach von ihrer beider wildem Begehren leiten zu lassen. Aber als sie die Kinder zu Bett gebracht hatten, war auch die Tür zu seiner Vergangenheit aufgestoßen worden. Truman wollte egoistisch sein, alles nehmen, was sie zu geben bereit war, und sich, falls nötig, später mit den Folgen abgeben. Doch noch während er darüber nachdachte, die Hände unter diesen Jeansstoff zu schieben und die nasse Hitze aufzusuchen, die er so begehrte, meldete sich sein Gewissen. Er zog sich zurück, biss die Zähne aufeinander und schrie dieser verdammten Stimme in seinem Kopf zu, zum Teufel noch mal ruhig zu sein. Doch so sehr er auch versuchte, sich davon zu überzeugen, so gehörte er doch nicht zu dieser Art von Männern. Und viel wichtiger war, dass das hier – was immer *das hier* auch war – vollkommen anders war als alles, was er bisher erlebt hatte. Gemma war keine Billardtussi, die auf eine schnelle Nummer aus war und der seine Vergangenheit egal war, weil sie nur befriedigt werden wollte. Er musste diesen außer Kontrolle geratenen Zug zum Stehen bringen, zumindest so lang, bis er ihr so viel erzählt hatte, dass sie entscheiden konnte, ob sie mit diesem Wissen die Fahrt fortsetzen wollte.

Noch eine überwältigende Erkenntnis. Er hatte noch nie zuvor eine Frau in sein Leben gelassen. Bei der Aussicht zog sich seine Brust zusammen.

Zögernd gab er dieses winzige Stück Stoff frei und drückte seinen Mund auf die empfindliche Haut direkt unter ihrem Bauchnabel, fuhr mit der Zunge darüber, als wäre sein Mund gerade zwischen ihre Beine gebettet. Er konnte nicht widerstehen und glitt mit der Zunge unter den Bund ihrer Jeans. Sie hob die Hüfte. Er war so kurz davor, sein Gewissen in die Wüste zu schicken, doch als er den Blick hob und ihre seligen, vertrauensvollen Augen sah, zog sich ein anderes Organ zusammen.

Sein Herz.

Sein Herz ließ seinen Mund mit einem entschuldigenden Kuss zu ihrem Bauch wandern. Sein Herz ließ ihn an ihrem Körper nach oben gleiten und trotz ihres Widerstandes den BH schließen, ihr T-Shirt herunterziehen und sie in seine Arme nehmen. Er drückte seine Wange gegen ihre und atmete sie ein – ihre Lust, ihre Süße, ihre Enttäuschung – und prägte sich alles ein. Alles von ihr, denn hatte er erst einmal gesagt, was er zu sagen hatte, wäre sie schon fort.

»Ich möchte dir Empfindungen verschaffen, die du noch nie in deinem Leben gefühlt hast«, flüsterte er ihr ins Ohr, denn noch konnte er ihr nicht in die Augen sehen. »Ich möchte dich zum Frühstück verspeisen, deine Hand halten und dich vögeln, bis du mich am nächsten Tag noch spürst.«

»Dann tu es«, sagte sie atemlos.

»Ich will dir nicht wehtun.« Er zwang sich, den Kopf zu heben und ihrem verwirrten Blick zu begegnen. Wie ein Messer schnitt sich der Schmerz in seine Brust und sein Herz wurde eng.

Ihre Mundwinkel gingen nach oben, doch sie hielt die Unterlippe zwischen den Zähnen gefangen und fuhr mit einem Finger an seinem Haaransatz entlang. »Bist du *so* groß?«

Er lachte und ließ die Stirn auf ihre Schulter sinken – ein kurzer Moment purer und äußerster Euphorie.

Als er ihrem Blick wieder begegnete, lächelte sie.

»Ja, aber das ist meine kleinste Sorge.«

Sie gab ein lautloses *Wow* von sich und ihr Lächeln wurde noch breiter.

Er erwiderte ihr Lächeln, doch die Realität schob ihre hässliche Fratze dazwischen und erstickte den glücklichen Moment. Es war ihm zuwider, dies alles zu zerstören – *sie, das, was zwischen ihnen entstand –*, und so sagte er: »Ich will dich, Gemma. Noch nie in meinem Leben habe ich jemanden so sehr gewollt, aber wenn wir diese Linie überschreiten, dann muss es von Anfang an mit Ehrlichkeit geschehen.«

Er atmete tief ein, bevor die dunkle Lüge, mit der er lebte, alle Anfänge von einem Lächeln, einer Hoffnung, von allem Guten, das er Sekunden zuvor empfunden hatte, überschattete und die schmerzvolle, grauenhafte Wahrheit herauskam.

»Ich bin nicht der Mann, für den du mich hältst.«

Gemma lag in einer Wolke der Verwirrung unter Truman. Ihr Körper summte noch von seiner Berührung, seinen Küssen und den Emotionen, die aus ihm heraus zu sickern und unter ihre Haut zu kriechen schienen. Aber er rückte weg, setzte sich auf und half ihr dabei, das Gleiche zu tun, und die Qualen in seinem Blick jagten ihr einen Schauer der Angst über den Rücken.

»Ich ...« Sie musste schlucken. »Ich verstehe das nicht.«

Er stützte sich mit den Ellbogen auf den Knien ab und starrte in die Dunkelheit. Eine Anspannung umgab ihn, kämpfte gegen etwas anderes, etwas viel Traurigeres, das sie noch mehr verwirrte.

Er schüttelte den Kopf, das Kinn fiel auf die Brust, diese tiefblauen Augen schlossen sich kurz und schlossen sie aus. Sie spürte seinen Rückzug, konnte regelrecht *sehen*, wie seine Mauern wieder in Position rückten, als er die Augen öffnete. Sein Kinn hob sich, verkrampft, und er blickte starr in die Nacht. Mit einem tiefen Atemzug hob sich seine Brust. Die Schultern strafften sich, als er sich ihr mit diesem kühleren, zurückhaltenden Ausdruck zuwandte, wie an dem ersten Abend, an dem sie sich kennengelernt hatten. Nur Sekunden lang sah sie Traurigkeit in seinen Augen aufflackern, und dann, als hätte er einen Vorhang fallen lassen, verschloss sich sein Blick wieder.

»Was ich dir erzählen muss, wird dich alles in Frage stellen lassen, was du glaubtest, über mich zu wissen. Es wird dich wahrscheinlich wütend machen, und du wirst dich vielleicht sogar fragen, ob du deinem eigenen Instinkt noch trauen kannst.«

»Du machst mir Angst«, gab sie vorsichtig zu.

Er nickte und sein Kiefer mahlte. »Ich weiß. Es tut mir leid. Aber ich kann dich nicht so berühren, wie wir beide es wollen, wenn all dies über mir schwebt.«

Ein nervöses Lachen entwich ihr. »Bei dir klingt es so, als seist du ein grauenhafter Mensch.«

Er schüttelte den Kopf, die Mundwinkel gingen frustriert nach unten. »Ich weiß selbst nicht mehr, wer oder was ich bin, aber ich weiß, dass ich nicht der Typ bin, der mehr von dir nimmt, ohne ehrlich zu sein.«

»Truman, was soll das bedeuten, du weißt nicht mehr, wer oder was du bist?« Sie rückte ein paar Zentimeter von ihm ab.

Er rieb sich mit der Hand über das Gesicht. »Du hast mich nach meiner Kindheit gefragt. Sie war ganz anders als deine, was dir sicher schon klargeworden ist. Ein Dach über dem Kopf hatten wir nur aus dem einzigen Grunde, weil meine Großmutter ihr Haus meiner Mutter hinterlassen hat. Irgendwann muss sie es verkauft oder verlassen haben. Weiß der Henker. Meine Mutter war wie Krebs. Was sie berührte, zerstörte sie.«

»Sie hat dich nicht zerstört«, sagte sie sanft und konnte nicht anders, als ihm weiter über den Arm zu streichen.

Sein Blick richtete sich auf ihre Finger, dann blinzelte er langsam, schloss kurz die Augen und öffnete sie dann wieder.

»Doch, hat sie.« Er schwieg, der innere Kampf war ihm ins Gesicht geschrieben, die Finsternis grub sich in seinen Blick. »Es grenzt an ein Wunder, dass ich diese Kindheit überlebt habe, aber bis mir klarwurde, dass sie ein Problem hatte … Ich war ein Kind. Ich hatte keine Ahnung. Ich weiß nicht einmal, wann sie anfing, Drogen zu nehmen. Mit vierzehn hat sie mich bekommen. Meine Großmutter lebte noch und wir wohnten bei ihr, aber sie war auch ein Wrack. Wer weiß? Vielleicht war ich der Grund dafür, dass sie anfing, Drogen zu nehmen. Ich lerne ja gerade selbst, wie schwer es ist, ein Kleinkind großzuziehen, und so wie sie mich behandelt hat, kann man leicht zu dieser Schlussfolgerung kommen.«

Er hielt kurz inne und sie konnte kaum atmen. Ihre Finger legten sich fester um seinen Arm. Sie wollte ihn halten, bis seine schmerzhafte Vergangenheit verschwand, aber sie spürte seine Mauern und wusste, dass die kleine Berührung, die er ihr zugestand, alles war, was er gerade annehmen konnte.

»Meine Erinnerungen sind nicht deutlich genug, um viel über meine Kindheit zu wissen, aber ich weiß, dass es schlimm wurde, nachdem meine Großmutter gestorben war. Und als Quincy geboren wurde, ist alles noch schlimmer geworden.«

»Quincy?«

»Mein Bruder«, sagte er leise. »Ich habe ihn im Grunde genommen aufgezogen, bis … Viele Jahre.«

»Ich wusste nicht, dass du noch einen Bruder hast. Hast du noch mehr Geschwister?«

Er schüttelte den Kopf. »An dem Abend, an dem ich die Kinder fand, habe ich Quincy zum ersten Mal seit Monaten wiedergesehen. Das Mal davor hatte ich ihn aus einem Crackhaus herausgeholt und versucht, ihm Hilfe zu verschaffen. Er wollte weder von mir noch von irgendeiner Hilfe etwas wissen. Soweit ich weiß, habe ich keine anderen Geschwister.«

Seine Stimme wurde brüchig, er räusperte sich und änderte seine Position auf dem Sofa, sodass ihre Hand von seinem Arm rutschte. Wieder richtete er seinen Blick in die Dunkelheit.

»Ich habe ihm gesagt, er soll sich von den Kindern fernhalten, bis er clean ist. Nicht einmal ihre Geburtsdaten kenne ich.« Er schaute herüber, legte den Kopf zur Seite und sah sie mit einem ernsten Gesichtsausdruck an. »Die Ärztin glaubt, dass Kennedy ungefähr zweieinhalb ist und Lincoln ungefähr fünf Monate.« Er legte Finger und Daumen auf den Nasenansatz, als hätte er Schmerzen, und wandte sich wieder ab.

Sie dankte dem Himmel, dass die Kleinen ihn hatten. Tränen stiegen ihr in die Augen, und als sie seinen Rücken berührte, erstarrte er und hob die Augen gen Himmel, wobei er mehrmals blinzelte.

»Doch, die kennst du«, sagte sie sanft. »Du kennst ihr Geburtsdatum. Donnerstag, der 15. September. Der Tag, an dem du sie gerettet hast.«

Mit Tränen in den Augen und ohne Scham, was ihr mitten ins Herz stach, wandte er sich zu ihr um. Er sagte kein Wort, sondern lehnte sich einfach vor, schlang die Arme um sie und hielt sie so fest, dass sie kaum Luft bekam. Er hielt sie lange fest, und nachdem er so ehrlich zu ihr gewesen war, fühlte es sich richtig an, in seinen Armen zu liegen. Als er sich zurückzog, waren die Tränen fort, die Kiefer wieder fest aufeinandergepresst, und mit ungutem Gefühl im Magen wurde ihr klar, dass da noch mehr war.

Wie viel konnte ein Mann noch ertragen?

Er blickte sie ernst und entschuldigend an. Sie wollte ihm sagen, dass eine Entschuldigung nicht nötig war, dass man sich seine Eltern nicht aussuchte. Aber das würde bedeuten, dass sie reden müsste, und der Kloß in ihrer Kehle war so groß, dass sie kein einziges Wort hervorbrachte.

»Nachdem Quincy geboren wurde, tauchte eine Reihe von Männern in unserem Leben auf und verschwand wieder. Niemals für lang und keine guten Männer. Junkies, Dealer, Eintreiber, für einen Tag, eine Nacht, eine Woche. Meine

Mutter kam immer mit blauen Flecken und zugedröhnt nach Hause. Sie verschwand meist mit einem Typen im Schlafzimmer und sagte mir, ich solle auf Quincy aufpassen, was ein Witz war. Die Frau schenkte ihm nie irgendwelche Aufmerksamkeit. Sie steckte ihm eine Flasche in den Mund, damit er ruhig war, aber mehr auch nicht. Ich will dich mit den Einzelheiten meines beschissenen Lebens nicht langweilen, aber mit achtzehn bin ich ausgezogen und habe versucht, Quincy mitzunehmen. Sie hat einen ihrer Crackjunkies auf mich gehetzt. Er hatte eine Waffe und hat mir mehr oder weniger gesagt, dass ich verdammt noch mal wegbleiben soll. Ich habe nicht auf ihn gehört.«

»Meine Güte, das hat deine eigene Mutter dir angetan?« Sie konnte ihre Fassungslosigkeit nicht verbergen.

Er nickte. »Bear Whiskey, ein Typ, den ich kennengelernt hatte, nahm mich unter seine Fittiche und brachte mir bei, Autos zu reparieren. Als ich auszog, vermietete er mir diese Wohnung. Seine Familie wurde zu meiner Familie. Er und Dixie, seine Schwester, führen die Werkstatt Whiskey Automotive, und zusammen mit ihren Brüdern Bones und Bullet haben sie noch die Bar.« Anscheinend hatte er ihren verwunderten Gesichtsausdruck bemerkt, denn er fügte erklärend hinzu: »Das sind Bikernamen. Jedenfalls wuchs ich auf der anderen Seite der Brücke auf, und da ich Angst hatte, Quincy Schwierigkeiten zu machen, haben wir uns so eine Art Zeitplan gemacht. Unsere Mutter war manchmal stundenlang weg, angeblich zum Arbeiten, aber ...«

Er atmete tief ein und langsam wieder aus. »Jedenfalls haben wir uns einige Jahre lang alle paar Tage gesehen. Ich habe ihm Geld für Essen gegeben, ihm etwas zum Anziehen gekauft, was er so brauchte. Und eines Tages kam ich da hin und hörte im Haus jemanden schreien.«

Truman legte die Hand auf den Mund und schloss die Augen, so als würde ihm bei dem, was er sagen würde, übel. Die Hand fiel auf seinen Oberschenkel und er wandte sich ihr wieder ganz zu.

»Mein einziger Gedanke galt Quincy, als ich zur Wohnungstür hineinstürmte.« Sein Tonfall war leise und verächtlich. Er stand auf, ging auf der Veranda hin und her, rieb die Hände an der Jeans, knetete sie und fuhr sich durch die Haare, wobei sich mit jedem entschlossenen Schritt seine Anspannung erhöhte.

»Quincy kauerte auf dem Boden, eine klaffende Wunde auf der Wange und Blut auf dem T-Shirt, und zitterte wie verrückt.« Mit zusammengebissenen Zähnen sprach er weiter, während die Adern am Hals hervortraten und er die Hände so fest ballte, dass die Fingerknöchel weiß wurden. »Ein Mann, den ich vorher noch nie gesehen hatte, vergewaltigte unsere Mutter aufs Übelste. Ich versuchte, ihn herunterzuziehen, und er holte aus, schlug mich weg. Auf dem Tisch lag ein Messer ...«

Gemma schnappte nach Luft, Tränen rannen über ihre Wangen, während Truman sich auf dem Geländer abstützte und den Kopf hingen ließ. Erinnerungen stürzten auf ihn nieder, raubten ihm einen Moment lang den Atem. Er wollte ihr sagen, dass er es nicht getan hatte. Dass das Messer bereits blutig gewesen war, dass das Verbrechen schon begangen worden war, bevor er zur Tür hereingekommen war, aber die Worte kamen nicht heraus – und er wusste, er würde es nie sagen. Sein Bruder war vielleicht kaputt, aber Truman konnte die Hoffnung nicht aufgeben, dass Quincy vielleicht eines Tages seinen Weg zurück zu einem drogenfreien, besseren Leben finden würde. Und Truman würde nicht derjenige sein, der ihm das vermasselte. Er würde ihr Geheimnis bis zum letzten Atemzug für sich behalten, was es auch kosten möge.

Die Augen in den dunklen Abgrund vor ihm gerichtet sagte er: »Eigentlich sollte ich nicht ins Gefängnis kommen. Der Typ gehörte irgendeinem großen Drogenring an. Der Pflichtverteidiger nannte es ›Tötung im Affekt‹. Aber meine Mutter hat vor Gericht gelogen. Sie hat gesagt, sie hätte sich nicht in Gefahr befunden. Zweiundzwanzig Jahre lang hat sie es nicht auf die Reihe gekriegt, mal eine Zeit lang clean zu werden, um eine ordentliche Mutter zu sein, und dann schafft sie es irgendwie, lang genug klar im Kopf zu sein, um ihren Sohn ins Gefängnis zu bringen.«

Zehn

Gemma hatte immer gedacht, der Selbstmord ihres Vaters sei das Schlimmste, was sie jemals ertragen müsste. Sie hatte gedacht, das Schlimmste, was ein Mensch tun konnte, war, sich dafür zu *entscheiden*, seine Liebsten zurückzulassen. Aber *dies*? Dass Truman in solch tragische Umstände geworfen worden war, dass er keine andere Wahl gehabt hatte, als seine Mutter und seinen Bruder aus dieser grauenvollen Situation zu retten, die sie verursacht hatte? Und dass seine Mutter dem Sohn, der sein Leben in Gefahr gebracht hatte, um sie zu retten, nicht nur den Rücken gekehrt, sondern ihn auch noch ins Gefängnis gebracht hatte? Sie konnte ein so fürchterliches Szenario gar nicht gänzlich begreifen und sich schon gar nicht ausmalen, wie seine Kindheit gewesen sein musste. Sie zitterte am ganzen Körper, atmete schwer, Tränen liefen ihr über die Wangen, und als sie schließlich den Mut fand, ihn anzusehen, stand Truman noch immer mit dem Rücken zu ihr. Seine Schultern waren nach vorne gesackt, so als wäre alle Luft aus seinem Brustkorb gewichen.

Ein Schauer überkam sie, als sie versuchte, zu begreifen, was er ihr gerade erzählt hatte. Er hatte einen Mann getötet.

Getötet.

Er hatte ein Messer genommen und das Leben eines Menschen beendet.

Um seine Familie zu retten.

Wie verarbeitete man so eine Information? Sie hatte tausend Fragen – und ebenso viele Ängste. Würde er es wieder tun? War er labil? Sagte er ihr die Wahrheit?

Atme ein. Atme aus. Mehr bekam sie im Moment nicht auf die Reihe.

Über das Babyfon hörten sie Lincoln quengeln. Truman drehte sich langsam herum. Sein Blick streifte sie nicht einmal, als er in das Haus ging – so, als wäre sein Autopilot eingeschaltet – und im Schlafzimmer verschwand.

Sie atmete lang aus und umklammerte die Kante des Polsters, auf dem sie saß, während sie versuchte, die überwältigenden Bruchstücke seiner Vergangenheit, die er gerade offengelegt hatte, zu verstehen.

Als Truman zurück auf die Veranda kam, stand sie mit wackeligen Beinen da und bemühte sich, den Mann, den sie kennengelernt hatte, mit dem Menschen in Einklang zu bringen, als der er sich gerade zu erkennen gegeben hatte. Es war alles zu viel, sein gepeinigter Gesichtsausdruck, der Schmerz in ihrem Herzen, die Last seines Geständnisses.

»Ich hatte nicht erwartet, dass du noch hier bist«, sagte er ernst.

Neue Tränen stiegen ihr in die Augen, und sie legte hastig die Hand auf ihren Mund, als argwöhnte sie, was wohl herauskommen mochte. Gefühle wallten in ihr auf und ihre Gedanken rasten – sein Mut, seine Loyalität, *sein Verbrechen.* Sein Geständnis löschte nicht aus, was sie für ihn empfand. Seine Worte waren eine schmerzvolle, schwere Wahrheit, die sich wie Blei auf das Gute legte, das sie in ihm sah. Das allerdings weigerte sich, unterzugehen. Sie konnte noch immer spüren, was sie von Anfang an zu ihm hingezogen hatte und was mit jedem gemeinsamen Moment gewachsen war. Aber das Gewicht seiner Wahrheit wog schwer und das Chaos in ihrem Inneren ließ sie nach Luft schnappen.

Er nickte schweigend, einen Ausdruck von resigniertem Verständnis in den Augen. Er nahm das Babyfon in die Hand und wandte sich ab, um hineinzugehen.

»Truman.« Verzweifelt stieß sie seinen Namen aus, und als er sich umdrehte, sprang ihr Herz entzwei. Sie wusste, wie es aussah, wenn ein Mensch am Boden zerstört war. Sie hatte es in den Augen ihrer Mutter gesehen, nachdem ihr Vater sich das Leben genommen hatte, und sie hatte es in den darauffolgenden Wochen in ihrem eigenen Spiegelbild gesehen, als die Welt um sie herum zusammengebrochen war, ihre Mutter noch kälter geworden war und sich in alles Mögliche versenkt hatte, nur nicht in die Fürsorge für ihre Tochter.

»Ich will nicht … Ich kann nicht …« Überwältigt von Gefühlen trat sie einen Schritt zurück und hielt sich an dem Geländer fest, um in der ins Trudeln geratenen Welt Halt zu finden.

»Schon gut, Gemma«, versicherte er ihr. »Deswegen habe ich uns davon abgehalten, den nächsten Schritt zu gehen.«

Du hast uns davon abgehalten. Selbst inmitten dieser ganzen Leidenschaft hast du an mich gedacht. Sie überlegte nicht, als sie seine Hand berührte, denn trotz ihrer Verwirrung brauchte sie die Verbindung. Ihre Finger zitterten ebenso sehr wie seine. »Es ist …« Sie schluckte, um ihre Nerven zu beruhigen. »Das ist eine Menge zu verarbeiten.«

Er nickte ernst. »Ich konnte dich nicht hintergehen.«

»Hast du …? Wie lange warst du …?« Sie konnte die Worte

nicht einmal aussprechen. Das würde sie noch realer machen.

»Ich habe sechs Jahre von einer achtjährigen Haftstrafe wegen Totschlags abgesessen und bin seit sechs Monaten draußen. Jeden Donnerstagvormittag melde ich mich bei dem Bewährungshelfer, und das werde ich machen, bis die volle Dauer meiner Strafe erreicht ist. Es vergeht kein Tag, an dem ich nicht an diesen Mann denke. Ich wollte meine Mutter retten und Quincy beschützen, aber nichts in mir wollte ihn *töten*. Ich wollte ihn *aufhalten*. Ich *musste* ihn aufhalten.«

Er atmete schwer, als hinge alles, was er besaß, von diesen Worten ab. Wie war das für ihn, mit dieser Last zu leben, die durch den vollkommenen Verlust der Liebe seiner Mutter noch schlimmer wurde? Wie oft war er schon gezwungen gewesen, seine Vergangenheit zu erklären? *Totschlag. Sechs Jahre Gefängnis.*

Gefängnis. Das Wort hallte in ihrem Kopf nach.

»Gemma, ich schwöre dir, ich habe an keinem einzigen Tag in meinem Leben Drogen genommen, und –«

Sie hob die Hand, konnte sich nichts mehr anhören. Nicht jetzt. Es war zu schmerzhaft, nachdem sie so viel so schnell gefühlt hatte. Der Gedanke, dass ihm diese Vergangenheit wirklich zugestoßen war, jagte ihr zu viel Angst ein. Dass irgendjemandem so etwas zugestoßen war. Der Gedanke, dass er all das erlebt und durchgemacht hatte, war zu überwältigend. Sie brauchte Platz, Zeit. *Luft.*

Sie musste atmen.

»Es tut mir leid«, sagte sie, als sie an ihm vorbeistürmte und die Flucht ergriff.

Truman stand auf der Veranda – noch lange nachdem er Gemma hatte wegfahren hören. Sechs lange Jahre hatte er damit verbracht, die Fähigkeit zu schulen, seine Gefühle auszuschalten, und heute Abend, als der Schmerz durch seine Adern floss und die Wut sein Innerstes auffraß, wegen all der Dinge in seinem Leben, die nicht auf seinen Entscheidungen beruhten – und wegen denjenigen, die sehr wohl auf seinen Entscheidungen beruhten –, da wurde ihm klar, dass er seine Gefühle viel länger schon unterdrückt hatte.

Als seine Mutter ihn unwiderruflich hintergangen hatte, war es ein Gefühl gewesen, als hätte sie ihm ein Messer in die Brust gerammt. Als er herausgefunden hatte, dass Quincy Drogen nahm, wurde dieses Messer noch tiefer hineingestoßen. Als er versucht hatte, Quincy zu helfen, und sein Bruder ihn mit Hass in den Augen abgewiesen hatte, war es, als hätte er an dem Messer gerissen, ihn vom Nabel bis zum Brustbein aufgeschlitzt. Und als er herausgefunden hatte, dass er zwei Geschwister hatte, die ein Leben gelebt hatten, das kein Kind je leben sollte, fühlte es sich an, als hätte jemand die beiden Seiten dieser klaffenden Wunde gepackt und auseinandergerissen, sodass sein Innerstes herausquoll.

Dass Gemma fortgegangen war, sollte also eigentlich nicht schmerzhafter sein als ein Nadelstich. Er kannte sie doch gar nicht lang genug, dennoch nahm der Schmerz ihm den Atem.

Was er als Nächstes zu tun hatte, war klar. Er musste nach vorne schauen und diese verdammte Selbstverachtung für die Entscheidungen, die er getroffen hatte, loswerden. Nur dass er nicht der Ansicht war, falsche Entscheidungen getroffen zu haben. Er würde Quincy jederzeit wieder beschützen. Aber dieses Mal wäre er schlau genug, seine Mutter anzuzeigen und Quincy in ein gefestigtes Zuhause zu bringen, anstatt ihn dort zu lassen, ohne dass ihn jemand vor den dreckigen Gewohnheiten seiner Mutter beschützte. Sie hatte Quincy immer allein gelassen. Sie hatte Quincy *ihm* überlassen. Und dann hatte sie ihn ins Gefängnis gebracht.

Auf der Schwelle zu seinem Schlafzimmer packte er all diese grauenhaften Erinnerungen beiseite und zwang sich, sie draußen zu lassen. Er konnte nicht zulassen, dass die Kinder von diesen widerlichen Gefühlen berührt wurden. Mit geschlossenen Augen atmete er tief durch und wandte all die mentalen Übungen an, die Bear ihm beigebracht hatte, um den Kopf freizubekommen. Dank dieser Übungen hatte er in seinem Leben als Erwachsener bisher bestanden. Erst dann betrat er das Schlafzimmer und stellte das Radio leise an, damit er es über das Babyfon hören konnte. Bear hatte ihm das Gerät mit Kamera geschenkt, als er während des Tages vorbeigekommen war. Er hatte auch auf die Kinder aufgepasst, damit Truman vor dem Treffen mit Gemma duschen konnte. Bear war von den Kindern ebenso angetan wie Truman. Als Truman ins Gefängnis gegangen war, hatte er angeboten, um das Sorgerecht für Quincy zu kämpfen, aber Bears Vergangenheit war nicht gerade als unbescholten zu bezeichnen, und Truman hatte befürchtet, dass die Wahrheit herauskommen würde. Er wollte nicht das Risiko eingehen, dass sein Bruder als Erwachsener vor Gericht kam, und er wollte auch nicht Bear in das Verbrechen hineinziehen, indem er ihm die Wahrheit erzählte.

Er hauchte einen Kuss auf Kennedys Stirn. »Ich hab dich lieb, Prinzessin.« Er beugte sich über das Gitterbett und gab auch Lincoln einen Kuss auf die Stirn. Erleichtert fühlte er, dass das Fieber zurückgegangen war. »Hab dich lieb, Kumpel.«

Das Herz schwoll in der Brust an. Er wusste nicht, ob er Gemma je wiedersehen würde, aber er wusste, dass er von nun an immer an sie denken würde, wenn er die Kinder ansah.

Mit dem Babyfon in der Hand schloss er die Haustür ab, schaltete das Licht hinten auf der Veranda an und trat hinaus. Er nahm die Metallkiste mit, die dort stand, ging damit die Treppe hinunter und dann durch das Holztor zum Schrottplatz. Das Gewicht seiner Malutensilien fühlte sich vertraut und gleichzeitig beunruhigend an. Er blieb hinter dem Tor stehen, überprüfte den Empfang des Babyfons und stellte es lauter. Als er das Radio deutlich hörte, ging er zu einem der Autos, an dem er seine Dämonen noch nicht freigelassen hatte, stellte das Babyfon auf und packte seine Utensilien aus.

Elf Schwarztöne, einschließlich seiner Lieblingsfarben *Black Raven, Spider* und *Obsidian*. Sieben Grautöne. *Gauntlet Grey* und *Meteor Shower* waren seine bevorzugten Graunuancen. Bilder von Gemma schoben sich plötzlich vor sein geistiges Auge – Gemma, die seine Zeichnungen bewunderte, die Lincoln im Arm hatte, die zu ihm aufschaute, als er über sie stolperte, und schließlich Gemma mit Tränen in den Augen, wie sie an ihm vorbeistürmte und flüchtete. Mit dem Babyfon in der Hand schleppte er sich zur Werkstatt und holte noch eine Kiste mit Farben. Truman plante seine Werke nicht. Er dachte nicht über Stil oder Formen oder irgendetwas nach. Seine Kunst war wie eine Verlängerung seiner selbst, aus emotionalen Kämpfen – alten und neuen – heraus geboren. Als das vertraute Geräusch der Spraydose seine verwüstete Seele beruhigte, tauchte er ab.

Als Lincoln quengelte, stellte Truman überrascht fest, dass drei Stunden vergangen waren. Er sammelte seine Sachen zusammen und ging hoch in die Wohnung – ohne sich auch nur ein einziges Mal umzuschauen. Er schaute nie zurück. Es war die einzige Möglichkeit, die Dämonen hinter sich zu lassen – und doch schlichen sie hinter ihm her, krochen unter Türschlitzen und durch die Risse in seiner Rüstung hindurch, um wie Kleber an ihm zu haften.

Elf

Am Sonntagabend riss Gemma ihre Wohnungstür auf, stemmte die Hände in die Hüften und sah Crystal wütend an. »Wie oft soll ich dir noch sagen, dass es mir gut geht, bis du es mir glaubst?«

Crystal verdrehte die Augen und trampelte an ihr vorbei in die Wohnung.

»Ich bin sicher, die Nachbarn unter mir erfreuen sich an deinen Springerstiefeln.«

»Glaubst du?« Crystal stampfte dreimal mit dem Fuß auf. »Ich hoffe, denen gefallen meine zerrissene Jeans und das Totenkopf-Shirt auch. Wenn nicht, können die sich meine Stiefel sonstwohin stecken.« Sie marschierte ins Wohnzimmer und sah sich um, hob die Sofakissen hoch, schaute hinter die Vorhänge und unter den Tisch.

»Was suchst du?« Gemma war nicht in Stimmung für irgendwelche Spielchen. Sie hatte den Tag mit dem Versuch verbracht, sich in einem ihrer Frauenromane zu verlieren, um den Gedanken an Truman zu entkommen. Doch letztendlich hatte sie die Figuren jeder Geschichte in ihrem Kopf neu erfunden und sich vorgestellt, wie sich die Handlung verändern würde, wenn der Held ein Ex-Sträfling wäre, der einen Mann umgebracht hatte.

»Meine beste Freundin Gemma Wright. Vielleicht kennst du sie ja? Sie ist deine Doppelgängerin, aber *sie* ruft mich an, wenn es ihr mies geht. *Sie* verkriecht sich nicht in ihrer Wohnung und erzählt mir irgendeinen Mist, von wegen es geht ihr gut oder so.« Crystal stürmte weiter und kam Gemma viel zu nah. »Gemma sagt nicht, es geht ihr *gut,* wenn es ihr gut geht. Sie benutzt so mädchenhafte Ausdrücke wie *fantastisch* oder *fabelhaft*< und sie sagt nicht *gut,* wenn es ihr nicht gut geht. Dann sagt sie, sie ist *angepisst* oder *sauer* oder sie würde am liebsten etwas zerschmettern.«

Gemma verdrehte die Augen. »Ich wurde vorhin schon mit einem Anruf meiner allerliebsten Mama beehrt. Damit war mein Limit erreicht, noch eine Diskussion war nicht drin.« Ihre Mutter hätte wahrscheinlich noch in derselben Sekunde einen Herzinfarkt erlitten, wenn sie erfahren hätte, dass Gemma einen Mann datete, der im Gefängnis gewesen war. *Warum erfüllt mich das mit einer gewissen Freude?*

»Was ist passiert? Hat einer ihrer Bediensteten vergessen, den Tee zu servieren, und sie wollte, dass du die zwei Stunden zu ihr fährst, um das zu erledigen?«

»Ich bin nicht drangegangen. Sie hat auf den AB gesprochen.« Sie straffte die Schultern und sprach mit hoher, akzentuierter Stimme: »*Gemaline, Schätzchen. Denk dran, die Wohltätigkeitsveranstaltung ist in zwei Monaten. Du musst deine Perlen tragen. Alle ordentlichen Mädchen tragen Perlen, bla, bla, bla.*«

»Ach, Mommy Wright, du bist doch eine kleine Hexe.« Crystal wackelte mit den Augenbrauen. »Eine Perlenkette ist eine geile Idee, könnte aber etwas klebrig werden.« Sie machte eine Handbewegung, als würde sie einem Typen einen runterholen.

Beide brachen in Gelächter aus und das konnte Gemma im Moment wirklich gut gebrauchen.

»Warum macht sie sich überhaupt die Mühe, dich anzurufen? Sie weiß, dass du zu deiner jährlichen töchterlichen Verpflichtung auftauchen wirst, und sie weiß, dass du alles richtig machen wirst. Dass du deine schicken Perlen tragen wirst. Die glänzenden, nicht die klebrigen Liebesperlen. Dass du ein neues sagenhaftes Kleid anziehen und gleich nach dem Dinner wieder abhauen wirst.«

»Ich hab eine noch bessere Frage«, meinte Gemma matt. »Warum hat sie sich überhaupt die Mühe gemacht, mich zu bekommen?« Sie schleppte sich zur Couch und ließ sich darauf fallen.

Crystal folgte ihr, blieb aber stehen. »Weil, wie jeder weiß, reiche Leute Kinder brauchen, damit sie mit den anderen mithalten können. Es darf um Himmels willen niemand etwas haben, was sie nicht haben. Immerhin kann man mit Geld doch alles kaufen, oder? Sogar Nannys, die für abwesende Eltern einspringen.« Sie stemmte die Hände in die Hüften und blickte Gemma unerbittlich an. »Ich komm gerade aus dem Laden.«

»Und?«

»Und ... dein harter Tattoo-Mann hat da eine Nachricht hinterlassen. Würde es dir etwas ausmachen, mir zu erklären, warum er dir im Geschäft eine Nachricht hinterlässt, anstatt dir direkt zu schreiben?«

Gemmas Magen geriet ins Stolpern. Sie war froh, dass er den Kontakt gesucht hatte, aber gleichzeitig auch traurig. Noch immer war sie zu überwältigt, um einen klaren Gedanken zu fassen, während sie an dem Kissen herumfummelte. »Wir haben nie unsere Nummern ausgetauscht.«

Crystal ließ sich neben sie auf die Couch plumpsen und betrachtete ihr Gesicht. »Mhm. Was ist gestern Abend passiert?«

»Was hat er in der Nachricht gesagt?«

»Wie du mir, so ich dir? Du zuerst.« Crystal hob das Kinn.

Gemmas Gefühle fuhren Achterbahn. Sie hatte den ganzen Tag versucht, ihre Traurigkeit im Zaum zu halten, und immer wenn sie dachte, sie hätte alles unter Kontrolle, kam Wut in ihr auf, wieder gefolgt von Herzschmerz. Es war ein ewiges Wettrennen, sie kletterte über jedes unerwünschte Gefühl hinweg und fiel immer wieder auf die Schnauze.

»Du hast ihm ... und er hat dir ...?« Crystal hob eine Augenbraue und beide lachten.

»Wie ich ihm, so er mir? Na ja, er hat zumindest meine Titten zu Gesicht bekommen und ich seine Tattoos.« Gemma schnappte vor Lachen nach Luft.

Crystal fiel lachend vom Sofa. »Endlich hatten deine beiden Mädels mal wieder etwas Action.«

Es tat so gut, aus ihren eigenen chaotischen Gedanken herauszukommen, dass Gemma Tränen lachte.

Crystal nahm eines der Taschenbücher vom Beistelltisch und ihr Lachen versiegte. »Vier Frauenromane, das ist kein gutes Zeichen. Komm.« Sie stand auf und zog Gemma mit sich. Sie schnappte sich Gemmas Schlüssel und zerrte ihre Freundin zur Tür hinaus.

»Wohin gehen wir?«, fragte Gemma und versuchte, auf der Treppe mit Crystal mitzuhalten.

»In die Eisdiele, zu Luscious Licks. Irgendwie finde ich schon heraus, warum Truman gesagt hat, du kannst dein Auto abholen und die Schlüssel vom Leihwagen auf dem Sitz liegen lassen, damit du ihn nicht sehen musst.«

Gemma hielt auf dem Gehweg inne. »Das hat er gesagt?«

Crystal hakte sich bei Gemma unter und zog sie zu dem Eiscafé an der Ecke. »Hat er«, sagte sie sanft. »Er sagte, er wüsste, dass du ihn wohl nicht sehen willst, aber dass er dein Auto fertig hat und die Schlüssel auf den Vordersitz legen wird und dass du das Gleiche mit dem Leihwagen machen sollst. Gem, was ist passiert?«

Sie schaffte es immer noch nicht, in Worte zu fassen, was er getan hatte. »Ich werde es dir erzählen. Ich brauche nur noch ein paar Minuten.« *Oder eine Ewigkeit.*

Schweigend gingen sie zu Luscious Licks, wo der Duft von zuckrigem Genuss einen Hauch Glück verbreitete, das Gemma im Moment nicht annehmen konnte.

»Hallo, Mädels!« Penny, die muntere Eigentümerin, schaute von der Kühltruhe auf. Ihre Haare hatten die Farbe von Walnüssen, waren zu einem flippigen Dutt hochgesteckt und wurden von einer großen Spange gehalten. Ihr herzliches Lächeln erfror zu einer geraden Linie. »Oh-oh, was ist los?«

Crystal legte einen Arm um Gemma und sagte: »Wir haben keinen guten Tag.«

»Dann zapf ich euch lieber mal schnell ein Eis. *Subito!*« Penny zeigte auf die Tafel mit den Sorten. »Soll ich euch ein *Hau ab blöder Tag*-Special mixen? Oder geht es um ein Problem mit einem Mann? Ich könnte einen *Er ist ein beschissener Taugenichts*-Becher machen. Jede Menge Schokolade mit zerbröselten Keksen und Weingummi.«

Gemma schaute auf die Tafel. »Ich glaube, ich würde keinen davon hinunterkriegen, aber danke, Pen.«

»Oh, einer von diesen Tagen.« Penny drehte sich um und füllte einen Becher mit Eis. Dann ging sie zu dem – wie sie ihn nannte – Schrank für harte Fälle, in dem sie kleine Flaschen mit Spirituosen aufbewahrte, und goss etwas über den Eisbecher. Sie gab ihn Gemma. »Iss das. Brauner Zucker und Brandy. Ein köstliches Etwas, das ein wenig besänftigt.«

»Danke, Penny.« Allein bei dem Gedanken, etwas zu essen, drehte sich Gemma der Magen um, aber sie konnte Pennys Angebot nicht ablehnen. Gemma hatte schon endlose Stunden damit verbracht, sich ihr Eis einzuverleiben, während sie ihre Newsletter für den Ort schrieb. Penny war das Thema ihres ersten Artikels gewesen, nachdem sie nach Peaceful Harbor gezogen war, und Gemma fühlte sich immer inspiriert, wenn sie bei ihr war. Aber heute Abend verspürte sie nur noch den Wunsch, ans andere Ende der Stadt zu fahren und Truman zu sehen.

Crystal bestellte sich eine Waffel mit vier Geschmacksrichtungen und sabberte schon fast, als Penny sie ihr gab. Die bunten Schichten von Mango, Pistazie, Blaubeere und Zitrone waren Crystals Lieblingssorten. Die Zusammenstellung verursachte bei Gemma ein Gefühl der Übelkeit.

Penny kam um den Tresen herum und umarmte Gemma. »Das hier ist für meine zwei Lieblingsprinzessinnen und geht aufs Haus.«

Eine Gruppe Teenager kam lachend und Witze reißend zur Tür herein.

Penny sagte flüsternd: »Die kleine Rothaarige hat was für den Typen mit dem trendigen Haarschnitt übrig.« Lauter sagte sie dann: »Viel Glück bei dem, was dir den Tag heute verdüstert. Ich hoffe, das Eis hilft. Wenn nicht ... Um die Ecke ist ein Spirituosenladen.« Sie zwinkerte und wandte sich den Kunden zu.

Crystal griff nach einem Stuhl, doch Gemma ging schon Richtung Tür. »Komm, wir setzen uns lieber ans Wasser.«

Schweigend aßen sie ihr Eis, während sie hinunter zum

Strand gingen. Es war schön, dass Crystal sie gut genug kannte, um sie nicht auszufragen. Es war auch schön, dass ihre Freundin sie gut genug kannte, um sie aus ihrer Wohnung herauszuholen. Genau das brauchte sie jetzt, um ihre Gedanken zu sortieren.

Sie zogen die Schuhe aus und setzten sich in den Sand am Ufer. Die Nähe des Wassers versetzte Gemma immer in eine gute Stimmung, aber heute konnte es ihren Schmerz kaum lindern.

»Als ich gestern Abend nichts von dir gehört hatte, dachte ich … Du schienst Truman so zu mögen.«

»Ich mochte ihn. Ich mag ihn.« Das Eingeständnis tobte in ihr wie ein Paddelboot im Sturm.

»Und wo ist dann das Problem?« Sie beobachtete Gemma, die das restliche Eis in ihrem Becher zu einer Soße verrührte. »So habe ich dich noch nie gesehen. Normalerweise, wenn du einen schlechten Tag hattest, dann futterst du so viel Eis, wie du nur kannst. Was ist passiert?«

Gemma stellte den Becher in den Sand, schaute zu den Leuten am Strand, den Wellen, die sich am Ufer brachen, und versuchte, in Worte zu fassen, was sie fühlte. So wie sie es schon den ganzen Tag versucht hatte – vergeblich. Immer wieder.

Sie schüttelte den Kopf, brachte keinen Ton hervor.

»Schon gut. Ich habe den ganzen Abend Zeit. Wenn du bereit bist, mir dein Herz auszuschütten, dann bin ich da. Aber ich könnte auch losziehen und ihn zusammenschlagen.«

Gemma lachte und klopfte leicht auf Crystals Bein. Ihre Freundin trug ihre Skelettjeans, wie Gemma sie nannte – eine schwarze Jeans mit horizontalen Schlitzen an beiden Beinen. »Er könnte dich mit einer einzigen Hand zerdrücken.« Sie dachte darüber nach und fügte hinzu: »Würde er aber nie.«

Crystal aß ihre Eiswaffel auf und sprach über den Laden,

um Gemma eine Atempause zu geben, bis das Gespräch wieder auf den gestrigen Abend kam.

»Ich habe gesehen, dass der Spielbogen noch im Laden war, und hab mich gefragt, was wohl los ist.«

»Du hättest ihn sehen sollen, als wir da gespielt haben. Kennedy hat all die Kostüme ausgewählt, die er anziehen sollte. Der Düstere Prinz, der Blumenprinz, was saukomisch war, und natürlich der Märchenprinz. Er hat sich nicht dagegen gewehrt, wie es manche Männer tun. Er schaute das kleine Mädchen an und sagte ihr, dass er alles sein würde, was sie möchte.«

»Klingt so, als würde er diese Kinder lieben«, sagte Crystal.

»So ist es. Und zwar sehr, Crys. Er will, dass sie sich sicher und geliebt fühlen, und ich habe keinen Zweifel daran, dass er alles macht, um dafür zu sorgen.« So wie er es für seine Mutter und seinen Bruder getan hatte. Der Schmerz in ihrem Herz wurde bei diesem Gedanken stärker. »Ich habe mich gestern Abend richtig in ihn verliebt.«

»Warum klang er dann so, als hätte er seinen besten Freund durch einen Motorradunfall verloren, und warum bist du allein, anstatt den Tag mit ihm zu verbringen?«

Gemma schaute aufs Wasser hinaus. Sie hatte den ganzen Nachmittag darüber nachgedacht, ob sie zu ihm fahren und mit ihm reden sollte. Sie hatte so viele Fragen, aber immer wenn sie darüber nachdachte, sie tatsächlich auszusprechen, wurde sie von Traurigkeit übermannt.

»Hast du jemals einen Mann so sehr gewollt, dass der Gedanke, ihn nicht zu bekommen, dich zum Weinen brachte – nur dass du den Grund dafür nicht benennen konntest, du hast es einfach nur in deinem tiefsten Inneren gespürt?«, fragte sie vorsichtig.

»Mhm. Erinnerst du dich noch an Dreißig-Zentimeter-

Theo aus meiner Highschool-Zeit, von dem ich dir erzählt habe?«

»So viele Bettgeschichten, so wenig Zeit …«, sagte Gemma. »Nee, ich meine es ernst, Crystal.«

»Dann lautet die Antwort: nein. Denn ich habe nie einen Mann kennengelernt, der damit zurechtkam, wer ich bin, und der mich nicht aus irgendeinem Grund für eine Irre hielt.«

Gemma sah ihre hinreißende Freundin mit ihren rabenschwarzen Haaren an. In einem Ohr hatte sie mehrere Piercings und die meiste Zeit war sie wie eine Punkerin aus den Achtzigern gekleidet. Aber sie war witzig, nett und großzügig. Sie war loyal, ehrlich und die beste Freundin, die man sich wünschen konnte. Was spielte es da für eine Rolle, dass sie ein Adrenalin-Junkie war und wahrscheinlich auf einem Drahtseil durch die New Yorker Skyline laufen würde, wenn jemand sie herausforderte?

»Ich halte dich nicht für eine Irre«, sagte Gemma.

»Weil du das an mir magst. Und weil du der am wenigsten voreingenommene Mensch bist, den ich kenne.«

»Das dachte ich eigentlich auch, aber jetzt bin ich mir da nicht mehr so sicher.« Sie atmete tief ein und erzählte Crystal von ihrem Gespräch mit Truman. Als sie sich alles von der Seele geredet hatte, war sie so verheult und durcheinander wie am Abend zuvor.

»Ach du Kacke.« Crystal vergrub die Füße im Sand.

»Eben.«

»Seine eigene Mutter hat ihn ins Gefängnis gebracht, nachdem er ihr den Arsch gerettet hat?«, schnaubte Crystal wütend. »Wer macht denn so was?«

»Eine Drogensüchtige, nehme ich an. Das ist das, was dich am meisten an der Geschichte schockiert?«

»Hm, nein«, meinte Crystal. »Das alles ist verrückt, aber er hat irgendein Arschloch erwischt, das gerade seine Mutter vergewaltigt hat, und du sagtest, er hat versucht, den Typen wegzureißen. Er tat, was er tun musste. Er hat nicht nur seine Mutter beschützt. Sein jüngerer Bruder war auch da. Ich könnte mir vorstellen, ähnlich zu handeln«, sagte sie leichthin. »Wenn jemand meine Mutter vergewaltigen würde, täte ich alles, um ihn aufzuhalten. Ich glaube auch nicht, dass ich lange darüber nachdenken würde. *Mom. Vergewaltigt. Bring den Mistkerl um.*«

Das so zu hören, brachte Gemmas Herz schon zum Rasen. Es war schwer für sie, so über ihre Mutter zu denken. Um ehrlich zu sein, war es für sie schwer, überhaupt an ihre Mutter zu denken. Und das wirklich Bescheuerte war, dass sie sich fragte, wie sie ihrer Mutter beibringen sollte, dass sie mit einem Mann zusammen war, der wegen Totschlags im Gefängnis gesessen hatte.

»Das erklärt auch einiges, was du über ihn gesagt hast. Kein Wunder, dass er so fürsorglich ist.«

Das stimmte. Das wusste sie. »Aber … er hat einen Mann getötet.«

»Einen Vergewaltiger und Dealer«, erinnerte Crystal sie. »Nicht gerade eine Säule der Gesellschaft.«

»Wie kann ein Mensch das hinter sich lassen?«

»Wie kann ein Mensch oder wie kannst du?«, fragte Crystal. »Denn es scheint, als habe er es seit Monaten hinter sich gelassen, und so, wie du über ihn redest, scheint er sein Leben besser im Griff zu haben als die meisten anderen Typen.«

Gemma legte sich mit dem Rücken in den Sand und schaute hinauf in den Himmel, der immer grauer wurde, während sich die Sonne langsam senkte. Crystal legte sich neben sie.

»Wenn du nichts für ihn empfinden würdest oder wenn du denken würdest, er wäre eine Gefahr für dich oder die Kinder, dann hättest du schon längst jemanden angerufen – das Jugendamt, damit sie die Kinder beschützen, oder mich, damit ich dich beschütze. Hast du Angst vor ihm?«, wollte Crystal wissen.

Gemma schüttelte den Kopf. »Nein«, sagte sie ehrlich. »Kein bisschen.«

»Wovor *hast* du Angst? Dass deine Männer ausbeutende Mutter einen hysterischen Anfall bekommt, oder dass er so gleichgültig und labil ist, wie es dein Vater war?«

Gemma drehte sich zu ihr um. Auch wenn diese Dinge über ihre Eltern der Wahrheit entsprachen, so verabscheute sie es doch, sie laut ausgesprochen zu hören. »Nein. Aber ja, wir wissen, dass meine Mutter mich wahrscheinlich in einen Turm sperren und den Schlüssel wegwerfen würde, wenn sie es erfährt, aber dafür müsste sie erstmal von ihrem Thron herabsteigen. Wir wissen beide, dass das nicht passieren wird. Truman ist alles andere als gleichgültig, und ich glaube nicht, dass er labil ist. Wenn, dann würde ich das doch erkennen, oder? Sie hätten ihn nicht frühzeitig entlassen. Außerdem würde ein labiler Mensch nicht seinen Bruder nach der Entlassung an erste Stelle stellen oder sich von Drogen fernhalten, weil er weiß, was sie anrichten. Ein labiler Mensch würde es sich leicht machen und Drogen nehmen, um seinem Leben zu entkommen.«

»Genau das dachte ich auch, aber so gut kenne ich mich da nicht aus.«

»Du kennst mich, und du kennst Leute, die mal im Gefängnis waren. Dein Bruder zum Beispiel.« Crystal redete sonst nicht gern über ihren Bruder Jed, aber Gemma wusste, dass es ihrer Freundin unter diesen Umständen nichts ausmachen würde.

»Er war ein Dieb. Er ist ein Dieb.« Crystal blickte in den dunkler werdenden Himmel. »Jed meinte mal zu mir, wenn man ein bestimmter Typ Mensch ist, dann ändert sich das mit keiner noch so langen Gefängnisstrafe. Zwei Monate nachdem er entlassen worden war, wurde er wieder verhaftet – und zwar nur, weil er geschnappt wurde. Geklaut hat er nur Tage nach seiner Entlassung schon wieder, hat er erzählt. Wenn das so stimmt und wenn Truman der Typ Mann wäre, der ohne Reue morden kann, dann wäre er wahrscheinlich ziemlich oft ausgerastet, nicht nur das eine Mal, als seine Mutter vergewaltigt wurde.«

»Er ist damit aufgewachsen, dass sie ständig verschiedene Männer anschleppte, und soweit er mir erzählt hat, ist er nie auf jemanden losgegangen. Selbst nachdem er ausgezogen war und ein Kerl ihn mit der Waffe bedroht hat, damit er dem Haus fernbleibt, hat er sich nicht gerächt. Er ist einfach nur immer wieder hingegangen und hat nach Quincy geschaut. Aber ich weiß nicht, wie man so eine Sache akzeptieren kann. Er hat einen Mann *getötet*. Es fühlt sich nicht einmal real an. Als ich ihn ansah, nachdem er mir das erzählt hatte, habe ich keinen Mörder gesehen. Ich habe den Mann gesehen, der nicht eine Sekunde überlegt hat, ob er seine Geschwister aufnehmen soll, von denen er nicht einmal gewusst hatte. Den Mann, der meine Hilfe ablehnen wollte, weil er dachte, ich könnte ihnen etwas antun. Aber er hat einen Menschen getötet und er war im Gefängnis. Im *Gefängnis*, Crystal.«

»Ja«, sagte sie ernst. »Er hat einen Menschen getötet, um seine beschissene Mutter und seinen kleinen Bruder zu beschützen. Er ging ins Gefängnis, weil er seine Familie beschützt hat. Aber in gewisser Weise wart ihr beide hinter

Gittern. Du bist in einer bewachten Wohnanlage aufgewachsen, aus der du selten herauskamst, du warst rund um die Uhr unter Beobachtung und musstest Dinge tun, die du verabscheut hast. Was ist schlimmer? Von deinen Eltern in einem verhassten Leben gefangen gehalten zu werden, oder in Gefangenschaft zu sein, weil du einen Mann davon abgehalten hast, möglicherweise den einzigen Elternteil und deinen Bruder zu töten?«

»Das ist nicht das Gleiche«, wandte Gemma lasch ein.

Crystal atmete tief ein und ihr Blick wurde ernst, wie immer, wenn es in ihrem Gespräch keinen Platz für Scherze gab. »Nein, es ist nicht das Gleiche, wie der Mensch zu sein, der ein Messer in den Mann gerammt hat, der deine Mutter vergewaltigt hat. Stell dir mal vor, damit den Rest deines Lebens zurechtkommen zu müssen.«

Tränen stiegen Gemma in die Augen.

»Und jetzt«, sagte Crystal leise, »stell dir mal vor, die Kinder der Frau großzuziehen, die dich ins Gefängnis gebracht hat.«

Eine Träne lief ihr über die Wange. »Ist es falsch, dass ich ihn so mag? Es fühlt sich so an, als sei er ein wirklich guter Mann. Er hat uns davon abgehalten, miteinander zu schlafen, um mir zu sagen, was er getan hat. Er hätte mit mir schlafen und es mir später erzählen können. Oder auch gar nicht. Aber er sagte, er will, dass wir in allem ehrlich sind.«

Crystal legte sich auch auf die Seite und sah sie an. »Sagt das nicht sehr viel über ihn? Es ist nicht falsch, dass du ihn so magst. Du siehst in ihm, was du nie in jemand anderem gesehen hast. Etwas, das dein großes Herz verdient hat. In all den Jahren, die ich dich nun schon kenne, habe ich noch nie gesehen, dass du wegen einem Mann auch nur eine Träne vergossen hast.«

Truman legte Lincoln in den Laufstall und setzte sich in den Gartenstuhl daneben. Er schaute zu Kennedy, die bei Bear auf dem Schoß saß und den Kopf an seine Schulter gelehnt hatte. Bear war am Nachmittag in die Werkstatt gekommen, um an einem Motorrad zu schrauben, und war zum Abendessen geblieben. Sie hatten Hacksteaks auf den Grill geworfen und gequatscht.

»Ich wünschte nur, Gemma käme vorbei.« Truman fuhr sich durch die Haare und lehnte sich zurück.

Kennedy hob den Kopf. »Gemma?« Die Glut ließ Schatten auf ihrem süßen Gesicht tanzen.

»Nein, Prinzessin«, antwortete Truman.

Bear gab ihr einen Kuss auf die Wange und legte ihren Kopf sanft wieder gegen seine Schulter. »Sie wird nicht kommen, Mann. Das ist eine Menge, was sie da verdauen muss. Vielleicht siehst du sie gar nicht wieder.«

»Irgendwann muss sie ja ihr Auto abholen.« Truman hoffte, einen Blick auf sie zu erhaschen, wenn sie kam. »Ich möchte nur wissen, ob es ihr gut geht.«

»Es geht ihr *nicht* gut. Wie auch? Der Typ, den sie mag, hat gerade gestanden, dass er im Gefängnis war, weil er einen Mann umgebracht hat. Egal, wie ehrenhaft die Gründe waren, für eine Frau wie Gemma bist du der große böse Wolf.«

Truman stützte sich mit den Ellbogen auf den Oberschenkeln ab. »Als wenn ich das nicht wüsste.«

Bear strich Kennedy über den Rücken, während ihre Augenlider immer schwerer wurden.

Trumans Hände fühlten sich zu leer an, wie der Rest von

ihm. »Hast du je darüber nachgedacht, eine eigene Familie zu haben? Bevor ich diese zwei hatte, ist mir das nie in den Sinn gekommen, und wenn ich ehrlich bin, wollte ich auch nie eine Frau in meinem Leben haben … bis ich Gemma kennengelernt habe. Jetzt kann ich mir ein Leben ohne sie alle nicht mehr vorstellen.« *Und sie fehlt mir höllisch.*

»Das ist mir oft in den Sinn gekommen.« Bear betrachtete Kennedy gedankenverloren. »Eines Tages möchte ich das haben, was du jetzt unverhofft hast. Ich liebe Kinder. Ich liebe Familie. Aber ich liebe auch die *Vielfalt.* Du kennst mich ja.«

»Ja, in der Tat.« Er schmunzelte angesichts des Ausdrucks *Vielfalt,* aber er wusste, wie loyal Bear war. »Du hast mich gerettet, Mann. So oft, das lässt sich schon nicht mehr zählen.«

»Nein, das habe ich nicht. Niemand kann jemand anderen retten. Das weißt du. Du hast dich selbst gerettet. Du hast deinen Arsch in diesen Bus gesetzt und bist hergekommen und du hast deinen Bruder hergebracht. Mensch«, sagte Bear, »schon als Teenager hast du härter gearbeitet als die Hälfte der Männer, die ich kenne.«

Truman lächelte und erinnerte sich an das Adrenalin, das Besitz von ihm ergriffen hatte, wann immer er lernen und die Aufgabe bewältigen konnte, die ihm übertragen worden war. »Du hast mir die Möglichkeit gegeben, aus dieser Hölle herauszukommen, in der ich aufgewachsen bin. Du hast mir beigebracht, was es bedeutet, Stolz zu empfinden.« Er stand auf, als plötzlich Scheinwerfer die Auffahrt erhellten. Sein Puls raste.

»Ist sie das?«, fragte Bear.

»Wer würde sonst so spät hier auftauchen? Bin gleich zurück.« Er hatte eine Notiz für Gemma in ihr Auto gelegt, aber er wollte ihr Gesicht sehen, wenn sie sie las.

»Hey, Kumpel«, rief Bear ihm hinterher, »du hast ihr gesagt, sie müsste dich nicht sehen.«

Truman hielt inne. Ein ihm unbekannter Wagen fuhr auf den Parkplatz. Die Beifahrertür ging auf und eine große, leicht taumelnde Person stieg aus.

»Das ist sie nicht.« Er schaute zurück zu Bear. »Bleibst du bei ihnen?«

»Klar doch.« Bear stand auf und stellte sich zwischen Parkplatz und den Laufstall.

Trumans Blick blieb auf Quincys langer, hagerer Gestalt hängen, die langsam auf ihn zukam. Die Haare hingen ihm in die Augen. Sein Körper schwankte wie ein Baum im Wind.

»Nicht weiter«, befahl ihm Truman, der gleichzeitig versuchte zu erkennen, wer dieses alte kastenförmige Auto fuhr, aber es war zu dunkel.

»Hey, Kumpel«, brachte Quincy mit schwerer Zunge hervor.

Truman verschränkte die Arme. »Wer ist im Auto?«

»Niemand.« Quincy steckte eine Hand in die Hosentasche, zog sie wieder heraus, steckte sie dann wieder hinein.

»Ich nehme nicht an, dass du hier bist, um Hilfe beim Entzug zu bekommen.«

Quincy wandte den Blick ab, und Truman trat ein paar Schritte näher, um sich die glasigen, schweren Augen seines Bruders anzusehen.

»Ich hab mein Essensgeld für Moms Einäscherung ausgegeben.« Er nuschelte stark. »Dachte, du könntest mir aushelfen.«

»Bullshit, dafür habe ich dir Geld gegeben.«

Wieder sah sein Bruder zur Seite, dann zum Auto. »Wenn ich nicht zahle …«

Scheinwerfer schwenkten von der Hauptstraße auf die lange

Zufahrt. *Gemma.* Truman ballte die Fäuste. Er wollte weder Quincy noch irgendwen von dessen Kumpanen in der Nähe von ihr oder den Kleinen haben. Er trat näher, roch den strengen Geruch von zu seltenen Duschen und zu vielen Drogen. Den Gestank der Welt, in der er aufgewachsen war und gegen die er sich gewehrt hatte. Der Welt, aus der er versucht hatte, seinen Bruder herauszuholen.

Der Welt, die sein ganzes Leben versaut hatte.

Er konnte sich nicht einmal selbst belügen. Denn er selbst hatte ja die Entscheidung getroffen, seinem Bruder den Arsch zu retten. Aber das änderte nichts daran, dass Wut und Enttäuschung aus ihm herausplatzten.

»Ich habe dir gesagt, dass du weiter zur Schule gehen sollst. Ich habe dir gesagt, dass du sauber bleiben sollst. Wo bist du vom Weg abgekommen?« Das sich nähernde Auto von Gemma ließ Trumans Geduldsfaden endgültig reißen. »Du hast dich selbst in dieses beschissene Leben hineinmanövriert, in dem du jetzt steckst. Wenn du da nicht raus willst, brauchst du hier nicht mehr aufzukreuzen. Mom ist tot. Kapierst du das, oder bist du so im Arsch, dass es dir egal ist?«

Gemma fuhr langsam an dem Fahrzeug vorbei, dessen Motor noch immer lief. Truman winkte sie weiter, damit niemand sie sah. Sie fuhr weiter ans Ende des Parkplatzes, wo auch ihr Wagen stand, und stellte sich daneben.

»Hau ab, verdammt noch mal. Und komm so nicht noch einmal in die Nähe meiner Familie.«

Quincy sah an Truman vorbei zu Gemma, die aus dem Leihwagen stieg und zu ihrem Auto ging. Truman versperrte ihm die Sicht.

»Du willst wissen, wann ich vom Weg abgekommen bin?«, fragte Quincy mit hasserfüllter Stimme. »An dem Tag, an dem du ins Gefängnis gewandert bist. Mom hat mir Crack angeboten, und es gab keinen Grund mehr, nein zu sagen.«

Truman packte ihn am Kragen und rammte ihn rücklings gegen das Auto. »Mach mich nie wieder für deine beschissenen Entscheidungen verantwortlich! Ich war jeden verdammten Tag für dich da.« Mit zusammengebissenen Zähnen stieß er leise aus: »Ich hab in einer elenden Zelle vor mich hin gerottet, damit du es nicht musst.«

»Und ich habe in meiner gerottet.« Quincy befreite sich aus Trumans Griff und stieg ins Auto. Der Wagen fuhr quietschend um Truman herum und hinterließ davonrasend eine Staubwolke.

Truman sah zum anderen Ende des Parkplatzes, wo Gemma mit weit aufgerissenen Augen die ganze hässliche Szene verfolgt hatte. Die Notiz, die er ins Auto gelegt hatte, steckte in ihrer Hand. Er war wie festgewurzelt. Er wollte zu ihr gehen, sich für sein ganzes verkommenes Leben entschuldigen. Sie davon überzeugen, ihm eine Chance zu geben.

Sie sahen einander an, und da war er wieder, dieser Stromschlag, der eine unwiderrufliche Verbindung zwischen ihnen schuf – trotz allem, trotz seines Geständnisses, trotz der hässlichen Szene mit Quincy.

Er verdiente den Schuldspruch nicht, der sein Leben für immer verändert hatte.

Aber als sie ins Auto stieg und die Verbindung zwischen ihnen kappte, wusste er, dass sie ihn auch nicht verdiente.

Zwölf

Musik erfüllte die Boutique, als sieben kleine Prinzessinnen am Dienstagnachmittag ihren allerletzten Catwalk hinlegten. Blitzlichter leuchteten auf wie magische Sterne, während Crystal wie eine Profifotografin umhersprang und eine Aufnahme nach der anderen machte. Mit ihren langen schwarzen Haaren und mehreren Lagen von grauem und silbernem Taft war sie die perfekte Geisterprinzessin, die noch dazu in Sachen Fotokunst sehr talentiert war. Gemma hatte Glück, sie mit im Team zu haben. Nach dem Catwalk wollte Gemma dafür sorgen, dass das Geburtstagskind einen eigenen Auftritt mit einer besonderen, mit Glitzersteinen besetzten Tiara bekam. Dann würde die Gruppe ihre Fotos mit Crystal und Gemma machen und schließlich fotografierte Crystal die Mädchen immer noch mit ihren Eltern – zumindest mit denen, die den Nachmittag über blieben. Heute waren nur zwei Elternteile da. Eines mehr als sonst. Die Eltern waren oft schnell verschwunden, um ein paar Stunden Freiheit zu genießen. Das hatte Gemma immer gestört. Erlebten Eltern ihre Kinder nicht gern in diesem puren Glück? Es überraschte sie, dass manche überhaupt kein Problem damit hatten, ihre Kinder vollkommen Fremden zu überlassen, auch wenn sie und Crystal natürlich vertrauenswürdig waren.

Gemma überprüfte die Tüten mit den Geschenken noch ein letztes Mal. Der blattförmige Rock ihres Prinzessin-Gardenia-Outfits raschelte bei jedem Schritt. Als sie sich über den Tisch beugte, hob sie die bunten Blüten und das Efeu, das sich um ihre Arme rankte, an, damit sie sich nicht an den Schleifen der Geschenketüten verfingen. Dann raschelte sie zurück zum Tresen, um die besondere Tiara für das Geburtstagskind zu holen. Dort konnte sie nicht widerstehen und warf noch einmal einen Blick auf die Zeichnung, die Truman heute Morgen in einem Umschlag an die Eingangstür der Boutique geklebt hatte. Sie schaute auf das Bild des Drachen, das sie zuvor in seinem Skizzenblock gesehen hatte, und auf die Nachricht, die er dazu geschrieben hatte. Ihr Herz machte einen Satz – wie schon die ersten drei Male, die sie sie gelesen hatte. Gestern hatte er auch ein Bild an der Tür festgemacht. Noch eine dunkle und vielsagende Zeichnung aus seinem heiligen Block. Wütende Schwarz- und Grautöne, ohne einen einzigen Tupfer Farbe. Bilder, die er niemandem zuvor gezeigt hatte. Und doch hatte er sie ihr hier im Laden zukommen lassen, selbst nachdem sie ohne ein Wort der Erklärung aus seiner Wohnung weggerannt war. Das erste Bild zeigte ein Gesicht, das sich durch eine enge Öffnung schiebt, verzerrt durch einen Schrei, die Zähne sichtbar, mit zwei Händen, die versuchen, den Spalt weiter zu öffnen. Die Nachricht, die er auf diese Zeichnung geschrieben hatte, war direkt und herzzerreißend: *Du kennst meine Geschichte. Ich habe nichts mehr zu verbergen.* Sie ging davon aus, dass das Bild Trumans Selbstporträt von dem Leben hinter Gittern war, oder vielleicht war er es auch, wie er versuchte, dem Leben, in das er hineingeboren worden war, zu entkommen. Sie wusste nicht, ob sie recht hatte oder auf dem vollkommen falschen Weg war, aber sie *wollte* es wissen.

Ihre Gedanken wanderten zu der Nachricht zurück, die er an dem Abend in ihrem Auto hinterlassen hatte, als sie es an der Werkstatt abgeholt und dabei beobachtet hatte, wie er irgendeinen Typen gegen ein Auto knallte. Diese Nachricht war aufrichtig und schlicht gewesen, obwohl sie wusste, dass sie für ihn wahrscheinlich sehr schwer zu schreiben gewesen war: *Meine Vergangenheit tut mir leid, und ich verstehe, warum du nichts mit mir oder meinem Leben zu tun haben willst, aber ich verspreche dir, dass ich kein schlechter Mensch bin. Die Kinder und ich vermissen dich. – Tru*

Sie hatte keine Erklärung für das, was sie gesehen hatte, und seltsamerweise machte ihr das keine Angst. Wenn Truman eine Person so behandelte, dann musste sie es verdient haben. Sie wusste nicht genau, warum sie so ein Vertrauen in ihn hatte, vor allem nachdem sie von seiner Vergangenheit erfahren hatte, aber irgendetwas in ihr bestärkte sie darin. Und egal wie oft sie sich sagte, dass es falsch war, sie ignorierte den Ratschlag.

Mit jeder Nachricht hatte er etwas mehr von dem Mann offenbart, der er war. Doch die Nachricht, die er heute mit dem Bild von dem Drachen hinterlassen hatte, enthielt ein Stück seiner Seele: *Den Drachen jagen – so nennt man es, wenn man den Dampf von erhitztem Morphin, Heroin, Oxycodon und anderen Drogen einatmet. Solang ich mich erinnern kann, wollte ich den Drachen erlegen, der meine Mutter in den Tod gelockt und meinen Bruder verschlungen hat. Wir vermissen dich. – Tru*

Sie starrte auf den Zettel. *Ich vermisse dich auch. Euch alle drei.*

»Prinzessin Gardenia«, rief Crystal durch den Raum und holte Gemma aus ihren lähmenden Gedanken. »Zeit für die Krone des Geburtstagskindes.«

Sie schnappte sich die Tiara, setzte das einstudierte Lächeln auf, das sie durch ihre Jugend begleitet hatte, und spielte ihre Rolle.

»Glaubst du, ich muss einen Babysitter einstellen?«, fragte Truman Dixie, während er Lincoln die Flasche gab. Die Werkstatt war seit einer Stunde geschlossen, aber er und Bear hatten noch länger gearbeitet und Dixie hatte mit den Kindern gespielt.

»Auf keinen Fall«, sagte Dixie und nahm Kennedy auf den Arm. »Das hier sind jetzt ebenso Whiskey-Kinder, wie sie Gritt-Kinder sind.«

»Sie hat recht. Vielleicht brauchen wir jemanden, der uns hilft, wenn der Kleine anfängt zu krabbeln, aber im Moment haben wir das im Griff.« Bear streckte die Hände nach Kennedy aus, doch Dixie wandte sich ab, damit er sie nicht nehmen konnte. Sie kitzelte Kennedy mit der Nase am Hals und brachte sie zum Kichern.

»Ich hatte gehofft, dass ihr das sagt.« Truman war ganz ihrer Meinung. Die Vorstellung, jemand anderes würde auf die Kleinen aufpassen, war ihm zuwider. Er konnte sich nicht vorstellen, sie nicht rund um die Uhr um sich zu haben. Eigentlich wollte er nur, dass die Kinder in Sicherheit und glücklich waren, aber ihm wurde langsam klar, dass das nicht genug war. Gemma fehlte ihm und Kennedy. Und auch wenn Lincoln nicht wie Kennedy nach ihr fragen konnte, so hatte Truman doch das Gefühl, dass sie ihm auch fehlte. Truman vermisste alles an ihr. Ihr Lächeln, ihr freches Mundwerk und sogar ihre nervenden, aufdringlichen Fragen. Aber vor allem vermisste er die Art, wie sie ihn anschaute, wie sie ihn berührte – eine Hand hier, ein Finger auf seiner Wange –, und er vermisste die Liebe, die sie den Kindern entgegenbrachte. Jedes Mal, wenn Kennedy ihren Namen sagte, wuchs die Sehnsucht in ihm.

Indem er Dinge von sich offenbarte, die er nie irgendjemandem offenbart hatte, hoffte er, dass Gemma es sich irgendwann überlegen und ihm die Chance geben würde, ihr zu zeigen, wer er wirklich war. Ein Teil von ihm wollte ihr die Wahrheit sagen, ihr sagen, dass es Quincy gewesen war, der den Mann getötet hatte, aber er würde seinen Bruder niemals verraten. Nicht einmal für Gemma. Er hatte sechs lange Jahre im Gefängnis verbracht. Er wusste, wie man den richtigen Moment abwartete. Bear hatte ihn unzählige Male in den vergangenen achtundvierzig Stunden daran erinnert, dass er sie vielleicht nie wiedersehen würde, aber das hieß noch lange nicht, dass er aufgeben würde. Er würde sie auf keinen Fall aufgeben.

Truman übergab Lincoln an Bear. Das Lächeln, das von dem Gesicht seines Freundes Besitz ergriff, als er das Baby auf den Arm nahm und an sich kuschelte, wärmte Trumans Herz. Er wusste mit absoluter Sicherheit, dass die Whiskeys sich um die Kleinen kümmern würden, sollte ihm etwas zustoßen. Irgendwann musste er sich um die rechtliche Seite der ganzen Angelegenheit kümmern, aber als verurteilter Straftäter würde er auf keinen Fall das Sorgerecht zugesprochen bekommen, und er war noch nicht bereit, sich darüber den Kopf zu zerbrechen.

»Ich habe nachgedacht«, sagte Truman. »Wir haben doch das alte Büro, das wir als Lagerraum benutzen, und wir haben draußen eine riesige Rasenfläche. Was haltet ihr davon, wenn wir – auf meine Kosten natürlich – direkt vor der Tür einen Spielbereich einzäunen und das Büro für die Kinder herrichten,

wie ein Spielzimmer? Teppich liegt da schon, also brauchen wir
es nur sauber machen und streichen. Es hat zwei schöne Fenster,
für frische Luft ist also gesorgt. Und ich dachte, wir könnten ein
Stück der Wand zur Werkstatt hin durch Plexiglas ersetzen,
damit wir ein Auge auf sie haben.«

Dixie und Bear lächelten sich zustimmend an.

»Crow kann uns für alles sicher einen guten Preis machen«,
freute sich Dixie.

Bear quittierte die Anmerkung mürrisch: »Macht er sofort,
wenn er dir dafür an die Wäsche darf ...«

Dixie rieb ihre Nasenspitze an Kennedys und sagte: »Hast
du gehört, wie albern Onkel Bear ist? Das ist doch ein
Dummkopf, stimmt's?«

Kennedy kicherte und Truman sah Bear fragend an.

»Du kennst ihn als Lance Burke, ihm gehört Mid-Harbor
Housing Supplies. Der verkauft da auch alles, was man für
Renovierungen und so braucht. Crow ist sein Bikername, und
er hat schon ein Auge auf Dixie geworfen, seit wir Kinder
waren.«

»Ah, und da wird's interessant«, scherzte Truman. »Was
stimmt denn nicht mit Lance? Kein guter Typ?«

Dixie verdrehte die Augen. »Ist irgendein Mann in den
Augen meiner großen Brüder gut genug für mich?« Sie seufzte
theatralisch und setzte Kennedy zum Spielen in den Laufstall.
Sie verschränkte die Arme und sah Bear entschlossen an. »Er
wird uns ein gutes Angebot machen.« Ihr Blick wanderte zu
Lincoln, der seine kleinen Hände nach Bears Kinn ausstreckte.
»Willst du das etwa ablehnen, weil du glaubst, er würde eine
Gegenleistung einfordern? Wenn das so ist«, sie warf ihre wilden
roten Haare mit einem selbstsicheren Grinsen über die Schulter,
»dann hast du eindeutig keine Ahnung, wie gut ihr mich alle

erzogen habt.«

Bear sah Lincoln an und beugte das Gesicht hinunter, um spielerisch an den Fingern des Babys zu knabbern. »In Ordnung, aber *ich* rufe Crow an, nicht du.«

»Du bist unmöglich«, stöhnte Dixie auf. »Aber gut, für die kleinen Mäuse hier ist mir alles recht.«

Sie trugen ihre Ideen zusammen, und nachdem sie sich auf die Gestaltung geeinigt hatten, schmiedeten sie Pläne für die Renovierung. Bear und Dixie bestanden darauf, sich an den Kosten für die Materialien zu beteiligen, da die Arbeiten den Wert der Firma steigern würden.

Später fütterte und badete Truman die Kinder. Allmählich hatte er den Dreh raus. Die Babywanne, zu der Gemma ihm bei Walmart geraten hatte, war bei Lincoln wirklich hilfreich. Und wenn er ordentlich Schaum in Kennedys Badewanne machte (auch etwas, was er Gemma zu verdanken hatte), war sie auch damit einverstanden, allein zu baden. Nachdem er die Kinder zu Bett gebracht hatte, ging er zu seinem Werkzeugschrank und zog die untere Schublade heraus. Das Adrenalin schoss nur so durch seinen Körper, als er die Stapel Skizzenblöcke erblickte. Im Schlafzimmerschrank hatte er noch mehr Kartons voll damit. Er kannte den Inhalt jedes einzelnen Blocks, ohne jemals wieder einen Blick auf die Bilder geworfen zu haben, nachdem er sie gezeichnet hatte. Ob er sie im Schrank versteckte, sie im Stockdunkeln lagerte oder sie in Schubladen steckte, die Bilder verließen ihn nie.

Er nahm den Block heraus, nach dem er suchte, und blätterte durch die Seiten, bis er das Bild fand, das er Gemma morgen geben wollte. Vorsichtig nahm er es heraus, schrieb eine Nachricht auf den Rand und steckte es in einen Umschlag. Gemmas wunderschönes Gesicht erschien vor seinem geistigen

Auge, als er ihren Namen auf den Umschlag schrieb. Er legte ihn auf den Beistelltisch, sammelte seine Malutensilien zusammen und nahm das Babyfon, bevor er die Haustür abschloss und dann hinten die Glastür zur Veranda aufzog – wo ihm beim Anblick von Gemma ganz schwindelig wurde. Sie stand direkt vor ihm, die Hand erhoben, als wollte sie gerade klopfen.

Dreizehn

»Gemma?«, flüsterte Truman mit heiserer Stimme, während er gerade noch die Metallkiste festhalten konnte, die ihm fast aus der Hand gerutscht wäre.

So oft war Gemma diesen Moment im Geiste durchgegangen, dass sie dachte, sie würde ihre Gefühle unter Kontrolle haben, aber nichts hätte sie auf diesen pulsierenden Knoten in der Kehle vorbereiten können, und auch nicht auf die Hitzewellen, die sie zu ihm zogen wie eine Meeresströmung. Sie hob den Spielbogen hoch, den sie aus der Boutique mitgebracht hatte. Ihr Vorwand für diesen Besuch. Ein schwacher, aber immerhin stand sie jetzt hier. Mit weichen Knien und nervöser denn je, aber dennoch … *hier.*

»Ich … äh.« *Musste dich sehen.* »Ich wollte das hier für Lincoln vorbeibringen.«

Er betrachtete das Spielzeug mit zusammengezogenen Brauen, die Enttäuschung stand ihm ins Gesicht geschrieben. Er stellte die Kiste ab und zog dann die Tür hinter sich zu. Das Spielzeug ignorierte er, als er näher trat, als könnte er die Distanz zwischen ihnen auch nicht ertragen. Als wäre nichts wichtiger, als die Kluft zu überwinden.

»Gemma«, flüsterte er. Der Blick in seinen blauen Augen

war liebevoll, dankbar und so voller Sehnsucht, dass sie noch einen Schritt vorwärts machte. »Ich habe dich vermisst.«

Er hob die Hand, als wollte er ihre Wange berühren, und sie atmete scharf ein, als das vertraute Surren eines Stromschlags durch ihren Körper fuhr. Als er die Hand senkte, ohne sie berührt zu haben, hätte sie sich für diesen Atemzug ohrfeigen können.

»Ich ...« Sie stellte das Spielzeug auf der Veranda ab. »Können wir reden?«

Er nickte und deutete auf das Sofa, auf dem sie gesessen hatten, als er ihr seine Vergangenheit offenbart hatte. Ihr Herz raste, als er sich neben sie setzte. Sie wusste nicht, wo sie anfangen oder was sie sagen sollte. So viele Fragen schwirrten ihr im Kopf herum, aber als sie jetzt bei ihm saß, schienen all diese Fragen die Flucht ergriffen zu haben. Geblieben war nur der Wunsch, wieder in seinen Armen zu liegen. Sie hatte keine Angst vor ihm, kein bisschen. Sie hatte zu viel von dem Mann gesehen, der er wirklich war, bevor sie die Wahrheit über seine Vergangenheit erfahren hatte, als dass sie all das Gute ins Schlechte kehren würde.

Sie blinzelte mehrere Male, versuchte, einen klaren Kopf zu bekommen, aber so wie er sie anschaute, als bräuchte er sie ebenso sehr wie sie ihn, als wollte er sie ebenso verzweifelt wie sie ihn, machte es all ihre Gedanken zunichte.

Wie sich zeigte, brauchte sie gar nicht zu denken. Die Wahrheit platzte wie von selbst aus ihr heraus. »Ich muss die ganze Zeit an dich und die Kinder denken.«

Ein kleines Lächeln zuckte um seine Lippen und ging ihr direkt unter die Haut.

»Ich habe so viele Fragen, aber sie kommen mir unhöflich oder egoistisch vor. Zum Beispiel wie du danach weitermachen konntest oder wie es sich anfühlt, das getan zu haben. Aber das ist makabre Neugier, denn natürlich warst du am Boden zerstört und entsetzt. Das hast du mir ja neulich Abend gesagt. Ich versuche nur … Ich muss das alles immer noch begreifen.« Ihre Worte kamen so schnell heraus, dass sie sie nicht aufhalten konnte. »Dass ich mit jemandem etwas anfange, der im Gefängnis war oder so etwas getan hat, hätte ich mir nie vorstellen können. Aber du hast dir auch sicher nicht vorgestellt, dass dein Leben so verläuft.«

Sie zuckte mit der Schulter und sagte: »Aber ich will nicht weglaufen, weil du versucht hast, deine Familie zu beschützen. Ich habe dich mit den beiden Kleinen gesehen, und ich habe genug Zeit mit dir verbracht, um zu wissen, dass du nicht gewalttätig bist. Doch ich muss es verstehen, alles, bis du es satthast, es mir zu erklären. Ich werde es dir nicht übel nehmen, wenn dir meine Fragen auf die Nerven gehen, denn du weißt ja, wie ich sein kann.«

»Es ist normal, dass du all das wissen willst, und ich mag, wie du bist, also mach dir da keine Sorgen. Ich werde es nicht so schnell satthaben, dir alles zu erklären. Das haben wir hinter uns. Ich hatte Angst, es dir zu erzählen, aber nachdem ich es jetzt getan habe, werde ich alles beantworten, was du wissen willst oder musst.« Er schwieg und versuchte offensichtlich, seine Gedanken zu ordnen. »Du hast gefragt, wie ich danach weitermachen konnte. Jeden Morgen wache ich auf und habe diese Szene vor Augen – meine Mutter, meinen Bruder, das Blut, diesen Vergewaltiger. Und ich muss mich ganz bewusst daran erinnern, wie es passiert ist, denn es fühlt sich nicht so an, als wäre ich es wirklich gewesen, der das getan hat. Ich bin kein gewalttätiger Mensch, trotz meiner Inhaftierung. Sobald ich mich an die Szene erinnere, beginnt der Prozess des Weitermachens. Ich kann es nicht erklären, aber ich habe keine Wahl. Ich mache einfach weiter, und die Reue verschwindet nie, auch wenn er meine Mutter vergewaltigt hat. Ich wünschte ... ich wünschte, alles wäre anders gewesen.«

Sie legte einen Finger auf seine Lippen, denn in seiner Stimme schwangen so rohe Emotionen mit, dass es zu schmerzhaft war, weiter zuzuhören. »Du sollst nicht wegen mir alles noch einmal durchleben. Du sollst wissen, dass ich keine Angst vor dir habe. Aber ich werde im Laufe der Zeit vielleicht noch mehr Fragen haben, und ich muss wissen, dass das für dich in Ordnung ist.«

»Gemma.« Eine Sekunde lang schloss er die Augen, atmete tief durch. Als er sie öffnete, legte er seine Hand auf ihre. »Die Bilder, die ich dir geschickt habe, kommen dir vielleicht unbedeutend vor, aber mir bedeuten sie alles. Ich habe nichts mehr zu verbergen. Du hast das Schlimmste gehört.«

»Ich weiß, wie viel sie dir bedeuten«, sagte sie leise. »Danke, dass du sie mir gezeigt hast.« Sie sah auf seine Hand hinunter und auf all die blaue Tinte auf seiner Haut. Sie wollte mehr wissen. Waren seine Tattoos wie die Zeichnungen? Stellten sie das Grauen seiner Vergangenheit dar? »Was bedeuten sie?«

»Die Bilder?«

Sie schüttelte den Kopf. Alles, was es über ihn zu wissen gab, wollte sie wissen. »Deine Tattoos.« Sie hob den Blick und sah ihn an. Ihre Finger umschlangen seine. »Ist es in Ordnung, danach zu fragen?«

Er presste die Lippen aufeinander. Mit jedem heftigen Atemzug hob sich sein Brustkorb, und dann drehte er seine Hand unter ihrer herum, verschränkte ihre Finger miteinander und drückte ihre Hand ganz fest.

»Alles, was du tust, ist in Ordnung. Ich bin einfach nur

froh, dass du hier bist, dass du mit mir redest und dass du keine Angst vor mir hast.«

»Ich habe keine Angst vor dir«, wiederholte sie.

Ohne ein Wort hob er ihre Hand an seinen Mund und küsste sie. Die Stoppeln kitzelten auf ihrer Haut, doch vor allem war sie froh, dass sie schon saß, denn die Gefühle, die sie in seinen Augen sah, erschlugen sie förmlich.

Er führte ihre Finger über seine Tattoos und erklärte eines nach dem anderen. »Das Pik-Ass steht für den Tod. Eine Erinnerung. Das habe ich mir stechen lassen, nachdem ich aus dem Gefängnis entlassen wurde.« Er führte ihren Finger über das Bild auf seiner linken Hand. »Das Symbol des Motorradclubs der Whiskeys. Sie haben mich gerettet, auf mehr als eine Weise. Ich verdanke ihnen viel.«

Während er sich an einem Arm vorarbeitete und dann an dem anderen, während er ihre Finger über seine Haut führte und jedes Tattoo erklärte, offenbarte er ihr immer mehr von seinem Leben. Einige Tattoos symbolisierten Stärke, um ihn daran zu erinnern, dass er selbst in schlimmsten Zeiten stark war. Auf einer Hand formten hunderte kleine Punkte eine Explosion, die aus einer Kamera herausschoss. Das stellte den Zusammenbruch der Welt dar, die er gekannt hatte. Ein in starken Strichen gestochenes Netz fing die Einzelteile auf, denn er war noch nicht bereit, das alles loszulassen. Diese Bilder, die sie ursprünglich als Warnungen gedeutet hatte, die Menschen auf Abstand halten sollten, waren ein detaillierter Wegweiser hin zu dem Mann vor ihr. Seine Fähigkeit, Kummer und Schmerz zu überwinden, zeugte von seiner Stärke. Seine Loyalität Familie und Freunden gegenüber berührte Gemma tief im Inneren, dort, wo sie seit so vielen Jahren ihre Einsamkeit sogar vor sich selbst versucht hatte zu verbergen.

Ihr Herz schlug schneller und ihr wurde immer wärmer.

Er ließ ihre Hand los, und sie merkte, dass sie zitterte. Sein Gesichtsausdruck war ernst, als er nach dem Saum seines T-Shirts griff.

Fragend sah er sie an, und sie nickte, denn sie wollte alle Tattoos sehen. Langsam zog er sein T-Shirt aus – als wäre er nicht sicher, dass sie wirklich bereit war, zu sehen, was sie sehen wollte – und offenbarte die Tätowierungen, die sie an dem anderen Morgen zwar gesehen, aber nicht im Detail erkannt hatte. Ihr Blick fiel auf das Tattoo auf seiner breiten Brust, den wütenden, bösartigen Drachen, den er auch gezeichnet hatte, mit hoch gewölbtem Rücken, den Hals nach unten gebeugt und nach vorne gereckt, Feuer speiend – blau, wie alles – auf einen knorrigen, wehklagenden Baum ohne ein einziges Blatt. Auf der anderen Seite des Baumes streckte ein Mann die inzwischen vertrauten eindrucksvoll tätowierten Arme aus, die Hände verzweifelt gegen den Baum gedrückt, um ihn vor dem Umstürzen zu bewahren. Ein Bein hatte er nach hinten ausgestreckt, das andere gebeugt, die Füße in den Boden gestemmt, während er gegen den Drachen ankämpfte.

Sein Schmerz ging so tief. Tränen füllten Gemmas Augen.

»Hab kein Mitleid mit mir«, sagte er schroff.

Sie schüttelte den Kopf. »Kein Mitleid. Ich bin überwältigt von all dem, was du überlebt hast. Voller Bewunderung, dass du zu dem Mann geworden bist, der du jetzt bist.«

Er hielt ihren Blick gefangen, atmete wieder schneller. »Willst du den Rest sehen?«

Sie nickte. »Jedes einzelne.«

Sein Gesichtsausdruck war ernst, als er die Knöpfe seiner Jeans öffnete. Plötzlich fielen ihr die Bilder ein, die Crystal ihr geschickt hatte, und sie fügte schnell hinzu: »Es sei denn, du hast einen tätowierten … äh …« Sie blickte in seinen Schritt.

Er lachte heiser auf und beide lächelten. »Tut mir leid, aber manche Dinge sollten nicht in die Nähe von Nadeln kommen.«

»Gott sei Dank.« Sie atmete erleichtert auf.

Er nahm die Hände von seiner Jeans. »Gemma, du weißt, wie ich auf dich reagiere. Wenn ich meine Hose ausziehe …« Er atmete schwer. Sie atmete kaum. Seine Hand glitt unter ihr Haar, umfasste ihren Nacken. »Gemma«, gab er rau von sich und in seinen Augen schimmerte etwas Urwüchsiges.

Sie ließ ihre Hand von seiner Brust hin zu seiner Wange gleiten und fühlte eine Anspannung und Gegenwehr in seinen Muskeln, als sie versuchte, ihn näher an sich zu ziehen.

»Gemma.« Die Warnung in seiner Stimme war eindeutig. Sein Blick lag glühend auf ihr, wanderte über ihr Gesicht und suchte nach etwas, das ihr nicht klar war. »Wenn ich meine Vergangenheit ändern könnte, würde ich es tun«, sagte er erregt.

Seine Nähe war wie eine Droge, lockte sie an. Sie wollte ihm unter die Haut kriechen und fühlen, was er fühlte, seine Stärke erleben und seinen Schmerz lindern.

»Ich werde nicht weglaufen.« Sie hatte nicht geahnt, dass sie dieses Versprechen geben würde, sie wurde von einer Dringlichkeit angetrieben, einem körperlichen Bedürfnis, ihm näher zu sein. Sie beugte sich vor, unfähig zu irgendwelchen Worten.

Er zog sie an sich zu einem heißen, harten Kuss, der ihre Sinne aufwirbelte, und dann küssten sie sich wild, berührten sich ungestüm und klammerten sich aneinander, bekamen nicht genug voneinander. Er vertiefte den Kuss, hielt sie fester, und es fühlte sich unglaublich an. An den Tagen, die sie getrennt gewesen waren, hatte sie seine Vergangenheit auseinandergenommen, bis nichts mehr übrig war, und doch stürzte nun das Verlangen wie eine Lawine auf sie herab. Sie klammerte sich an ihn, während sie sich küssten, verspielt bissen und rasend machende Geräusche der Lust von sich gaben. Sie legte sich auf den Rücken und zog ihn mit sich. Seine Hüfte stieß in einem gierigen, hypnotisierenden Rhythmus gegen ihre, und als er den Kuss verlangsamte, löschte er behutsam alle noch bleibenden Zweifel aus.

»Gemma«, stieß er gegen ihren Mund hervor. »Ich habe das Gefühl, das hier hatten wir schon.«

Sie lächelte. »Das, was wir vor uns haben, noch nicht.«

Sein wölfisches Grinsen kehrte zurück und sein Blick war erfüllt von sündhafter Lust. »Wenn du mich aufhalten willst, dann jetzt, denn ich habe die ganze Zeit daran gedacht, wie ich dich liebe, wie ich Sex mit dir habe, und ich habe daran gedacht, wie ich dich um Vergebung bitte. Und wenn wir alles ausgezogen haben, dann bekommst du mich ganz. Ich werde nicht aufhören können.«

»Hör nicht auf«, brachte sie nur hervor.

Hart und hungrig prallte sein Mund auf ihren. Gemma krallte sich an seinem Rücken fest. Seine Hände glitten an ihren Seiten auf und ab, über ihre Brüste, an ihrer Hüfte hinunter, als könnte er nicht glauben, dass sie unter ihm lag. Doch sie war bei ihm, streichelte über seine Haut, genoss das Gefühl seines Gewichts. Der Kuss war sanft und grob zugleich, ließ nach und brandete dann wieder auf, jeder Stoß seiner Hüfte sorgte für Wogen der Ekstase und entsandte glühende Zuckungen in ihren Körper. Er riss ihr das T-Shirt vom Leib, der BH folgte und sein kundiger Mund vereinnahmte ihre Brust. Sie umklammerte seinen Kopf und eine Reihe von Lauten entwich ihr. Es war ihr egal. Mit jedem Zungenschlag wurde ihre Ungeduld größer, sie spürte seine Lippen weich und dann wieder hart und plötzlich war sein Mund erneut auf ihrem. Seine rauen Barthaare kratzten über ihre Wange und seine Hände – *Himmel, diese Hände!* – bewegten sich selbstbewusst und gezielt über ihren Körper und brachten auf ihrem Weg alles zum Schmelzen. Nur mit Mühe schaffte sie es, weiterzuatmen.

Von den vielen überwältigenden Emotionen konnte Truman die eine nicht ignorieren und so erhob er sich über Gemma und schaute auf die wunderschöne, vertrauensvolle Frau hinab. »Ich will dich in meinem Bett.«

Sie lächelte zu ihm auf und die Lust flackerte hell in ihren Augen auf, als sie ihn wieder zu sich herunterzog. »Du hast kein Bett mehr.«

»Morgen kaufe ich eins.«

Beide lachten, als er sie wieder küsste, doch dieses Lachen wurde schnell zu ausgehungerten Lauten der Leidenschaft. Hitze fuhr in seine Mitte. Er liebte es, ihre nackten Brüste an seinem Brustkorb zu fühlen, ihr Herz, das schnell und heftig für ihn schlug. Er wollte jeden Zentimeter von ihr besitzen, wissen, dass sie ihm gehörte. Er war so an schnellen, bedeutungslosen Sex gewöhnt, dass dieses Verlangen neu für ihn war – und so verdammt real. Er wollte nicht einfach nur Sex mit ihr haben, er wollte sie lieben, mit ihr und für sie da sein. Ohnmächtig war er seiner Gier ausgeliefert, die er nicht zügeln konnte, als er sich an ihrem Körper hinabküsste und -saugte und mit einem Ruck ihre Hose öffnete.

Er schaute hoch, versicherte sich noch ein letztes Mal ihrer Zustimmung, bevor er sie zum ersten Mal kostete. Sie hob die Hüfte, schob die Jeans hinunter und gab ihm das ersehnte grüne Licht. Ihre Jeans fiel auf den Boden, und mit einem kehligen Laut atmete er aus. Er zwang sich, kurz innezuhalten, um die Rundung ihrer köstlichen Hüfte in seinen Händen zu spüren, um die Innenseiten ihrer Oberschenkel mit Küssen zu bedecken, während sie sich unter ihm wand und seine pulsierende Mitte darauf wartete, befreit zu werden. Er fuhr mit der Zunge über ihre Spalte und sie stöhnte in die Nacht hinaus. *Wie verdammt heiß.* Sie schmeckte himmlisch und der Duft ihrer Erregung zog ihn magnetisch an. Sie war so verdammt sexy, dass er mit zusammengebissenen Zähnen fluchte. Er sollte langsam machen, ihr auf jede erdenkliche Weise Lust bereiten, aber langsam kam später. Er brauchte sie *jetzt.* Er hob ihre Beine über seine Schultern und bedeckte ihre Mitte mit dem Mund. Er saugte und leckte und stieß mit der Zunge so weit vor, dass sich ihre inneren Muskeln anspannten und ihn anspornten, sich mehr zu nehmen. Sie bewegte ihre Hüfte, stöhnte und krallte sich an seinen Schultern fest, als er sich an ihr labte. Er vergrub seine Finger in ihrer Mitte und nahm ihre Klitoris saugend zwischen die Zähne. Ihre Hüfte schoss hoch, ihre Oberschenkel umklammerten sein Gesicht und mit einem erregten Flüstern schrie sie seinen Namen. Er wusste, dass sie der Kinder wegen leise sein wollte, und das ließ sein Herz noch mehr aufgehen.

»Tru –«

So verdammt sexy, so verdammt *real.* Er machte weiter, fingerte sie, liebte sie mit dem Mund, bis sie vom Höhepunkt herabschwebte. Dann legte er die Handflächen auf die Innenseiten ihrer Oberschenkel und ließ die Zunge mit langsamen Bewegungen immer wieder über ihre sensiblen Falten gleiten. Ihre Nägel gruben sich in seine Haut, ihre Atmung wurde flacher und ihr Körper zitterte und bebte.

»Mehr, Tru, *bitte!*«

Er neckte sie weiter, liebte sie langsam, zog ihre Lust in die Länge, bis sie sich in die Kissen krallte und nach mehr flehte. Erst dann verschloss er ihre Mitte mit dem Mund und gab ihr, was sie wollte, brachte sie hoch und noch höher, bis sie in einem Strom wilder Explosionen zerbarst.

Als der letzte Schauder durch ihren Körper floss, liebkoste er ihren Bauch, schmeckte ihre Erregung mit jedem Kuss und nahm sie in die Arme. Ihre Augen öffneten sich langsam und auf ihren Lippen lag das Lächeln einer zufriedenen Geliebten.

»Mehr«, flehte sie und – *zum Teufel noch mal* – er wollte mehr.

Er küsste sie erneut, nun sanfter, und wollte ihr nun noch näher sein. Ihr Geschmack war noch präsent, als ihre Zungen miteinander spielten, und es war so verdammt heiß, dass sie nichts dagegen hatte. Wieder glitt seine Hand zwischen ihre Beine, er brachte sie direkt zum nächsten Höhepunkt und verschlang ihre lustvollen Schreie. Himmel, er könnte das die ganze Nacht lang machen. Zu spüren, wie sie kam, war um ein Vielfaches besser, als er es sich erträumt hatte, aber er brauchte das Gefühl, in ihr zu sein, mehr als den nächsten Atemzug. Er zog seine Jeans aus, bedacht darauf, sein Gewicht von ihr zu nehmen, und hielt plötzlich inne.

»Kondom«, stieß er aus. »Im Schlafzimmer.«

Er küsste sie wieder, lang und langsam, denn er wollte keine Sekunde von ihr fort. Als er Anstalten machte aufzustehen, hielt sie ihn fest.

»Noch nicht«, flüsterte sie und zog ihn zu einem Kuss an sich.

Mit einer Hand fuhr sie ihm durch die Haare, mit der anderen strich sie über seine Seite, seinen Rücken, drückte ihn an sich. Als ihre Lippen voneinander abließen, hielt sie ihn nah bei sich, liebkoste seinen Hals und hauchte Küsse bis hin zu seinem Kiefer.

»Du riechst so gut.« Ihr Atem berührte sanft seine Haut. »Und wie dein Körper zu meinem passt.« Zart glitten ihre Finger über seinen Rücken, als hätte sie die ganze Nacht mit ihm. Ihre liebevollen Berührungen, die ihm keine andere Frau zuvor je geschenkt hatte, weckten andere Bedürfnisse in ihm. Bedürfnisse, von denen er gar nichts wusste. Egal, wie sehr es ihn danach verlangte, von ihr umschlungen zu sein, so war doch das hier, in diesem Moment, genau das, was er wollte: ihre Berührung, ihre Küsse, ihre leisen Seufzer einer ganz anderen Lust.

»Mir gefällt es, wie groß du bist«, flüsterte sie. »Und so beschützend. Ich fühle mich sicher bei dir.«

»Trotz meiner Vergangenheit?« Er konnte nicht verhindern, dass die Frage aus ihm herausplatzte.

Sie schaute mit einem solch süßen Lächeln zu ihm auf, dass seine ganze Abwehr schwand. »Vielleicht gerade wegen deiner Vergangenheit.«

Er küsste ihren Mundwinkel und hatte das Gefühl, das größte Geschenk seines Lebens erhalten zu haben, als er sie wieder fest in die Arme schloss. Auf der Seite liegend schob er ein Knie zwischen ihre Beine und das andere über ihre Hüfte, sodass ihre Körper vollkommen ineinander verschlungen waren.

»Mhm, siehst du? Wir passen perfekt zueinander«, murmelte sie an seinem Hals, während ihre Finger langsam und sanft über seinen Rücken wanderten. »Du bist unser Tru Blue, unser ganz eigener loyaler und verlässlicher Beschützer.«

»Unser?«

Sie gähnte und legte die Hand auf seine Wange. »Meiner und der Kinder.«

Er fragte sich, ob sie spüren konnte, wie sein Herz sich weitete. In diesem Augenblick verliebte er sich noch ein bisschen mehr in diese bemerkenswerte Frau. Er küsste sie sanft, genoss das Gefühl, sie sicher in seinen Armen zu halten und ihre Worte in Endlosschleife nachklingen zu hören.

»Gemma.« Seine Kehle war wie zugeschnürt, ließ keine Worte heraus. *Dich halten. Deine Berührungen spüren. Das ist alles, was ich will.* Er war hart wie Stahl, seine Erektion lag an ihren feuchten Locken und der warmen Haut darüber, doch als sie sich an ihn kuschelte und ihr Atem in den gleichmäßigen Rhythmus des Schlafs fiel, fühlte sich alles in ihm richtig an, und endlich – *Himmel, endlich* – spürte er, dass sein Leben mehr ins Gleichgewicht kam.

Vierzehn

Gemma wachte allein auf dem Sofa auf Trumans Veranda auf, ihr nackter Körper zugedeckt mit einer weichen, warmen Decke. Die Sonne lugte gerade erst am Horizont hervor und Trumans Stimme war über das Babyfon zu hören. Sie zog die Decke enger um sich, wohlig, und verspürte angesichts ihrer fehlenden Kleidung überhaupt keine Panik oder Verlegenheit. Ihr wurde warm ums Herz, als sie auf dem Bildschirm des Babyfons sah, wie er mit Lincoln an der Schulter im Schlafzimmer auf und ab ging. Er trug kein T-Shirt, nur dunkle Boxershorts. Seine große Hand kreiste langsam über den Rücken des Babys, dessen Gesicht sie nicht sehen konnte, aber die Ärmchen hingen schlaff herunter, daher ging sie davon aus, dass es schon wieder eingeschlafen war.

Ihre Kleidung fand Gemma zusammengelegt auf der Veranda. Sie lächelte über Trumans Aufmerksamkeit, zog sich T-Shirt und Slip an und beobachtete ans Geländer gelehnt den Sonnenaufgang. Während sie Trumans liebevoller Stimme über das Babyfon lauschte, wusste sie, dass sie die richtige Entscheidung getroffen hatte, als sie gestern Abend hergekommen war. Er war kein Mann, vor dem man Angst haben musste.

Und gestern Nacht …

Sie seufzte.

Allein bei dem Gedanken daran, wie er sie gehalten und wie er seine Mauern eingerissen hatte, fühlte sie sich leicht und verträumt. Die Spannung zwischen ihnen war magnetisch und explosiv zugleich, aber die intime Bindung zwischen ihnen ging so viel tiefer. Als sie gestern Abend in seinen Armen gelegen hatte, waren sie in völligem Einklang gewesen, und dass er entspannter atmete, wenn sie einander nahe waren, erfüllte sie mit unerwarteter Freude. Sie hatte nicht vorgehabt einzuschlafen, aber nach all den intensiven Orgasmen und dem Gefühl der Wärme und Sicherheit in Trumans Armen hatte sie es nicht verhindern können. So sehr sie sich danach sehnte, in seinen Armen aufzuwachen, so viel besser war es, ihm dabei zuzusehen, wie er mit Lincoln kuschelte. Er gab diesen Kleinen all die Liebe, nach der sie sich als Kind gesehnt hatte, und besser als jeder andere wusste sie, dass dies durch nichts je zu ersetzen war. Diese Kinder hatten in seinem Herzen ein Zuhause gefunden, und sie hatten Glück, ihn zu haben.

Das Ausmaß ihrer Gefühle umhüllte sie, wie ein Mantel, den sie spüren konnte. Sie blickte über ein Meer aus geschundenen und vergessenen Autos ins Weite und hörte, dass Truman ins Freie trat. Als seine Hände sich um ihre Taille legten und seine warmen Lippen ihre Wange berührten, lächelte sie und drehte sich in seinen Armen um. Der Duft von Zahncreme und Seife begrüßte sie.

»Tut mir leid, dass ich dich allein lassen musste«, sagte er mit einer rauen, verschlafenen Stimme.

Sie fühlte sich weiblich und zierlich neben seiner riesigen Gestalt. *Mein sanfter Riese. Mein Tru Blue.* Sie hegte keinerlei Zweifel daran, dass ihr sanfter Riese sich in einen wütenden Koloss verwandeln konnte, wenn die Situation es erforderte. Ihr

Herz zog sich beim Anblick des Tattoos auf seinem Brustkorb zusammen, denn sie sah es erst zum zweiten Mal in all seiner Deutlichkeit. Sie fuhr den Hals des zornigen Drachens mit dem Finger nach und drückte die Lippen auf die Flammen. Sie konnte seine Vergangenheit nicht ändern, und so schlimm sie auch war, sie machte ihn zu dem Mann, der er heute war. Ebenso wie die mangelnde Aufmerksamkeit und Liebe ihrer Eltern und der Selbstmord ihres Vaters sie zu dem machten, was sie war. Als sie seinem Blick begegnete, war sie überrascht, einen skeptischen Ausdruck in seinen Augen zu sehen.

»Du siehst besorgt aus. Hat Lincoln wieder Fieber?«

»Nein«, erwiderte er ernst. »Ich versuche nur, dich zu lesen. Bereust du mit Anbruch des neuen Tages irgendetwas?«

Sie schüttelte den Kopf und lächelte zu ihm auf. »Nur dass du mir dein Innerstes offenbart hast und ich bei Weitem nicht so viel mit dir geteilt habe.«

Erleichterung erhellte sein Gesicht. »Du hast mehr geteilt, als dir bewusst ist.« Er beugte sich herunter und küsste sie, doch sie presste die Lippen fest aufeinander. Er lachte und legte die Hände um ihr Gesicht. »Allerdings könntest du einen besseren Kuss mit mir teilen.«

Sie hielt die Hand vor den Mund, um ihn vor ihrem schlechten Atem zu schützen. »Ich habe mir noch nicht die Zähne geputzt.«

Er lachte und nahm ihre Hand herunter. »Ich habe meinen Mund gestern zwischen deinen Beinen vergraben. Glaubst du wirklich, es kümmert mich, ob du deine Zähne geputzt hast?«

Etwas war anders. Vielleicht war alles anders, sie wusste es nicht. Seine Worte kamen leichter, sein Lächeln natürlicher, und dieses polternde Lachen, das sie so unglaublich mochte, ertönte ohne Zögern. Er öffnete sich noch weiter, vertraute ihr mehr an als nur sein Geständnis. Sie sah es in seinen Augen. Erleichterung und etwas noch Stärkeres. Ihr wurde klar, dass es für ihn notwendig gewesen war zu hören, dass sie nichts bereute, damit er es wirklich glauben konnte.

Als sein Mund sich auf ihren senkte, spürte sie den Unterschied auch in seinem Kuss. Er küsste sie vertrauter, umfasste ihr Kinn mit einer Hand, die andere lag an ihrer Taille und hielt ihre Körper aneinander. Es war ein berauschender und besitzergreifender Kuss. Ein Kuss, der sagte: *Du gehörst mir und ich gehöre dir.*

Es war der Kuss, von dem sie nicht gewusst hatte, dass sie ihr Leben lang schon darauf gewartet hatte.

Als sich ihre Lippen voneinander lösten, glitten seine Finger über ihre Wange, fuhren leicht über ihre Unterlippe, und dann küsste er sie erneut, sanft und zärtlich. Oh, *sanft* und *zärtlich* waren himmlisch!

»Du schmeckst perfekt am Morgen«, meinte er mit einem neckischen Grinsen.

Sie rümpfte die Nase.

Als wollte er es ihr beweisen, küsste er sie noch einmal und leckte sich dann die Lippen.

Sie lachte und genoss diesen neuen Truman. »Tut mir leid, dass ich gestern Abend eingeschlafen bin.«

»Mir nicht.«

»Aber du ...« *Hast es mir mehrmals besorgt.* »Und ich habe mich nicht revanchiert.«

»Mein ganzes Leben lang wurde ich nicht so berührt, wie du mich gestern Abend berührt hast.« Tiefe Gefühle lagen in seinen Worten. »Ich will dich lieben, aber mehr als das möchte ich dir nah sein und alles fühlen, was zwischen uns entsteht. Dein verschlafenes Lächeln sehen, wenn du mich berührst, und all die

Dinge hören, die du vergangene Nacht zu mir gesagt hast. Ich hätte nie gedacht ... Ich hätte mir nie vorstellen können ...«

Er umarmte sie, hielt seine Wange an ihren Kopf. »Ich habe nie gedacht, dass ich jemanden brauche, aber allmählich denke ich, dass ich immer nur auf dich gewartet habe.«

Truman pfiff vor sich hin, als er hinten auf seinem Pick-up stand und die Matratze, die er gerade gekauft hatte, zur Ladeklappe schob, wo Bear sie in Empfang nahm. Es war sieben Uhr abends und Dixie passte auf die Kinder auf. Den ganzen Tag hatte er beste Laune gehabt. Zweimal hatte Lincoln ihn beim Windelwechseln nass gemacht, aber selbst das hatte seine Laune nicht dämpfen können.

»Da wurde aber jemand gestern Abend flachgelegt.« Bear packte die Matratze an einem Ende.

»Nee.« Truman sprang von der Ladefläche und nahm das andere Ende.

Gemeinsam trugen sie die Matratze um die Werkstatt herum zu der Treppe, die hinauf zur Veranda führte. Gemma hatte noch eine Geburtstagsparty in ihrer Boutique und würde erst um neun Uhr Feierabend haben, weshalb Truman genug Zeit hatte, alles fertig zu machen und die Kinder ins Bett zu bringen.

»Warum hast du denn so gute Laune?«, fragte Bear, als sie die Matratze die Stufen hinaufhievten.

»Weil sie zurückgekommen ist, Mann. Und dank ihr ist alles besser.«

»Gemma? Sie ist zurückgekommen?«

Truman konnte sein Grinsen nicht unterdrücken. »Mhm.«

»Und sie hat kein Problem mit deiner Vergangenheit, mit den Kindern und mit *Quincy*?« Oben auf der Treppe angekommen, legte Bear die Matratze auf dem Geländer ab. »Mach die Tür auf. Ich halte fest.«

Truman zog die Tür auf und sie trugen die Matratze hinein. »Ich denke, es ist in Ordnung für sie. Nicht, dass es überhaupt kein Problem ist, aber das kann ich auch nicht von ihr erwarten.« Er deutete auf die Couch. »Lass sie uns an der Rückseite abstellen.«

»Jedenfalls so weit in Ordnung, dass eine Matratze nötig wird«, feixte Bear. »Und das bedeutet, dass du ziemlich bald« flachgelegt werden wirst.«

»So ist es nicht. Also doch, schon. Versteh mich nicht falsch, sie ist verdammt heiß, und ich kann es nicht abwarten, ihr näherzukommen. Aber es ist nicht so, als würde es nur darum gehen.«

»Super, Kumpel. Ich freu mich für dich. Es wäre nicht für viele Frauen in Ordnung, bei all dem Mist, der dir in deinem Leben passiert ist. Hast du noch was von Quincy gehört?«, wollte Bear wissen.

»Nein. Ich hab ihm eine Nachricht hinterlassen und angeboten, ihm Hilfe zu organisieren ... Wieder mal.«

»Kann keiner behaupten, dass du kein loyaler Mistkerl bist.«

Trotz seiner Sorge um Quincy musste er bei Bears Worten lächeln, denn sie erinnerten ihn an Gemma. *Tru Blue – unser wahrhaft loyaler und verlässlicher Beschützer.*

»Er ist meine Familie. Ich will ihn nicht in der Nähe der Kinder haben, wenn er durch den Wind ist, aber das heißt nicht, dass ich ihn endgültig aufgebe.« Da er das Thema wechseln wollte, ging Truman zu der Nische, wo er sein

Werkzeug aufbewahrte. Quincy war der Einzige, der seine gute Laune zunichtemachen konnte. »Hilf mir mal. Ich will diesen ganzen Kram nach unten bringen.«

»Alles?« Bear zog die Augenbraue hoch. »Die Werkbank auch?«

»Genau. Ich werde ein zusätzliches Schlafzimmer einbauen. Hier kommt am Ende eine Wand hin.« Er deutete auf den vorderen Bereich der Nische.

»Ach ja? Ist das nicht meine Wohnung?«

»Oh, klar. Ist das in Ordnung für dich?« Truman machte sich daran, die Werkzeuge von der Wand zu nehmen und sie in eine Kiste zu packen.

»Klar, natürlich.« Bear tippte eine Nachricht ins Handy.

»Heißes Date?«

»Mhm, mit meinen Brüdern.« Er schaute zu Truman und schüttelte den Kopf, um sich dann wieder seinem vibrierenden Telefon zuzuwenden. »Bullet und Bones sind auf dem Weg, um uns zu helfen.« Er steckte das Handy wieder in die Tasche.

Anderthalb Stunden später hatten Truman, Bear, Bullet und Bones die ganze Werkstattausrüstung nach unten gebracht und neben der Federkernmatratze noch Kissen, Bettwäsche, den Teppich und andere Dinge, die Truman gekauft hatte, ins obere Stockwerk geholt.

»Kein Bettgestell?«, fragte Bones.

Truman zuckte mit den Schultern. »Was weiß ich denn von Bettgestellen?«

Bullet strich sich über den Bart und nahm einen Schluck von seinem Bier. Mit seinen eins fünfundneunzig war er gut fünf Zentimeter größer als Truman und seine Brüder. Bunte Tattoos schlängelten sich über seine Arme, und Truman wusste, dass fast jeder Zentimeter seines Oberkörpers von Tattoos bedeckt war. »Die Kleine hat dich bei den Eiern, wie?«

Truman lächelte. »Kann man so sagen. Es ist schön, mit jemandem zusammen zu sein, dem man wirklich wichtig ist.«

»Ich habe das Gefühl, unser kleiner Junge wird erwachsen«, scherzte Bones. Er war direkt von der Arbeit gekommen und trug noch sein weißes Button-down-Hemd und eine Anzughose. Niemand wäre auf die Idee gekommen, dass unter diesem professionellen Aufzug tätowierte Schultern und ein tougher Biker steckten.

»Hey«, sagte Bear, »uns bist du wichtig.«

»Ja, aber er will nicht, dass du seinen Schwanz lutschst«, brummelte Bullet und fügte dann scherzhaft hinzu: »Oder doch?« Er wackelte mit den Augenbrauen.

Truman lachte. »Mann, ich will deinen scheußlichen Bart nicht in der Nähe von meinem Gehänge haben. Was weiß ich, da könnten ja Mäusenester drin sein.«

»Hey, die Mädels lieben meinen Bart.« Bullet strich über seinen ganzen Stolz. »Kitzelt an ihren Oberschenkeln.«

Während Bullets Brüder Witze darüber machten, dass sie ihm den Bart im Schlaf abrasieren würden, dachte Truman über den Rest seiner Überraschung für Gemma nach. »Kennt ihr euch mit Lakenzelten aus?« Die Verkäuferin hatte gesagt, er müsste *Stores* kaufen. Er hatte keine Ahnung gehabt, was zum Teufel ein Store war, aber nachdem sie es ihm gezeigt hatte, wusste er, dass er welche zusätzlich zu den Laken kaufen musste. Die Stores waren weiblicher, was ihn an Gemma erinnerte, also kaufte er noch ein paar mehr, um sie als Gardinen zu benutzen.

Die drei Brüder sahen sich ratlos an.

Truman nahm sein Handy und schrieb Dixie eine Nachricht. Wenige Minuten später kam sie mit Kennedy an ihrer Seite und Lincoln auf dem Arm zur Tür herein.

»Du meine Güte! Das sieht hier oben ja so anders aus ohne den ganzen Werkstattkram.« Ihre hochhackigen Stiefel hämmerten auf dem Parkettboden.

»Tuuman?«, sagte Kennedy und streckte die Arme in die Höhe, damit er sie auf den Arm nahm. »Kommt Gemma?« Mit jedem Tag sprach sie mehr, und ihm wurde warm ums Herz bei dem Wissen, dass sie sich gut einlebte. Gemma war zum Frühstück geblieben und Kennedy war ganz aus dem Häuschen gewesen.

»Ja, Prinzessin. Aber vielleicht schläfst du schon, wenn sie kommt. Soll ich sie zu dir ins Zimmer schicken, damit sie dir einen Gutenachtkuss gibt?« Er hob sie hoch und sie nickte kräftig. »Wird gemacht.« Er küsste sie auf die Wange und zeigte ihr sein Bett, auf dem nun verschiedenste Laken und Decken in Erdtönen lagen. »Wie findest du mein neues Bett?«

»Hübss«, sagte sie.

»Mit etwas Farbe, Vorhängen und ein paar Pflanzen hast du hier eine kleine romantische Ecke.« Dixie saß auf der Matratze und strich mit der Hand über die Decke. »Die ist wirklich weich.«

Zum Streichen hatte er keine Zeit, aber eines Tages …

»›Eine kleine romantische Ecke.‹ Das ist mein Stichwort zum Abhauen.« Bullet nahm Kennedy aus Trumans Arm und küsste sie auf die Wange, wobei er mit seinem Bart über ihr Kinn strich. Sie kicherte und er gab sie Truman zurück. »Sogar Kennedy mag meinen Bart. Tschüss, mein Zwerg.« Nach einer kumpelhaften Umarmung mit Truman beugte er sich zu Lincoln hinunter, der noch in Dixies Arm lag.

»Ich zieh auch los. Ich habe eine Verabredung. Lass mich wissen, wenn du etwas brauchst.« Bones schlug Truman auf den Rücken, küsste Kennedy auf den Kopf und knuffte Lincolns

Fuß.

»Tschüss, Leute. Danke für die Hilfe.« Wenn er sah, wie seine Freunde die Kinder knuddelten, wurde Truman ganz warm ums Herz. Er setzte Kennedy ab und Bear nahm sie hoch.

»Bäah.« Kennedy kicherte.

»Nix Bäah.« Er rieb seine Nase an ihrer und brachte sie wieder zum Kichern. »Bist du heute Abend artig?«

Sie nickte.

»Gut, denn wenn nicht, dann weißt du ja, was passiert.« Er wedelte mit dem Finger vor ihrem Bauch herum.

»Kitzelmonsda!«, kreischte sie. »Tuuman!« Sie lehnte sich zu Truman herüber und er nahm sie auf den Arm.

»Viel Glück heute Abend, Kumpel.« Bear klopfte ihm auf die Schulter.

»Danke für deine Hilfe.«

»Kein Ding. Ach ja, ich hab mit Crow gesprochen. Er lässt den Zaun morgen liefern und der Rest ist bestellt.«

»Du bist super, Mann. Danke.« Es war kaum zu glauben, wie sehr sich sein Leben in den wenigen Tagen verändert hatte, aber es waren gute Veränderungen. Er konnte sich nicht erinnern, jemals so glücklich gewesen zu sein.

Er setzte sich neben Dixie auf die Matratze, und Kennedy krabbelte in die Mitte des Bettes, wo sie sich hinlegte.

»Du machst das mit diesen beiden Kleinen richtig gut«, sagte Dixie und gab ihm Lincoln.

Er legte sich das Baby in einen Arm und gab ihm einen Kuss auf die Stirn. »Danke. Ich will ihr Leben nicht verpfuschen, weißt du? Sie sind so klein.«

»Truman, du könntest ihr Leben gar nicht verpfuschen. Du kannst nicht anders, als andere gut zu behandeln.« Sie legte den Arm um ihn und seufzte. »Bevor wir uns der Kunst der

Lakenzelte widmen, die ich übrigens perfekt beherrsche, möchtest du dich aussprechen? Über Gemma oder die Kinder reden?«

Sein Lächeln kam automatisch. Allein der Gedanke an Gemma – oder die Kinder – machte ihn glücklich. »Was gibt es da zu sagen? Gerade noch habe ich überlebt, jetzt lebe ich. Der Tagesablauf und das nie endende Kümmern von morgens bis abends, das ist chaotisch, aber ...«

»Du gibst ihnen all das, was du nie hattest.«

»Ja, das hoffe ich. Und Gemma? Ich weiß nicht einmal, was ich sagen soll, Dix. Sie ist ... *alles.*«

»Das habe ich mir gedacht, als ich deine Nachricht bekam.« Sie schaute zu Kennedy, die auf der Seite lag und fast schon eingeschlafen war. »Soll ich dir helfen, die Kinder zu Bett zu bringen? Dann können wir uns an die Arbeit machen. Es wird noch Jahre dauern, bis ich Kinder haben werde, es macht mir also Spaß.«

»Hey, man kann nie wissen. Sieh dir mich an.«

Sein Handy vibrierte, als eine Nachricht hereinkam. Er zog es aus der Tasche und lächelte, als ein Bild von Gemma auf dem Bildschirm erschien. Er hatte es an diesem Morgen auf dem Parkplatz gemacht, bevor sie nach Hause gefahren war. Sie hatte diesen verträumten Ausdruck in den Augen, den sie manchmal hatte ... und der sein Herz Sprünge machen ließ.

Er klickte auf die Nachricht. *Bin spät dran. Eines der Kinder hat alles vollgespuckt. Kann wahrscheinlich erst gegen zehn da sein. Soll ich noch kommen?*

Er tippte schnell eine Antwort ein, während Dixie Lincoln ins Schlafzimmer trug. *Unbedingt. Kann es nicht abwarten, dich zu sehen.*

Ihre Antwort kam sofort. *Uff, hatte schon Angst, ich müsste*

Tru-Blue-Entzugserscheinungen aushalten.

Er hob Kennedy von der Matratze, trug sie ins Schlafzimmer und nahm ihre Gutenachtgeschichten von der Kommode, während er sich fragte, was er mit seinen Abenden angestellt hatte, bevor er sie gefunden hatte, sie alle drei.

Fünfzehn

Gemma hielt sich am Geländer fest, als sie die Treppe zu Trumans Wohnung hinaufging. In ihrem engen kurzen Lederrock und den Stiefeln mit den zehn Zentimeter hohen Pfennigabsätzen konnte sie kaum die Beine anheben. Sie kam sich vor wie der Schiefe Turm von Pisa. Die Party heute hatte sich einzig und allein um Rocker-Prinzessinnen gedreht. Neunzehn Jahre alte Mädchen gekleidet in schwarze Samt- und Lederkleider, mit der strikten Anordnung des Geburtstagskindes: *keine Spitze.* Es war ein Riesenspaß gewesen, als sie sich auch noch die Haare mit auswaschbarer Farbe pink und violett gefärbt hatten, grelles Make-up aufgelegt und das entsprechende Auftreten geübt hatten.

Die Tür zur Veranda wurde aufgeschoben, und Gemmas Knie wurden weich, als sie Truman erblickte – glatt rasiert, mit einem weißen Button-down-Hemd, aufgekrempelten Ärmeln, einer dunklen Jeans und seinen krassen schwarzen Stiefeln.

»Heiliger Bimbam.« Sie konnte den Blick nicht von ihm und seinem verruchten Lächeln abwenden.

Er legte eine Hand auf ihre Hüfte, während sein Blick wiederum langsam an der Lederlady hinabwanderte. »Hallo, Liebling.«

Liebling. Sie biss sich auf die Unterlippe, als er sie an sich zog und sie dabei fast über ihre Absätze stolperte. Sie hielt sich an ihm fest, um nicht zu fallen. Er roch würzig und köstlich, und sie schmiegte sich noch enger an ihn, um seinen Duft ganz in sich aufzunehmen. Ein heiseres Lachen polterte in seinem Brustkorb und raubte ihr weitere Gehirnzellen.

»Mein Mädchen ist ja eine heiße Bikerbraut.« Er liebkoste ihren Hals. »Bitte sag, dass dich nicht andere Kerle in diesem Outfit gesehen haben, denn wenn, dann steht deren Frauen heute Abend eine große Überraschung bevor.«

Seine Anerkennung brachte ihren Körper zum Flirren. »Ich nehme an, es gefällt dir?«

»Ich müsste schwul sein, wenn es nicht so wäre.« Er hob ihr Kinn und küsste sie lang und tief, sodass sich ihre ohnehin wackeligen Knie quasi verflüssigten. Lächelnd küsste er sie weiter und legte die starken Arme noch enger um sie. »Himmel, wie ich das liebe.«

»Zu wissen, dass du vollkommene Kontrolle über meine Beine hast?«

»Ganz genau.« Er nahm wieder ihren Mund in Besitz, während seine Hände über ihren Hintern strichen und sie gegen seinen harten Körper drückten. »Ich liebe es, wenn du dich so aus der Ruhe bringen lässt, dass du dich an mir festhalten musst.«

Er küsste ihren Hals, und sein Duft umgab sie wieder, versetzte sie in einen Zustand der Euphorie. »Tru ...« Sie legte ihm die Hand in den Nacken und zog sein Gesicht näher an ihres. Sie drückte ihre Wange an sein bartloses Gesicht, woraufhin ihr Körper erschauderte, als sie dieses neue, aufregende Gefühl seiner heißen, weichen Haut wahrnahm.

»Und ich liebe es, wenn du meinen Namen atemlos

ausstößt. Jedes. Verdammte. Mal.« Er saugte an ihrem Ohrläppchen und sie krallte ihre Finger in seine Schultern. »Und wenn du mich so berührst.«

Jeder Kuss, jedes kratzig ausgestoßene Wort, jede Berührung brachten ihre Sinne ins Trudeln. Seit sie wieder beieinander waren, hatten sich die Türen zu ihrem Herzen für ihn weit geöffnet, und sie konnte sich nicht vorstellen, sie jemals wieder zu verschließen. Sie strich noch einmal mit der Wange über seine. Sie war sinnlich weich und erregend stark zugleich. Als sie ihm in die Augen schaute, die sie nun schon in ihren Träumen sah, sagte sie: »Mir gefielen deine Stoppeln. Sie sind mir ans Herz gewachsen und gehören für mich zu dir, so wie alles andere, was ich von dir weiß. Du hättest dich nicht für mich rasieren brauchen.«

Er zuckte bescheiden mit den Schultern, aber sein Lächeln zeigte, wie sehr er sich über ihre Worte freute.

»Ich dachte mir, du fändest es vielleicht passender, falls ich mal in deinem Geschäft vorbeikomme und du gerade Kunden hast.«

»Ach, Tru.« Tief berührt von seiner Umsichtigkeit zog sie ihn zu einem weiteren Kuss an sich. »Ich mag dich, wie du bist – Dreitagebart, glatt rasiert, das ist alles egal. Dich so zu sehen, haut mich vollkommen um, aber es ist mir wirklich egal, was die anderen denken.« Ein kleines Schuldgefühl meldete sich dennoch, denn so sehr sie auch versuchte, es zu ignorieren, sie wusste, dass ihre Mutter ihr die Hölle heißmachen würde, aber sie wollte nicht, dass das Auswirkungen auf ihre Beziehung zu Truman hatte.

»Ich bin froh, dass du deinen ekligen Abend überlebt hast. Ging es dem Mädchen, das sich übergeben hat, später besser?«

»Lass uns nicht ins Detail gehen, aber ja. Es geht ihr gut. Zu viel Süßes und zu viele Drehungen auf dem roten Teppich hat das Geburtstagskind Prinzessin Patty wohl nicht vertragen.« Sie berührte noch einmal seine Wange, betrachtete sein Gesicht und bemerkte eine dünne weiße Narbe, die parallel zu seinem Kiefer verlief. Sie küsste sie und er zuckte zusammen. Trotz seiner Reaktion fuhr sie die Narbe mit ihrer Fingerspitze nach, denn er sollte wissen, dass es ihr keine Angst machte und sie nicht weglaufen würde, egal woher die Narbe stammte. »Wie ...?«

»Gefängnis«, sagte er leise.

Ihr Herz zog sich schmerzhaft zusammen, als sie sich ihn hinter Gittern vorstellte, und schlimmer noch, wenn sie daran dachte, dass er dort verletzt worden war, aber sie wollte nicht, dass er noch einmal durchleben musste, was ihm die Narbe eingebracht hatte. Er hatte viel tiefere Narben. Solche, die nie sichtbar werden würden. Und sie vertraute darauf, dass er sich ihr mitteilen würde, wenn er bereit dazu war – *falls* er je bereit dazu sein würde, über diese Jahre zu reden. Sie küsste noch einmal die Narbe und dann seine Lippen.

»Mir war nicht klar, dass man einen Menschen so sehr vermissen kann, wie ich dich heute vermisst habe«, gestand sie, als er sie zur Tür führte.

Er hielt inne, bevor sie hineingingen, glitt mit den Händen zunächst unter ihr Haar und nahm dann ihr Gesicht zwischen die Hände. »Ich habe dich auch vermisst. Ich hatte Angst, dir zu sagen, wie sehr du mir gefehlt hast. Angst davor, zu sehr ...«

»Tru zu sein.« *Atemlos. Immer atemlos.* »Ich habe noch lange nicht genug. Bitte sei *zu sehr*. Ich brauche *zu sehr*. Ich brauche *dich*.«

Sie küssten sich mit der Gier zweier Menschen, die nie *genug* gehabt hatten und die bereit waren, einander alles zu geben.

Küssend gingen sie hinein. Ein blumiger Duft begegnete ihr im gleichen Moment, in dem sich ihre Augen an die Dunkelheit gewöhnten. Kerzenlicht tanzte auf den Küchenarbeitsflächen und dem Beistelltisch. Mitten im Wohnzimmer hingen lange hauchdünne bunte Stoffbahnen lose von den Dachsparren herunter und wirkten wie ein arabisches Zelt. Winzige weiße Lichterketten funkelten an jeder Stoffbahn, verflochten mit Schleifen aus grünem Efeu. Gemma legte die Hand auf ihr rasendes Herz, während Truman sie ein paar Schritte weiter führte, hin zu der Stelle, wo die fast transparenten Stoffschals sich leicht öffneten. Unter diesem wunderschönen Kunstwerk bedeckte eine rotweiß karierte Picknickdecke den Boden. Ein Teeservice für Kinder – für zwei gedeckt – war vorbereitet, ebenso wie Kerzen und eine einzelne Rose neben einer Weinkaraffe und zwei Weingläsern.

»Truman«, flüsterte sie mit zittriger Stimme.

»Ich war mir nicht sicher, ob du Tee möchtest oder lieber Wein, deshalb gibt es beides. Und ich hoffe, ein Zelt aus *Stores* ist ebenso gut wie eins aus *Laken*.«

»Es ist perfekt. Du bist perfekt.«

Sein verneinender Blick stach mitten in ihr Herz, aber das war in Ordnung, denn er hatte recht – niemand war wahrhaft perfekt.

»In einer perfekten Welt«, sagte sie leise, »hätten wir beide liebevolle Eltern gehabt und du hättest nie erleiden müssen, was du durchgemacht hast. Wir sind nicht in einer perfekten Welt herangewachsen, aber du bist *mein* Perfekt.«

Er zog sie wieder eng an sich und legte seine Lippen auf ihre. Sein Herz schlug schnell, so sicher und beständig, dass es lauter sprach, als Worte es jemals konnten.

Fest drückte er sie an sich, als sie um das zauberhafte Zelt herumliefen.

»Oh Mann, Truman.« Sie war sich nicht einmal sicher, ob ihr die Worte wirklich über die Lippen kamen, so ergriffen war sie. Die Nische, in der einst Werkzeuge, große Metallkisten, Leitern und anderer Krimskrams herumgelegen hatte, war in das komfortabelste Schlafzimmer verwandelt worden, das sie je gesehen hatte. Und das hatte nichts mit teuren Möbeln zu tun, denn die gab es nicht. Sie konnte kaum glauben, dass Truman all diese Mühen auf sich genommen hatte. Für sie. Goldene Stores hingen von der Decke bis zum Boden herab und umgaben eine dicke Matratze, die auf einem beigefarbenen hochflorigen Teppich lag. Eine fluffige cremefarbene Daunendecke, mehrere Kissen und ein weicher Strücküberwurf in Erdtönen lagen am Fußende. Auch vor dem Fenster hingen Stores, die den Mond schummerig-romantisch hindurch-scheinen ließen. Auf dem Boden neben dem Bett lag eine Radkappe mit einer dicken Kerze in der Mitte. Am besten gefiel ihr diese Radkappe, denn das war seine Welt. Dieses Leben, das er für die Kinder – und für sie beide – geschaffen hatte. Er hatte all diese Mühen auf sich genommen, um ihr etwas Schönes und Bedeutendes zu geben, während sie doch eigentlich nur ihn brauchte.

Sie drehte sich zu dem Mann um, der ihr offensichtlich zugehört hatte, obwohl er mit ihrem Auto beschäftigt und von seinem auf den Kopf gestellten Leben überrannt worden war. Dem andere so wichtig waren, dass er etwas so Unglaubliches schuf, wenn er selbst doch so wenig hatte.

»Ich glaube, mein Herz explodiert gerade.« Mit feuchten Augen sah sie zu ihm auf. »Wie hast du …? Mit den Kindern und deiner Arbeit …?«

»Ich hatte etwas Hilfe von meinen Freunden.«

Sie schlang die Arme um ihn und küsste ihn. Dass er seine Freunde um Hilfe gebeten hatte, um all das hier für sie herzurichten, machte es noch bemerkenswerter, denn Truman bat nie um Hilfe.

»Ich glaube, ich muss mir ein ganz neues Prinzen-Outfit für meine Boutique ausdenken. *Prinz Truman*, denn kein Prinz, ob erfunden oder real, könnte dir je das Wasser reichen.«

Truman füllte ihre Weingläser auf, während Gemmas Zehen mit seinen spielten. Gemma hatte den Kindern noch einen Gutenachtkuss gegeben, wie Truman es Kennedy versprochen hatte, und dann hatten sie es sich gemütlich gemacht und einige Gläser Wein geleert. Sie lagen in ihrem Zelt und spielten ein Spiel, bei dem sie den anderen in ihre Vergangenheit einbauten, als würden sie sich schon ewig kennen. Es war ein Fantasiespiel, ein So-tun-als-ob, etwas, das sie beide als Kinder nicht gespielt hatten – auch wenn er seine ganze Kindheit über ein Leben vorgespielt hatte, das es nicht gab –, und bei diesem Spiel fühlte er sich Gemma noch näher.

»Erinnerst du dich noch an die Nacht, als du sechzehn warst, in der ich über das Tor zu eurem Haus geklettert und in dein Schlafzimmer geschlichen bin?« Er fuhr mit dem Finger über ihren Arm und genoss es, wie sie unter seiner Berührung erschauderte.

Sie beugte sich vor und knöpfte geschickt sein Hemd auf, um dann seine Brust zu berühren. »Wie könnte ich die Nacht unseres ersten Kusses jemals vergessen?«

»Das war eine Nacht mit vielen ersten Malen.« Er stellte ihr Weinglas zur Seite, legte sie sanft auf den Boden und schaute auf sie hinab. Lustvoll erwiderte sie den Blick. Er streichelte eine Linie von ihrem Kinn hinab zu ihrem anmutigen Hals, weiter über ihr Dekolleté hin zu dem ersten Knopf ihrer schwarzen Lederweste, den er langsam öffnete.

»Das war die erste Nacht, in der ich dich berühren durfte.« Er küsste den Ansatz ihrer Brüste. »Weißt du noch?« Er wünschte, die ausgedachten Situationen wären wahr, denn die Vorstellung, Gemma damals gekannt zu haben, gefiel ihm sehr.

»Das war die erste Nacht, in der du es versucht hast«, entgegnete sie und wölbte sich unter ihm.

Er verstreute Küsse auf ihrer Schulter, ihrer Halsbeuge und der Vertiefung in der Mitte ihres Schlüsselbeins. »War es wirklich das erste Mal, dass ich es versucht habe?«

Sie kniff ein wenig die Augen zu, doch sie atmete jetzt schneller. »Nein, aber ich musste die Unnahbare spielen. All diese anderen Mädchen waren hinter dir her, und man weiß ja, dass die Kerle gerade das wollen, was sie nicht haben können.«

Ihre Finger glitten von einem Tattoo an seinem Arm hinunter zu der Stelle zwischen Zeigefinger und Daumen, wo sie kleine Kreise zeichnete, die heiße Nadelstiche verursachten, die er bis in sein Innerstes spürte. »Erinnerst du dich noch, als ich einmal zu eurem Haus kam und du mit Quincy hinten auf der Veranda gesessen hast?«

Sein Magen zog sich zusammen, als der Name seines Bruders fiel, aber es gehörte zum Spiel, und er wusste, dass es ihre Art war, ihm zu zeigen, dass sie ihm seine Vergangenheit und seine Familie nicht vorhielt.

»Ja, du hattest diese sexy kurzen Shorts an, die mich verrückt gemacht haben.« Er schob eine Hand unter ihren Rock und ihr stockte der Atem.

»Mit Absicht.« Sie nahm seine Hand und führte sie höher zu ihrer Hüfte. Seine Finger berührten Spitze. Ein sündiges Lächeln erschien auf ihren Lippen, ihre grünen Augen funkelten verführerisch. »Weißt du noch, was du zu mir gesagt hast?«

Er fuhr mit den Fingern an dem Saum ihres Slips entlang. Ihre Augenlider flatterten und über ihre Lippen entwich ein Seufzer. Mit der Zunge strich er über ihre fein geschwungene Oberlippe. »Erzähl's mir, meine Süße, was habe ich gesagt?«

Sie öffnete die Augen. »Du hast gesagt ...« Sie sprach mit belegter Stimme und leise.

Sie hob den Kopf, und er nahm sie in einem Kuss, der so heiß war, dass er Metall schmelzen könnte. Dann vertiefte er den Kuss und spürte, dass ihr Herz schneller schlug, ihre Hände ihn fester packten und ihr Körper – *Himmel, ihr herrlicher Körper* – sich ihm von den Knien bis zur Brust noch mehr entgegenwölbte.

Als sich ihre Lippen voneinander lösten, stieß sie keuchend hervor: »Du hast gesagt, dass etwas Schlimmes passieren würde und ich auf dich warten soll. Und ich habe versprochen, dass ich das tun würde.«

»Gemma.« Fast flehend sagte er ihren Namen.

Sie legte einen Finger auf seine Lippen. »Weißt du, was du noch zu mir gesagt hast?«

Er unterdrückte die Emotionen, die aus seiner Brust heraus zu bersten drohten, und schüttelte den Kopf. Sie strich ihm über die Wange, er legte den Kopf in ihre Handfläche und wollte alles von ihr in sich aufsaugen – von ihren süßen Worten hin zu dem liebevollen Blick in ihren Augen.

»Du hast gesagt: ›Mach dir keine Sorgen, meine Süße. Es wird eine Weile dauern, aber zusammen holen wir dann alles nach, was wir verpasst haben.‹«

Er forschte in ihrem Blick und sah Verletzlichkeit und Verlangen. »Ich wünschte, wir wären zusammen gewesen, als wir jünger waren. Dich in meinem Leben gehabt zu haben, hätte jeden Tag unendlich viel besser gemacht. Ich hätte dir all die Erinnerungen gegeben, die du dir wünschst. Wiesen, Feenflügel und starke Arme, die sich um dich legten, wenn du einsam oder ängstlich warst.«

»Ich weiß«, sagte sie. »Und ich wäre für dich da gewesen, hätte alles mit dir durchgestanden.«

Der Schmerz, sich etwas zu wünschen, was sie nie haben würden, war überwältigend. »Du bist richtig gut in diesem Rollenspiel.«

»Gerade habe ich keine Rolle gespielt.«

»Du bringst mich um, mein Liebling. Nimmst mich mit jedem Wort mehr ein.«

Wieder streichelte sie über seine Wange und sein Innerstes schmolz. Sie hatte die Macht, ihn zu vernichten, und die Macht, ihm das Gefühl zu geben, so sehr geliebt zu werden. Er gehörte ihr vollkommen, absolut, und er konnte es nicht abwarten, dass sie ihm gehörte.

Mit unbändiger Wildheit nahm er ihren Mund, riss sie an sich und sie gab sich ihm hin. Sie verschlangen sich, rieben und berührten sich durch die Kleidung, während flehendes Stöhnen über ihre Lippen kam. Er schob ihren Rock hoch zu ihrer Hüfte, zog mit einem harten Ruck den Slip fort und zerriss dabei den Spitzenstoff. Sie packte ihn am Schopf, zerrte so heftig, dass Schmerz sprühte und spannungsgeladene Blitze durch seinen Körper fuhren. Ihre Hüfte schnellte hoch, er stieß seine Finger in sie und suchte nach dem Punkt, der sie rasend machen würde. Sie stöhnte in seinen Mund, wand sich um seine

Hand, führte ihn, bis sie in ihren Kuss schrie. Er riss seinen Mund von ihr los, denn er musste ihr Gesicht sehen auf dem Höhepunkt ihrer Ekstase, ihre errötete Haut, ihre geschwollenen, rosa Lippen und das sehnsüchtige Geflüster, das ihnen entwich. Er musste sie haben, wollte all diese Leidenschaft um sich spüren. Sein Mund senkte sich fest und nachdrücklich auf sie, als er die Arme um sie schloss und mit ihr aufstand. Sie ließen keine Sekunde von ihrem Kuss ab, während er sie durch die Stores hindurch hinüber zu dem Bett trug und die goldenen Vorhänge des Durchgangs hinter sich zuzog. Kennedy hatte noch nicht versucht, aus ihrem Bett zu krabbeln, aber für den Fall der Fälle war es gut, einen Sichtschutz zu haben, bis er eine richtige Wand eingezogen hatte.

»Wir müssen leise sein«, sagte er.

»Ich weiß«, flüsterte sie und streckte die Arme nach ihm aus. Mit einem langsamen Kopfschütteln widersetzte er sich.

»Dieses Mal wird uns nichts dazwischenkommen.« Er zog sich aus und ihr Blick fiel auf seine ungeduldige Erektion.

Sie fuhr sich mit der Zunge über die Lippen.

»Du hast keine Ahnung, was ich für deinen sündhaften Mund geplant habe.« Ein Anflug von Sorge huschte über ihr Gesicht, und ihm wurde schwer ums Herz, da er wusste, was ihr Sorge bereitete. »Ich bin sauber, getestet. Das fragst du dich bestimmt, daher … Im Gefängnis gab's keinen Analsex. Jedenfalls nicht für mich, und ohne Kondom hatte ich nie was. Ach, Liebling, ich hatte seit der Zeit vor dem Gefängnis mit keiner Frau etwas. Bis du auf der Bildfläche erschienen bist. Ich will dich ganz, Gemma, aber du musst nichts machen, wobei du dich nicht wohlfühlst. Jetzt nicht und niemals, wenn du mit mir zusammen bist.«

Erleichtert atmete sie auf. »Danke, dass du mir das erzählst«, sagte sie schüchtern. »Etwas unsicher war ich deswegen schon.«

»Ich weiß und das ist in Ordnung. Du musst mir erzählen können, was dir Sorgen macht.« Er lächelte. »Nicht, dass du dich oft zurückhältst.«

Sie erwiderte sein Lächeln. »Ich bin wohl etwas aufdringlich.«

»Sei aufdringlich. Halte nichts vor mir zurück. Deine Sorgen nicht, deine Wünsche nicht, gar nichts.«

Ohne Worte hob sie die Hüfte an, öffnete den Reißverschluss und zog ihren Rock aus – ihre Art, ihm zu zeigen, dass sie jegliche Zurückhaltung aufgab. Als sie sich an die Knöpfe ihrer Weste machte, nahm er ihre Hand und zog sie hoch, sodass sie auf Knien auf der Matratze hockte. Ihre Wangen erröteten und sie knabberte an ihrem Mundwinkel. Er ging auf die Knie, legte die Hände um ihr Gesicht und küsste sie, als wollte er nie wieder aufhören.

»Ich will dir zusehen.«

Mit zitternden Händen fing sie an, ihre Weste aufzuknöpfen, aber er war zu erregt, als dass er nur zusehen und nicht mitspielen konnte. Er umfasste ihre Hüfte und ließ die Hände über ihre köstlichen Kurven gleiten, während sie einen, zwei und schließlich den letzten Knopf öffnete und das Leder beiseiteschob, um ihre wunderschönen Brüste zu offenbaren. Das Leder blieb an ihren Nippeln hängen und hielt sie noch versteckt.

»Du bist so schön.« Seine Hände glitten auf ihren Hintern und umfassten ihn fest, während er Küsse auf ihre Schultern und an ihrem Hals entlang hauchte. Als sie tief und stockend einatmete, legte er seinen Mund in ihre Halsbeuge und saugte. Sie wölbte sich ihm entgegen, stöhnte begierig und umklammerte seine muskulösen Oberarme.

»Mehr«, bettelte sie.

Seine Hände bewegten sich an ihrem Hintern entlang und zwischen ihre Oberschenkel, um dann über ihre nasse Hitze zu streichen. Sie schob sich vor und zurück über seine Finger, bedeckte sie mit ihrer Erregung, während er noch einen wilden Kuss einforderte. Seine Zunge stieß in die hintersten Winkel ihres Mundes vor, nahm sie ganz, während er sie unten reizte und sie sich weiter rieb, keuchte, sich wand und ihn um den Verstand brachte.

Er zog sich zurück, sah in ihre heißblütigen Augen. Er wollte ihr alles geben, nicht nur im Bett, sondern auch die Geborgenheit und Sicherheit, die sie brauchte und die sie dafür verdiente, dass sie ihm so bereitwillig vertraute.

»Lass mich dich lieben, meine Süße.«

Er legte sich auf den Rücken und führte sie, bis sie rittlings über seinem Mund hockte. Mit einem leisen Seufzer drückte sie die Handflächen an die Wand, während er sie mit dem Mund liebte, die Zunge tief in sie versenkte. Er hielt ihre Hüfte fest und strich mit den Zähnen über ihre empfindlichsten Nerven. Sie winselte und schlug die Hand vor den Mund, gerade noch rechtzeitig, bevor ihr ganzer Körper mit einem gewaltigen Höhepunkt bebte. Er begleitete sie auf den Wellen der Lust und liebte sie bis zum Ende. Dann legte er sie auf den Rücken und griff nach einem Kondom, das er neben dem Bett deponiert hatte. Sein Herz hämmerte gegen seinen Brustkorb, als er die Verpackung mit den Zähnen aufriss und seine harte Länge umhüllte. So lang hatte er auf diesen Moment gewartet, hatte ihn in seinem Kopf epische Ausmaße annehmen lassen, doch nichts war mit dieser Realität zu vergleichen, in der er Gemma unter sich liegen sah und ihr Blick so voller Verlangen war.

Sie beugte sich vor und legte die Hand um seine Hoden,

neckte ihn mit einem verruchten Funkeln in den Augen.

Er nahm ihre Hände und hielt sie neben ihrem Kopf fest, während er mit dem Knie ihre Beine weiter auseinanderschob. Es war ein Reflex, so hatte er immer Sex gehabt. Er blickte auf Gemma hinab, die so bereit war, all das zu sein, was er brauchte, so vertrauensvoll. Er konnte es in ihren Augen sehen. Sein Herz öffnete sich noch ein weiteres Stück und auch das letzte der Schlösser, hinter denen er so lange gelebt hatte, ging auf. Sie sah ihn an, als wäre er alles, was sie sich immer erwünscht hatte, und als ein Lächeln ihre Mundwinkel hob, war es zu viel.

Sie war zu viel. *Zu süß, zu sexy, zu real.*

Er ließ ihre Hände los und sie streckte sie nach ihm aus. In dieser Sekunde brach die Wahrheit aus ihm heraus.

»Ich will dich festhalten, bis du spürst, wie sehr ich dich will. Ich möchte, dass du dich so gewollt fühlst, wie ich mich dank dir fühle, denn ich will dich, Gemma – ganz. So habe ich noch nie empfunden. Dies ist mein erstes Mal.«

Er küsste sie und versank langsam in ihr, denn er wollte sich an jede einzelne herrliche Sekunde erinnern. An den Geschmack ihres Mundes nach Begehren und Lust und etwas viel Tieferem. An das Gefühl ihrer Brüste, die an seinen Oberkörper gedrückt waren, ihrer Finger, die sich in sein Kreuz gruben. An den Geruch ihrer Erregung vermischt mit dem süßen, einzigartigen Duft von *Gemma.* Als er so tief in ihr vergraben war, dass sie sich eins fühlten, sah er ihr in die Augen und war sprachlos vor Emotionen.

Ihre Münder trafen aufeinander und sie fanden ihren Rhythmus. Innerhalb von Sekunden verschmolzen sie zu einem wilden Durcheinander von Geflüster und Küssen, Kichern und *Himmel, ja! Genau da!* Sie schlang die Beine um seine Taille, damit er noch tiefer in ihr versinken konnte. Als sie jenen

phänomenalen Gipfel erreichten, auf dem Sterne aufein-
anderprallten und sich die Erde um sie drehte, verschlangen sie
die explosiven Schreie des anderen.

Schweißgebadet wusste Truman nicht, wo Gemma aufhörte
und er begann. Er war verloren – in ihr, für sie, mit ihr. Leidenschaft surrte in ihren Augen, als sie den Kopf hob und er ihr zu
einem warmen, wunderbaren Kuss entgegenkam, mit all der
Tiefe und der Gewissheit, dass dies erst der Anfang war.

Sechzehn

Gemma lehnte sich gegen den Türrahmen des Schlafzimmers. Sie trug eines von Trumans T-Shirts, das ihr fast bis zu den Knien ging, und lauschte, wie er vor sich hin summte und Lincoln die Flasche gab. Es war halb fünf am Morgen und er trug dunkle Boxershorts und ein T-Shirt. Sie konnte es nicht abwarten, sich wieder in seine Arme zu kuscheln. Zwei Mal hatten sie sich geliebt und waren dann ineinander verschlungen eingeschlafen. Aufgewacht waren sie, als Lincoln anfing zu weinen. Truman war nicht mit einem widerwilligen Stöhnen aufgestanden oder hatte seinen verpassten Schlaf beklagt. Er hatte Gemma sogar gesagt, sie solle weiterschlafen, nachdem sie angeboten hatte, Lincoln die Flasche zu geben.

Er stellte das Fläschchen auf der Kommode ab, und Gemma legte sich ein Spucktuch über die Schulter, während sie ihm bedeutete, ihr das Baby zu geben. Sie liebte diese Augenblicke mit den Kindern, und sie liebte das Lächeln in Trumans Gesicht, als er ihr Lincoln in den Arm legte und seine Nase mit einem Eskimokuss an ihrer rieb.

»Als ich klein war«, flüsterte sie und klopfte Lincoln sanft auf den Rücken, »kam ich mal aus dem Kindergarten und bat um einen Eskimokuss. Ich hatte gerade erst erfahren, was das war, und ich hatte das Gefühl, etwas wirklich Witziges nicht zu kennen. Meine Eltern hätten mir ja einen geben können, oder? Einmal nur eine Sekunde lang ihre Nase an meiner reiben. Stattdessen bekam ich eine Lektion darin, dass es unhöflich wäre, sie *Eskimo*küsse zu nennen, und dass kleine Mädchen nicht um Küsse betteln sollten.«

Truman trat näher und küsste Lincoln auf den Hinterkopf. Dann beugte er sich weiter vor und rieb seine Nase noch einmal an Gemmas. »Von jetzt an wird kein Tag ohne Eskimoküsse vergehen. Versprochen.«

Wie konnte etwas so Kleines so viel bedeuten?

Sie küsste ihn sanft und Lincoln stieß auf. Beide lächelten. Sie legte das Baby in sein Bett, strich ihm über den Kopf, und dann gingen beide in ihr improvisiertes Schlafzimmer zurück.

»Du wirst eines Tages eine wunderbare Mutter abgeben«, sagte er, als sie ins Bett kletterten. Er nahm sie in den Arm, sie legte das Gesicht auf seine Brust und er küsste sie auf den Kopf.

»Vielleicht«, sagte sie etwas verloren.

Er legte den Arm fester um sie. »Ganz bestimmt. Willst du keine eigenen Kinder? Ich dachte nur …«

»Meine Liebe zu Kindern ist wie ein schlechter Witz Gottes.« Sie versuchte, es als solchen abzutun, aber die vertraute Sehnsucht in ihr machte sich bemerkbar. In der Vergangenheit hatte sie immer Angst gehabt, Männern zu erzählen, dass sie keine Kinder bekommen konnte, aber bei Truman war das anders. Er war ihr gegenüber so offen gewesen, dass sie ihm alles von sich erzählen wollte. Auch die schwierigsten Dinge.

»Warum?«

Sie legte einen Arm über seinen Bauch und zog Kraft aus ihm, wie ein Blutegel Blut saugte. »Um das mit dem schlechten Witz zu verstehen, müsstest du den Rest meines Lebens verstehen, und ich will dich nicht langweilen.«

Er hob ihr Kinn an und küsste sie. »Bitte langweile mich. Ich will alles von dir wissen.«

Sie schluckte und sammelte den Mut, ganz vorne zu beginnen. »Ich habe dir schon erzählt, dass ich von meinen Eltern eigentlich immer nur Zeit wollte, nichts Materielles. Aber mir fehlten nicht nur ihre Zeit und ihre Aufmerksamkeit. Ich bin nicht sicher, ob sie fähig waren, *wirklich* jemanden zu lieben.«

Beruhigend glitten seine Finger durch ihre Haare und über ihren Rücken. Sie schloss die Augen und genoss es, dass er genau wusste, was sie brauchte.

»Du weißt ja von meinen ständigen Nannys und dem lächerlich strikten Terminplan, aber wenn man eine Person liebt, wirklich liebt, so wie du Kennedy und Lincoln liebst und wie du – das sehe ich auch – Quincy liebst, egal wie seine Situation im Moment ist, dann kehrt man ihr nicht den Rücken zu.« Wut und Traurigkeit schnürten ihr die Kehle zu – Gefühle, von denen sie dachte, sie hätte sie vor Jahren abgehakt.

Er hob sie höher, zog sie eng an sich und strich ihr eine Haarsträhne hinter das Ohr. Sie konzentrierte sich auf die Tattoos auf seiner Brust und erinnerte sich daran, dass ihr Verlust im Vergleich zu seinem unbedeutend war.

Mit einem zärtlichen Finger unter ihrem Kinn zwang er sie, ihn anzusehen. Sein Daumen strich in schweigender Unterstützung über ihre Wange. Das gab ihr die Kraft weiterzureden.

»Als ich acht war, ging die Investmentfirma meines Vaters den Bach runter. Ich war noch ein Kind, also waren die Dinge, die mir auffielen, nicht unbedingt eindeutig, aber ich wusste, dass etwas nicht stimmte. Er war die ganze Zeit wütend.

Nervös. Mein Vater war nie nervös gewesen. Schwäche war nichts für ihn. Er hat mir immer gesagt, dass Schwäche Inkompetenz hervorbringt. Das war so ein großes Wort, und ich verstand mit Sicherheit nicht, was es bedeutete, aber ich hatte eine Ahnung, weißt du, wie Kinder es manchmal haben. Damit fing es an. Er hatte einen regelrechten Fuhrpark gehabt und der wurde nun stetig kleiner. Meine Mutter war immer schon gefühlskalt, aber sie wurde noch kälter, zorniger, bis sie kaum noch miteinander redeten. Und eines Tages holte mich eine meiner Nannys von der Schule ab, den Tag werde ich nie vergessen. Ich hatte so viele Nannys, die wechselten täglich, aber an dem Tag schickten sie Ben, einen meiner männlichen Nannys. Ben war netter als die anderen. Nicht herzlich, aber wenn er sah, dass ich traurig war, berührte er manchmal mein Kinn und sagte: ›Kopf hoch, kleine Lady. Die Sonne scheint noch.‹«

Truman hörte aufmerksam zu, seine blauen Augen waren voller Empathie.

»Ben war groß, so wie du. Er trug einen schwarzen Anzug. Sie trugen immer schwarz, die Männer und Frauen, die für meinen Vater arbeiteten. Das lag an seinem verrückten Bedürfnis nach Professionalität. ›Sieh stark aus, sei stark.‹ Irgendwann hasste ich das Wort *stark*, und ich wehrte mich dagegen, irgendetwas Schwarzes zu tragen, sogar Schuhe. Was das anging, war ich eine ungezogene Göre.« Alte Wut brodelte in ihr. »Meinem Vater war es wichtig, was seine Angestellten trugen, aber er konnte mir keinen verdammten Eskimokuss geben?«

Tränen liefen über ihre Wangen. Sie hätte sie nicht aufhalten können. Sie war zu tief in den Erinnerungen versunken, die sie wieder durchlebte, als wäre es gestern gewesen.

»Ich werde nie vergessen, wie Ben seinen großen Körper quasi faltete und sich neben mich niederkniete. Er nahm meine beiden Hände in seine, und ich wusste, dass etwas nicht stimmte, denn keiner vom Personal hat mich je so berührt.« Sie breitete ihre Hand auf Trumans Rippen aus und erinnerte sich an das Gefühl von Bens Hand um ihrer.

»Er hielt ...« Sie schniefte und zwang sich, weiterzureden. »Er hielt meine Hände, sah mir mit diesem bedauernden, aber auch ernsten Blick direkt in die Augen und sagte: ›Dein Vater ist gestorben. Zeit, nach Hause zu gehen, kleine Lady.‹ Als müsste ich das so hinnehmen. Als wäre das etwas, was ein kleines Mädchen je hören sollte.«

Truman zog sie fest an sich. »Meine Süße, es tut mir so leid.«

Ihr Brustkorb zog sich zusammen, ihre Finger gruben sich in seine Haut. »Mein Vater, der Stärke predigte, war zu schwach, um sich der Firmenpleite zu stellen. Also *beschloss* er, uns zu verlassen. Er beschloss, die Tatsache zu ignorieren, dass mir sein Reichtum und alles, was wir hatten, egal waren. Ich wollte nur ihn. Ich wollte nur einen Vater.« Ihre letzten Worte gingen in Schluchzern unter. Sie weinte, wie sie es in all den Jahren seit dem Tod ihres Vaters nicht getan hatte. Die ganze Flut an Zorn, das Meer von Schmerz und Enttäuschung strömte aus ihrem Körper, bis sie keine Tränen mehr zum Weinen hatte. Und Truman hielt sie, sicher und fest, murmelte liebevollen Trost. Es war nicht nötig, dass er ihr seine Liebe bekundete. Sie wusste, dass er sie liebte, und fühlte es mit jedem seiner Atemzüge.

Erst dann schluckte sie ihren Schmerz hinunter und erzählte ihm den Rest der Wahrheit.

»In einer Zeit, in der meine Mutter und ich hätten zusammenrücken müssen, um uns gegenseitig zu unterstützen und gemeinsam herauszufinden, wie wir weitermachen, ging sie auf die Suche nach dem nächsten alten Knacker, der sie aushielt. Anstatt ihrer trauernden Tochter zu helfen, verschwand meine Mutter von der Bildfläche. Ich sah sie noch weniger als sonst. Die Anzahl meiner Nannys war auf zwei geschrumpft und ich wurde rund um die Uhr von ihnen betreut. Einer von ihnen stand immer neben dem Tisch, wenn ich aß, als wäre ich eine Gefangene – nichts für ungut –, wenn ich aufwachte, lagen meine Klamotten bereit, und meine Mutter war Gott weiß wo. Fünf Monate nach dem Tod meines Vaters heiratete sie wieder. Mein Stiefvater reiste viel und sie begleitete ihn.«

Sie setzte sich auf, damit sie Trumans Gesicht sehen konnte. Ihre Augen waren wahrscheinlich rot und geschwollen und ihre Nase glich wahrscheinlich der von Rudolph dem Rentier, aber Truman war so tapfer gewesen und hatte ihr viel mehr gestanden. Sie schuldete ihm – und sich – die gleiche Ehrlichkeit.

»Als Kind schwor ich mir, dass ich meine Kinder mit Liebe überschütten würde, nicht mit Dingen. Dass ich sie nie ignorieren würde, weder wenn sie launenhaft sind noch wenn sie mir eine alberne Geschichte erzählen wollen. Niemals.«

»Du überschüttest meine Kinder mit Liebe und das ist ein Geschenk für mich und für sie. Hast du Angst gehabt, dass du so werden würdest wie deine Mutter?«

Sie schüttelte den Kopf und wünschte, es wäre so einfach. »Nein. Ich bin viel zu emotional, um jemals so kalt zu sein. Menschen wie du und ich, wir können unsere Gefühle nicht einfach so abstellen. Der schlechte Witz ist, dass ich als Teenager, als all meine Freundinnen ihre Periode bekamen, meine nie bekam. Wie sich herausstellte, sollen manche Träume einfach nicht wahr werden. Ich kam ohne Gebärmutter zur Welt und mit einer verkürzten ... äh ...« Dieser Teil war viel schwerer zuzugeben, auch wenn sie es vor langer Zeit schon verarbeitet hatte. Es war nicht unbedingt etwas, das eine Frau gern ihrem Partner sagte.

Truman sah sie mit so viel Mitgefühl an, dass es ihr leichter fiel, den Rest zuzugeben.

»Einer verkürzten Vagina. Man nennt es das MRKH-Syndrom. Es ist nicht erblich oder genetisch bedingt. Es ist eine seltene angeborene Fehlbildung. Ich will dich nicht anekeln, das geht viel zu sehr ins Detail, aber ich wollte dich nicht mit der halben Geschichte abspeisen. Außer meiner besten Freundin habe ich nie jemandem davon erzählt.«

Sie wandte den Blick verlegen ab. Mit einer zärtlichen Berührung zog er ihr Gesicht wieder zu sich.

»Mich anekeln? Das ist dein Körper und nichts daran ist eklig. Ehrlich, mir ist an dir nichts Außergewöhnliches aufgefallen. Dich zu lieben war die beste Erfahrung meines Lebens. Im wahrsten Sinne des Wortes.«

Er küsste sie so intensiv, dass sie am liebsten weitergeküsst hätte, anstatt den Rest der Geschichte zu offenbaren, aber sie hatte sich entschieden, und sie wollte wirklich, dass er alles wusste.

»Das sind die Wunder der Medizin ... Ich hatte eine Operation, bei der dieser Part rekonstruiert wurde, aber ich kann keine eigenen Kinder austragen.« Sie legte die Hand auf ihren nutzlosen Bauch. »Ich werde nie wissen, wie es ist, mein Baby in mir zu haben.«

»Ach, meine Süße. Das tut mir so leid.« Seine Stimme war erfüllt von Trauer.

»Danke, aber im Grunde habe ich noch Glück. Ich bin mit

Eierstöcken zur Welt gekommen, also kann ich irgendwann mit Hilfe einer Leihmutter ein Kind bekommen, wenn ich mich jemals für diesen Weg entscheiden sollte. Jemand anderes kann meine Babys auf die Welt bringen.«

»Ich kann nicht behaupten, dass ich weiß, wie es sich anfühlt, eine Frau zu sein, und ich kann ja sowieso keine Kinder austragen, aber ich weiß mit Sicherheit, dass – egal, ob du deine Kinder zur Welt bringst oder nicht – jedes Kind, das mit dir in seinem Leben aufwächst, verdammt großes Glück hat.«

»Stört es dich, dass ich nicht schwanger werden kann?«, fragte sie vorsichtig.

Ein Lächeln trat in sein schönes Gesicht, er schüttelte den Kopf und nahm sie wieder in die Arme, zärtlicher dieses Mal, denn er schien zu wissen, dass sie seinen Mut nun nicht mehr brauchte – er hatte ihr bereits genug gegeben.

»Nein, meine Süße. Das stört mich nicht.«

Er drückte seine Lippen in einer Reihe von langsamen, berauschenden Küssen auf ihre und nahm ihr alle Ängste.

»Wenn mir eines mit Kennedy und Lincoln bewusst geworden ist«, sagte er leise, »dann, dass es egal ist, ob sie auf herkömmliche Weise deine Kinder sind oder nicht. Dem Herz sind Abstammung oder biologische Elternschaft egal. Es scheint einfach nur zu wissen, wie man liebt, so wie unsere Lungen wissen, wie man atmet.«

Siebzehn

Im Laufe der nächsten Woche bauten Truman und Bear den Zaun für die Spielecke im Garten und machten sich an die Renovierung des Büros. Abends kamen Bones und Bullet vorbei, um zu helfen, und Gemma und Dixie, die sich schnell angefreundet hatten, nahmen die Kinder zu Spaziergängen mit oder machten es sich im Garten gemütlich, während Truman und die Jungs arbeiteten. Oft verbrachten sie alle gemeinsam Zeit miteinander, grillten zusammen und spielten mit den Kindern. Mit dem Bau der Wand in seiner Wohnung hatten sie noch nicht begonnen, aber das würde noch kommen. Durch das frühe Fläschchen für Lincoln am Morgen und die Renovierungsarbeiten bis spät in den Abend waren Trumans Tage lang und anstrengend, aber ihm machte die harte Arbeit nichts aus, und er liebte es, zusammen mit seinen Kumpels zu werkeln.

Er schaute über den Rasen zu Gemma, die mit seinem kleinen Jungen auf dem Arm zu ihm kam. Sie sah sündhaft sexy aus in ihrer kurzen abgeschnittenen Jeans, dem weißen T-Shirt und dem lilafarbenen Hoodie, wie sie durch das kniehohe Gras lief – zusammen mit Kennedy, die mit den pinken Leggings und dem Hoodie, die er ihr an dem ersten Abend gekauft hatte, ebenso liebenswert aussah. Acht Tage war es her, dass Gemma und er sich das erste Mal geliebt hatten, und mit jedem Tag war ihr Sexleben heißer und ihre Liebe inniger geworden. Egal wie müde er am Ende des Tages war, Gemma brauchte nur einmal ihr süßes Lächeln zu zeigen, damit er sich regenerierte. Jeden Abend, nachdem die Kinder eingeschlafen waren, fielen sie einander mit einem wilden Heißhunger in die Arme. Und später, nachdem sie sich geradezu verschlungen und ihre erotische Gier gesättigt hatten, liebten sie sich. Zwei vollkommen unterschiedliche Erfahrungen, sowohl intim und bedeutungsvoll als auch absolut befriedigend. Nur mit Mühe konnte er sich an eine Zeit erinnern, in der sie nicht Teil seines Lebens gewesen war.

Gemma wedelte mit der Hand vor ihm herum und holte ihn in die Gegenwart zurück. »Wenn du mich weiterhin so ansiehst, wirst du mit Sicherheit meine Klamotten wegbrennen.« Sie stellte sich auf die Zehenspitzen und küsste ihn.

»Und das wäre nicht so gut, weil …?«

Sie hob Lincoln an ihre Schulter und klopfte Truman auf den Hintern. »Heb dir das für später auf, wenn sie im Bett sind, Don Juan. Wenn du mir jetzt die Klamotten vom Leib brennst, kommen wir nie zum Strand.«

Ein halbes Jahr lebte er jetzt schon hier und war noch nicht am Hafen gewesen. Dieser Abend war Gemmas Idee gewesen. *Die Kinder müssen ihre Nachbarschaft kennenlernen. Welche bessere Möglichkeit gibt es, als am Wasser spazieren zu gehen und ein Eis bei Luscious Licks zu essen?* Sie wusste, wie man eine Familie war. Noch ein Punkt auf der langen Liste der Dinge, die er an ihr liebte. Auch wenn sie die meisten Nächte bei ihm verbrachte, hatte er an den Tagen, die sie in ihrer Wohnung geschlafen hatte, morgens wieder Zeichnungen in der Boutique hinterlassen. Anderen von den Geistern seiner Vergangenheit zu erzählen, hatte er immer vermieden, aber Gemma hatte keine Angst vor den Dämonen, die ihn dazu getrieben hatten, so viel Dunkelheit zu schaffen. Nun war es eine Erleichterung, etwas davon loszuwerden, indem er es ihr zeigte und ans Licht holte. Ihre Leben verwoben sich nahtlos miteinander, und Truman hatte allmählich das Gefühl, eine richtige Familie zu haben. Wenn er doch nur Quincy in die Finger bekäme, aber sein Bruder war wieder untergetaucht.

»Eiskem«, meldete Kennedy sich zu Wort.

Das Mädchen hielt ihm eine Handvoll Wildblumen hin und erinnerte ihn daran, wie Gemma erzählt hatte, dass sie wünschte, sie hätte über eine Wiese laufen und einfach ein Kind sein dürfen, als sie klein war. Es erstaunte ihn, dass sie trotz ihrer Erziehung keine Boshaftigkeit in sich trug. Die Liebe, die sie ihm und den Kindern entgegenbrachte, war so echt, dass er sich manchmal egoistisch vorkam, weil er sie so bereitwillig annahm.

»Wir sind ja schon unterwegs, Süße.« Gemma strich mit der Hand über Kennedys Haare und löste eine eigenwillige Strähne von der rosa Spange, die sie ihr ins Haar gemacht hatte.

Für solche Kleinigkeiten nahm Gemma sich immer Zeit, fiel ihm auf. Wer hatte ihr Spangen ins Haar gemacht, als sie ein kleines Mädchen war? Ihre Nannys? Oder war es noch so eine Sache, die sie nicht hatte erleben dürfen?

Sie fuhren zum Luscious Licks. Noch ein erstes Mal für Truman. Vor dem pistaziengrünen Gebäude standen zwei riesige Eiswaffel-Skulpturen. Truman hob Kennedy hoch, und sie tat so, als hielte sie eine davon in der Hand, während Gemma ein Foto machte. Mit Kindern Eis essen zu gehen, war für die meisten Leute das Normalste auf der Welt. Aber Truman war so damit beschäftigt gewesen, irgendwie sein und

Quincys Leben zusammenzuhalten, als sie aufwuchsen, dass Eisdielen kein Thema für ihn gewesen waren. Jetzt wirbelten seine Gedanken um das, was alles möglich war. Konnte das Leben so sein? *Normal?* Er wollte es so sehr, dass er es beinahe auf der Zunge schmeckte.

Mit Lincoln an der Schulter legte er einen Arm um Gemma und beugte sich zu einem Kuss zu ihr hinunter. »Danke«, sagte er leise.

Verwundert sah sie zu ihm auf. »Wofür?«

»Dies ist noch ein erstes Mal für mich, und hätte ich dich nicht kennengelernt, hätte ich das vielleicht nie erlebt.« Sie hatte nicht nur seine Welt und die der Kinder erweitert, sie hatte ihn verändert, ohne es überhaupt zu versuchen. Er hielt sich nicht mehr so bedeckt wie früher, fühlte sich freier.

Truman machte die Tür für Gemma auf und schon erschien hinter dem Tresen eine hübsche Frau.

»Gemma!« Sie schien Mitte zwanzig zu sein und ihre Haare waren zu einem unordentlichen Dutt hochgesteckt, zusammengehalten von einem … *Strohhalm?* Sie wischte ihre Hände an einem Handtuch ab und kam mit einem herzlichen Lächeln um den Tresen herum. »Wen hast du mir denn heute mitgebracht?« Sie hockte sich vor Kennedy hin.

Kennedy schob sich hinter Gemmas Bein und spähte daran vorbei zu der freundlichen Frau. Gemma legte eine Hand auf Kennedys Rücken und beruhigte sie so süß und wie selbstverständlich, dass Trumans Herz einen Sprung machte.

»Hallo, Pen. Das hier ist Kennedy.« Gemma kniete sich neben Kennedy. »Kennedy, das ist meine Freundin Penny. Sie liebt es, kleinen Mädchen Eiswaffeln zu geben.«

Kennedy blinzelte Penny argwöhnisch an. Zu Hause hatte sie ihr Schneckenhaus bereits verlassen, aber Fremden gegenüber war sie immer noch vorsichtig.

»Was ist denn deine Lieblingssorte?«, erkundigte sich Penny.

Gemma schaute zu Truman auf. »Genau das möchten wir herausfinden.« Sie nahm Kennedy auf den Arm und ging hinüber zu der Eistruhe, damit Kennedy sich all die Behältnisse mit den bunten Eissorten ansehen konnte. »Ich schätze, wir werden ein paar probieren müssen.«

»Ein Mädchen ganz nach meinem Geschmack«, sagte Penny. Sie stand auf und lächelte Truman an. »Aber jetzt erzähl mir erst einmal, wer dieser tätowierte Mann mit dem Baby ist, der dir die ganze Zeit folgt. Ein Stalker?«

»Oh Mist, ich habe euch noch gar nicht vorgestellt.« Gemma berührte Trumans Hand und sah ihn mit diesem Ausdruck an, der seine Welt kopfstehen ließ. »Das ist mein Freund, Truman. Und dieser kleine Kerl«, sie kitzelte Lincolns Wange, »ist sein kleiner Junge, Kennedys Bruder.«

Diese Worte hauten ihn um.

Mein Freund und *sein kleiner Junge*. Truman war noch nie *der Freund* einer Frau gewesen. Zu hören, dass Gemma so zu ihm stand, so bereitwillig und mit Stolz in den Augen, machte es noch bedeutungsvoller. Für sie beide. Als er jedoch hörte, dass sie Lincoln seinen kleinen Jungen nannte, hätte er sie fast korrigiert, denn sie waren einander mittlerweile so nah, dass es sich anfühlte, als wären es *ihrer beider* Kinder, nicht nur seine, aber er sagte nichts.

»Gemmas Freund? Und dich gibt's im Paket mit diesen zwei zuckersüßen Kindern? Wo hast du dich denn bis jetzt versteckt?« Penny umarmte ihn zur Begrüßung, unbekümmert wie sie war. Dann drückte sie kurz mal seine Oberarmmuskeln und klopfte ihm auf den Bauch.

Truman sah über sie hinweg zu Gemma, die über sein

Unbehagen lachte.

»Freut mich auch, dich kennenzulernen, aber ich habe keine Waffen bei mir, falls du mich gerade danach abtastest.«

»Abtasten? Haha! Abfühlen passt eher.« Penny lachte und ging um den Tresen herum. »Ich muss nehmen, was ich kriegen kann.«

»Mehr als einmal ist nicht erlaubt«, sagte Gemma.

Truman gefiel das besitzergreifende Funkeln in Gemmas Augen.

Kennedy probierte eine Reihe verschiedener Sorten und entschied sich letztendlich für die Geschmacksrichtung Geburtstagstorte. Als sie schließlich bestellten, überkam ihn Traurigkeit. Er war sich sicher, dass Kennedy noch nie eine Geburtstagstorte gehabt hatte. Ein Blick zu Gemma zeigte ihm, dass sie wohl das Gleiche dachte. Sie waren so im Einklang, sowohl im Schlafzimmer als auch außerhalb, und es überraschte ihn immer wieder.

Als sie sich von Penny verabschiedeten, hatte Kennedy ihr Schneckenhäuschen komplett verlassen. Mit einem süßen Lächeln und dem Mund noch voller Eis winkte sie Penny zum Abschied zu.

»Lass uns den Kinderwagen zum Strand nehmen. Der Abend ist zu schön, um mit dem Auto zu fahren.« Gemma öffnete den Kofferraum, und Truman gab ihr Lincoln, damit er den Doppelkinderwagen aufklappen konnte.

Sie hatte so viel Freude in sein Leben und das der Kinder gebracht, dass er es nicht abwarten konnte, ihr zu zeigen, wie sehr das Zusammensein mit ihr ihn verändert hatte. Er hatte die Abende genutzt, an denen Gemma Events in der Boutique hatte, um das Bild fertig zu malen, das er vor einer gefühlten Ewigkeit angefangen hatte. Die Dämonen, die ihn früher bei jedem Schritt angetrieben hatten, verwandelten sich gerade in etwas vollkommen anderes, und das zeigte sich in seinem letzten Werk. Zum ersten Mal, seit er ein Teenager gewesen war, als er überhaupt mit dem Malen auf dem Schrottplatz angefangen hatte, wollte er sein Werk der Frau zeigen, die Licht in sein Dunkel gebracht hatte.

»Ist Penny nicht großartig?« Gemmas Stimme riss ihn aus seinen Gedanken.

»Ja. Ist sie immer so?«

»Ja, sie ist der Hammer, oder?«

Er setzte Kennedy vorne in den Buggy, klappte dann dahinter die Liegefläche hinunter und legte Lincoln mit seiner Decke hinein. Er nahm Gemma in den Arm, und die Hitze loderte zwischen ihnen auf, als ihre Körper aufeinandertrafen.

»Ich mag es nicht, wenn andere Frauen mich berühren.«

Gemma stellte sich auf die Zehenspitzen und drückte ihre Lippen zu einem köstlichen Eiskuss auf seine. »Das macht dich wohl zu dem perfekten Freund.«

»Haben wir jetzt nicht genug Bilder?«, fragte Truman, als er Kennedy auf den Arm nahm und ihre winzigen nackten Füße abwischte.

Gemma lächelte und wusste, dass sie noch Tausende machen würde. Truman hatte mit Kennedy eine Sandburg gebaut. Sie hatten Muscheln gesammelt, die sie in der Wohnung in eine Schüssel legen wollten, und sie hatten den Sonnenuntergang beobachtet, während Kennedy mit den Wellen um die Wette lief. Gemma hatte Unmengen von Fotos gemacht. Eines ihrer Lieblingsbilder war entstanden, als Lincoln quengelig geworden war. Es war ein schönes Foto, mit dem aufgehenden Mond im Hintergrund und Lincoln an Trumans breite Brust gekuschelt. Er schaute auf Lincoln hinab, als wäre das Baby das Spektakulärste, was er jemals gesehen hatte, und Lincoln hatte die kleine Hand zu seiner Wange ausgestreckt.

Dies war der schönste Abend gewesen, an den Gemma sich erinnern konnte.

»Du wirst froh sein, dass du diese Fotos hast.« Sie steckte ihr Handy in die Tasche und half Truman, Kennedy in den Kinderwagen zu setzen. »Wir müssen Fotoalben machen, damit du Lincoln vor seiner ersten Freundin in Verlegenheit bringen kannst und Kennedy vor ihrem Begleiter zum Abschlussball oder wenn sie heiratet. Das sind bedeutende Rituale für ein Mädchen auf dem Weg zum Erwachsenwerden.«

»Hast du diese Rituale durchlebt?« Er schob den Kinderwagen auf den Gehweg und nahm Gemma an seine Seite.

Sie sah in sein schönes Gesicht. In letzter Zeit hatte er so viel gearbeitet, aber er sah entspannter aus, als sie ihn je gesehen hatte, und ihr wurde bewusst, dass auch sie in letzter Zeit entspannter war. Truman war so aufmerksam ihr gegenüber, und immer wenn er sie sah, erhellte sich sein Gesichtsausdruck, als hätte er den ganzen Tag an sie gedacht. Er schien immer erfreut und überrascht, sie zu sehen, auch wenn sie verabredet waren. Es war ein wunderbares Gefühl, vergöttert und wertgeschätzt zu werden. Sie stammten vielleicht aus verschiedenen Welten, aber an einem bestimmten Punkt verschmolzen diese Welten, denn er verstand sie, wie nie jemand zuvor sie verstanden hatte.

»Nein. Unsere Fotos waren immer alle gestellt«, gestand sie

und erinnerte sich an diese schrecklichen Situationen, in denen ihr gesagt worden war, was sie anziehen, wie sie stehen und sogar, wie sie lächeln sollte.

In ihrem tiefsten Inneren hatte sie sich gefragt, ob ihre Hoffnung unerreichbar war, jemanden zu finden, der mit ihr und dem Leben glücklich wäre, der ihr nicht – wie ihre Eltern – das Gefühl gab, nie genug zu sein. Truman löschte diese tiefsitzende Angst aus. Alles, was er wollte, war mehr von ihr.

»Nun, dann müssen wir viele Fotos von dir machen, wenn du nicht damit rechnest.« Er legte die Hand in ihren Nacken und sah ihr in die Augen. »Ich verliebe mich immer mehr in dich, Gemma. Ich möchte alles wiedergutmachen, was dir an Unrecht widerfahren ist.«

Er war so aufmerksam, fürsorglich und so viel tiefgründiger als jeder Mann, den sie bisher kennengelernt hatte. Verlieben? Sie drehte durch vor Glück. Ein Schauder durchlief ihren ganzen Körper.

»Ich verliebe mich auch immer mehr in dich.«

Eine Gruppe von Männern ging vorbei und Truman legte den Arm fester um sie. Sie liebte seine besitzergreifende Art. Sie hatte ihn bereits dabei ertappt, wie er Männer beobachtete, die ihr hinterhersahen, und sie mit *Haut ab*-Blicken bedachte. Sie hatte auch bemerkt, dass er sich ebenso beschützend den Kindern gegenüber verhielt. Als Kennedy vor den Wellen davonlief, tat er es ihr gleich und wirkte wie ein Riese neben dem Kleinkind. Und wenn Leute das hübsche Baby im Kinderwagen bewunderten – und Lincoln war mit seinem rötlichen Haarflaum und der cremefarbenen Haut ein sehr hübsches Baby –, dann legte Truman immer eine Hand auf seinen kleinen Jungen und beobachtete die freundlichen Fremden wie ein Adler. Aber im Moment galt dieser intensive

Blick nur ihr und sie fand es einfach herrlich.

»Ich habe verdammt großes Glück.« Er zog sie wieder zu einem köstlichen Kuss an sich.

Auf dem Weg zurück zum Auto schliefen die Kinder ein und Gemma schwebte auf Wolken. Nachdem sie die Kleinen zu Bett gebracht hatten, stellte Truman das Babyfon ein – wie jeden Abend, wenn sie hinaus auf die Veranda gingen – und nahm sie bei der Hand, als sie das Zimmer der Kinder verließen. Sobald er die Tür geschlossen hatte, zog er ihre Hände über ihren Kopf, drückte seinen Körper gegen ihren, bis sie gegen die Wand stieß, und küsste sie. Die Wucht seines Kusses verursachte einen Strudel aus Hitze und Lust in ihr. Seine Hüfte prallte immer wieder auf ihre, während er den Kuss vertiefte, heftig stöhnte und all die Schwingungen ihre Hirnzellen außer Kraft setzten.

Als sich ihre Lippen voneinander lösten, knabberte er an ihrer Unterlippe. »Das wollte ich den ganzen Tag schon machen.«

Mit den Händen auf seinem Hinterkopf zog sie ihn zu einem weiteren Kuss an sich. Er roch nach Meer und Sand, nach Lust, und sie wollte in ihm ertrinken.

»Komm mit«, sagte er an ihren Lippen.

Überall würde sie mit ihm hingehen. Alles mit ihm tun.

Wenn ihre Beine sich doch nur bewegen würden.

Seine Mundwinkel verzogen sich zu einem zufriedenen Grinsen. »Himmel, ich liebe es, wenn dir das passiert.« Er legte einen Arm um ihre Taille, damit sie sich ihm anvertraute. »Komm, meine Süße. Ich möchte dir etwas zeigen.«

Mit dem Babyfon in der Hand führte er sie nach draußen, wo er sie noch einmal küsste, bevor sie die hintere Treppe hinuntergingen.

»Will die einäugige Python heute Abend im Gras spielen?« Schon als sie sich das erste Mal draußen geliebt hatten, war es aufregend gewesen, und die Leidenschaft zwischen ihnen war seitdem nur noch mehr angestiegen.

Er presste sie an sich, drückte seinen Mund wieder auf ihren und überschüttete sie mit den köstlichsten Küssen.

»Meine Schlange will immer in deinem Gras spielen.« Er rieb seine Nase an ihrer und ihr Herz machte Luftsprünge. »Aber ich möchte dir etwas zeigen, bevor ich dir die Kleider vom Leib reiße und unartige Dinge mit dir anstelle.«

»Mhm, mir gefällt die Idee mit den unartigen Dingen.« Sie folgte ihm durch das Tor auf den Schrottplatz und schlang den Arm etwas fester um ihn. Sie war noch nie hier hinten gewesen und es war stockdunkel.

Truman nahm sein Handy heraus und stellte die Taschenlampenfunktion an, um die Unmengen von rostigen und demolierten Autos zu beleuchten, die sie von der Veranda aus gesehen hatte.

»Bleib dicht bei mir«, sagte er und zog sie enger an sich.

»Warum? Wird da gleich irgendwas auf mich zuspringen und mich beißen? Fühlt sich schon so an, als gäbe es hier Monster.« Sie klammerte sich an seinen Arm und er kicherte.

»Nein, weil ich dich nah bei mir haben will.« Er grinste sie an und richtete das Licht auf den Boden. Selbst im Dunkeln sah er die Glut in ihren Augen. Er küsste sie noch einmal, lange und langsam, bis er ihre Sorgen erfolgreich vertrieben hatte.

Er führte sie um einen Van herum, und als er den Lichtstrahl höher ausrichtete, erweckte er ein Meer aus Geistern zum Leben. Sie klammerte sich an ihn, während sie die furchteinflößenden Bilder in sich aufnahm. Dunkle Augen, die von stumpfer Qual sprachen, Klauen, Fänge und Skelette, die sich durch Türen drängten. Gesichter von Männern, ausgemergelt und mit gläsernem Blick, aus deren bösartig verzerrten Mündern Rauchschwaden aufstiegen. Auf jedem Auto war eine andere Szene dargestellt. Und sie wusste, dass dies Geister aus Trumans Vergangenheit waren. Auf zittrigen Beinen ging sie weiter, weniger aus Angst, sondern wegen der grausamen Realität seiner Vergangenheit, deren Gift ihn noch immer umgab. Grauenvolle, unglaublich detaillierte und kunstvolle Bilder entwickelten auf Autotüren, Motorhauben und Seitenverkleidungen ein Eigenleben. Bösewichte waren auf die Innenseiten der Scheiben gemalt und schienen kratzend entkommen zu wollen. Noch nie hatte sie etwas so von Angst, Hass und Verletzlichkeit Angefülltes gesehen. Wie seine Zeichnungen waren auch diese Bilder in Schwarz- und Grautönen gehalten, die Nuancen so fein und doch so lebendig, dass sie den Atem dieser Wesen fast spüren konnte.

»Tru.« Sie musste ihn losgelassen haben, ohne es zu merken. Seine Arme legten sich um ihre Taille, er zog sie wieder sicher an seine Seite und gemeinsam gingen sie weiter durch das Labyrinth von Trumans Leben.

Gesichter mit buschigen Augenbrauen und zotteligen Bärten grinsten anzüglich mit blinden Augen. Neben einem Van hielt sie an und betrachtete das Bild eines kleinen Jungen, der wie ein Embryo zusammengekauert in einem riesigen Vogelnest lag. Ein Vogel mit langen, spitzen Krallen schoss von einer dunklen Wolke herab, so lebendig und real, dass Gemma der Atem stockte und sie rückwärts gegen Truman stolperte. Mit dem Arm fest um sie gelegt, ging er um den Van herum zu einem langen dunklen Auto ohne Motorhaube. Auf der Seitenverkleidung prangte unverkennbar ein Selbstporträt von Truman, der erhobenen Hauptes dastand, mit einer blauen

Jeans – keiner schwarzen. Ein gelber Sonnenstrahl schien auf ihn herab, wie ein Arm, der von der oberen Ecke der Heckklappe bis zu seinem Rücken reichte und ihn vorwärts zu drängen schien. Er tat gerade einen Schritt vorwärts. Gemma bekam keine Luft mehr angesichts der qualvollen Ästhetik. Dies war die einzige farbige Darstellung inmitten der düsteren grauschwarzen Welt von wütenden, heimgesuchten Fratzen. Auf der Türverkleidung war das Bild eines Babys mit nach oben ausgestreckten Armen und Beinen zu sehen, auf seinen Lippen lag ein Lächeln. Beim Anblick des roten Haarflaums spürte Gemma einen Kloß im Hals. *Lincoln.* Neben ihm hockte ein kleines Mädchen – *Kennedy* – mit einem rosafarbenen Kleid, die winzige Hand nach Lincoln ausgestreckt, die andere über den Spalt der Türverkleidung hin zu … *mir.*

Sie konnte kaum atmen, als sie ihr Bildnis – mit Trumans Augen erfasst – in sich aufnahm. Sie trug einen leuchtend grünen und gelben Bodysuit. Zwei durchsichtige und wunderschöne Flügel wuchsen aus ihrem Rücken. Helle Gold- und Weißtöne hoben sich funkelnd von dem dunklen Hintergrund ab. Eine Hand war nach den Kindern ausgestreckt, die andere ging – wie auch ihr Blick – höher, zu Truman. Während Gemma versuchte, ihre Lungen mit Luft zu füllen, schaute sie genauer hin und entdeckte einen hellen Sonnenstrahl, der sich um Truman schlang und bis unter die Kinder reichte, wo er sich zu zwei Handflächen öffnete, die sie trugen. Das Licht wand sich um Gemmas Taille, ließ sie mit dem Licht verschmelzen und hielt sie alle zusammen.

Truman hob seine Handylampe an und bestrahlte die Fensterscheiben. Schatten lagen über einem Bild des Mannes, den sie bei der Werkstatt gesehen hatte, als sie ihr Auto abgeholt hatte. *Quincy.* Ein weiterer Sonnenstrahl endete kurz vor ihm, als ob Truman nie aufhören würde, die Hand nach seinem Bruder auszustrecken. Doch er wusste, dass nur Quincy den letzten Schritt tun konnte. Und in den dunklen Wolken war das Gesicht einer Frau zu sehen. Einer Frau, die sie nun in den Gesichtern ihrer Kinder wiedererkannte. *Eure Mutter.*

Gemma drehte sich zu Truman um und klammerte sich an sein T-Shirt, denn das, was er offenbart hatte, ließ sie am ganzen Körper zittern. Sein Gesicht war eine Maske aus Traurigkeit und Hoffnung, Stärke und Entschlossenheit. Dieser Mann. Dieser *unglaubliche* Mann müsste eigentlich zu zerstört sein, um noch lieben zu können. Zu gebrochen, um das Leben noch annehmen zu wollen. Und doch stand er jetzt hier, eine Säule der Stärke, offenbarte all seine Schwächen und Ängste und legte seine gequälte Seele frei. Er war der stärkste Mann, den sie je kennengelernt hatte, und sie wollte ihn ganz.

Sie schlang die Arme um seinen Hals, über seine angespannten Muskeln, und zog sein Gesicht zu ihrem. Die widerstreitenden Gefühle waren in seinen Augen zu sehen, und sie zog ihn noch näher heran, denn sie wollte diesen inneren Kampf mit ihm erleben. Er hatte Tragödie, Verzweiflung und Elend erlebt. Er war ein Überlebender, ein Retter für seine Geschwister und seine Mutter. Statt ihn auseinanderfallen zu lassen, hatte seine schmerzvolle Vergangenheit Selbstbeherrschung und Würde in sein schönes Gesicht gemeißelt. Er stellte das Babyfon auf den Boden und hielt ihre Arme mit starken Händen fest. Sie wusste, er konnte ihr ansehen, dass seine Offenbarung ihr Herz in Brand gesetzt hatte. Er musste das wütende Inferno sehen, das ihre Haut brennen und ihre Mitte pulsieren ließ. Musste ihr Bedürfnis spüren, ihm näher zu sein. Gefühle, die so mächtig waren, dass sie nicht verborgen bleiben konnten.

»Ich wollte, dass du siehst, wie sehr du mich berührt hast«, sagte er mit einer Stimme, die von Zurückhaltung und unverkennbarer Lust zugleich erfüllt war. »Mit dir scheint ein normales, glückliches Leben möglich und ich will das.« Er drehte sich um und betrachtete die unglaublich schönen Bilder, die er von Lincoln und Kennedy gemalt hatte. »Für sie.« Er wandte sich wieder ihr zu. »Für uns. Ich habe keine Angst, dir von meiner Vergangenheit zu erzählen, weil du sie akzeptierst. Du akzeptierst mich, du hilfst mir, mich damit auseinanderzusetzen und sie hinter mir zu lassen.«

Er drückte seinen Körper an ihren und Hitze brach über sie herein, schlug wie ein Blitz zwischen sie. Er packte ihre Hüfte und ihre Körper übernahmen die Kontrolle. Das Bedürfnis, ihm noch näher zu sein, wuchs in ihr an, bis sie sich fühlte wie ein Vulkan kurz vor dem Ausbruch. *Haut.* Sie musste seine Haut spüren. Sie zerrte an seinem T-Shirt und beugte sich vor, um seine Brust zu küssen. Sie fuhr mit der Zunge über seine Nippel, er stöhnte und seine Finger gruben sich in ihre Haut. Sie tat es noch einmal, angespornt durch die verwegenen Laute, und er packte ihr Gesicht – fest – und hob es an, sodass sie keine andere Wahl hatte, als in seine ernsten, dunklen Augen zu schauen.

»Ich bin hierhergekommen, nachdem ich dir erzählt hatte, dass ich im Gefängnis war«, sagte er heftig, fast wütend, obwohl es pure Leidenschaft war, die zwischen ihnen tobte. »Ich dachte, es wäre Zorn, was aus meinen Händen strömte, aber ...« Er presste die Kiefer zusammen, zog sie – auch wenn es unmöglich schien – noch näher an sich, und sein Atem beschleunigte sich. »Da warst nur du, Gemma. Dein Gesicht, deine Tränen. Deine Berührung auf meiner Haut. Ich konnte, verdammt noch mal, deinen Mund auf meinem schmecken, und du hast diese Dunkelheit nicht hereingelassen. Du bist mein Licht, Gemma.

Du bist alles, was ich mir für mein Leben immer vorgestellt habe, und ich weiß, dass du jeden Mann bekommen kannst, den du willst, aber ich bin so verdammt glücklich, dass du mich willst –«

Aus einem plötzlichen Gefühl von Verzweiflung heraus bedeckte sie seine Lippen mit ihren. Ihre Gefühle wirbelten durcheinander, als er die Kontrolle übernahm und sie sich seiner energischen Dominanz hingab. Der Kuss war grob und drängend, unbeherrscht und nass und so verdammt heiß, dass der Rest der Welt verschwand. Er zerrte an ihrer Hose, sie an seiner, beide um Schnelligkeit bemüht und nicht bereit, ihren Kuss zu unterbrechen, während sie sich von ihrer Kleidung befreiten.

»Kondom.« Er packte seine Jeans, suchte nach seinem Portemonnaie, doch sie hielt ihn am Handgelenk fest.

»Bist du wirklich sauber? Getestet?«

»Dabei würde ich nicht lügen.«

»Nimm mich, Truman. Nur du, nichts zwischen uns. Ich will dich ganz spüren.«

Er hob sie hoch, führte ihre Beine um seine Taille, und sie sank auf seine Härte hinab, fühlte die breite Spitze, als sie über ihre sensiblen Nerven glitt, und jeden Zentimeter seiner starken, harten Erektion, als er sie erfüllte.

»Oh Himmel! *Truman.*«

Sie klammerte sich an ihn, beugte seinen Kopf so, dass sie ihn heftiger küssen konnte, während seine starken Hände ihre Hüften in einem schnellen Rhythmus führten und er gierig immer wieder in sie drang. Und verdammt, wie sie es liebte! Er wusste genau, wie er sich bewegen musste, wie er sie grob und fest nehmen, dann wieder in ein qualvoll langsames Tempo verfallen musste, bis sie nach mehr bettelte. Ein Orgasmus war zum Greifen nah, entlockte ihr begehrliches Flehen.

Sie grub ihre Fingernägel in seine Schultern, riss ihren Mund von seinem los. »Schneller. Bitte, Truman. Komm mit mir. Ich will spüren, wie du die Beherrschung verlierst.«

Ihr Rücken stieß gegen einen Van, gab ihm den Halt, um mit hemmungsloser Hingabe in sie zu stoßen und jegliche Hoffnung auf kontrolliertes Denken zunichtezumachen. Ihre Beine kribbelten, ihr Inneres pulsierte, und als er sein Gesicht in ihren wirren Haaren vergrub und ihren Namen stöhnte, explodierte sie mit einem Feuerwerk der Empfindungen. Jedes Pulsieren seiner Erlösung, jeden Schlag seines Herzens, jeden hektischen Atemzug nahm sie wahr, und sie wusste mit absoluter Gewissheit, dass sie sich nicht in ihn verliebte. Sie liebte ihn schon.

Achtzehn

Der Herbst strich über Peaceful Harbor wie ein Künstler mit seinem Pinsel, der alles auf seinem Weg in Farbe tauchte. Explosionen von Rot, Orange und Gelb und allen Tönen dazwischen loderten von den Bäumen und Büschen an den Straßen, küssten die Rasenflächen und Gehwege und kündigten nackte Bäume und noch kältere Nächte an. Kühle Morgenstunden luden ein zu einer zusätzlichen Kuschelrunde und sorgten für heiße Nächte endloser Liebe – Gemma konnte nicht glücklicher sein. Es war das Wochenende vor Halloween, und fünf Wochen, die ihr Leben komplett verändert hatten, seit sie Truman begegnet war, lagen hinter ihr. Die meisten Nächte hatte sie bei ihm verbracht und wahrscheinlich waren in seiner Wohnung ebenso viele Klamotten von ihr wie in ihrer eigenen.

Crystal hielt ein königsblaues Kleid, dessen herzförmiger Ausschnitt mit falschen Diamanten besetzt war, in die Höhe. »Wie wär's mit diesem?« Sie wackelte mit den Augenbrauen und deutete ausladend auf den Ausschnitt. »Vollkommen nackt, ideal für deine *Perlenkette*.«

Sie suchten nach einem Kleid für die Wohltätigkeitsveranstaltung, während Truman und die Jungs die Tür in der neuen Schlafzimmerwand einbauten. Sie hatte angeboten, die

Kinder mitzunehmen, aber Truman hatte darauf bestanden, dass sie etwas Zeit allein mit Crystal brauchte. Er war so umsichtig, sorgte immer dafür, dass sie sich nicht wegen ihm oder den Kindern vernachlässigte. Sie fragte sich, wann ihm wohl klarwerden würde, dass die Zeit mit ihm und den Kindern für sie die beste war.

Gemma lachte und schüttelte den Kopf. »Dieses Jahr habe ich wirklich keine Lust darauf.«

»Ach, wäre mir gar nicht aufgefallen. Wir haben nur die letzten drei Stunden damit verbracht, uns jedes Kleid in Peaceful Harbor anzusehen. Ich weiß, dass wir vor dem Event noch jede Menge Zeit haben, aber bei diesem Tempo …« Crystal hängte das Kleid zurück auf den Ständer und sah sich im Spiegel an, um ihre Haare hochzustecken. »Vielleicht weil du deinem Kerl gesagt hast, dass er nicht mitkommen soll?«

»Spinnst du? Ich würde ihn niemals mit Leuten wie meiner Mutter und ihren hochtrabenden Freunden bestrafen. Außerdem haben Truman und ich darüber gesprochen und so ein großer Auflauf von Menschen wäre zu viel für Kennedy.«

Sowohl Lincoln als auch Kennedy hatten sich in den letzten Wochen gut entwickelt. Lincoln hatte Babynahrung probiert, sie aber gleich zugunsten von Fingerfood links liegen gelassen, und außerdem schlief er schon die Nacht durch, was ein großer Schritt war. Auch wenn Kennedy Fremden gegenüber nicht mehr so ängstlich war, so waren die Gäste der Wohltätigkeitsveranstaltung nicht gerade herzlich und offen. Gemma wollte diese süßen Kinder nicht einer Situation ausliefern, auf die nicht einmal sie selbst Lust hatte. Abgesehen von den Kindern musste sie auch an Truman denken. Er hatte seine eigenen Sorgen und brauchte nicht noch den zusätzlichen Stress, sich mit ihrer grauenhaften Mutter auseinandersetzen zu müssen.

Crystal ließ ihre Haare wieder fallen, drehte sich herum und sah Gemma streng an. »Du hast deiner Mutter immer noch nichts von ihm erzählt, oder?«

Gemma wandte sich ab und tat so, als betrachtete sie ein anderes Kleid.

»Gemma Wright, was machst du bloß? Wenn du ihr nichts erzählst, dann versucht sie dich mit einem dieser verklemmten Arschlöcher zu verkuppeln, wie schon beim letzten Mal, und ich glaube nicht, dass Tru Blue das so toll finden wird.«

Mit einem Seufzer ließ Gemma die Schultern sacken. »Das steht auf meiner To-do-Liste, aber du weißt ja, wie Gespräche mit meiner Mutter sind.« Sie wollte nicht einmal an ihre Mutter denken. Sie war glücklich. Richtig, aufrichtig glücklich, und ihre Mutter hatte so eine Art an sich, die das Glück von allen um sie herum zunichtemachte. Außerdem beschäftigten sie genügend andere Dinge. Truman hatte immer noch nichts von Quincy gehört, und auch wenn er nicht darüber redete, so wusste sie doch, dass er sich um ihn Sorgen machte.

»Ich weiß, und wenn sie dir sagt, dass du nur mit ihm zusammen bist, weil es Teil deiner ewigen Rebellion ist – wie auch dein Laden, dein Umzug und so weiter und so fort –, dann sagst du ihr, sie kann dich mal. Denn ich habe dich mit Truman gesehen und so hast du noch nie einen Mann angeschaut.«

Sie war froh, dass Crystal erkannte, wie viel Truman ihr bedeutete, und was ihre Mutter anging, so hatte sie recht. Wahrscheinlich würde die ihr vorwerfen, dass sie nur mit Truman zusammen war, um ihr eins auszuwischen. Aber in Wahrheit – auch wenn Gemma über die Reaktion ihrer Mutter nachgedacht hatte – war die Meinung ihrer Mutter für Gemmas Entschluss, mit Truman zusammen zu sein, vollkommen unerheblich. Die Eigenschaften, die Gemma in Truman sah, würde ihre Mutter nie erkennen, auch wenn er ein millionenschwerer Anzugträger gewesen wäre. Wie hätte ihre Mutter tiefste, grenzenlose Loyalität erkennen können, Liebe, die direkt aus dem Herzen kam, oder eine Entschlossenheit, Dinge aus den richtigen Gründen zu tun, wenn sie diese Eigenschaften selbst gar nicht besaß?

Crystal hakte sich bei Gemma unter und zog sie aus dem Geschäft. »Komm, wir fahren nach Pleasant Hill.« Pleasant Hill lag etwa eine Stunde entfernt.

»Was? Warum?« Sie versuchte, mit Crystal Schritt zu halten, als sie über den Parkplatz gingen.

»Weil du es ihr erzählen musst, und das bedeutet, dass du dir all ihre Neuigkeiten über die Schickerialeute anhören musst, die dir vollkommen egal sind, und wahrscheinlich dazu noch eine Tirade darüber, wie falsch es ist, mit einem Mann *aus dem Milieu* zusammen zu sein. Sie wird dich in Nullkommanichts auf die Palme bringen.« Sie stieg ins Auto und grinste Gemma kokett an. »Wenn sie dich quälen kann, dann ist es nur gerecht, sich ein wenig zu rächen. Wir fahren zum Jillian's.«

Das Jillian's war ein exklusives und fast extravagantes Kleidergeschäft. »Ein *Rache*-Kleid. Oh Crystal, du bist genial.«

Zwei Stunden später stand Gemma vor einem Ankleidespiegel – in einem bodenlangen schwarzen Lederkleid mit einem Ausschnitt, der fast bis zu ihrem Bauchnabel reichte.

Jillian Braden, die Eigentümerin des Geschäfts und Designerin vieler der Kleider hier, ging in ihren Zehn-Zentimeter-High-Heels umher, als wäre sie damit auf die Welt gekommen. Sie strich sich die Haare – eine spektakuläre Mischung aus Burgunderrot und dunklem Goldbraun – hinters Ohr und ging langsam um Gemma herum. »Sie haben eine großartige Figur, und Ihr Gesicht ist so fein und klassisch geschnitten, dass es Ihnen ein elegantes und gleichzeitig süß-erotisches Etwas verleiht, das nicht viele Frauen haben. Sie sehen *hammermäßig* aus.« Sie passte die Länge der Träger an und strich eine Falte an Gemmas Taille glatt.

»Sie hat recht, Gem«, stimmte Crystal zu. »Aber lass Truman dich nicht darin sehen, sonst ist es zerrissen, bevor du überhaupt loskommst.«

Gemmas Magen zuckte beim Gedanken an Trumans Hände auf ihrem Körper. Sie drehte sich zur Seite und staunte, wie schön sich das Leder an ihre Kurven schmiegte und wie sinnlich und verführerisch sie sich fühlte – und schon verkrampfte sich ihr Magen. Sie wollte sinnlich und verführerisch für Truman sein, aber die Vorstellung, dieses Kleid in der Öffentlichkeit ohne ihn an ihrer Seite zu tragen, verunsicherte sie. Außerdem würde sie ihrer Mutter vielleicht einen Herzinfarkt bescheren, wenn sie darin auftauchte. So wenig sie ihre Mutter leiden konnte, so wollte sie ihr doch nicht die Veranstaltung ruinieren.

»Meine Mutter würde völlig ausflippen, wenn ich in Leder auftauchen würde.«

»Ist das nicht der Sinn der Sache?«, feixte Crystal.

»Ich weiß nicht. Die Idee ist witzig, aber je mehr ich darüber nachdenke, umso mehr Sorgen mache ich mir, dass es nach hinten losgeht und der Abend am Ende noch schrecklicher wird. Ich glaube, ich brauche eine etwas weniger erotische und mehr subtile Rebellion.«

Jillian führte Gemma am Arm Richtung Umkleidekabine. »Wenn ich eines mit Sicherheit weiß, dann, dass eine Frau nie ein Kleid tragen sollte, in dem sie sich nicht vollkommen wohlfühlt. Egal aus welchem Grund.« Sie schubste Gemma sachte durch den Vorhang. »Ziehen Sie das aus. Ich habe *das*

Kleid für Sie.«

Gemma zog sich aus und kurz darauf drang Jillians Stimme durch den Vorhang zu ihr.

»Probieren Sie das hier mal an. Ich finde, es ist die perfekte Mischung – *anständig* und *rebellisch*. Es ist eines meiner Lieblingskleider. Mein Bruder und ich haben es gemeinsam entworfen.« Der Vorhang wurde auseinandergeschoben und Gemma sah nur noch Unmengen von glänzend schwarzem Stoff und Spitze.

»Ihr Bruder ist auch Modedesigner?« Mit dem Kopf zuerst schlüpfte sie in das Kleid. Das luxuriöse Material glitt wie Seide über ihre Haut, schmiegte sich von Schulter bis Oberschenkel eng an sie und offenbarte mit einem langen Schlitz ihr rechtes Bein.

»Ja, mein Zwillingsbruder Jax. Wir entwerfen seit Jahren immer mal wieder etwas gemeinsam, aber seine Spezialität sind eigentlich Hochzeitskleider.« Jillian schloss den Reißverschluss am Rücken, zupfte ein wenig an Schultern und Taille herum, trat dann zurück und betrachtete Gemma abschätzend von oben bis unten. »Hinreißend. Gehen Sie doch schon mal hinaus zu dem Standspiegel und ich hole Schuhe.«

Als Crystal sie hinter Jillian aus der Umkleidekabine kommen sah, sprang sie von ihrem Plüschsessel auf und kreischte.

»Oh mein Gott, Gemma! Du siehst umwerfend aus!«

»Wirklich?« Sie drehte sich zum Spiegel um und war sprachlos. Der Ausschnitt verlief genau unterhalb ihres Schlüsselbeins. Die angeschnittenen Ärmel waren aus schwarzer Spitze und Seide, ein Streifen aus Spitze an den Seiten wurde in der Taille schmaler und reichte bis unter die Kurven ihrer Hüfte. Sie warf einen Blick über die Schulter zu ihrem tief ausgeschnittenen Rücken.

Jillian kniete sich vor ihr nieder. »Diese Schuhe sind bequem *und* sexy. In diesem Kleid brauchen Sie keine extrem hohen Absätze.« Sie trat ein paar Schritte zurück und ihr strahlendes Lächeln verriet absolute Zufriedenheit. »Der Schwalbenschwanz betont Ihre Taille, und da Sie kein Dekolleté tragen, wirkt die Spitze eher elegant und nicht anzüglich. Was denken Sie?«

»Ich denke, dass ich dieses Kleid gern heiraten würde.« Mit einem Anflug von Rebellion fügte sie hinzu: »Und der Ausschnitt ist perfekt. Kein Platz für Perlen.«

Truman schloss die neue Tür zum unfertigen Schlafzimmer und betrachtete die wunderschöne Frau, die auf dem Bett lag und einen Prospekt mit Halloweenkostümen für Kinder durchblätterte. Sie trug ein Boyshorts-Höschen, das kaum ihren Hintern verhüllte, und ein Spaghetti-Top. Ihre Knie waren gebeugt, und die Füße tanzten über ihr, während sie Kostüme für Lincoln vorschlug. Kennedy hatte sich bereits eines ausgesucht. Sie würde die süßeste Tinkerbell werden, die es je gegeben hatte.

»Ein Kürbis? In Aschenputtel gab es auch einen Kürbis.« Gemma zeigte auf ein Bild mit einem Kleinkind in einem Kürbiskostüm.

Truman legte sich neben sie, fuhr mit der Hand über ihren Oberschenkel und drückte ihren Hintern. »Mir gefällt dein Kürbis.«

Sie lächelte ihn an. »Ich finde trotzdem noch, dass er Winnie Puuh sein sollte. Kennedy sagt, das ist er in ihren

Gutenachtgeschichten, und sie sollte sein Kostüm aussuchen dürfen. Als seine ältere Schwester ist das ihr Recht.«

Er legte das Bein auf ihre Oberschenkel und küsste ihre Schulter. »Er ist erst ein paar Monate alt und schon bestimmen Frauen über sein Leben.« Er liebkoste ihren Hals. »Ich finde, er sollte ein Kostüm für Jungen tragen. Er könnte ein Prinz sein, wie ich.«

Mit einem frechen Blick beugte sie sich zu ihm. »Küss mich noch einmal und dann denke ich vielleicht noch mal darüber nach.«

Er näherte sich ihren Lippen, doch sie wandte sich ab und zeigte auf ihre Schulter. Er schmunzelte und küsste ihre Schulter noch einmal.

»Schulterküsse sind am besten«, hauchte sie auf eine Art, die seinen Körper entflammte.

Von ihrer Schulter küsste er sich weiter an ihrem Brustbein entlang. Den Blick noch immer auf den Prospekt gerichtet, hob sie sein Kinn an, damit er wieder ihre Schulter küsste. Himmel, er liebte alles, was sie tat.

»Kennedy möchte sicher, dass du ihr einziger Prinz bist, und sie hat ziemlich deutlich gemacht, dass sie Lincoln als Winnie Puuh sehen möchte. Aber wenn du unbedingt willst, dass er kein flauschiger Bär ist, was ich im Übrigen gut fände, wie wäre es denn, wenn er sich als einer der Verlorenen Jungen aus ihrem Geschichtenbuch verkleidet?«

Er gab ihr einen leichten Klaps auf den Hintern und bekam ein sexy Kichern geschenkt. »In ihrem Buch sind die Verlorenen Jungs Biker. Du weißt, was ich davon halte.«

»Du liebst doch deine Bikerfreunde.« Sie drehte sich auf die Seite und drückte ihren Körper an seinen. »Wenn wir ihm ein Biker-Outfit anziehen, heißt das noch lange nicht, dass er gegen dich aufbegehrt, wenn er älter ist. Außerdem hast *du* die Verlorenen Bikerjungen erschaffen. Ist das nicht etwas scheinheilig?« Sie schob ihn auf den Rücken und küsste seinen Kiefer, seinen Hals und bahnte sich dann ihren Weg seinen Brustkorb hinunter, was es ihm schwer machte, sich auf irgendetwas anderes als ihren unglaublichen Mund zu konzentrieren.

»Ich bringe ihnen bei, was die Verlorenen Jungen *Gutes* tun. Eines Tages werden sie den Unterschied zwischen Motorradclubs und Bikergangs kennenlernen. *Dann* kann er sich anziehen, wie er will.«

»Ich habe meine ganze Kindheit damit verbracht, mir Geschichten mit mir als Märchenprinzessin und Bikerbraut auszudenken, und so schlecht bin ich nicht geraten.«

Sie küsste ihn weiter und er zog Winnie Puuh ernsthaft in Betracht. Es gab einen schmalen Grat zwischen einem Motorradclub und einer Bikergang, und es jagte Truman eine Heidenangst ein, wenn er daran dachte, dass Lincoln heranwachsen und auf diesem schmalen Grat balancieren würde. Doch Gemma hatte recht. Lincoln war zu jung, als dass Truman sich über solche Dinge Sorgen machen sollte – aber er genoss es, wie sie ihn davon zu überzeugen versuchte nachzugeben. Er liebte ihren Mund auf sich, egal wo, aber wenn sie ihm einen blies, fühlte er sich ihr noch näher. Nicht wegen der erotischen Lustgefühle, sondern weil sie es zu genießen schien, ihm Lust zu bereiten und die Kontrolle auszuüben. Gemma genießen zu sehen, egal was, machte sein Leben millionenfach besser. Sie *ihn* genießen zu sehen, war pure Wonne.

Sie fuhr mit den Zähnen über seine Brustwarze, verstärkte die Begierde, die sich tief in ihm wand. »Mit einem Bandana auf seinem kleinen Kopf, einem Harley-Hemd und einer Jeans wäre er unglaublich süß.« Sie kreiste mit ihrer Zunge über seine

Bauchmuskeln, ließ die Finger verspielt über die Rippen und weiter nach unten gleiten.

»Gem ...« Er krallte die Finger in die Laken, um sie nicht noch weiter nach unten zu drücken.

»Ich habe eine Idee. Wir machen einen Deal.« Sie fuhr mit der Zunge um seinen Bauchnabel und sofort zuckte seine Mitte erwartungsvoll. »Wie wär's, wenn ich einen Artikel über dich und deine Kunst schreibe – *Lokales Kunstgenie entdeckt* – und du darfst das Kostüm für Lincoln aussuchen?«

Seit Wochen hatte sie ihn gebeten, einen Artikel über ihn und seine Kunstwerke schreiben zu dürfen. Sie war davon überzeugt, dass alle in Peaceful Harbor ihn für talentierter halten würden als er sich selbst. Sogar über Kinderbücher, die sie gemeinsam schreiben und die er illustrieren könnte, hatte sie mit ihm geredet. Auch sie erfand gern Geschichten und zusammen bekämen sie noch mehr interessante Wendungen hin. Aber was wusste er denn von all dem? Er schrieb Geschichten für seine Kinder, aber andere würden sie vielleicht überhaupt nicht mögen.

»Ich will die Aufmerksamkeit nicht«, sagte er ehrlich. »Keiner weiß von meiner Verurteilung. Mir wäre es lieb, wenn das so bleibt.«

Sie schob langsam den Bund seiner Boxershorts herunter, legte nur seine Spitze frei und ließ leicht die Zunge darüber gleiten. »Hm ... Was kann ich tun, um deine Meinung in *einem* der Punkte zu ändern?« Sie schnurrte praktisch jedes einzelne Wort.

Sie drückte die Hände an seine Hüfte, hielt die Boxershorts auf der Mitte seines Schafts, fuhr mit der Zunge über die sensible, geschwollene Eichel und brachte ihn fast um den Verstand. Mit den Zähnen zog sie die Boxershorts weiter hinunter, zerrte sie dann ganz weg und warf sie auf den Boden. Er richtete sich auf und sie drückte ihn wieder zurück aufs Bett.

»Sind wir etwas ungeduldig?«, neckte sie ihn.

»Du machst mich verrückt.«

Ein verruchtes Lächeln umspielte ihre Lippen, als sie ihre warmen, schlanken Finger um seine Härte legte und ihm ein Stöhnen entlockte. Voller Begierde sah er zu, wie sie ihre unverschämte Zunge über den Tropfen auf der Spitze gleiten ließ und sich dann über ihre Lippen leckte.

»Oh fuck, Gemma!« Er streckte die Hände nach ihr aus, doch sie wich zurück.

»Meiner«, flüsterte sie, lächelte, als sie ihn bis zum hintersten Winkel ihres Mundes in sich aufnahm und ihn mit Hand und Mund abwechselnd beglückte.

Sein Kopf fiel auf die Matratze zurück, die Augen hatte er geschlossen. Er stieß in ihre Faust, tiefer in ihren Mund. Sie hielt ihn, hatte ihn schnell und fest im Griff.

»Genau so, Kleines. *Himmel*, dein Mund ist tödlich.«

Sie hob den Kopf, entließ ihn in die kühlere Luft, rollte die Hand über seine Spitze und bearbeitete dann wieder seine Erektion, mal fest, mal behutsamer, und brachte ihn mit ihrer exquisiten Folter bis kurz vor die Erleichterung, um dann wieder nachzulassen. Er öffnete die Augen, und ihr herausfordernder Blick sagte ihm, dass sie genau wusste, was sie tat.

»Zieh dich aus«, befahl er.

Sie schüttelte den Kopf, sah ihn aus schmalen Augen an und ihre Haare fielen wallend um ihr schönes Gesicht. »Noch nicht.«

Sie ließ die Zunge vom Ansatz bis zur Spitze gleiten. Dann rutschte sie weiter hinunter, sodass sie zwischen seinen Beinen lag, leckte über seine Hoden und hatte dabei noch immer die Hand fest um ihn gelegt. Sie wusste, wie sehr er das liebte, und wenn sie sich nicht bald auf ihn setzte, würde er so kommen.

Er wühlte mit den Händen in ihren Haaren und sah zu, wie sie ihn liebte. Ihr Gesicht war gerötet, ihre Lippen leicht geschwollen und ihr kühner Blick machte sie so unfassbar sexy. Himmel, er liebte sie. Er liebte sie so sehr, dass er es bis in die Knochen spürte. Er zog ihr das T-Shirt über den Kopf, sie kniete sich hin und hielt seinen Blick gefangen, während sie ihren Slip auszog. Als sie seinen Oberkörper wieder nach unten drückte, legte er sich bereitwillig zurück und berührte ihre Mitte.

Sie schüttelte den Kopf und führte seine Hand an ihren Mund, um mehrere nasse Küsse in seine Handfläche zu geben. Dann legte sie seine Hand um seine Erektion und setzte sich auf seine Oberschenkel. Bevor er etwas einwenden konnte, steckte sie sich zwei Finger in den Mund und führte sie dann zwischen ihre Beine. *Heilige ...!*

Truman befriedigte sich im Beisein von Frauen nicht selbst. *Niemals.* Er ließ sich von Frauen nie so berühren wie von Gemma. Er *bumste* sie. Aber alles, was er mit Gemma tat, war anders – und es gab nichts, was er nicht für sie tun würde.

»Mein braves Mädchen ist gerade zu einem unanständigen Mädchen geworden.«

»Dein braves Mädchen will nur *dein* unanständiges Mädchen sein.«

Sie war eine Augenweide, wie sie sich fingerte und mit der anderen Hand ihre Brust rieb und streichelte, während sie ihm herausfordernd in die Augen schaute. Sie leckte sich über die Lippen und senkte den Blick auf seine Faust, die seine Härte bearbeitete. Als sie mit nassen Fingern ihre Klit streichelte, legte sie den Kopf in den Nacken und er ging fast ab. Er hob den Oberkörper, vergrub eine Hand in ihren Haaren und brachte ihre Münder zu einem schonungslosen Kuss zusammen, als der Orgasmus über sie kam. Ihre Zunge verharrte. Ein langes, lusterfülltes Stöhnen entwich ihr und er nahm es in sich auf. *Himmel. Pure Wonne.* Er hielt ihren zitternden Körper ganz fest, küsste sie zärtlicher, als sie herabschwebte, und legte sie unter sich. Mit diesem süßen, sündigen Blick, mit dem sie ihn jedes verdammte Mal mitten in die Brust traf, lächelte sie zu ihm auf.

»Du gehörst mir, Süße. *Nur mir.*«

»Immer.«

Ihre Hände legten sich um seinen Hals, als ihre Körper sich fanden, sie ihre nächtlichen Versprechen mit Küssen besiegelten und sich liebten, als gäbe es kein Morgen.

Lange noch lagen sie danach beieinander, ihre Haut von der Liebe feucht, die Finger verschränkt. Als Gemma ins Badezimmer gehen wollte, weigerte Truman sich, sie gehen zu lassen.

»Ich muss aufs Klo«, sagte sie leise lachend.

»Mein ganzes Leben habe ich auf dich gewartet. Ich will dich nie wieder gehen lassen.« Er zog sie noch fester an sich.

»Gott, ich liebe dich.« Sie drückte ihre Lippen auf seine.

Er zog den Kopf zurück, sah ihr forschend in die Augen, um herauszufinden, ob ihr klar war, was sie gerade gesagt hatte, aber sie sah ihn an, als hätte er ihr gerade ihren Lieblingslolli weggenommen.

»Sag das noch einmal«, forderte er sie auf.

Sie zog die Augenbrauen zusammen.

»Du hast gesagt, du liebst mich«, erinnerte er sie und hoffte, dass sie es nicht zurücknahm.

Sie lachte und legte die Hände an seine Wangen. »Hatte ich das vorher noch nicht gesagt? Meine Güte, Tru. Ich habe das

Gefühl, das sage ich schon seit Wochen. Ich liebe dich. Ich liebe dich mehr als die Sonne, den Mond und die Sterne. Ich liebe dich mehr als Schokoladeneis und Feenflügel. Ich liebe dich und die Kinder so sehr, dass ich –«

Er drückte seine Lippen auf ihre und war überwältigt davon, wie tief und intensiv ihre Liebe ihn berührte. Als er den Kuss vertiefte, schmolz sie ihm entgegen.

»Das mag ich am liebsten«, sagte er und küsste sie erneut. »Ich liebe es, wenn du vollkommen zu Gummi wirst, als würden meine Küsse dich zugrunde richten.«

»Mhm.« Sie küsste ihn erneut. »Deine Küsse vervollständigen mich, aber sie richten mich nie zugrunde.«

Das gefiel ihm sogar noch mehr. Nach ein paar weiteren Küssen zog sie sein T-Shirt an – noch etwas, das er liebte – und ging ins Badezimmer. Durch das Babyfon war Lincolns Quengeln zu hören und Truman stand auf.

Gemma steckte den Kopf zum Schlafzimmer hinein und sagte: »Ich geh schon.«

Truman saß auf der Bettkante und lauschte ihrer Stimme im Babyfon. »Hallo, mein Süßer. Oh mein Gott!« Ihre Stimme machte einen Satz und er sprang sofort auf, zog sich die Unterhose an und eilte aus dem Schlafzimmer.

»Trum–«

Schon stand er neben ihr, und beide blickten staunend auf Lincoln, der in seinem Babybett saß. *Er saß.*

»Er sitzt!«, flüsterte sie aufgeregt und griff nach Trumans Hand.

Lincoln zum ersten Mal aufrecht sitzen zu sehen, war überwältigend. Wie konnte etwas so Kleines sich so groß anfühlen und so viel bedeuten? Er legte einen Arm um Gemma und küsste sie auf die Schläfe.

Lincoln wischte sich mit der winzigen Faust über die Augen und schwankte ein wenig. Gemma und Truman streckten beide die Hände aus, aber Lincoln schwankte nur ein bisschen und gähnte.

»Oh Mann«, flüsterte Gemma, um Kennedy nicht aufzuwecken, die in ihren neuen Tinkerbell-Pyjama gekuschelt das Winnie-Puuh-Stofftier im Arm hatte, das Dixie ihr geschenkt hatte.

»Tru, dein Junge wird größer.«

Unser Junge wird größer. Er gab ihr einen schüchternen Kuss, damit die Worte nicht aus ihm herausplatzten, und hob Lincoln aus seinem Bett.

»Wir hätten ein Foto machen sollen«, flüsterte Gemma.

Truman brauchte kein Foto. Er wusste, dass er den liebevollen Blick in Gemmas Augen und den Anblick von Lincoln, der sich zum ersten Mal aufgesetzt hatte, nie vergessen würde – ebenso wenig wie das sensationelle Gefühl, sein Herz in der Brust aufgehen zu spüren, weil er so viel Liebe unter einem Dach erleben durfte.

Neunzehn

Eines der Dinge, die Gemma an Peaceful Harbor am meisten mochte, war das Zusammengehörigkeitsgefühl, das sich an Feiertagen und bei Veranstaltungen zeigte. Der Halloween-Umzug war einer ihrer Lieblingsevents. Kinder und Eltern gingen bei dem Umzug gemeinsam die Main Street hinunter bis zum Hafen. Truman und Gemma überlegten, ob es zu viel für Kennedy werden würde, aber sie freute sich so sehr darauf, dass sie beschlossen, es zu versuchen. Crystal und die Whiskeys wollten Gemma und Truman an diesem Abend begleiten, wenn die Kinder ihr erstes Halloween-Abenteuer erlebten. Sie verkleideten sich alle wie Figuren aus dem Märchenbuch, das Truman für Kennedy gemacht hatte, und Kennedy war begeistert. Die Frauen hatten sich in der Boutique zurecht-gemacht. Das Kleid von Königin Dixie war knallrot, Gemmas war grün, und Crystal ging als Schneewittchen, was wirklich witzig war, weil sie alles andere als die Unschuld in Person war. Nachdem sie viel zu viele Fotos gemacht hatten, gingen sie in den Ort. Es war noch hell, als sie die Main Street erreichten, doch die Menschenansammlung wurde schon größer.

Kennedy umfasste Gemmas Hand ein wenig fester.

Prinz Truman hatte Lincoln auf dem Arm, der nun doch als

Winnie Puuh verkleidet war – dank Trumans Liebe zu seinem kleinen Mädchen. Er musste Kennedys Unbehagen bemerkt haben, denn er kam näher und legte einen beschützenden Arm um Gemma, sodass Kennedy zwischen ihnen geborgen war. Bevor sie sich versah, positionierten sich Bullet, Bones und Bear – allesamt von Kopf bis Fuß als Verlorene Bikerjungs verkleidet – wie Bodyguards um sie herum. Bullet ging hinter ihnen und ließ den Blick seiner tiefliegenden Augen über die Menge gleiten. Bones lief neben Dixie und nahm sie so zwischen sich und Truman. Dixie war mindestens eins fünfundsiebzig, wirkte aber zwischen den beiden stattlichen Männern kleiner. Bear bezog neben Crystal Position, quasi mit Bones als zweitem Außenverteidiger der Gruppe. Es war ein seltsam sicheres und wunderbares Gefühl, die Kinder so gut beschützt zu wissen. Dass Gemma mit dem Gefühl aufgewachsen war, von den Leuten, die auf sie aufpassten, unterdrückt zu werden, hatte sie nicht vergessen. Aber der Unterschied – und es war ein riesiger – lag darin, dass dies Freunde waren, die Kennedy und Lincoln so aufrichtig liebten, wie sie einander liebten. In den wenigen Sekunden, die sie brauchten, um sich wirkungsvoll um ihre Schützlinge zu gruppieren, wurde Gemma klar, welch starke Familie Kennedy und Lincoln nun hatten. Als sie zu Truman aufschaute, der sie gerade küssen wollte, wurde ihr klar, dass auch sie nun Teil dieser großen, warmherzigen Familie war. Und ihr ging durch den Kopf, dass ihre eigene Familie über eine solche Veranstaltung nur abschätzig den Kopf geschüttelt hätte.

»Wenn ich mal Kinder habe, möchte ich, dass du ihnen ihre Märchen schreibst«, sagte Dixie zu Truman. Ihre roten Haare waren auf ihrem Kopf aufgetürmt und ein paar Locken hatten sich befreit.

Truman lachte. »Ich denke, du findest bessere Märchen als meine.«

»Nur wenn du von *unseren* sprichst«, sagte Gemma und hob ihren Kopf, um noch einen Kuss einzuheimsen, denn er sah einfach bewundernswert gut aus in seinem Kostüm. Dann erklärte sie Dixie: »Ich versuche, ihn davon zu überzeugen, dass wir zusammen Geschichten schreiben und er sie illustrieren sollte.«

Kennedy bestand jeden Abend darauf, in ihrem Bilderbuch zu lesen. Truman hatte das ganze Buch nicht nur illustriert, sondern er und Gemma hatten die Geschichte auch aufgeschrieben, damit sie sie Kennedy auch vorlesen konnte. Es war eine wunderbare Geschichte über Familie und Freundschaft, und Gemma fragte sich, ob es das war, wovon Truman schon immer geträumt hatte – wie sie –, oder ob er sie nur für sein kleines Mädchen erfunden hatte. So oder so, es gefiel ihr, dass er immer an alles für die Kinder dachte. Kein Detail entging ihm, weder die Verlorenen Jungs, die in *Peter Pan* klauten, noch der Vater, der in *König der Löwen* starb. Er pflückte Filme und Bücher auseinander, denn er wollte nicht, dass irgendetwas eine tiefe Angst in den Kindern zum Vorschein brachte, die er noch nicht entdeckt hatte. Kennedy hatte nicht ein Mal nach ihrer Mutter gefragt. Es war herzzerreißend, darüber nachzudenken, was das bedeutete. Sein eigenes Märchen zu erfinden, mochte auf manche vielleicht über-fürsorglich wirken, aber Gemma wusste, dass alles, was er tat, aus Liebe und nicht aus einem Kontrollbedürfnis heraus geschah.

Bear legte einen Arm um Crystals Schulter.

»Äh, hallo? Hier laufen vielleicht alleinstehende Kerle herum«, beschwerte sich Crystal und versuchte, sich zu befreien.

Bear bedachte sie mit einem Blick, der ihr eindeutig zu verstehen gab, sich ja nicht von ihm loszureißen – und auch noch etwas viel Heißeres, was Gemma veranlasste, ihre beste Freundin neugierig anzusehen. Crystal verdrehte die Augen, aber darin lag auch eine geheime Botschaft, die nur für sie gedacht war. Es hieß immer, Blut sei dicker als Wasser, aber Gemma war der Ansicht, dass wahre Freundschaft am dicksten war.

Kennedy wurde langsamer, und als Gemma sie auf den Arm nehmen wollte, sah sie die Angst in den Augen des kleinen Mädchens. Was hatte sie sich nur gedacht? Das alles hier war viel zu viel für Kennedy. Sie hob sie hoch und blieb stehen, woraufhin die ganze Gruppe stoppte. Die Männer ließen intensiv den Blick über die Menge schweifen, nur Trumans Augen blieben auf sein kleines Mädchen und Gemma gerichtet.

»Sie hat Angst. Es ist zu viel«, sagte Gemma.

Truman nickte ernst. »Wir drehen um.«

Wie eine Armee machte die Gruppe kehrt. Crystal war nicht ganz so reaktionsschnell und so drehte Bear sie an den Schultern herum und legte wieder den Arm um sie.

»Geht's noch?«, begehrte Crystal auf, doch ihre Worte hatten einen leicht sinnlichen Unterton.

»Ja, eigentlich schon«, erwiderte Bear grinsend. »Wir gehen zurück. Kennedy hat Angst.«

»Oh.« Crystal sah Gemma an. »Alles in Ordnung?«

»Ja, alles okay. Sie ist bloß für solche Menschenansammlungen noch nicht bereit.« Gemma küsste Kennedy auf die Stirn und drückte sie fest an sich, als sie zurück zu ihren Autos gingen.

»Süß oda saua?«, fragte Kennedy.

»Möchtest du noch nach Süßem oder Saurem fragen?«,

fragte Truman.

Kennedy nickte.

Gemma sah Truman fragend an, dessen Gesichtszüge angespannt waren.

»Sie hat es noch nie gemacht«, erinnerte Gemma ihn. »Ab der nächsten Straße kommt eine Wohngegend. Wir könnten es an ein paar Häusern versuchen und schauen, wie es läuft. Die Aussicht auf Süßigkeiten ist verlockend für sie, auch wenn sie nervös ist.« Etwas leiser fuhr sie fort: »Manchmal musst du sie ein Risiko eingehen lassen. Ich bin eines eingegangen, und du siehst ja, wozu es geführt hat.«

Ein Lächeln trat in Trumans Gesicht und er flüsterte: »Und wenn es ihr Angst macht?«

»Sieh dich um, Tru. Sie hat eine ganze Truppe an Familie bei sich, die ihr das Gefühl von Sicherheit wiedergeben kann.«

Truman sah von einem zum anderen. Eine telepathische Botschaft schien zwischen ihnen ausgetauscht zu werden und ohne ein weiteres Wort gingen sie in das Wohnviertel.

Wie sich herausstellte, wollte Kennedy, dass Truman an den Türen klingelte, während sie sicher und umgeben von der restlichen Gruppe auf dem Bürgersteig wartete. Truman hatte diese Halloween-Tradition, nach Süßem oder Saurem zu fragen, noch nie mitgemacht, aber das hielt ihn nicht davon ab, mit Lincoln auf dem Arm und aus einer Handvoll anderer Kinder herausragend auf der Türschwelle eines Hauses zu stehen.

Die ältere Dame, die die Tür öffnete, schaute Lincoln an und lächelte dann zu Truman auf. »Ich glaube nicht, dass der kleine Kerl schon genug Zähne hat, um Süßes zu essen. Und Sie sind ein bisschen zu alt, um nach Süßigkeiten zu fragen, oder?«

»Ist man jemals zu alt, um seine Kinder glücklich zu machen?« Er zeigte zu Kennedy, die sicher bei Gemma auf dem Arm war, und seinen Freunden, die um sie herum Wache standen.

Die Frau gab ihm ein paar Schokoriegel. »Da haben Sie aber eine hübsche Familie. Viel Spaß noch.«

Berührt von ihrer Bemerkung bedankte sich Truman bei ihr und ging zu seiner *Familie.*

»Hier, Prinzessin.« Er öffnete die Hand und zeigte ihr die Schokoriegel.

Kennedy machte ganz große Augen und nahm sich einen Riegel. »Auch? Ihr auch Süßes?«

Einstimmig versicherten ihr alle, dass sie keinen Schokoriegel brauchten, und so wurde Kennedys Lächeln noch fröhlicher. »Meins?«

»Ja, Prinzessin. Das ist deins«, sagte er, erfreut und gleichzeitig etwas besorgt, weil sie in ihrem jungen Alter so schnell an andere dachte. Ihm fiel wieder der Abend ein, an dem er sie gefunden hatte. Lincoln hatte geweint, und sie hatte ihm den Rücken getätschelt, als ob sie wusste, dass es sonst niemand tat. Er fragte sich, ob sie immer zuerst an andere denken würde, weil sie in so jungem Alter gelernt hatte, dass sie sich um Lincoln kümmern musste, so wie er es gewohnt gewesen war, Quincy zu beschützen. Auch wenn er es großartig fand, dass sie so gern teilte, bei dem Gedanken daran, wie ihr Leben ausgesehen haben musste, bevor er sie gefunden hatte, wurde er von Traurigkeit übermannt.

Er half ihr, den Riegel von der Verpackung zu befreien, und sie biss ab. »Auch?«, fragte sie noch einmal mit vollem

Schokoladenmund und alle lachten.

Nachdem sie noch an ein paar Türen geklingelt hatten, machten die anderen sich auf den Weg zur Halloween-Party im Whiskey Bro's und Gemma und Truman fuhren mit den Kindern nach Hause.

Sie hatten vergessen, die Außenlampe bei der Wohnung anzulassen, sodass Truman mit der Taschenlampen-App seines Handys den Weg um das Gebäude herum beleuchtete. Er hatte die schlafende Kennedy auf einem Arm, der andere lag beschützend auf Gemmas Rücken. Lincoln schlief ebenso tief und fest auf ihrem Arm.

»Er hat einen verdammt süßen Winnie Puuh abgegeben.« Er lächelte Gemma an. »Und mit Ausnahme unserer kleinen Prinzessin hast du jede andere Prinzessin in den Schatten gestellt.«

»Danke.« Sie blieb stehen, um ihn zu einem Kuss an sich zu ziehen. »Das hat so viel Spaß gemacht. Ich bin froh, dass ich das erste richtige Halloween der Kinder mit dir erleben durfte.«

»Ich auch, Liebling.« Über ihre Schulter hinweg schaute er auf den Rasen, wo sich etwas bewegte. Er stellte sich vor Gemma, richtete das Licht des Handys auf die Schatten und sofort geriet alles um ihn herum ins Wanken.

Quincy lag mit dem Gesicht nach unten im Gras.

»Bleib hier.« Die wenigen Meter zwischen ihm und Quincy kamen ihm vor wie Kilometer. Er hockte sich neben Quincy und hatte dabei Kennedy noch auf dem Arm. *Bitte sei nicht tot. Krepier mir hier verdammt noch mal nicht weg.* Er drehte Quincy herum, suchte an seinem Handgelenk nach dem Puls und spürte den langsamen Schlag unter seinen Fingern. *Gott sei Dank.* Mit einem schnellen Blick suchte er seinen bewusstlosen Bruder nach Stichwunden oder Kugellöchern ab. *Mist.* Er wusste nicht, wonach er suchte. Quincys Nase und Mund waren blutig, das Gesicht auf der rechten Seite lädiert mit einer Platzwunde über dem Wangenknochen. Truman stand auf.

»Bring die Kinder ins Auto, Gemma.« Der Befehl kam schroff und er führte Gemma mit einer Hand auf ihrem Rücken zurück zum Wagen. Dabei suchte er das Gelände ab, falls der, der Quincy zusammengeschlagen hatte, noch in der Nähe war.

»Was ist passiert? Sollen wir die Polizei anrufen?« Die Angst in ihrer Stimme war greifbar.

Sie sah über die Schulter zurück, doch Truman stellte sich hinter sie und versperrte ihr so die Sicht. Er wollte dieses Grauen nicht in der Nähe von ihr und den Kindern wissen. Sein verdammter Bruder hatte seinen Albtraum an seine Türschwelle gebracht, und er hatte keine Ahnung, was noch kommen würde.

»Keine Polizei. Über jedes Aufeinandertreffen mit der Polizei muss ich Bericht erstatten und bisher habe ich seit meiner Entlassung keinen Eintrag. Ich bringe ihn ins Krankenhaus.« Er setzte Kennedy in ihren Autositz, nahm Gemma, die zu betäubt schien, um irgendwie zu reagieren, Lincoln ab und schnallte ihn an.

Er drückte die Kurzwahltaste für Bear und hielt sich das Handy ans Ohr, während er die Fahrertür für Gemma öffnete.

»Hey, Kumpel«, meldete sich Bear.

»Ich brauch dich.«

»Bin unterwegs.«

»Truman!«, forderte Gemma. »Rede mit mir. Warum sollen wir gehen? Ist Quincy okay? Was ist passiert?«

Er sah ihr in die Augen und versuchte, seine wirbelnden Gedanken lang genug unter Kontrolle zu bringen, um ihr die Antworten zu geben, die sie verdiente. »Ich weiß nicht, was passiert ist und wie Quincy hierhergekommen ist. Ich weiß nur, dass er atmet, aber er wurde übel zugerichtet und ist bewusstlos.

Ich muss ihn ins Krankenhaus bringen. Aber wenn das ein aus dem Ruder gelaufener Drogendeal war, könnte hier noch mal jemand auftauchen. Ich möchte, dass du und die Kinder in Sicherheit seid – und hier seid ihr nicht in Sicherheit, bis ich weiß, was passiert ist. Ich weiß nicht einmal, ob jemand in der Wohnung war.«

»Gut. Aber, Truman, was ist mit dir? Was ist, wenn noch jemand hier ist?« Sie sah sich um. »Ich hoffe, Quincy kommt in Ordnung.«

»Ich auch. Aber ihr müsst jetzt gehen.«

Sie umarmte ihn schnell. »Ich gehe, aber ich brauche die Sachen für die Kinder.«

Zwei Scheinwerferpaare kamen die Auffahrt entlanggerast. Die Pick-ups von Bear und Bullet hielten mit quietschenden Reifen an und die Türen wurden aufgestoßen. Bear, Bullet, Bones, Dixie und Crystal eilten über den Parkplatz. Crystal war sofort an Gemmas Seite.

Truman berichtete den anderen kurz, was er wusste. Bones kümmerte sich um Quincy, und Gemma sagte Bear, was sie brauchte, damit er es aus der Wohnung holen konnte.

»Gemma, das hier macht dir sicher Angst, aber ich muss zurück zu Quincy und ihn ins Krankenhaus bringen. Und das kann ich nur, wenn ich weiß, dass es dir und den Kindern gut geht. Bitte geh.«

Angsterfüllt sah sie sich auf dem Gelände um, nickte dann aber. »Bitte sei vorsichtig.«

»Das bin ich, Kleines. Ich liebe dich und es tut mir so leid.« Er warf einen Blick ins Auto zu den Kindern und hatte das Gefühl, wieder direkt in die Hölle zurückgeschleudert worden zu sein, in der er aufgewachsen war. Er würde sie *nicht* enttäuschen. Nicht heute Abend. Niemals. Dieser Mist würde hier und jetzt aufhören.

Zwanzig

Gemma legte die Kinder mit Hilfe der anderen Frauen in ihrer Wohnung schlafen, Kennedy auf dem Bett und Lincoln in dem Laufstall, den Bear gebracht hatte, kurz nachdem sie angekommen waren. Gemma war ein einziges Nervenbündel, machte sich Sorgen um Truman und Quincy und war vollkommen neben der Spur. Sie lief im Wohnzimmer auf und ab, unzählige Fragen gingen ihr durch den Kopf.

»Ich habe so etwas in der Art noch nie durchgemacht«, sagte sie zu niemand Bestimmtem. Sie schaute zu Bear, der auf dem Sofa neben Dixie saß, die Ellbogen auf die Knie gestützt, und fragte: »War es so, als er aufwuchs? Werden die Kinder dort in Sicherheit sein? Ist Truman in Sicherheit?«

Crystal versuchte, sie zu beruhigen, doch Gemma wand sich aus ihrer Umarmung.

»Tut mir leid«, sagte sie zu Crystal. »Ich bin zu nervös, um still zu stehen.«

Bear sah mit ernstem Blick zu ihr auf. »Truman weiß, was er tut. Er hat das alles schon mit seiner Mutter durchgemacht.«

»Seine Mutter ...«, wiederholte sie mit einer Mischung aus Traurigkeit und Wut. »Ich sollte bei ihm sein. Er hat sicher große Angst um Quincy.«

»Bones ist bei ihm«, beruhigte Bear sie. »Hier bei den Kindern zu sein, ist das Beste, was du tun kannst. Er würde sich zu Tode sorgen, wenn du und die Kinder nicht in Sicherheit wärt. Er hat mir schon geschrieben, dass ich dich auf keinen Fall zurück zur Wohnung lassen soll. Als ob ich das tun würde«, schnaubte er. »Wir werden erst erfahren, was wirklich los ist, wenn wir etwas von ihm hören. Bullet ist bei der Wohnung und passt da auf. Drinnen wurde nichts angefasst, es gab keine Anzeichen von einem Einbruch und das ist ja schon mal gut.«

Sie sah auf ihr Handy, aber es gab keine Nachricht von Truman. »Er hat dir geschrieben?« Sie konnte die Enttäuschung in ihrer Stimme nicht verbergen.

»Aufpassernachrichten«, sagte Dixie. »So nennen meine Brüder das. Die schicken sie sich, wenn sie keine Zeit haben zu reden, aber sichergehen wollen, dass es allen gut geht.«

Bear stand vom Sofa auf und zeigte ihr die Nachricht von Truman. *Ich liebe sie, Mann. Pass auf sie auf, als wären sie deine eigenen. Halt sie von der Wohnung fern, bis wir wissen, was los ist.*

Sie schaute zu Bear auf und fühlte sich, als triebe sie ohne Rettungsring auf dem Meer. »Ich weiß nicht, wie ich das hier machen soll. Oder wie ich so leben soll.« Sie dachte an die Kinder und Angst überkam sie.

»Das musst du nicht«, versicherte er ihr. »Wir machen das. Und keiner von uns würde dich oder die Kinder in Gefahr bringen.«

Sie sah zu Crystal, die ihr ebenfalls zusprach: »Ich glaube ihm. Er grapscht gern und erhebt Ansprüche auf Dinge, die ihm nicht zustehen, aber ich glaube dem Kerl.«

Bear lachte. »Süße, du weißt noch gar nicht, was Grapschen bei mir wirklich ist.«

»Und du beschwerst dich über Crow?«, schnaubte Dixie.

»Nicht dein Ernst.« Sie legte einen Arm um Gemma und führte sie zum Sofa, wo sie sich neben sie setzte. »Gemma, Truman ist einer der besten, loyalsten Männer, die ich kenne. Es ist wirklich schwer, *ihn* von all dem zu trennen, was heute Abend passiert ist, vor allem wenn du so durcheinander bist. Aber denk dran, Truman hatte nie etwas mit Drogen am Hut. Er hat sein Leben lang Quincy beschützt und einen hohen Preis dafür bezahlt. Er kann das nicht abstellen, egal wie sehr er dich liebt. Und er liebt dich. Himmel, er liebt dich so sehr, dass er ein Schlafzimmer gebaut und ein Lakenzelt gebastelt hat. Aber die Wahrheit ist, dass du ganz tief in dich gehen und überlegen musst, ob du ihn genug liebst, um mit Quincys Drogenproblemen zurechtzukommen. Denn das, was heute Abend war, kann wieder passieren. Vielleicht nicht, aber möglicherweise doch, und nur du kannst entscheiden, ob es zu viel für dich ist.«

Truman klopfte übernächtigt und erschöpft an die Tür von Gemmas Wohnung. Es war halb acht am Morgen und er war die ganze Nacht auf gewesen. Die Tür ging auf und Gemma warf sich ihm in die Arme. Er hatte ihr ein paar Stunden zuvor geschrieben, dass Quincy über den Berg war, und ihre schlichte Nachricht – *Gut. Ich liebe dich* – hatte ihn getröstet. Doch das war nichts im Vergleich zu dem Gefühl, die Frau, die er liebte, in den Armen zu halten.

»Ich hab mir solche Sorgen gemacht.« Sie küsste ihn auf die Wangen, die Lippen, dann wieder auf die Wangen.

Jede Sekunde ihrer Zärtlichkeit saugte er in sich auf, während er spürte, dass seine wankende Welt wieder gerade gerichtet wurde. »Hallo, meine Süße.« Er rieb seine Nase an ihrer, denn er brauchte die wortlosen Bekundungen ihrer Liebe ebenso sehr wie die ausgesprochenen. »Du hast mir gefehlt.«

»Du mir auch. Geht es dir gut? Geht es Quincy gut?« Sie schaute ihm prüfend ins Gesicht, und er wusste, dass er miserabel aussah. Bis zu der Sekunde, in der sie in seinen Armen lag, hatte er sich auch miserabel gefühlt. Jetzt war er erschöpft, aber es ging ihm besser.

»Ja. Lass uns reingehen, dann erzähl ich euch alles.«

Dixie saß mit Lincoln auf dem Schoß am Tisch und Bear lag mit geschlossenen Augen auf der Couch. Truman beugte sich hinunter und gab Lincoln einen Kuss.

»Alles gut?«, fragte Bear, stand auf und umarmte ihn kurz.

»Ja.« Er schaute sich um. »Wo ist Kennedy?«

»Tuuman!« Kennedy kam mit Crystal im Schlepptau den Flur entlanggerannt. Beide trugen einen Pferdeschwanz mit einer großen rosa Schleife.

Er nahm Kennedy auf den Arm und drückte sie fest.

»Sie teilt Gemmas Vorliebe für alles Rüschige.« Crystal schüttelte den Kopf und schwang ihren langen schwarzen Pferdeschwanz von einer Seite zur anderen.

Kennedy löste sich aus seiner Umarmung und stiefelte zu Bear hinüber, wodurch Truman wieder frei für Gemma war. »Vielen Dank für alles, Leute.«

Crystal stemmte die Hand in die Hüfte und sah ihn an. »Sehr gern, aber wir gehen erst, wenn du uns alles erzählt hast.«

»Das habe ich mir gedacht, aber ich muss mich setzen. Ich bin fertig.« Er sank auf das Sofa, zog Gemma neben sich und fasste sich mit Zeigefinger und Daumen an die Nasenwurzel, während er überlegte, wie er anfangen sollte.

»Quincy macht einen Entzug«, sagte er schließlich.

»Echt?«, fragten Gemma und Bear gleichzeitig.

»Er ist ganz unten angekommen.« Mit einem Blick auf Kennedy wählte er seine Worte sorgsam. »Er schuldete einem Typen Geld. Er kann von Glück sagen, dass sie ihn nicht ...« Vor Kennedy wollte er es nicht aussprechen. Endlich hatte er einen Funken Hoffnung, dass Quincy sein Leben in den Griff bekommen und zu dem Bruder werden würde, den Truman in ihm sah.

»Wissen die, wo du wohnst?«, wollte Bear wissen.

Truman schüttelte den Kopf. »Sie haben ihn bei der Brücke abgeladen. Er ist die sieben Meilen bis zu mir gelaufen und dann da zusammengebrochen.«

»Ist es dann sicher, in die Wohnung zurückzugehen?«, fragte Gemma vorsichtig.

»Ja, aber darüber möchte ich mit dir sprechen, nachdem ich etwas geschlafen habe.«

»In Ordnung.« Sie berührte seine Hand und lächelte.

Die schlichte Art, ihm ihre Zuneigung zu zeigen, rührte ihn zutiefst.

»Ist das ein Zwangsentzug?«, fragte Bear.

»Nein, er ist freiwillig gegangen. Es war sogar seine Idee. Er sagte, er hätte schon darüber nachgedacht, nachdem ich ihn von der Werkstatt weggeschickt hatte.« Er drückte Gemmas Hand. »Er kann jederzeit gehen, aber es ist ein Dreißig-Tage-Programm mit der Möglichkeit, auf neunzig zu verlängern, wenn er es braucht.«

»Mann, wie willst du das bezahlen?«, wollte Bear wissen.

»Wozu ist Geld sonst gut, wenn nicht, um der Familie zu helfen?« Er würde seine Ersparnisse nehmen, und auch wenn er doppelt so viele Stunden arbeiten müsste, er würde einen Weg finden, um seinem Bruder die Hilfe zu verschaffen, die er brauchte.

»Völlig richtig.« Bear berührte Crystals Arm. »Komm, Süße. Geben wir den beiden etwas Privatsphäre.«

»Ich bin nicht deine Süße«, fauchte Crystal ihn an.

Bear schmunzelte.

Crystal umarmte Gemma. »Wollt ihr, dass ich die Kinder ein paar Stunden nehme, damit ihr euch ausruhen könnt?«

»Nein«, sagte Gemma, »ich denke, Truman hätte sie jetzt gern hier.«

Sie kannte ihn so gut. »Aber danke, Crystal, für das Angebot.« Er umarmte sie und nahm Dixie dann Lincoln ab. »Danke euch allen, dass ihr hiergeblieben seid und geholfen habt.«

Dixie umarmte ihn. »Kein Problem, und das Angebot, die Kinder zu nehmen, gilt auch für mich. Wenn ihr mich braucht, bin ich da.«

»Danke, Dix.«

Nachdem alle gegangen waren, setzte sich Truman mit Lincoln zwischen den Beinen auf den Boden, und Gemma setzte sich dazu.

»Wie geht es dir wirklich?«, fragte sie ihn mitfühlend.

Er beobachtete Kennedy, die mit ihren Spielsachen beschäftigt war, und betrachtete Lincolns kleine Faust, die sich um seinen Zeigefinger krallte. »Ich bin erleichtert und voller Hoffnung, aber ich weiß auch, wie es bei Suchtkranken laufen kann. Es kann sein, dass sie clean sein wollen, aber im nächsten Augenblick jagen sie schon wieder den Drachen.«

»Ich habe so etwas noch nie erlebt. Gestern Abend hatte ich ziemlich große Angst. War es so für dich, als du aufgewachsen bist?« Sie hockte sich auf die Knie und legte einen Arm um seine Schulter.

Es war ihm unangenehm, wie sehr er ihre Berührung ersehnte und brauchte. »Es tut mir leid, Liebling. Dass du und die Kinder das mitmachen müsst, ist schlimm. Als wir aufwuchsen, war ich so darauf konzentriert, mich um Quincy zu kümmern, dass alles andere drumherum verschwamm. Zur Schule zu gehen war wie eine Atempause, nach Hause zu kommen, war ein Albtraum. Gestern Abend, als ich Quincy da liegen sah, war ich direkt wieder in die Zeit zurückgeworfen, in der ich meine Mutter nach der Schule bewusstlos auffand oder ich in eine verlassene Wohnung kam und sie erst Tage später wieder auftauchte.«

Er nahm ihr Gesicht in die Hände und sagte: »Ich will nicht, dass du oder die Kinder so etwas je miterleben müsst. Wenn Quincy nicht clean wird, dann regele ich das juristisch und er wird nicht zurückkommen.«

Sie schüttelte den Kopf und sah ihn ernst an. »Das kannst du nicht machen. Selbst wenn er jetzt nicht bereit dazu ist, eines Tages wird er es vielleicht sein. Und wenn du dann nicht da bist, um ihm zu helfen, hat er niemanden.«

»Meine Güte, Gemma. Womit habe ich dich verdient?«

»Das frage ich mich auch in Bezug auf dich, Tru. Dixie hat gestern Abend ein paar Dinge gesagt, die mich wirklich zum Nachdenken über uns gebracht haben. Ich will nichts an dir ändern. Es stimmt, dass ich Angst hatte, und ich habe die halbe Nacht alles in Frage gestellt, weil ich nie auch nur im Entferntesten mit Dingen wie Drogen, Alkoholsucht oder auch Bikern zu tun hatte.«

Sie hielt kurz inne und knabberte an ihrer Unterlippe, während sich sein Magen zusammenzog.

»Aber mein ganzes Leben lang war ich nie glücklicher oder habe mich mehr geliebt gefühlt als jetzt mit dir. Ich liebe deine Kinder, und ich weiß, dass wir sicher sind, wenn wir zusammen sind. Du hast dich um uns gekümmert, bevor du dich um deinen Bruder gekümmert hast. Ich weiß nicht, wie ich mit dem umgehen soll, was Quincy durchmacht, aber du wusstest auch nicht, wie man Kinder großzieht. Ich glaube einfach, dass wir uns aus einem Grund gefunden haben, und ich weiß, dass du mir helfen wirst, mit Quincy umzugehen, wenn es so weit ist.«

Lincoln klopfte auf Trumans Bein und beide sahen in sein süßes, lächelndes Gesicht.

»Siehst du?«, sagte sie. »Lincoln glaubt auch an uns.«

»Komm her, meine Süße.« Er hielt sie fest an sich gedrückt. »Ich bin so froh, endlich zu Hause zu sein.«

»Aber wir sind in meiner Wohnung«, wandte sie ein. »Wir verbringen nie Zeit hier.«

»Du und die Kinder, ihr seid für mich mein Zuhause, Gem. Wo ihr seid, will auch ich sein.«

Sie drückte ihre Lippen in einem zärtlichen Kuss auf seine. »Ich auch.«

»Ich habe die ganze Nacht über die Wohnung nachgedacht. Es ist nicht gefährlich dort, aber ich möchte, dass du dich sicher fühlst. Wenn du also lieber nicht da sein willst, verstehe ich das.«

»Ich weiß, dass du mich und die Kinder nicht in Gefahr bringen würdest, also ist es für mich in Ordnung, da zu wohnen, wenn du wirklich glaubst, dass wir sicher sind. Außerdem«, fügte sie flüsternd hinzu, »kennen die Wände in deiner Wohnung alle Geheimnisse unserer leidenschaftlichen Nächte und all die Dinge, die unsere Beziehung ausmachen. Und die Malereien auf den Autos hinten im Hof sind die Geschichte deines Lebens und bedeuten dir sehr viel, auch wenn du sie in der Absicht gemalt hast, nie zurückzuschauen. Ich kann mir nicht vorstellen, nicht dort zu sein.«

Einundzwanzig

Gemma und Crystal saßen hinten in der Boutique am Tisch und besprachen ihre Veranstaltungen der nächsten Woche, aber Gemma konnte sich einfach nicht konzentrieren. Vor etwas mehr als zwei Wochen war Quincy in die Entzugsklinik gegangen, und Truman hatte mit Dixie vereinbart, dass sie heute auf die Kinder aufpasste, damit er ihn am Nachmittag besuchen konnte. Seit dem Halloweenabend hatte er nicht viel über Quincy geredet, und er war so damit beschäftigt gewesen, das Schlafzimmer fertig zu machen und zu streichen, dass Gemma sich fragte, ob er sich absichtlich ablenken wollte. Wenn sie abends länger arbeitete, malte er wieder auf dem Schrottplatz dunkle, stürmische Bilder. Sie wusste, dass er mit sich kämpfte, aber als sie versuchte, mit ihm darüber zu reden, war es, als bekäme er fast keine Luft. Er schloss sie nicht aus. Er hatte einfach nur nicht viel mehr zu sagen als: *Man muss abwarten. Die Zeit wird's zeigen. Es liegt jetzt an ihm.* Sie sah, wie schwer es für ihn auszuhalten war, nicht einspringen zu können und den Entzug *für* seinen Bruder zu Ende zu bringen, um so ein positives Ende zu garantieren, und das brach ihr das Herz.

»Ich denke, wir sollten Penis-Kuchen anbieten«, sagte

Crystal.

»Mhm.« Sie hoffte, der Besuch würde gut verlaufen, und sie wünschte, er hätte ihr erlaubt, ihn zu begleiten, aber er wollte sie weiterhin *vor dem Gift der Sucht* beschützen.

»Ich habe mit Truman geschlafen.«

»Mhm«, meinte Gemma abwesend.

Crystal packte sie bei den Schultern und rüttelte sie. »Hey! Aufwachen!«

Gemma schüttelte den Kopf, um zu sich zu kommen. »Was? Tut mir leid, ich dachte gerade an Trumans Besuch bei Quincy.«

»Tja, du hast dich gerade einverstanden erklärt, dass wir bei der Cunningham-Party Penis-Kuchen anbieten, und es schien dir nichts auszumachen, dass ich mit deinem Freund geschlafen habe.«

»Was?« Sie fiel fast vom Stuhl. »Das hast du nicht!«

»Natürlich nicht, aber Mann, ich wünschte, ich hätte etwas zu beichten gehabt, denn du warst vollkommen weggetreten.« Sie schob den Kalender beiseite. »Willst du darüber reden?«

Gemma seufzte. »Da gibt es nicht viel zu reden. Ich mache mir einfach nur Sorgen um ihn. Sein Bruder ist ihm so wichtig, und ich hoffe bloß, dass Quincy ihn nicht enttäuscht.«

»Er ist ein großer Junge. Wenn Quincy es vermasselt, wird er weitermachen, so wie er es die ganze Zeit getan hat, in der Quincy Drogen genommen hat, oder?«

»Wahrscheinlich, aber ich will nicht, dass man ihm wehtut.«

»Weil du ihn liebst.« Crystal schaute verträumt zur Decke. »Du hast dich verliebt, und jetzt schmerzt es dich, wenn er Schmerzen hat. So ist das nun mal.«

»Ich weiß, Crys. Ich liebe ihn wirklich und wahrhaftig. Und ich liebe die Kinder, als wären sie meine eigenen. Und weißt du, was das Großartigste ist?« Gemma wartete die Antwort nicht ab. »Er liebt mich genauso. Es ist verrückt! Er hat all das Gute und all die Liebe, die ich mir mein ganzes Leben erhofft habe, in sich vereint. Und er gehört *mir*.«

Ihr Handy klingelte und ihre Gedanken gerieten ins Schleudern. Truman sollte in zehn Minuten bei der Entzugsklinik sein. Er hatte sich solche Sorgen gemacht, dass Quincy die Therapie abbrach oder ihn nicht sehen wollte, und sie hoffte, dass er sich nun nicht mit schlechten Nachrichten meldete. Sie nahm das Telefon aus der Tasche und stöhnte auf, als sie »Mom« auf dem Display sah.

»Du hast es ihr immer noch nicht gesagt?«

Gemma legte das Handy auf den Tisch. »Nein, und das kann ich jetzt auch nicht. Ich bin zu gestresst.«

Crystal hielt ihr das Telefon vor die Nase. »Dann ist jetzt der perfekte Zeitpunkt, dann ruiniert sie immerhin keinen wunderbaren Tag.«

»Mann, ich hasse es, wenn du recht hast.« Sie nahm das Handy und ging zum Lagerraum, während sie zögerlich antwortete. »Hallo.«

»Gemaline, mein Schatz. Hast du ein Kleid für die Wohltätigkeitsveranstaltung gekauft?«

Gemma müsste es eigentlich gewohnt sein, dass ihre Mutter die Frage nach ihrem Befinden übersprang und stattdessen sofort wissen wollte, ob auch alles für ihre Veranstaltung geregelt war, aber selbst nach sechsundzwanzig Jahren tat ihr mangelndes Interesse noch weh.

»Mir geht es gut. Gerade viel Arbeit im Laden. Danke der Nachfrage«, sagte sie ungeachtet des Desinteresses ihrer Mutter. »Ich habe tatsächlich ein sehr hübsches Kleid gekauft. Wie geht es dir?« Sie drückte die Tür zum Lager auf und ging auf und ab, während sie sich auf die übliche Litanei ihrer Mutter über all die Events vorbereitete, die sie in letzter Zeit besucht hatte. Um nichts in der Welt würde ihre Mutter sich darüber auslassen, wie es ihr ging oder dass sie ihr fehlte.

»Mir geht es gut. Daddy und ich waren gerade in San Diego für eine kleine Auszeit mit den Merbanks. Das Spa war großartig ...«

Volle fünf Minuten hörte Gemma zu, bevor sie ihre Mutter unterbrach. »Mom, ich unterbreche dich nur ungern, aber ich bin bei der Arbeit und ...«

»Ach, Liebes, das tut mir leid. Ich vergaß, dass du ja diesen Mädchenladen führst.«

»Die Prinzessinnen-Boutique.« Es wäre nett, nur einmal zu hören, dass ihre Mutter stolz auf das war, was sie erreicht hatte, anstatt den Spott hinnehmen zu müssen. Sie hatte ein Bankkonto, das ihre Mutter mit Geld versah, so wie normale Eltern Umarmungen austeilten, aber für Gemma war es schmutziges Geld. *Sugar-Daddy-Geld.* Gemma hatte während ihrer Zeit auf dem College immer gearbeitet und fast jeden Cent gespart, um dieses Geschäft eröffnen zu können.

»Tja, das bräuchtest du ja nicht zu tun, wenn du mit einem der heiratswürdigen Junggesellen zusammen wärst, mit denen ich im Laufe der Jahre etwas für dich arrangieren wollte.«

Das jährliche Fatzken-Arrangement. Gemma atmete tief ein und sagte: »Wegen dieser Typen, Mom ... Bitte verzichte dieses Jahr darauf. Ich bin mit jemandem zusammen und ich würde ungern noch einen Freund von dir abweisen.«

»Du bist mit jemandem zusammen? Ist es etwas Ernstes? Was macht er beruflich? Kenne ich ihn vielleicht?«

»Ja, es ist etwas Ernstes. Er ist Kfz-Mechaniker, und nein, du kennst ihn mit Sicherheit nicht.« *Zum Glück, sonst würdest du ihn vielleicht vergraulen.*

»Es tut mir leid, mein Schatz, sagtest du Kfz-Ingenieur?«, fragte sie hoffnungsvoll.

Gemma verdrehte die Augen. »Nein, Mom. Mechaniker, wie in Autos reparieren.«

Ihre Mutter verstummte, und Gemma stellte sich vor, wie sich die manipulativen Zellen in ihrem Kopf in Gang setzten und sie überlegte, wie sie ihre Tochter aus den Fängen eines Automechanikers befreien konnte.

Gemma ging weiter auf und ab, bis das Schweigen unerträglich wurde. Sie schluckte den Schmerz, den die Missbilligung ihrer Mutter immer wieder auslöste, herunter und sagte: »Kann ich sonst noch etwas für dich tun?«

»Ach, Gemaline. Du weißt genau, was du da tust.« Der Vorwurf war laut und deutlich.

»Wovon redest du, Mom?« Sie konnte ihre Verärgerung nicht zurückhalten.

»Du rebellierst. Genau so wie mit deinem kleinen Laden. Du versuchst … mich … mich zu *verletzen.*«

»Dich zu *verletzen?*« Gemma hob den Blick zur Decke.

»Du hast immer versucht, deine Unabhängigkeit dadurch zu beweisen, dass du das abgelehnt hast, was für dich am besten ist.«

»Ihr sage dir mal was, Mom: Ich bin sechsundzwanzig Jahre alt. Ich muss niemandem außer mir etwas beweisen. Und ich habe schon bewiesen, dass ich klug bin, fähig und –« *Warum zum Teufel rechtfertige ich mich dir gegenüber?* »Ich muss wieder an die Arbeit.«

»Hat dieser ›Mechaniker‹ einen Namen?« Sie sprach *Mechaniker* aus, als wäre es eine Krankheit.

Sie schluckte das Verlangen herunter, ihrer Mutter wegen

dieses angeekelten Tonfalls die Meinung zu geigen, und sagte nur: »Mein Freund heißt Truman Gritt, und bitte, Mutter, wenn du das nächste Mal seinen Beruf nennst, lass es nicht wie ein schmutziges Schimpfwort klingen. Vielleicht hättest du diese *lebensnotwendigen* Knigge-Lektionen mit mir zusammen erhalten müssen.«

»Gemaline, spricht man so mit seiner Mutter?«

Sie schloss die Augen und zwang sich, netter zu sein, als ihre Mutter es verdiente. *Ich habe von den Bestien gelernt – von den Besten, meine ich natürlich.* »Es tut mir leid, aber Truman ist mir wichtig, und ich wünschte, du würdest ihm den gleichen Respekt zukommen lassen, den du von mir gegenüber Warren erwartest.«

»Daddy«, verbesserte sie ihre Tochter.

Der Mann war nie irgendeine Art von Vater für Gemma gewesen, auch wenn er nicht so schrecklich zu ihr war wie ihre Mutter. Selten nur war er da, und wenn, dann war er nicht unfreundlich. Er hatte die Allüren eines Reichen, wie jemand, der die Knete eng am Leib und die Herzlichkeit weit von sich hält und der nur gelegentlich etwas sagt.

»Warren, Mutter. Mein Vater hat Selbstmord begangen. Du erinnerst dich doch noch an meinen richtigen Vater, oder?« Sie wusste, dass sie zickig war, aber ihre Mutter ging ihr gerade einfach nur auf die Nerven.

Einen kurzen Moment lang herrschte Stille, und als ihre Mutter endlich wieder etwas sagte, klang sie fast glaubhaft traurig.

»Ja, natürlich. Er hat sich entschlossen, uns zu verlassen, Gemaline.«

Sie ballte die freie Hand zur Faust und weigerte sich, Erinnerungen mit der Frau heraufzubeschwören, die nicht für sie da gewesen war, als sie diese schwere Zeit durchmachen musste. »Ja, das hat er. Aber er war dennoch mein Vater. Wie gesagt, lass uns höflich bleiben, wenn wir über den Partner des anderen sprechen.«

»Ja, Schatz. Kommt dieser ... *Truman* zu der Wohltätigkeitsveranstaltung?«

Im Leben nicht. »Nein, ich komme allein.«

»Was für ein Mann lässt seine Freundin allein zu solch einem bedeutenden Event gehen?«

»Einer, der Kinder hat, um die er sich kümmern muss. Ich muss aufhören, Mom. Wir sehen uns nächste Woche.« Sie beendete das Gespräch und wusste, dass ihre Mutter noch die letzte Bemerkung verdauen musste, aber es war ihr egal. Sie sah auf die Uhr, erleichtert, dass es Zeit wurde, den Laden zu schließen, und stürmte aus dem Lagerraum heraus.

»Luscious Licks. Sofort«, sagte sie und nahm ihre Handtasche.

Crystal schnappte sich ihre Tasche und ballte die Faust zur siegreichen Geste. »Ein Läster-Eis. Ich liebe es!«

Gemma sah sie todernst an und versuchte krampfhaft, über die Reaktion ihrer Freundin nicht zu lachen. »Wie du dich über meinen Schmerz freuen kannst ...«

»Ich meinte nur ...«

Nach kurzem Schweigen brachen sie beide in Gelächter aus und riefen: »Läster-Eis!«, bevor sie sich auf den Weg machten, um das grauenhafte Gespräch unter Tonnen von Eis zu begraben.

Truman stand stocksteif da, während er in der Entzugsklinik abgetastet wurde. Sein Herz schlug so heftig, dass der Typ, der ihn durchsuchte, denken musste, er würde etwas verstecken. Der Drang zu flüchten war so groß, dass er die Hände zu Fäusten ballte und versuchte, den Frust aus sich herauszudrücken, bis er sich daran erinnerte, dass er es für Quincy tat.

»In Ordnung, Sie können gehen.«

Truman folgte einer Frau über einen sterilen Flur. Er konzentrierte sich auf ihre Füße, zählte ihre Schritte, denn er hatte Angst, dass er ansonsten umdrehen und abhauen würde. Das hier erinnerte ihn zu sehr an seine Jahre im Gefängnis. Doch er rief sich in Erinnerung, dass er aus freiem Willen hier war. Mann, jeder hier war es. Keiner hier war ein Gefangener.

Außer seiner eigenen Sucht.

Quincy ist meine Sucht.

Er betrat einen kleinen, gemütlichen Raum, der einem Wohnzimmer glich. Sein Blick huschte über das Sofa an der Wand gegenüber, über einen Tisch und Stühle auf der rechten Seite. Alles verschwamm ineinander, wie auch die Gedanken, die ihm durch den Kopf schossen, während er auf und ab ging. Als sich die Tür öffnete, blieb er stehen und schaute seinen Bruder an. Eine Woge der Angst überkam ihn, rasch gefolgt von der Erleichterung, die er schon hätte empfinden sollen, als er angekommen war und gesagt hatte, wen er besuchen wollte. Aber er war zu gestresst gewesen, um sich darüber zu freuen, dass Quincy noch hier war. Seine größte Sorge war, dass sein Bruder aufgeben und die Therapie abbrechen würde, bevor er das Programm beendet hatte.

Quincy war nicht mehr verdreckt. Gelbliche Hämatome waren noch zu sehen und die Wunde auf seiner Wange war fast verheilt. Die Haare schimmerten frisch gewaschen und fielen ihm fast bis auf die Schulter und über ein Auge. Truman war auf die überwältigenden Gefühle nicht vorbereitet, die ihn beim Anblick seines Bruders erfassten, der aussah wie, na ja, sein Bruder. Er trat einen Schritt vor und breitete seine Arme für den Mann aus, dessen stumpfe, gequälte blaue Augen – ebenso wie seine Körpersprache – Warnungen schrien, die Truman ignorieren wollte.

»Quincy.«

Sein Bruder trat einen Schritt zurück, während er Trumans Blick standhielt und eine deutliche Botschaft von sich gab. Truman ließ die Arme sinken, während Enttäuschung, Traurigkeit und Wut in ihm Kämpfe ausfochten.

Quincy zog sich einen Stuhl heran und setzte sich. Truman tat es ihm gleich und nahm sich einen Augenblick, um seinen Bruder genauer zu betrachten. Die Zeit spielte einem manchmal Streiche. All die Jahre im Gefängnis hatte er das Bild des dreizehnjährigen Quincy im Kopf gehabt. Hatte wie an einer Kuscheldecke daran festgehalten. Als würde sein Bruder nett, gut und *clean* bleiben, wenn er nur daran glaubte. Aber Mauern, Gitterstäbe und die Entfernung hatten ein großes, unüberwindbares Meer zwischen ihnen entstehen lassen und ein Teil von ihnen beiden war darin ertrunken. Quincy war nicht mehr dieser Junge, vielleicht auch nicht mehr derselbe Mensch. Er war ein Mann, mit Bartstoppeln auf einem kräftigen Kinn, mit dem Schatten von zu vielen Drogen auf seinem eigentlich hübschen Gesicht und Einstichen überall auf den Armen. Er war fast zwanzig, nicht viel jünger als Truman gewesen war, als man ihn ins Gefängnis gesteckt hatte.

»Überrascht?«, fragte Quincy.

Er war nie gut darin gewesen, seine Gefühle zu verbergen. Truman räusperte sich, überlegte krampfhaft, was er sagen sollte. Er hatte mit Quincys Suchtberaterin gesprochen und war angewiesen worden, nicht über Familientragödien, Geld, Zukunft oder sonst irgendetwas zu sprechen, das ihn aufregen könnte. Sie hatte gesagt, dass Quincy »im Hier und Jetzt« leben musste und dass zusätzliche Ängste seine Genesung beeinträchtigen würden.

»Nein, ich bin nicht überrascht«, log er und Quincy hob eine Augenbraue. »Okay, ja, doch, bin ich. Mann, ich hab keine Ahnung, wie das hier laufen soll.«

»Glaubst du, ich etwa?« Quincy fuhr sich durch die Haare und wandte den Blick ab, während die Muskeln in seinem Kiefer unaufhörlich zuckten. »Mann, es ist echt zum Kotzen hier.« Er stand auf und ging hin und her.

Truman stand ebenfalls auf und beobachtete seinen Bruder, der wie ein Tiger im Käfig hin und her lief, während ihm die Haare vors Gesicht fielen. »Ich bin stolz auf dich, dass du das hier durchziehst.«

»Stolz auf mich?«, blaffte Quincy ihn an. »Ich brauche deine Zustimmung nicht.«

»Das meinte ich nicht.« Er wollte es nicht vermasseln, aber er hatte keine Ahnung, wie er auf die Bemerkung seines Bruders reagieren sollte. »Ich meinte, ich weiß, dass es nicht leicht ist.«

»Wann war das Leben jemals leicht für mich?« Wütend sah er Truman an.

»Ich meinte damit nicht –«

»Ist überhaupt jemals etwas das, was du meinst, Truman?« Quincy stürmte durch das Zimmer auf ihn zu und blieb nur Zentimeter vor ihm stehen. »»Sag kein Wort, Quincy.««

Ein Schauer lief Truman über den Rücken, als ihm seine eigenen Worte aus jener verhängnisvollen Nacht entgegengeschleudert wurden. Die Worte, die Quincy Trost spenden sollten. Die Worte, die ihn ins Gefängnis gebracht hatten.

»Du brauchst den Kopf nicht hinhalten, Quincy. Ich kümmere mich darum‹‹, zischte Quincy mit zusammengebissenen Zähnen. »Das hast du wirklich. Sechs Jahre Mahlzeiten und ein Dach über dem Kopf hattest du. Sechs Jahre, in denen du nicht zugucken musstest, wie deine Mutter von jedem Arschloch auf Erden gefickt wurde.«

»Quincy, du kannst doch nicht ernsthaft glauben, dass es besser war, im Gefängnis zu sein als –«

»Kann ich nicht?« Mit gekrümmten Schultern stürmte Quincy im Zimmer hin und her. »War es besser, verdammte dreizehn Jahre alt zu sein und eine Crackpfeife in die Hand gedrückt zu bekommen?«

»Du hättest –«

Quincy drehte sich herum, ging in Angriffsstellung. Truman trat einen Schritt zurück. Genau das, hatte die Suchtberaterin gesagt, sollte er vermeiden. Irgendwie hatte er es geschafft, seinen Bruder wieder in die Scheiße zu reiten, indem er ihn wütend gemacht hatte.

»Was? Was hätte ich mit dreizehn tun können? Das Jugendamt anrufen und mich ins Pflegesystem stecken lassen, nachdem du mir jahrelang gepredigt hast, dass das nicht der richtige Weg ist? Du warst meine Festung. Mein Kompass. Du hast dafür gesorgt, dass ich auf dich vertraut habe, Mann, und du hast das so verdammt gut hingekriegt, dass ich total aufgeschmissen war, als du weg warst. Ich hatte überhaupt keine Orientierung mehr, ich wäre Satan direkt in die Hölle gefolgt.«

Sämtliche Luft entwich aus Trumans Lunge. Die Dämonen ihrer beider Vergangenheit schwirrten in diesem Zimmer umher, lebendig und mit den Krallen nach ihnen ausgestreckt ließen sie sie gegeneinander kämpfen.

»Ich wollte helfen«, sagte er eindringlich. »Ich hätte eigentlich nicht verurteilt werden sollen. Du warst dabei. Du hast gehört, was der Pflichtverteidiger gesagt hat. Ich sollte freigelassen werden und mich dann um dich kümmern, so wie es immer gewesen war. Du *weißt*, dass sie im Zeugenstand gelogen hat.« Es brachte Truman um den Verstand, dass er nie erfahren hatte, warum sie gelogen und ihn ins Gefängnis gebracht hatte, aber diese Last musste Quincy nicht tragen.

Quincys wortloser Blick bohrte sich wie ein Messer in ihn.

Truman sprach leiser weiter. »Du kennst die Wahrheit, Mann. Du bist der Einzige auf dieser verdammten Welt, der die Wahrheit kennt.«

»Ich musste ihn umbringen.« Er wandte den Blick ab. »Sonst hätte er sie umgebracht.«

Vielleicht wäre das besser gewesen. Truman spürte sein Herz auseinanderbrechen und ein Schuldgefühl für diesen abscheulichen Gedanken strömte heraus. Mit dem nächsten Atemzug wurde ihm klar, dass der Tod ihrer Mutter bedeutet hätte, Kennedy und Lincoln wären nie auf die Welt gekommen. Er fluchte und wünschte sich, er könnte diesen spontanen Gedanken zurücknehmen. Er liebte diese Kinder.

Er schob das alles beiseite und konzentrierte sich auf den Bruder, der vor ihm stand.

»Mein einziger Gedanke war, wenn du da gewesen wärst, hättest du ihn umgebracht.« Quincys Worte waren voller Gift. »Ich habe getan, was du mit Sicherheit getan hättest, um Mom zu beschützen, egal wie sie war. Ich habe das getan, was dank dir tief in meinem verdammten Hirn verwurzelt ist. *Die Familie beschützen.*«

»Du hast getan, was du tun musstest.« *Ich wünschte, ich wäre derjenige gewesen, der es getan hat. Dann wärst du vielleicht nicht so kaputt.* »Ich dachte, sie würden dich nach Erwachsenenstrafrecht behandeln. Aber nicht einmal den Gedanken, dass du im Jugendgefängnis landest, konnte ich ertragen. Du warst noch ein Kind, und du warst ein guter Junge, schlauer als alle anderen, die ich kannte, und als mir klarwurde, dass sie dich nicht als Erwachsenen behandelt hätten, war es zu spät. Aber wir wissen nicht, ob Mom dich verarscht hätte, wie sie mich verarscht hat, und das hätte ich nicht ertragen. Du musst wissen, dass ich nie etwas tun würde, was dir schadet. Niemals. Ich werde unser Geheimnis mit in mein Grab nehmen, um dich zu beschützen.«

»Der Schuld kann ich nicht entkommen, Mann. Die ist immer da. Ich schaue in den Spiegel und hasse den Menschen, den ich da sehe. Dein Leben ist wegen mir am Arsch«, schnaubte Quincy.

Truman packte ihn an den Armen, er sollte unbedingt die Wahrheit hören. »Nein, Quincy. Mein Leben *war* wegen *ihr* am Arsch. Aber das ist es nicht mehr.« Er dachte an seine Auflagen und an die Kinder und sagte: »Es gibt gewisse Einschränkungen und Verpflichtungen, aber ich bin nicht am Arsch. Um ehrlich zu sein, läuft mein Leben im Moment sogar verdammt gut. Ich habe die Kinder, und ich habe Gemma, die ich irrsinnig liebe. Und, Quincy, sie liebt mich auch, Mann. Trotz der Verurteilung, trotz unserer miesen Vergangenheit *liebt* sie mich und die Kinder. Ich kann mir mein Leben ohne sie nicht mehr vorstellen. Und dein Leben kann genauso gut sein. Genauso normal. Normal hast du nie kennengelernt. Es ist so was von unglaublich. Ich sag's dir, Junge, da draußen wartet eine ganze Welt auf dich, die nichts mit Mom oder ihrem missratenen Leben zu tun hat. Du musst nur diesen Entzug schaffen, und dann bin ich für dich da und helfe dir, clean zu bleiben. Ich weiß, du kannst es schaffen.«

Quincy machte sich von ihm los, fuhr sich mit beiden Händen durch die Haare und ballte sie dann mit einem gequälten Stöhnen zu Fäusten. »Hau einfach nur ab, Mann. Bitte. Hau ab, verdammt.«

»Quincy ...« Was sollte er noch sagen? Ihn anflehen, über alles zu reden? Genau das, hatte die Suchtberaterin gesagt, sollte er nicht. Er hatte genug Schaden angerichtet. Zum Teufel, er hatte viel mehr Schaden angerichtet, als er sich hätte vorstellen können.

Zweiundzwanzig

Als Truman seine Wohnung erreichte, war er überrascht, Gemmas Auto auf dem Parkplatz zu sehen. Sie hatte ihm vor einer Weile eine Nachricht geschickt und berichtet, dass sie einen miserablen Tag gehabt hätte und mit Crystal unterwegs wäre. Das Atmen fiel ihm schon etwas leichter, nun da er wusste, dass er sie bald in den Armen halten würde. Er fühlte sich, als hätte man ihn durch eine Wanderdüne gejagt, und als er aus seinem Pick-up ausstieg, steckte er noch immer knietief im Treibsand. Bevor er die Entzugsklinik verlassen hatte, war er noch bei der Suchtberaterin gewesen, um ihr die aufreibende Begegnung mit seinem Bruder zu beichten, damit sie auf einen möglichen Rückfall vorbereitet wären. Und noch wichtiger war, dass sie so den Grund kannten, falls sein Bruder vorzeitig auschecken wollte, und ihn vielleicht eher davon abbringen konnten. Truman wünschte sich, er könnte mit jemandem über Quincys Schuldgefühle reden. Indirekt hatte er das bei der Suchtberaterin angesprochen, und sie sagte, dass es Teil der Genesung sei, Verantwortung zu übernehmen und Wiedergutmachung bei den Menschen zu leisten, die von der Drogensucht betroffen waren, und dass es Teil der Therapie sei. Aber Truman wusste, dass Quincy nie Wiedergutmachung für das leisten konnte, was er getan hatte. Sie waren beide für immer in ihren Lügen gefangen. *In meiner Lüge gefangen.* Es war seine geniale Idee gewesen, für seinen Bruder den Kopf hinzuhalten. Jetzt versank sein Bruder in Schuldgefühlen und er musste Gemma den Rest seines Lebens anlügen. Und als wäre das alles noch nicht genug, war er krank vor Sorge, dass Quincy nicht damit fertigwurde und den Versuch, clean zu werden, aufgab. Wenn das passierte, würde Truman sich das nie verzeihen.

Die Suchtberaterin war zwar besorgt, aber nicht überrascht darüber, dass ihre Begegnung eskaliert war. *Es wird schlimmer, bevor es besser wird. So ist das mit diesen dämonischen Krankheiten nun mal.* Truman rieb sich geistesabwesend über die Brust und wünschte, er könnte diesen verdammten Dämon ein für alle Mal erlegen.

Da er einen Moment brauchte, um wieder einen klaren Kopf zu bekommen, bevor er Gemma und die Kinder sah, ging er zunächst in die Werkstatt. Er arbeitete momentan an einem Mustang Baujahr 69, einem seiner Lieblingsautos. Mit der Hand fuhr er über die schnittige Motorhaube, als er sich daran erinnerte, wie er die Kinder das erste Mal mit in die Werkstatt genommen hatte. Er hatte keine Ahnung gehabt, was er tat, genau wie zu dem Zeitpunkt, als er die Verantwortung für die Messerstiche übernommen hatte. Er hatte gedacht, das Richtige zu tun, und darauf vertraut, dass er schon noch herausfinden würde, wie er die Situation in den Griff bekam.

Er ging durch den Raum hin zum Spielzimmer, das sie für die Kinder hergerichtet hatten. Als er das Licht einschaltete, sorgten die hellgelben Wände für ein Lächeln in seinem Gesicht. Wie auch nicht? Sie erinnerten ihn an den Grund, weshalb er in der Lage gewesen war, die Situation mit den

Kindern in dem Griff zu bekommen. *Gemma.* Sein aufdringlicher sexy Sonnenstrahl.

Quincys Worte prasselten auf ihn ein. *Du warst meine Festung. Mein Kompass. Du hast dafür gesorgt, dass ich auf dich vertraut habe, Mann, und du hast das so verdammt gut hingekriegt, dass ich total aufgeschmissen war, als du weg warst. Ich hatte überhaupt keine Orientierung mehr, ich wäre Satan direkt in die Hölle gefolgt.*

Er lehnte sich gegen den Türrahmen, das Kinn auf die Brust gesenkt. Quincy gab ihm für alles die Schuld – *den Tod dieses Mistkerls, die Drogen, meine eigene Gefängnisstrafe.* Die Kinder kamen ihm in den Sinn. Würde er die Kinder verkorksen, indem er versuchte, alles für sie richtig zu machen? War es falsch, Kennedy von den dunklen Teilen der Märchen fernzuhalten? Wären sie ohne ihn ebenso verloren, wie Quincy es gewesen war? War es falsch gewesen, alles zu tun, was in seiner Macht stand, damit Quincy in Sicherheit war?

Schritte über ihm holten ihn aus seiner Selbstbefragung heraus. Mit einem Blick zur Decke hatte er alle Antworten. Er hatte nicht das Falsche getan. Er hatte einfach nur nicht damit gerechnet, ins Gefängnis zu kommen. Vielleicht hätte er seine Mutter bei den Behörden melden oder mit Quincy verschwinden sollen, aber er war so lange im Überlebensmodus gewesen, dass zum Zeitpunkt von Quincys Geburt das Verstecken vor den Behörden schon verinnerlicht gewesen war. Seine Mutter hatte ihn davon überzeugt, dass ein Leben in der Pflegeunterbringung schlimmer wäre als alles, was sie zu tun in der Lage gewesen wäre.

Als er die Treppe zu seiner Wohnung hinaufging, akzeptierte er, dass er nur der sein konnte, der er war. Er öffnete die Tür, und Gemma schaute vom Boden auf, wo sie gerade saß und etwas in eine Tasche packte. Neben ihr wedelte Lincoln aufgeregt mit den Armen, und sein Grinsen heilte die Risse, die der Tag mit sich gebracht hatte.

»Tuuman!« Kennedy rannte mit ausgestreckten Armen auf ihn zu. »Wir machen Ausfug!«

Er nahm sie hoch und rieb seine Nase an der seines glücklichen kleinen Mädchens, wobei er sich schuldig fühlte, weil die Freude seinen inneren Schmerz verdrängen wollte.

»Wohin gehen wir?« Er kniete sich neben Lincoln und ließ Kennedy davontapsen, damit sie mit ihren Puppen spielen konnte. Er nahm das Baby auf den Arm und küsste es, bevor er sich zu Gemma beugte und sie küsste.

»Ich wusste, dass du nach deinem Besuch erschöpft sein würdest, und ich hatte auch einen nervigen Tag. Da dachte ich, ein Picknick würde uns allen guttun.« Sie deutete auf eine Kühltasche auf der Arbeitsfläche. »Ist das in Ordnung oder war dein Tag zu schwierig?«

Sie hatte selbst einen schlechten Tag gehabt und da war sie nun und wollte ihnen allen eine bessere Laune verschaffen.

Er zog sie zu sich heran. »Klingt perfekt. Du bist unglaublich, weißt du das?«

»Ich muss vielleicht noch etwas mehr überzeugt werden.«

Er küsste sie innig.

Er wusste nicht, ob es richtig, falsch, gut oder schlecht war, aber dies war der einzige Mann, der er sein konnte. Ein Mann, der *hielt, liebte* und *beschützte*. Wenn das schädlich war, dann hatten sie alle einen langen schweren Weg vor sich.

Truman lag nach dem Essen auf dem Rücken neben Lincoln auf der Decke. Das Baby schlug ihm immer wieder auf den Bauch und kicherte wie verrückt, wenn Truman mit einem lauten *Uff* antwortete. Kennedy, die mit ihren Puppen beschäftigt war und Trumans Beine als Requisite benutzte, stimmte in die Lachanfälle ihrer albernen Brüder ein. Gemma lehnte sich zurück, nahm alles in sich auf und genoss die Fröhlichkeit. Es war ein windiger, kühler Abend, aber die Kinder waren in Pullover und Mützen eingepackt und hatten zu viel Spaß, um ins Haus gebracht zu werden. Gemma liebte diese Jahreszeit, wenn das Laub von den Bäumen fiel und sie daran erinnert wurde, dass Thanksgiving nicht mehr weit entfernt war. Sie und Crystal kochten meist ein kleines Thanksgiving-Essen. Sie lächelte in sich hinein, denn dieses Jahr würden sie einen größeren Truthahn brauchen.

Truman nahm ihre Hand. Er hatte ihr von seinem schwierigen Besuch bei Quincy erzählt. Gemma staunte immer wieder über seine Fähigkeit, seine Gefühle zu zügeln und voneinander zu trennen. Seine Wut ließ er nie an anderen aus, und damit unterschied er sich so sehr von ihrem Vater, der oft wutschnaubend durch das Haus getobt war.

»Bist du schon bereit, über deinen Tag zu reden?«, fragte er.

Vorhin hatte sie nicht über das Gespräch mit ihrer Mutter reden wollen – zum einen, weil ihr die Ignoranz ihrer Mutter unangenehm war, und zum anderen, weil sie sich Sorgen machte, wie Truman sich fühlen würde, wenn er davon hörte. Aber er war ihr gegenüber immer ehrlich gewesen, er hatte das Gleiche verdient. Sie musste einfach nur herausfinden, wie sie es sagte, ohne dass es verletzend war.

»Meine Mutter hat heute Nachmittag angerufen.«

»Wegen der Wohltätigkeitsveranstaltung?« Er setzte sich auf

und legte dabei eine Hand beschützend um Lincoln.

Sie nickte. »Ich habe ihr von uns erzählt und sie war nicht gerade begeistert.«

»Das tut mir leid, Gem. Hast du ihr von meiner Verurteilung erzählt?«

Sie schüttelte den Kopf und ihr wurde schlecht angesichts der Wahrheit. »Machst du Witze? Das Einzige, wonach sie gefragt hat, war dein Beruf. Sie ist oberflächlich und kleinlich. Es geht ihr nicht um dich persönlich, Tru. So ist sie nun mal.«

»Du meinst, ihr gefiel die Vorstellung nicht, dass du mit einem Mechaniker zusammen bist?«

Sie nickte und senkte beschämt den Blick.

Truman hob ihr Kinn und lächelte. »Meine Süße, du weißt doch mittlerweile, dass wir nicht nach unseren Eltern beurteilt werden können. Himmel, stell dir vor, es wäre so. Denk an meine Mutter.« Er beugte sich vor und gab Lincoln einen Kuss auf den Kopf. »Ihre Mutter.«

»Ich weiß, aber es ist mir unangenehm, dass sie so ist. Alles, was ihr wichtig ist, bedeutet mir nichts. Wusstest du, dass sie mich noch immer Gemaline nennt? So lang ich mich erinnern kann, habe ich sie gebeten, mich Gemma zu nennen. Ihrer Meinung nach ist Gemma zu gewöhnlich.« Gemaline klang ihr viel zu versnobt. »Ich mag Gemma.«

»Gemma ist ein wunderschöner Name. Zumindest wurdest du nicht nach einem Präsidenten benannt. Meine Mutter wollte, dass wir einprägsame Namen haben, weil sie wusste, dass unser Leben schäbig werden würde.« Er küsste Lincoln noch einmal. »Ihr Leben wird niemals schäbig sein.«

»Natürlich nicht. Sie haben dich. Du hast mir mehr gegeben, als meine Mutter es je konnte. Sie und ich … wir sind so unterschiedlich. Ihr sind Dinge wichtig. Mir sind Menschen wichtig. Ich möchte nie danach beurteilt werden, wie sie ist. Sie ist grauenhaft.«

»Wenn es jemanden gibt, der versteht, was du durchgemacht hast, dann ich. Was ich nicht verstehe: Wenn sie so ist, warum nimmst du dann jedes Jahr diese Wohltätigkeitsveranstaltung auf dich?«

»Das habe ich mich auch schon tausende Male gefragt.« Sie nahm Lincoln auf den Schoß und rutschte näher an Truman heran. »Ich weiß nicht, wie ich es erklären soll. Sie ist meine Mutter, und auch wenn sie in vielerlei Hinsicht so schrecklich ist, so ist sie doch immer noch meine Mutter. Ich fühle mich ihr irgendwie verpflichtet. Und sie stellt meine einzige Verbindung zu meinem Vater dar. Auch wenn ich nicht mit ihr über ihn reden kann – und ich glaube, sie verachtet ihn dafür, dass er Selbstmord begangen hat –, so ist sie doch der einzige Mensch, der im selben Haus gewohnt hat, als er noch lebte. Es ergibt keinen Sinn, und wenn ich mir selbst zuhöre, komme ich mir wie ein Idiot vor, weil ich etwas für sie tue.« Sie schüttelte den Kopf. »Sie ist *kein* netter Mensch.«

»Aber du.« Er nahm sie in den Arm und hielt sie ganz fest. »Du machst das Richtige. Wenn wir anfangen, unserer Familie den Rücken zu kehren, dann werden wir zu genau den Menschen, die wir nicht mögen.«

»Du bist nicht sauer auf mich, wenn ich allein zu der Wohltätigkeitsveranstaltung gehe?« Obwohl sie bereits darüber geredet hatten, wollte sie sichergehen, dass es wirklich in Ordnung für ihn war.

»Überhaupt nicht. Ich bin nicht begeistert davon, dass dich andere Typen in diesem sexy Kleid abchecken werden. Und ich finde es schön, dass du es für die Kinder nicht schwierig machen wolltest, aber du sollst wissen, dass Dixie und Bear auf die

Kinder aufpassen können, falls du doch möchtest, dass ich mitkomme. Ich habe kein Problem damit, deine Mutter kennenzulernen, egal, was sie von mir hält.«

»Ach, Truman.« Sie drückte ihre Lippen auf seine. »Du bist mir zu wichtig, als dass ich dich dem Zorn dieser Frau aussetzen möchte, aber für das Angebot liebe ich dich noch mehr.«

Kennedy krabbelte auf Trumans Schoß und kuschelte sich an ihn.

»Wir bringen die Kleinen lieber ins Bett.« Gemma packte ihre Sachen zusammen.

»Glaubst du, dass ich die Kinder verkorksen werde? Beschütze ich sie zu sehr?«

Die Frage kam aus dem Nichts, und Gemma brauchte eine Weile, um sie zu begreifen. Sie hing sich die Tasche um die Schulter und hob Lincoln auf ihre Hüfte, bis ihr klarwurde, dass die Frage nicht aus dem Nichts kam. Sie spiegelte seine Sorgen über Quincy wider.

»Wirst du anfangen, Drogen zu nehmen?«

»Nein«, antwortete er angewidert.

»Wirst du anfangen, sie zu ignorieren, zu schlagen, ihnen das Essen vorzuenthalten oder …?« Sie schwieg kurz, während er allmählich verstand. »Ich glaube nicht, dass du Gefahr läufst, das Leben von irgendjemandem zu vermasseln. Du beschützt nicht *unterdrückend*, Tru Blue. Du beschützt *liebevoll*. Das ist ein riesiger Unterschied.«

Dreiundzwanzig

»Diese Kommode ist perfekt«, sagte Gemma und zeigte auf eine große Kommode für Trumans neues Schlafzimmer. »Jede Menge Schubladen und das dunkle Holz ist sehr maskulin … wie du.«

Truman legte von hinten die Arme um sie und war froh, ein paar Stunden allein mit Gemma zu haben, auch wenn sie bloß einkaufen waren. Er ließ die Kinder nur ungern zurück, aber er wusste, dass sie bei Dixie und Crystal in guten Händen waren. Morgen fand die Wohltätigkeitsveranstaltung statt und sie würden die meiste Zeit des Abends voneinander getrennt sein.

»Und was ist mit der Kommode für mein Mädchen? Brauchen wir nicht auch etwas Feminines?« Er legte ihre Haare über eine Schulter, küsste sie in den Nacken und spürte sofort die Gänsehaut an seinen Lippen.

»Es macht mir nichts aus, meine Sachen in den Schrankfächern zu lassen, wo sie jetzt sind. Außerdem sollte ich wirklich ein paar der Sommersachen in meine Wohnung bringen, um für euch etwas Platz zu schaffen.«

Er drehte sie in seinem Arm herum und schaute in die Augen der Frau, die er zwischen Windeln und Babynahrung kennengelernt hatte und in die er sich seitdem mit jeder

Sekunde mehr verliebte. Goldene und braune Haarsträhnen umrahmten ihr wunderschönes Gesicht und ihr Lächeln – *Himmel, dein Lächeln* – entsandte warme, wirbelnde Gefühle bis in seine Magengrube. Die Puzzleteile seines Lebens fanden endlich ihren Platz. Eine Woche war es her, dass er Quincy besucht hatte, und drei Wochen, seit sein Bruder den Entzug begonnen hatte. Er hatte am Morgen mit der Suchtberaterin gesprochen, und sie hatte ihm versichert, dass Quincy enorme Fortschritte machte, auch wenn er mit einigen persönlichen Problemen zu kämpfen hatte. Truman wusste nur zu gut, worum es sich bei diesen Problemen handelte, da auch er täglich mit dem Schuldgefühl wegen ihres Geheimnisses kämpfte. In letzter Zeit machte es ihm immer mehr zu schaffen. Immer wenn er in Gemmas Augen schaute, wollte er ihr sagen, was vor all den Jahren wirklich geschehen war. Er verabscheute es, dass es überhaupt Geheimnisse zwischen ihnen gab, aber es war, wie es war. Er würde Quincy nie verraten, nur um sein eigenes Gewissen zu erleichtern.

Und als er nun die Frau in den Armen hielt, die ihn trotz seiner Verurteilung, trotz seiner grauenvollen Kindheit liebte, konzentrierte er sich lieber auf die Zukunft als auf die Vergangenheit.

»Mir gefällt es, deine Sommersachen in meinem Schrank zu haben.« Er küsste ihre Lippen. »Und mir gefällt es, deine Sachen in meiner Wohnung zu sehen.« Er drückte sie rückwärts gegen die Kommode, schob seine Hände auf ihren Hintern und drückte seine Hüfte gegen ihre. Sie waren allein im hinteren Bereich des Möbelgeschäfts. Wieder küsste er sie, länger und tiefer als zuvor, bis er spürte, dass sie in seinen Armen ganz weich wurde, und das zufriedene Stöhnen, das er mittlerweile schon erwartete, aus ihr herausdrang.

»Und ich liebe es, dich in meinem Bett zu haben«, sagte er, während er ihren Kiefer küsste. Sie legte den Kopf in den Nacken, damit er besser an ihren Hals gelangte, den er am liebsten verschlungen hätte. »Ich möchte dich jede Nacht in meinem Bett haben.« Er ließ die Zunge über die sensible Haut genau unter ihrem Ohr gleiten und provozierte einen verführerischen kleinen Schauer. Als er den Mund auf den Ansatz ihres Halses legte, genoss er das Gefühl ihres hektischen Pulsschlages an seiner Zunge.

Sie packte seinen Hintern und stieß ihre Hüfte gegen ihn, während sie flüsterte: »Tru, du machst mich nass.«

»Mhmm.« Er glitt mit der Hand unter ihren langen Baumwollrock, über den Spitzenslip, der ihren perfekten Hintern bedeckte, und zwischen ihre Beine, um über ihre feuchte Mitte zu streicheln. »*Himmel!* Jetzt möchte ich auf die Knie gehen und es dir besorgen.«

Sie erschauderte und gab einen lustvollen Laut von sich, der in seinen Adern vibrierte. Heftig fand sein Mund ihren, als er seine Finger in ihre heiße Mitte schob. Er nutzte es aus, dass sie allein waren, und suchte verstohlen den Punkt, der sie in den Wahnsinn trieb, und ihre Hüfte bewegte sich mit ihm. Mann, er liebte es, wie sie sich bewegte. Wie sie schmeckte. Wie sie mit nur einer Berührung nass, heiß und bereit wurde.

»Ich liebe es, es dir zu besorgen«, sagte er. »Mit meinem Mund, meiner Hand, mit meinem ganzen Körper.«

»*Ohmeingott*«, stieß sie atemlos aus. »Ja, bitte, ich will alles.«

Ein tiefer Laut dröhnte aus seiner Lunge, als er sie zu einem Kuss an sich zog, der alles pulsieren ließ. Ihr Knie strich an seinem äußeren Oberschenkel hinauf, ihre Hüfte bewegte sich vor und zurück und ein süßes, hungriges Stöhnen drang aus ihrem Mund in seinen.

Sie krallte sich in seinen Rücken und bog ihm ihren ganzen Körper entgegen. »Da! Oh Gott! Da!«, hauchte sie zwischen Küssen aus.

Mit dem nächsten Atemzug explodierte sie. Er verschlang ihre Schreie, küsste sie grob und liebte jede einzelne Sekunde davon. Von ihr. Von ihrem Leben zusammen.

Ihr Kopf fiel wieder zurück und sie schnappte nach Luft. »Truman«, sagte sie atemlos. »Meine Güte.« Ihr Blick huschte über den menschenleeren Verkaufsraum. »Du bist ein so *guter* böser Junge.«

Er lachte und küsste sie noch einmal. Als er die Finger zurückzog, stockte ihr der Atem, und als er seine Finger ableckte, wurde sie vollends weich in seinen Armen. Er küsste sie noch einmal und mischte den Geschmack von ihr mit dem von ihnen.

»Zu den Toiletten«, sagte er drängend, denn er konnte keine Sekunde länger warten, bis er sich tief in ihr vergrub. Er nahm ihre Hand und eilte mit ihr zu den Waschräumen.

Sie küssten sich, und sie kicherte, als sie durch die Tür zur Herrentoilette stolperten.

»Das habe ich noch nie gemacht«, sagte sie und zog ihren Rock herunter, während Truman die Tür verriegelte. Als ihr Rock zusammen mit ihrem Spitzenhöschen auf dem Boden lag, biss sie sich wieder auf diese süße Unterlippe und schaute ihn mit ihren grünen Augen dunkel und verführerisch an. Mit ihren zerzausten Haaren, dem Pullover, der ihr über eine Schulter rutschte und ihrer süßen, feucht schimmernden Spalte war sie eine faszinierende Mischung aus argloser Unschuld und wilder Verführerin.

»Himmel noch mal, meine Süße. Du machst mich rasend.« Er schob seine Hose hinunter, strich einmal lang und fest über seine Erektion und zog Gemma dann wieder zu einem gierigen, fordernden Kuss an sich.

Ihr Rücken knallte gegen die Wand, als der Kuss wild und drängend wurde, und er umfasste ihren nackten Hintern, hob sie hoch und führte ihre Beine um seine Taille. Als sie auf ihn herabsank, wurde alles noch intensiver. Sie liebten sich hart und grob, stöhnten rücksichtslos und vergaßen in der tobenden Leidenschaft vollkommen den Ort ihres Stelldicheins.

Gemma war hemmungslos und rief: »Ja! Ja! Ja!«, als er ihre Hüften festhielt, in sie stieß und sie von innen brandmarkte. Ihr Kopf fiel mit einem Schrei zurück, als sie kam und ihn mit ihrem erotischen Flehen in einer leidenschaftlichen Explosion zum Gipfel führte. All seine Sinne wirbelten, und sein Herz war so von Gemma erfüllt, dass er keinen Gedanken mehr fassen konnte.

»Ich liebe dich, meine Süße«, keuchte er. Er atmete noch zu heftig, um sie richtig küssen zu können, und so berührte er ihre Lippen nur mit seinen. Sie war so schön, wie sie ihn mit ihrem lustvollen, zufriedenen Blick anschaute. »Zieh zu uns. Ich möchte, dass du bei mir bist, bei uns, immer.«

Sie biss sich auf die Unterlippe, und er hauchte mehrere leichte Küsse auf diese perfekte volle Lippe, bis sie den aufreizendsten Seufzer ausstieß, den er je gehört hatte.

»Wirklich?« Ihre Augen funkelten vor Freude.

Er nickte und küsste sie noch einmal. »Du und die Kinder, ihr seid mein Leben. Lass es uns amtlich machen.«

Sie schlang die Arme um seinen Hals und küsste ihn tief und langsam. Sofort war seine auf halbmast stehende Erektion wieder im Spiel. »Das will ich auch, so gern. Ich liebe dich und ich liebe deine Kinder.«

»Unsere Kinder«, korrigierte er sie. »Sie waren nie nur

meine. Seit der Nacht, in der ich sie gefunden habe, sind wir zusammen.«

»Ach, Truman«, flüsterte sie und zog dann die Augenbrauen zusammen. Sie schüttelte den Kopf und wandte den Blick ab.

Ihre Lippen wurden zu einer geraden Linie. Sein Herz sank, ebenso wie ein anderer Teil seines Körpers, als er sie auf dem Boden absetzte.

»Habe ich etwas Falsches gesagt?«

»Nein. Du hast etwas so Richtiges gesagt, dass ich am liebsten weinen würde. Ja, ich werde zu dir ziehen. Aber damit du's weißt: Ich komme mit vielen Büchern.«

Danke, verdammt. »Kleines, ich werde Bücherregale vom Boden bis unter die Decke bauen, wenn es nötig ist.« Er küsste sie wieder, und ihre salzigen Tränen, die zwischen ihren Lippen hindurchrannen, besiegelten ihre Pläne.

Gemma ging den Rest des Tages wie auf Wolken. Nachdem die Kinder eingeschlafen waren, brachten sie ihre Kleidung aus dem Schrank hinüber zur neuen Kommode im Schlafzimmer. *Unserem Schlafzimmer.* Gemma lächelte bei dem Gedanken. Es geschah wirklich. Auch wenn sie praktisch schon hier gewohnt hatte, war es nicht zu vergleichen mit der Liebe in seinen Augen und den Gefühlen, die ihm ins Gesicht geschrieben standen, als er sie bat, es amtlich zu machen.

»Ich werde nie wieder in dieses Möbelgeschäft gehen können«, sagte sie und bekam vor Verlegenheit rote Wangen, als sie sich daran erinnerte, wie sie aus der Toilette herausgekommen waren und ein Verkäufer ihnen wütend hinterhergestarrt hatte.

Truman sah von der Kommode auf, die er gerade füllte. »Weil er wahrscheinlich jedes«, er sprach einige Oktaven höher weiter, »*Da! Ja! Ja!* gehört hat.«

Sie warf mit einem Kissen nach ihm, und er schmiss sie auf das Bett, küsste sie, bis sie lachte, und dann küsste er sie noch mehr, bis ihr Lachen zu sehnsuchtsvollem Stöhnen wurde.

»Du hast mich zu einer Sexsüchtigen gemacht.« Sie schlängelte sich unter ihm weg.

»Eines Tages mache ich dich zu meiner sexsüchtigen Frau.«

Fast hätte sie sich verschluckt. »Truman …?« Er hielt sie so fest, dass er mit Sicherheit ihr rasendes Herz fühlte.

»Hast du noch nicht darüber nachgedacht?«

»Ja, doch, sicher, aber …« Hatte sie darüber nachgedacht? Nicht so konkret. Sie waren zusammen und glücklich, und sie ging einfach davon aus, dass es dabei bleiben würde. Vielleicht würden sie eines Tages heiraten, aber sie hatte sich nicht wirklich Gedanken um den Zeitpunkt gemacht. Redeten sie wirklich gerade darüber?

»Nicht jetzt, aber eines Tages. Wenn meine Bewährung abgelaufen ist, wenn sich alles mit Quincy geregelt hat und wenn die rechtliche Situation der Kinder geklärt ist.«

Plötzlich ergab alles Sinn. Während sie sich in einem permanenten Fluss durchs Leben gehen sah, sah sich Truman in einem Boot auf einem Strom, auf dem er unterwegs nötige Stopps einlegte und Dinge erledigte, auf dem Weg in ein geordneteres Leben. Er war aus dem Gefängnis entlassen worden, aber es lag noch nicht hinter ihm. Um den Kontakt mit dem Bewährungshelfer machte er nie viel Wirbel. Es war nur ein Telefonat pro Woche, und das erledigte er abgeschieden in einem anderen Zimmer oder er ging nach draußen auf die

Veranda, wodurch es für Gemma leichter wurde, es einfach nur als *irgendein Telefonat* abzutun. Aber für Truman war es offensichtlich eine dunkle Wolke, die über ihm hing – und die in Sichtweite aufklarte. Ein weiterer Schritt in die richtige Richtung. Sie verstand seinen Wunsch, warten zu wollen, bis er all diese Fesseln abgeworfen hatte, und sie wusste, dass er sich Sorgen machte, ob Quincy den Entzug schaffen würde. Quincy würde eine ständige Sorge bleiben, darüber hatten sie schon gesprochen. Eine Sucht ist ein lebenslanger Kampf. Aber seine Bemerkung über die Kinder verwirrte sie.

Sie setzte sich auf und fragte: »Was meinst du mit ›rechtliche Situation geklärt‹?«

Truman rutschte zur Bettkante, stützte sich mit den Ellbogen auf den Knien ab und rieb die Hände aneinander. »Sie haben keine Geburtsurkunden und ich bin noch nicht ihr Vormund. Ich muss mich um diese Dinge kümmern.«

»Ach«, sagte sie erleichtert, »es klang gerade so, als würde mehr dahinterstecken. Geht es da nicht nur darum, beim Gericht oder bei einem Anwalt oder so ein paar Formulare auszufüllen?«

Er schüttelte den Kopf und drehte sich mit einem ernsten Gesichtsausdruck zu ihr um. »Nicht in meinem Fall.«

»Warum nicht? Das verstehe ich nicht.«

Er nahm ihre Hand in seine und die Atmosphäre um sie herum veränderte sich, wurde erfüllt von Unbehagen.

»Gemma, sie werden mir mit meiner Verurteilung wegen Totschlags niemals die Kinder zusprechen. Warum sollten sie?«

»Weil du ihr Bruder bist und weil du sie gut behandelst. Du hast deine Strafe abgesessen, und es war ja nicht so, als hättest du willkürlich irgendjemanden ermordet.« Sie hatte über seine Verurteilung im Zusammenhang mit seinem Sorgerecht für die

Kinder noch nicht nachgedacht.

»Das wird keine Rolle spielen. Ich bin sicher, sie werden ins Pflegesystem kommen. Die Behörden werden sie mir wegnehmen und das werde ich nicht riskieren.«

Sie stieß sich vom Bett hoch, verschränkte die Arme. »Nein. Nein, das können sie nicht machen. Du weißt nicht, ob sie das machen werden.«

»Das Risiko kann ich nicht eingehen.«

»Was willst du damit sagen? Wie willst du das Sorgerecht bekommen?«

»Ich will damit sagen, dass ich tun werde, was nötig ist, um sie bei mir zu behalten, wo sie hingehören.«

Sie schüttelte den Kopf, immer noch verwirrt.

Er stand auf und ging zu ihr, um dann ruhiger zu sagen: »Bullet kennt jemanden, der falsche Geburtsurkunden besorgen kann, damit ich Kennedy im nächsten Herbst in der Vorschule anmelden kann, und –«

»Was? Das kannst du nicht machen!« Das alles konnte nicht wahr sein. »Truman, du kannst ihr Leben nicht mit einer Lüge anfangen lassen. Das wird für immer wie ein Damoklesschwert über ihnen schweben.«

»Sie werden es nie erfahren.« Reue trat in seine Augen.

Sie machte einen Schritt zurück, verwirrt und wütend. »Aber *wir* werden es wissen. Ich kann nicht bei etwas Illegalem mitmachen. Und du auch nicht.« Sie streckte die Hand nach ihm aus und hoffte, seine Meinung ändern zu können. Als er ihre Hand ergriff, floss eine vertraute Spannung zwischen ihnen, die zu stark war, um von einer so gewaltigen Meinungsverschiedenheit überschattet zu werden.

»Tru, du musst gut über all das nachdenken. Du hast gerade gesagt, dass du darauf wartest, deine restliche Bewährungszeit zu überstehen. Aber würde man das hier nicht als strafbare Handlung ansehen? Können sie dich zurück ins Gefängnis stecken, wenn du deine Auflagen nicht erfüllst? Und was würde dann mit den Kindern passieren?«

Die Anspannung ließ die Adern an seinem Hals hervortreten. »Was soll ich denn machen?« Er ließ ihre Hand los und ging auf und ab. »Sie sind meine Familie. Ich kann sie nicht dem Jugendamt übergeben und von jemand anderem großziehen lassen.«

»Das weiß ich.« Sie ging zu ihm, und zögerlich blieb er stehen, die Kiefer aufeinandergepresst, die Augen zusammengekniffen. »Aber keiner von uns kann es sich leisten, das Gesetz zu brechen. Es muss einen anderen Weg geben.«

»Ich werde nicht riskieren, dass sie mir weggenommen werden«, sagte er mit einer Endgültigkeit, die unmissverständlich war.

Aber für Gemma war das Gespräch noch nicht beendet.

»Ich kann bei all dem nicht mitmachen, Truman. Verstehst du? Ich kann nicht bei etwas Illegalem mitmachen, egal wie sehr ich dich oder sie liebe.« Sie hielt seinen Blick gefangen, während sein Kiefer unablässig in Bewegung war.

»Gemma«, flehte er sie an. »Sie sind meine Kinder.«

»Und du bist der Mann, den ich liebe. Sie sind die Kinder, die ich liebe.« Sie nahm seine Hände, sprach sanfter: »Du bist *mein* Tru Blue und im Grunde bist du ihr Vater. Willst du es wirklich riskieren, wieder ins Gefängnis zu kommen, weil du Angst vor dem hast, was vielleicht passieren könnte, wenn du versuchst, es auf die richtige Art zu machen? Die legale Art?«

»Ich mache es für *sie*«, beharrte er. »Sie haben schon so viel durchgemacht.«

»Das verstehe ich, Tru. Aber das Gesetz zu umgehen, ist

nicht der richtige Weg, egal wie man es betrachtet. Kannst du nicht jemanden fragen, der sich mit solchen Dingen auskennt? Wenn Bullet solche Leute kennt, vielleicht kennt er ja auch einen Anwalt, der dir helfen kann, den richtigen Weg zu gehen. Ich kann einfach nicht dabei zusehen, wie du dich blind in so etwas hineinstürzt, wenn es vielleicht eine andere Möglichkeit gibt.«

»Und was ist, wenn ich die Kinder verliere, indem ich das versuche?«

Beide schwiegen.

»Das Ganze ist so ein Mist«, sagte er schließlich voller Schmerz. »Das Einzige, was ich will, ist, mich um sie zu kümmern.«

»Ich weiß. Aber ich kann nichts Illegales tun. Das kann ich nicht riskieren, nicht einmal für die Kinder.« Tränen stiegen ihr in die Augen angesichts des Schmerzes, der ihn erfüllte, und der Entscheidungen, die sie zu treffen hatten.

»Ich will dich nicht verlieren und ich will sie nicht verlieren. Bitte verlange nicht von mir, mich entscheiden zu müssen.« Er zog sie in seine starken Arme. Sein Herz schlug so schnell wie ihres.

»Verlang nicht von mir, den falschen Weg zu gehen«, sagte sie.

Die Traurigkeit in seinen Augen ließ sie fast zu Boden gehen. »Und wenn das die einzige Möglichkeit ist, dass ich sie behalten kann?«

Anspannung und Wortlosigkeit überkam sie, denn eine Antwort wollte sie nicht geben, und sie hoffte, sie würde nicht dazu gezwungen werden.

Vierundzwanzig

Truman folgte einer Frau über den Flur der Entzugsklinik und hoffte, dass er das Richtige tat. Nachdem der zunächst perfekte Abend zu einer miserablen Nacht geworden war, hatte er kein Auge zugemacht. Er hatte die ganze Zeit wachgelegen, Gemma in den Armen gehalten und überlegt, was er tun konnte. Als sie am Morgen aufbrach, um zur Arbeit und anschließend zu der Wohltätigkeitsveranstaltung zu gehen, hatte er noch immer keine Antworten gefunden. Aber zumindest hatte er eine Idee und eine Idee war besser als nichts. Er konnte nicht das Risiko eingehen, die Kinder zu verlieren, und Gemma wollte er auch nicht verlieren. So wie er es sah, war Quincy seine einzige Hoffnung.

Er betrat dasselbe Zimmer wie beim letzten Besuch, aber dieses Mal fühlte es sich anders an. Denn dieses Mal würde er seinen Bruder um etwas bitten, von dem er nicht wusste, ob er das Recht dazu hatte. Etwas, von dem er hoffte, es würde Quincy motivieren, den Entzug zu Ende zu bringen und clean zu bleiben.

Etwas, das nach hinten losgehen könnte.

So richtig.

Wenige Minuten später kam Quincy zur Tür herein, und

den Bruchteil einer Sekunde lang schwand alle Luft aus dem Raum, als sie sich anstarrten. Die Suchtberaterin hatte Truman gesagt, dass Quincy sich hervorragend machte. *Das Schlimmste überstanden zu haben, bedeutet nicht, dass es einfach ist.* Die Hämatome in Quincys Gesicht waren verschwunden, seine Augen blickten klarer und seine Bewegungen wirkten nicht so ruckartig und angespannt.

»Hallo«, sagte Quincy.

Sein freundlicher und doch vorsichtiger Tonfall brachte Truman aus dem Konzept. Ungeachtet dessen, was die Suchtberaterin gesagt hatte, war er davon ausgegangen, dass Quincy noch wütend und angriffslustig sein würde.

»Hallo.« Lesen konnte er ihn noch immer nicht so ganz, und so wartete er darauf, dass sein Bruder den ersten Schritt tat.

Quincy ging einen Schritt vor, hob einen Arm, als wollte er nach Truman greifen, ließ ihn dann aber wieder fallen und senkte auch den Blick.

Truman konnte es nicht dabei belassen. Er machte einen Schritt und umarmte ihn. Quincys Arme hingen schlaff herunter und Truman fühlte Traurigkeit in sich aufsteigen. Als er ihn losließ, legten sich die Arme seines Bruders um ihn. Truman schossen Tränen in die Augen. *Klar.* Wenn jemand ihn wie ein Weichei aussehen lassen konnte, dann Quincy.

Sie umarmten sich eine Sekunde lang, vielleicht auch drei. Lang genug, dass Truman sein Innerstes wieder in den Griff bekommen konnte. Quincy trat zurück und deutete nervös auf die Stühle. »Wir sollten …«

»Ja.« Truman setzte sich und war erleichtert, dass sich Quincys Auftreten so verändert hatte. »Hör zu, es tut mir leid, dass ich dich beim letzten Mal so genervt hab.«

»Nee, Mann, alles gut.« Er strich sich eine Haarsträhne

hinter das Ohr.

Diese simple Geste löste eine Lawine von Erinnerungen in Truman aus. Er lehnte sich zurück und hatte das Gefühl, einen Geist gesehen zu haben. Quincy hatte es immer gehasst, wenn Truman ihn davon überzeugen wollte, sich die Haare schneiden zu lassen, und er hatte die Angewohnheit gehabt, sie sich immer hinter das rechte Ohr zu streichen. Wie konnte sich eine so winzige Geste wie ein gutes Zeichen anfühlen? Ein bedeutendes Zeichen? Ein Anzeichen dafür, dass sein Bruder wieder der Mensch wurde, den er einst gekannt hatte?

»Wie geht's den Kleinen?«, fragte Quincy und überraschte Truman damit aufs Neue.

»Gut. Großartig sogar. Sie sind der Grund, warum ich dich sprechen wollte.«

Quincy nickte. »Ich habe viel über sie nachgedacht. Wie sie gelebt haben. Wie ich sie habe leben lassen.« Er wandte den Blick ab. »Ich ...«

»Quin, lass es, Mann. Tu dir das nicht an.«

Sorgenvoll schaute er zu Truman auf. »Habe ich sie für immer verkorkst?«

»Nein«, sagte er nachdrücklich. »Hast du nicht. Sie führen ein gutes Leben. Sie sind glücklich, Quin. Sie sind so verdammt glücklich.« Unerwartete Tränen schossen in Trumans Augen, und sein Bruder drehte sich weg, denn auch seine Augen wurden feucht. Truman räusperte sich und versuchte, seine Gefühle wieder unter Kontrolle zu bekommen.

»Gut. Sie hat nichts genommen, als sie herausfand, dass sie schwanger war. Da war dieser Typ.« Er sah Truman mit seinen blauen Augen ernst und nachdenklich an. »Du willst nicht wissen, wie es war, aber sie hat es geschafft, Mann. Dieser Junkie war irgendein Arzt, der cracksüchtig wurde oder so.

Keine Ahnung. Vielleicht hat er uns auch verarscht. Aber er wusste, was zu tun war. Er hat ihr durch den Entzug geholfen, und als es dann mit der Geburt so weit war« – er schüttelte angewidert den Kopf – »war er gleich zur Stelle und hat ihr wieder Stoff gegeben.« Tränen stiegen ihm in die Augen und er wischte sie wütend weg. »Aber die Babys kamen gesund zur Welt. Und jetzt ist bei ihnen doch auch alles okay, oder?«

»Ja«, sagte Truman und wischte sich die eigenen Tränen fort, Tränen der Wut auf das, was ihre verdammte Mutter Quincy und den Kindern – und auch ihm – angetan hatte. Er streckte die Arme aus, Quincy lehnte sich bereitwillig an ihn und weinte ungehemmt.

»Es tut mir leid, Tru. Ich hätte … Du wärst nie …«

Truman legte die Hände um das Gesicht seines Bruders und zwang ihn, ihm in die Augen zu sehen, so wie er es so oft getan hatte, als Quincy noch ein kleiner Junge gewesen war. »Hör auf. Denk das nicht einmal. Vergangenheit ist Vergangenheit, und nichts, was wir tun oder sagen, kann sie ändern. Dein Leben fängt *jetzt* an. *Hier.* Deine Vergangenheit wird nicht deine Zukunft bestimmen, kleiner Bruder. Hast du das verstanden?«

Quincy packte Trumans Handgelenke. Tränen strömten ihm über die Wangen. »Wie kannst du mich ansehen, nachdem ich dein Leben so versaut habe?«

Truman konnte nur seine Stirn an Quincys legen und die Augen schließen, doch am liebsten hätte er ihn geschüttelt, bis er ihm glaubte, dass all das nicht seine Schuld war.

»Verdammt.« Er zog sich zurück und starrte in das von herzzerreißenden Schuldgefühlen gezeichnete Gesicht seines Bruders. »Sie hat das getan. Nicht du. Nicht ich. Sie war es. Sie hat diesen Mistkerl und hundert andere wie ihn ins Haus geholt, und sie hat unser Leben in Gefahr gebracht. Kapierst du das, Quin? Verstehst du, dass da die Schuld hingehört?«

Er nickte, presste die Zähne aufeinander und atmete immer wieder stockend ein. »Ja, aber trotzdem fühle ich mich scheiß schuldig.«

Truman küsste Quincy auf die Stirn und ließ ihn dann los.

Quincy lachte und schüttelte den Kopf. Mit dem Unterarm wischte er die Tränen weg und dann atmete er langsam aus. »Mann, wir sind schon ein paar Weicheier.«

Beide lachten und es fühlte sich richtig gut an. Sein Bruder kam zurück. Er war unter dem Drogenschleier hervorgetreten und war bei ihm, in Reichweite. Truman hoffte, dass das, worum er ihn bitten würde, ihn motivieren würde, weiter in die richtige Richtung zu gehen. Es musste. Ihnen allen zuliebe.

»Möchtest du deine Schuldgefühle loswerden?«

Quincy hob eine Augenbraue. »Klar, verdammt.«

»Dann tu mir und den Kleinen einen Gefallen. Werde clean und bleib clean. Ich brauche deine Hilfe, Mann.«

»Du hast nie Hilfe von irgendjemandem gebraucht.«

Truman lehnte sich zurück und verschränkte die Arme. »Doch. Als ich die Kinder bekam, brauchte ich Hilfe. Viel Hilfe. Die Whiskeys sind eingesprungen und Gemma hat uns gerettet. Sie war die ganze Zeit da, und ich liebe sie, Quin. Ich liebe sie so sehr, verdammt, und wenn ich diese Sache nicht hinkriege, werde ich sie verlieren.«

Er erzählte Quincy von seinem Dilemma mit den Geburtsurkunden. »Du musst clean werden, einen Job bekommen und ein gefestigtes Leben haben, damit du die Vormundschaft für die Kinder beantragen kannst. Ich werde weiterhin die volle Verantwortung für sie übernehmen, aber zumindest hätten sie legale Papiere und würden in der Familie bleiben. Sie müssten sich ihr Leben nicht auf einer Lüge aufbauen, wie wir es mussten.«

»Mann, Kumpel, du machst mir hier ja gar keinen Druck, oder?« Quincy atmete hörbar aus.

Truman bekam Angst. »Ich weiß, das ist viel verlangt. Aber Gemma liebt mich, trotz allem, was sie glaubt, von mir zu wissen. Sie glaubt an mich, Quin, und ich möchte ihr gerecht werden. Ich möchte den Kindern gerecht werden.«

Quincy musste schlucken. »Das wäre so einfach, wenn ich von Anfang an gestanden hätte, dieses Arschloch umgebracht zu haben.«

»Wir können nichts ungeschehen machen, und das würde ich auch nicht, selbst wenn wir es könnten. Ich werde dich nicht den Wölfen zum Fraß vorwerfen, Quin. Jetzt nicht und auch sonst nicht. Sie wird die Wahrheit nie erfahren, egal wie sehr ich sie liebe.«

»Das muss dich doch umbringen.«

Der herausfordernde Blick seines Bruders ließ ihm einen Schauer über den Rücken laufen. »Wenn es mich nicht umgebracht hat, dich bei Mom zu lassen, dann wird mich nichts umbringen.«

Quincy schwieg einen Moment lang, während sein Blick über den Tisch, den Boden und überallhin glitt, nur nicht zu Truman. Als er ihn schließlich doch ansah, stand ihm die Angst ins Gesicht geschrieben. »Und wenn ich es vermassle? Ich kann nichts versprechen. Das weißt du am besten.«

Truman war die verschiedenen Möglichkeiten seit letzter Nacht so oft durchgegangen, dass er sie verinnerlicht hatte. »Ich werde dich nicht verarschen. Ich glaube an dich, und ich will glauben, dass du selbst auch Vertrauen in dich hast, aber wir wissen beide, dass viel Glück dabei ist. Es wird ein täglicher Willenskampf werden, und ich bin hier, um dir dabei zu helfen.

Ich werde eine größere Wohnung besorgen, damit du bei uns wohnen kannst, bis du auf eigenen Füßen stehst oder du dich stark genug fühlst, dass du mich nicht in deiner Nähe brauchst. Was immer nötig sein wird, Quin. Ich werde für dich da sein.«

»Für die Kleinen«, murmelte Quincy und wandte den Blick ab.

»Für sie und für dich.« Truman beugte sich vor und zog Quincys Aufmerksamkeit wieder auf sich. »Und für mich, Kumpel. Ich will meinen Bruder wiederhaben, und ich werde alles tun, um dir dabei zu helfen, clean zu bleiben.«

»All das für Gemma.« Quincy sah ihn eindringlich an. »Sie muss wirklich was Besonderes sein.«

Er konnte nicht leugnen, dass er ihn wegen Gemma darum bat, die Vormundschaft zu beantragen, aber das war nicht der Grund, warum er wollte, dass er clean wurde. »Nicht nur für sie. Für uns alle. Sie hat recht, was die Kinder angeht. Ich will nicht, dass sie mit der Sorge wegen falscher Papiere aufwachsen. Ein sauberer Neuanfang, Mann. Das haben sie verdient. Das hast du verdient.«

Quincy saß schweigend da, etwas zu lang, sodass sich Trumans Magen verkrampfte. Dann stand er auf und fragte: »Und was ist mit dir, Truman? Was hast du verdient?«

Das war eine Fangfrage. Seine Lüge hatte Quincys Schuldgefühle ausgelöst und sie sechs grauenvolle, lebensverändernde Jahre voneinander getrennt, wodurch seine Mutter in der Lage gewesen war, Quincy ins Junkiedasein zu manövrieren. Truman wusste, dass er mehr verdient hatte als das Leben, in das er hineingeboren worden war, aber was genau das war, wusste er nicht.

»Wer weiß das schon?«, antwortete er schließlich. »Aber ich weiß, was ich will.«

Einer von Quincys Mundwinkeln zuckte nach oben und in seinen Augen war Belustigung zu erkennen. Verdammt, das stand ihm gut. So viel besser als die Dunkelheit, die ihn umgeben hatte, als er den Entzug begonnen hatte.

»Ein normales Familienleben und das Wissen, dass es dir gut geht.« Er umarmte Quincy und klopfte ihm kumpelhaft auf den Rücken. »Denk drüber nach. Mehr will ich nicht. Wenn das zu viel Druck ist, dann überlege ich mir etwas anderes. Am wichtigsten ist, dass du clean wirst. Den Rest kriege ich irgendwie hin.« Truman ging zur Tür.

»Wohin gehst du jetzt?«

»Zum Gericht.«

Quincy wurde aschfahl.

Truman legte die Hand aufs Herz. »Das nehme ich mit ins Grab, Kumpel. Ich werde nur ein paar hypothetische Fragen zur Vormundschaft stellen, damit ich weiß, was auf uns zukommt.«

Bevor Gemma an diesem Morgen gegangen war, hatte er sie gefragt, ob er sie durch diese Sache verlieren würde. Als er die Entzugsklinik verließ, ging ihm ihre Antwort durch den Kopf: *Ich hoffe nicht.*

Er würde alles in seiner Macht Stehende tun, damit es nicht dazu kam.

Fünfundzwanzig

Wenn es etwas gab, was ihre Mutter gut konnte, dann war es, als Gastgeberin von schicken Abendveranstaltungen zu glänzen. Gemma stand an einer der vielen Marmorsäulen in dem stattlichen Festsaal des Anwesens ihres Stiefvaters und ließ die großartige Show auf sich wirken. Auf jedes Detail war geachtet worden. Vom Parkdienst bis hin zu dem glänzenden Marmorboden und dem Quartett, das am Ende des Saales aufspielte, war das Event perfekt organisiert. Elegante Kerzenleuchter zierten jeden Tisch zusammen mit feinstem Porzellan und dem besten Silber, das es für Geld zu kaufen gab. Gut aussehende Männer in stilvollen schwarzen Smokings, steifen weißen Hemden und mit perfekt nach hinten gegelten Haaren schlürften ihren Champagner gemeinsam mit wunderschönen Frauen in langen Kleidern, die zweifellos Stunden in Wellnessoasen verbracht hatten, um sich für diesen Abend vorzubereiten, während sich Angestellte um ihre Kinder kümmerten. Gemmas Magen drehte sich um bei den Erinnerungen, die mit diesem Gedanken auf sie einstürmten. Sie erinnerte sich nur zu gut an diese Zeit. Ihre Mutter war immer umwerfend aussehend nach Hause gekommen, jede einzelne Strähne ihrer goldenen Haare lag genau da, wo sie hingehörte, und das Make-up ließ sie jung und schön aussehen. Sogar *freundlich*. Gemma war an diesen Abenden immer fasziniert gewesen von der Metamorphose ihrer Mutter. *Mommy, du siehst schön aus*, hatte sie dann gesagt und gleichzeitig gehofft, dass das Make-up wirklich eine angenehmere Seite ihrer Mutter hervorgebracht hatte. *Ja, danke, Schatz. Nicht anfassen*, erwiderte sie dann auf dem Weg zu irgendeinem Ort, der wichtiger war, als Gemma fünf Minuten ihrer Zeit zu widmen.

Die Kinder, die gezielt aus Gründen der Publicity zu diesem Event eingeladen worden waren, hatte man rasch in einen anderen Saal bringen lassen, wo sich die Nannys, die sie begleiteten, und das Personal, das ihre Mutter eigens zu diesem Zweck angeheuert hatte, um sie kümmerten – natürlich erst nachdem Pressefotos gemacht worden waren.

Nicht zum ersten Mal fragte sich Gemma, warum sie fast zwei Stunden Autofahrt auf sich genommen hatte, um bei der Veranstaltung dabei zu sein, wo sie doch Wichtigeres zu tun hatte. Zum Beispiel Truman davon zu überzeugen, wegen der Kinder das Richtige zu tun. Als sie heute Morgen auseinandergegangen waren, war die Stimmung angespannt und unangenehm gewesen. Den ganzen Tag über hatte sie in der Boutique alle Hände voll zu tun gehabt, was eine großartige Ablenkung gewesen war. Aber hier konnte sie nur daran denken, wie sehr sich Truman doch von all diesen überheblichen Menschen unterschied, die wahrscheinlich jedes zweite Wochenende zu kinderfreien Events jetteten. Truman würde die Kinder niemals zurücklassen. Kämpfte sie für die falschen Dinge? Sie hatte eine echte Geburtsurkunde, die ihre wahre Abstammung zeigte, und wie sah ihr Familienleben heute aus? Sie hätte alles dafür gegeben, von einem so liebevollen

Mann wie ihm aufgezogen zu werden. Vielleicht war Trumans Idee nicht die schlechteste, auch wenn sie illegal war.

Sie schaute zu ihrer Mutter, die am anderen Ende des Saals mit einer Gruppe jüngerer Männer stand. Ihr Lächeln war so dick aufgetragen wie ihre Make-up-Maske, während sie sich in deren geheuchelter Aufmerksamkeit suhlte. Sie war die *It Woman*, die Frau des renommiertesten Verteidigers der Welt, Warren Benzos, und sie spielte die Rolle perfekt.

»Sie sieht hinreißend aus, findest du nicht?«

Gemma drehte sich zu der vertrauten, kräftigen Stimme ihres Stiefvaters um. »Ja, Partys kann sie.«

Warren nickte mit einem ironischen Lächeln auf seinen dünnen Lippen. Er war Anfang sechzig, zehn Jahre älter als ihre Mutter. Sein längliches Gesicht und die spitze Nase erinnerten Gemma an ein Wiesel, dazu hatte er bauschige weiße Haare, die sicher schwer zu zähmen waren. Er war nicht unangenehm. Er war überhaupt nicht viel für Gemma. Er hatte ihre Mutter geheiratet und sie zu einem Urlaub und Event nach dem anderen mitgeschleppt und Gemma zu Hause gelassen. Eigentlich konnte sie ihm das nicht vorwerfen. Wer war *sie* denn für ihn? Eine Altlast der Frau, für die er sich entschieden hatte?

»Deine Mutter ist ziemlich gut darin, Leute davon zu überzeugen, sich von ihrem Geld zu trennen.«

Etwas in seinem Tonfall ließ sie aufhorchen, aber sie konnte nicht durchschauen, was er wirklich meinte.

»Tja, zumindest hat sie ein paar Talente.«

»Das Bemuttern gehörte nie dazu«, sagte er freundlicher.

Gemma schaute ihn an. Er wirkte wie ein zufriedener Mann: ein kleines Lächeln, das fast bis zu den Augen reichte, stark gebräunte Haut und keine verräterischen Anzeichen von

Stress in seinem Gesicht. Das erstaunte Gemma immer wieder, wenn man bedachte, mit wem er verheiratet war.

Sie entschied sich dafür, seine Bemerkung nicht zu kommentieren und nicht die davon heraufbeschworenen bohrenden Fragen zu stellen: *Warum? Warum habe ich ihr nie genügt?*

»Das Kleid war ein netter Zug.« Er schaute sie nicht an, aber sein Lächeln wurde sichtbarer, als wäre er in ihr kleines Rebellengeheimnis eingeweiht. »Sie hat es bemerkt.«

Gemma lächelte angesichts dieses kleinen Triumphes in sich hinein, auch wenn es ihr nicht aufgefallen war, dass ihre Mutter irgendetwas bemerkt hatte. Sie hatte nicht mehr gesagt als: *Schön, dich zu sehen, Gemaline*, bevor sie weiter ihren Gästen schmeichelte.

»Das überrascht mich«, sagte sie tonlos. Warum tat sie sich das jedes Jahr an? Sie fühlte sich unwohl hier, und auch wenn ihr Stiefvater nicht unfreundlich war, so wurde sie doch mit jeder Sekunde in der Nähe ihrer Mutter unglücklicher. Traurigerweise hoffte sie immer, dass ihre Mutter sich ändern würde. Dass sie nur ein Mal wirklich froh wäre, sie zu sehen. Sie sollte gehen und zurück nach Hause zu Truman und den Kindern fahren, wo sie am glücklichsten war. *Wo ich hingehöre.*

»Wirklich?« Warren deutete mit einer Kopfbewegung auf eine Gruppe jüngerer Männer, die Gemma den ganzen Abend schon beäugten, und hob eine dünne Augenbraue.

Ein sarkastisches Lachen entwich Gemma, bevor sie es verhindern konnte. »Sie hat es bemerkt, weil die Aufmerksamkeit von ihr abgelenkt wurde.«

»Vielleicht. Vielleicht aber auch, weil es das erste Mal ist, dass du sie in ihrem eigenen Revier verärgert hast.« Er schwieg, während seine Bemerkung bleischwer sackte.

Ihre Mutter machte sich quer durch den Saal auf den Weg

in ihre Richtung. Jacqueline wusste, wie man einen Raum beherrschte. Ihr schwarzes Seidenkleid umschmiegte ihre kurvenreiche Figur, während sie voranschritt, mit ihren langen falschen Wimpern klimperte und rechts und links ihr einstudiertes Lächeln verstreute.

Mit leiserer Stimme sagte Warren: »Aber wenn du mich fragst ... Das Kleid passt viel besser zu dir als diese Umgebung. Danke, dass du die Mühe auf dich genommen hast und heute Abend gekommen bist.« Er beugte sich herunter und gab ihr einen Kuss auf die Wange, um in der Menge zu verschwinden, bevor ihre Mutter sie erreichte.

Das Lächeln ihrer Mutter blieb intakt, als sie den Platz neben Gemma einnahm und jegliche Luft aus dem Raum zu saugen schien. »Schatz.«

Eine Natter. Daran erinnerte die Stimme ihrer Mutter sie, ein aalglattes Viech voller Gift.

»Mutter.« Sie versuchte, ihre Abneigung zu verbergen, befürchtete aber, dass es ihr nicht gelang.

»Ich habe deinen Wunsch befolgt und nicht versucht, dich mit einem dieser hinreißenden reichen Männer zusammenzubringen.«

Auch wenn sie von vielen der anwesenden Männer den ganzen Abend schon mit den Augen verschlungen worden war, so hatte Gemma doch bemerkt, dass niemand sie direkt angebaggert hatte. »Danke, es freut mich, dass du meine Bitte respektiert hast.«

Ihre Mutter hob ihr Kinn und ihr Champagnerglas in Richtung einer Frau, die an ihnen vorbeiging, und flüsterte: »Nun ja, es ist ja nicht nötig, dass diese Menschen Wind bekommen von diesem heruntergekommenen Kerl, mit dem du gerade rebellierst, nicht wahr?«

Das Blut in Gemmas Adern gefror zu Eis. »Wie bitte?«

»Ach, Gemaline, du hast doch sicher nicht gedacht, dass ich dich mit einem Mann ausgehen lasse, den ich nicht gründlich überprüft habe. Ich kann nur annehmen, dass du nicht von seiner Verurteilung wusstest.« Ihre Mutter sah sie nicht an, während sie mit dieser unverschämten Gelassenheit sprach. Sie war zu sehr damit beschäftigt, ihren Gästen zuzunicken und zu lächeln.

Wut überkam Gemma und rollte über das leichte Unbehagen hinweg, das sie erfasst hatte, weil ihre Mutter Trumans dunkle Vergangenheit aufgedeckt hatte. »Du lässt mich ausgehen ...?«

»Natürlich. Schatz. Du bist meine Tochter. Jemand muss doch auf dich aufpassen.«

Wann hast du je auf mich aufgepasst?

»Der Mann ist ein verurteilter Mörder. Du bist bei ihm nicht sicher, Gemaline. Also, du hattest jetzt deine kleine Rebellion, nun ist es an der Zeit, dass du nach vorne schaust und einen angemesseneren Mann findest.«

Gemma drehte sich der Magen um. Nicht weil ihre Mutter etwas herausgefunden hatte oder es so beiläufig fallenließ, sondern weil sie ihre Beziehung zu Truman derartig herabwürdigte. »Und du hast dir solche Sorgen um mich gemacht, dass du es vorgezogen hast, mir das auf deiner Wohltätigkeitsveranstaltung zu sagen, wo ich dir deiner Ansicht nach wohl keine Szene machen würde, richtig?«, schnaubte sie. »Die Wahrheit ist, *Mutter*, ich bin bei ihm *sehr* sicher. Sicherer, als ich es bei dir je war, denn er ist ein guter Mensch. Er weiß, wie man von ganzem Herzen liebt, und *ich* bin ihm wichtig, nicht wie ich aussehe oder was andere von mir denken. Weißt du überhaupt, warum er im Gefängnis war, oder ist es dir egal?«

»*Mord*, Gemaline. Alles andere ist nicht wichtig.«

Gemma stellte sich vor ihre Mutter und zwang sie so, sie anzusehen, sie wirklich zu sehen, vielleicht zum ersten Mal in ihrem Leben. »Seine Mutter wurde *vergewaltigt*. Er hat sie *gerettet*. *Das* ist wichtig. Es ist das *Einzige*, was wichtig ist. Weißt du, was *nicht* wichtig ist, Mutter?«

Die Kiefermuskeln ihrer Mutter arbeiteten. Sie hob das Kinn und sah mit kaltem Schweigen auf ihre Tochter hinab.

»Mein Kleid«, zischte Gemma, während Tränen der Wut und des Schmerzes in ihre Augen traten. »Was diese Leute hier von mir denken oder – und es tut mir weh, das zu sagen, obwohl es das nicht sollte – was *du* von mir denkst. Nichts davon ist wichtig, weil nichts davon echt ist. Ich habe mein Leben damit verbracht, auf diesen Veranstaltungen anwesend zu sein, weil sie dir wichtig sind. Und irgendwie habe ich immer gehofft, dass ich dir ebenso wichtig werde. Aber es ist klar, dass du in mir nur jemanden siehst, der verheiratet werden soll, damit du eine Hochzeit schmeißen kannst oder mit einer anderen reichen Familie verbunden wirst. So, und jetzt rate mal, was? Es reicht mir.« Sie hielt dem stählernen Blick ihrer Mutter stand. »Es reicht mir, immer zu versuchen, das in deinen Augen Richtige zu tun, da du *nie* das Richtige für mich getan hast.«

»Rede nicht in diesem Ton mit mir. Was würde dein Vater dazu sagen?«

Gemma schnaubte, ein zickiges, lautes, Aufmerksamkeit heischendes Spotten. »Woher soll ich wissen, was er sagen würde? Er hat ja nie mit mir geredet. Und du auch nicht, abgesehen von den Litaneien über die Dinge, die ich besser machen sollte. Und weißt du was? Ich bin wunderbar groß geworden, *trotz* euch beiden und eurer erdrückenden Gleichgültigkeit.«

Sie war so in Fahrt, dass sie trotz der Gäste, die sie nun anstarrten, mit ihrer Tirade fortfuhr. »Ich weiß, wie man liebt, und ich bin *liebenswert*, was mir die meiste Zeit meines Lebens nicht so klar war. Diese lächerlich versnobten Veranstaltungen reichen mir ebenfalls, und wenn du das nächste Mal mit mir redest, wirst du mich mit meinem Namen ansprechen: Gemma. Und du wirst mich fragen, wie es mir geht, oder du rufst mich gar nicht erst an.« Leiser fügte sie hinzu: »Vielleicht ist eine gefälschte Geburtsurkunde nicht das Schlimmste, was ein Kind haben kann.«

»Was?«, entfuhr es ihrer Mutter.

»Nichts. Auf Wiedersehen, Mutter.«

Mit zittrigen Beinen eilte sie Richtung Ausgang, bevor ihre Mutter die Tränen noch als irgendetwas anderes deuten konnte als das, was sie waren: die endgültige Erkenntnis, wie wenig sie der Frau bedeutete, die sie geboren hatte, und dass sie mit dieser Erkenntnis nach vorne schauen musste.

Darauf zu warten, dass der Parkdienst ihr Auto brachte, war die reinste Hölle. Sie schmiss sich hinter das Lenkrad, und die Schluchzer brachen schon aus ihr heraus, als sie ihr Handy aus der Tasche kramte. Was hatte sie sich bloß dabei gedacht, Truman zu zwingen, sich zu entscheiden, die Kinder zu behalten oder das zu tun, was *sie* für das Richtige hielt? Er war das Richtige. Für die Kinder und für sie.

Sie wollte ihn gerade anrufen und ihm genau das sagen, als das Handy vibrierte und Trumans Gesicht auf dem Bildschirm erschien. Weitere Schluchzer brachen aus ihr heraus.

»Tru –«

»Quincy ist weg. Er hat sich vor einer Stunde selbst aus der Klinik entlassen. Ich muss ihn finden. Die Kinder sind bei Bear.«

Was konnte ein Mann noch alles ertragen?

Bevor sie etwas herausbrachte, sagte er: »Es ist meine Schuld. Ich habe ihn angefleht, die Therapie durchzuziehen, damit er die Vormundschaft beantragen kann und die Kinder in der Familie bleiben. Das war zu viel Druck. Ich bin ein Idiot.«

»Nein«, stieß sie fast flehend aus. Es war nicht seine Schuld. Es war ihre.

»Fahr in deine Wohnung, falls er high ist und bei mir auftaucht. Ich ruf dich an, wenn ich etwas weiß.«

»Tru –«

Die Leitung war tot.

Sechsundzwanzig

Mit halsbrecherischer Geschwindigkeit raste Truman die Auffahrt entlang. Stundenlang war er schon auf der Suche nach Quincy gewesen, als Gemma angerufen und ihm gesagt hatte, dass er da war. *Er ist in deiner Wohnung. Komm nach Hause.* Vor Whiskey Automotive trat er voll auf die Bremse, stellte den Motor ab und stürmte zum hinteren Eingang des Gebäudes.

Gemma stand mit dem Rücken zu ihm im Garten. Sie drehte sich um, als er näher kam. Sein Blick ging an ihr vorbei zu Quincy, obwohl er sich zunächst an Gemma richtete: »Ich hatte gesagt, du sollst nach Hause fahren.«

»Ich habe nicht auf dich gehört«, sagte sie mit zittriger Stimme und lenkte seine Aufmerksamkeit so von seinem Bruder, der steif und angespannt vor ihm stand, hin zu ihr.

Gemmas Augen waren rot und verquollen, frische Tränen liefen über ihre Wangen. Feuer loderte in Truman auf. Er machte einen Schritt auf seinen Bruder zu, bereit, ihm an die Gurgel zu gehen, falls er sie angefasst haben sollte. »Was hast du gemacht?«

Gemma fasste ihn am Arm und hielt ihn davon ab, weiter auf Quincy loszugehen. »Er hat es mir erzählt. Er hat mir alles erzählt.«

Trumans Innerstes zog sich zusammen, alle Luft entwich aus seiner Lunge. »Was ...?«

»Alles, Tru.« Sie schloss ihre Hand noch fester um seinen Arm.

Truman konnte nicht atmen. Nur ein paar Stunden zuvor hatte er im Gericht die beste Nachricht seines Lebens erhalten und jetzt brach die Welt wieder über ihm zusammen. Er starrte Quincy wütend an und Unglaube lag in jedem einzelnen Wort. »Was hast du getan?«

Quincy trat in das Licht der Veranda. Seine Augen waren feucht, sein Ausdruck bekümmert und unverkennbar erleichtert. »Ich konnte es nicht, Mann. Ich kann nicht zulassen, dass dein Leben wegen mir auseinanderbricht. Nicht mehr. Nicht, wenn ich clean bleiben will.«

Trumans Welt wankte. Er ließ sich auf eine Stufe der Treppe sinken und vergrub das Gesicht in den Händen. »Du hast keine Ahnung, was du angerichtet hast. Jetzt steckt sie mit drin.«

»Nein«, sagte Gemma. »Er geht morgen zur Polizei. Er wird ihnen alles erzählen. Ich werde keine Schwierigkeiten bekommen.«

»Warum, Quincy?«, flehte Truman ihn an. Er war unfähig, Gemma anzusehen, aus Angst, seine Lüge könnte alles zerstört haben. »Warum hast du das getan? Ich habe dir doch gesagt, dass ich mir etwas überlege.«

Quincy straffte die Schultern und hielt Trumans Blick mit einem solchen Selbstvertrauen und einer Entschiedenheit stand, die Truman noch nie bei ihm gesehen hatte. »Weil du noch immer meine Festung bist. Mein Kompass, Mann. Denn wenn ich diesen Mist nicht aus meinem Kopf kriege, werde ich wieder Drogen nehmen, um dem zu entkommen. Was glaubst du, warum ich überhaupt erst damit angefangen habe? Zu wissen, dass ich dein Leben versaut habe, ist einfach zu viel. Und, Mann, ey, es ist einfach der richtige Weg.«

»Du kannst das nicht machen, Quin«, beschwor Truman ihn. »Ich gehe wegen Meineids wieder in den Knast. Und du auch. Was weiß ich, wie lang sie dich für das, was passiert ist, wegsperren. Und ich werde die Kinder verlieren. Und dann? Was passiert dann mit ihnen? Was passiert mit dir?«

»Ich hab nicht auf alles eine Antwort«, sagte Quincy. »Aber ich muss es tun. Und ich bin mit Entzug und Therapie noch nicht durch. Noch lange nicht.«

»Wenn du das machst, kann ich dich nicht retten und auch den Kindern nicht helfen«, sagte Truman mehr zu sich als zu Quincy.

»Du kannst mich nicht retten, Truman. Verstehst du das denn nicht? Kapier es doch! Nur ich kann mich retten«, sagte Quincy. »Und ich habe an die Kinder gedacht. Vielleicht können Bear oder Dixie sie großziehen, wenn es schiefläuft.«

»Ihr werdet Bear oder Dixie nicht brauchen. Ich kümmere mich um sie. Du weißt das.« Tränen rannen über Gemmas Wangen, als sie sich vor Truman hockte, der noch immer auf der Stufe saß. »Du hast das Verbrechen nicht begangen.« Es war eine Feststellung, keine Frage, bewundernd ausgesprochen, nicht vorwurfsvoll.

Er schüttelte den Kopf.

»Aber du warst *wieder* bereit, deine Freiheit zu riskieren, um die Kinder zu beschützen und großzuziehen. Bereit, alles zu riskieren. Auch mich.«

Truman schüttelte den Kopf. »Nein, ich war nicht bereit, dich zu verlieren. Ich war beim Gericht, um herauszufinden, wie so was abläuft. Das hattest du vorgeschlagen und du hattest recht, Gemma. Es gibt einen anderen Weg.« Er blickte Quincy wieder wütend an. »Es *gab* einen anderen Weg.«

Gemma schlug die Hand vor den Mund, neue Tränen rannen über ihre Wangen. »Du warst beim Gericht?«

Er nickte noch einmal und versuchte, den tobenden Sturm in seinem Inneren so weit zu beruhigen, dass er ihr erzählen konnte, was er herausgefunden hatte, bevor er die Suche nach seinem Bruder aufgenommen hatte.

»Da der Bundesstaat nicht beteiligt ist und die Kinder in meiner Obhut sind, muss ich nur einen Antrag auf Sorgerecht beim Gericht stellen. Die haben mir gesagt, wenn ich die Sterbeurkunde unserer Mutter vorlege und eidesstattlich versichere, dass der Vater unauffindbar ist, sollte ich keine Probleme haben. Das Gericht stellt normalerweise bei Anträgen auf Sorgerecht keine Nachforschungen an, es sei denn, eine Partei verlangt es. Es gibt niemanden, der etwas dagegen hat. Die meinen, der Antrag wird normalerweise ohne Anhörung genehmigt. Aber jetzt …«

Er sah zu Quincy, der mit mehr Selbstvertrauen und mit klarerem Kopf vor ihm stand, als er ihn je erlebt hatte. Er war hin- und hergerissen zwischen der Nüchternheit seines Bruders und dem, was das für sie alle bedeutete.

Überwältigend beschrieb nicht einmal im Ansatz die Gefühle, die wie ein Sturm in Gemma tobten. Zwischen ihrem Zerwürfnis mit ihrer Mutter und der Wahrheit, die sie über Trumans – *Quincys* – Verbrechen erfahren hatte, konnte sie kaum einen klaren Gedanken fassen. Aber es gab auch nicht viel

nachzudenken, um zu wissen, dass es nur eine Möglichkeit gab,
wenn Truman und Quincy nur den Hauch einer Chance haben
wollten, ungeschoren aus diesem Albtraum herauszukommen.
Und sie war sich nicht einmal sicher, ob das, was sie vorhatte,
hilfreich wäre.

Oder ob ich es schaffe, diesen Anruf zu machen.

Truman griff nach ihrer Hand. »Das alles tut mir leid. Dass
ich dich angelogen habe, was die Tat anging, und dass du überhaupt in das alles hineingezogen wurdest.«

Himmel, sie liebte ihn. Sie liebte seine Loyalität, die Tiefe
seiner Liebe und alles andere an ihm. Sie wollte nicht, dass er
sich schlecht fühlte für das, was er hatte tun müssen, um seinen
Bruder zu beschützen – nicht, nachdem er bewiesen hatte, der
beste Mann zu sein, den sie je kennengelernt hatte.

»Das braucht es nicht. Ich bin nicht sauer auf dich, weil du
mir nicht die Wahrheit gesagt hast. Ich weiß, dass du es nicht
konntest.« Sie schaute zu Quincy, der so viel Schuld mit sich
herumgetragen hatte, dass es an ein Wunder grenzte, dass er
überhaupt überlebt hatte. Wie hatte er den Mut aufgebracht,
die Wahrheit auszusprechen – obwohl er wusste, dass Truman
wütend sein würde –, um seinem Bruder die Zukunft zu
ermöglichen, die er verdiente? Er hatte all sein Fehlverhalten
gestanden, mit unerschrockenen Tränen und Bedauern. Er hatte
ihr erzählt, wie es zu der Tat gekommen war, wie Truman eingesprungen war und sich um alles gekümmert hatte und wie
ihre Mutter sich gegen ihn gewandt hatte. Die Stärke und Über-
zeugung dieser beiden Männer war unermesslich, und sie
wusste, dass sie – trotz des langen Weges für Quincy bei seinem
Kampf gegen die Drogensucht und der juristischen Kämpfe, die
sie zu bestehen hatten – eine Familie waren, zu der sie gehören
wollte.

Sie wandte ihre Aufmerksamkeit wieder Truman und ihrem Gespräch zu und sagte: »Und ebenso kannst du nicht wütend auf Quincy sein, weil er das Richtige tun will. Du hast mir gezeigt, dass die Grenze zwischen richtig und falsch verschwommen sein kann. Aber die zu beschützen, die man liebt, ist das Richtige, egal was es kostet.«

Sie holte ihr Handy aus der Handtasche.

»Wen rufst du an?«, fragte Truman.

»Ihr braucht den besten Rechtsbeistand, den man für Geld bekommen kann, und mein Stiefvater ist der beste.«

»Liebling, ich habe kein Geld mehr«, sagte Truman bedauernd.

Sie dachte an das prall gefüllte Bankkonto, auf das ihre Mutter seit mehr als zehn Jahren Geld für sie eingezahlt hatte, und sagte: »Ich schon.«

Epilog

Gemma durchstöberte mit Crystal und Dixie Kleider an einem Ständer auf dem Bürgersteig und suchte etwas, das Kennedy am nächsten Wochenende auf der Osterparade anziehen könnte. Das Mädchen hatte sich in den letzten Monaten wirklich toll entwickelt. Behutsam hatten sie sie an Menschenmengen gewöhnt, waren mit ihr in den Zoo gegangen, zu Spaziergängen an den Strand, in die Mall, und sie freute sich auf die Osterparade. Fünf Monate lag es nun zurück, dass Quincy gestanden hatte, zwei, seit das Gericht Truman das Wiederaufnahmeverfahren zugestanden und seine Strafe aufgehoben hatte, und fünf Wochen, seit Truman die Vormundschaft für die Kinder zugesprochen worden war. Der Bundesstaat hätte sowohl gegen Truman als auch gegen Quincy ein Verfahren einleiten können, doch der Staatsanwalt hatte das vollzogen, was Warren seine *staatsanwaltschaftliche Ermessensentscheidung* genannt hatte, und abgelehnt, sie anzuklagen. Warren hatte erklärt, dass Quincys Alter zum Zeitpunkt der Tat und Trumans Gefängnisstrafe erheblich zu dieser Entscheidung beigetragen hätten.

»Wie wäre das?« Dixie hielt ein pinkfarbenes Kleid mit Giraffen und Blumen hoch. »Sie liebt Wildtiere und Blumen.«

Kennedys neueste Leidenschaft galt wilden Tieren und Truman hatte viel Zeit in neue Märchen rund um Tiere gesteckt. Obwohl sie beschlossen hatten, ihr auch langsam traditionelle Märchen näherzubringen, da sie im Herbst in den Kindergarten kommen würde.

»Oder dies hier!« Crystal hielt ein Batikkleid mit Spitze am Saum in die Höhe. Dank Crystal liebte Kennedy ausgefallene Kleidung ebenso sehr wie Rüschen.

»Warum fragen wir sie nicht einfach?«, schlug Gemma vor, als Truman, Quincy und die Kinder aus dem Luscious Licks kamen. Als Trumans Blick ihren einfing, breitete sich ein sündiges Lächeln auf seinem gut aussehenden Gesicht aus, das alle Schmetterlinge in ihrem Bauch auffliegen ließ. Seit Monaten lebten sie nun schon zusammen und bei seinem Anblick wurde sie noch immer ganz flattrig. Sie wusste, dass sich das nie ändern würde.

Er warf ihr eine Kusshand zu und kniete sich neben den Kinderwagen, um Lincoln einen Löffel Eis zu geben.

»Dada.« Lincoln wedelte aufgeregt mit den Armen. Seit zwei Wochen nannte er Truman Dada und Gemma Mama, und nachdem Truman zunächst versucht hatte, ihn zu korrigieren, hatte er es mittlerweile aufgegeben. Sowohl er als auch Gemma genossen diese liebevollen Worte. Lincoln eroberte einen Meilenstein seiner Entwicklung nach dem anderen, winkte zum Abschied, zog sich in den Stand und hielt sich an allem fest – vom Couchtisch bis hin zu Trumans Bein –, was er greifen konnte. Seine Lieblingsbeschäftigung, abgesehen vom Zupfen an Onkel Bullets Bart, war das Kuckuck-Spiel.

Lincoln griff nach dem Löffel und Quincy lachte. »Er hat den gleichen Appetit wie ich.«

Quincy war in den vergangenen Monaten kräftiger

geworden und ähnelte in der Statur seinem älteren Bruder immer mehr. Nach mehreren anstrengenden Monaten hatte er seinen Entzug beendet und arbeitete nun Vollzeit in einem Buchladen, was Gemma sehr freute. Während Truman künstlerisch sehr begabt war, erwies sich, dass Quincy sehr gut wissenschaftlich arbeiten konnte. Er hatte den Test, mit dem er den Highschool-Abschluss ersetzen konnte, hervorragend bestanden, hatte sich im Community-College eingeschrieben und zeigte in allen Kursen glänzende Leistungen. Vor zwei Wochen hatten Truman, Gemma und die Kinder ein Haus in einer Wohngegend in der Nähe des Kindergartens gemietet und Quincy hatte Trumans Wohnung übernommen. Seine Beziehung zu Truman hatte in diesen ersten Wochen einer Achterbahn geglichen, aber jetzt standen sie sich näher als je zuvor.

Als Gemma die beiden Brüder beobachtete, schickte sie ein stilles Danke an ihren Stiefvater. Warren hatte ihren Fall kostenlos übernommen, obwohl ihre Mutter versucht hatte, ihn davon zu überzeugen, ihrem *heruntergekommenen Freund* nicht zu helfen. Sie würde ihre Mutter nie verstehen, und während sie nun die Kinder, Truman und Quincy beobachtete, wurde ihr klar, dass das in Ordnung war. Man musste nicht alle Eltern verstehen, sie auch nicht unbedingt mögen. Sie hatte einen Stiefvater, zu dem sie gerade eine Beziehung aufbaute, die sich fast väterlich anfühlte, und eine Familie von Freunden, die sie liebte.

»Kennedy, schau mal.« Crystal hielt das Kleid hoch, das sie gefunden hatte. »Wie findest du das?«

»Hübs!« Kennedys Lippen waren ganz mit Eis verschmiert. Ihre kleine Zunge kreiste einmal herum und machte alles sauber.

Dixie hockte sich neben sie und zeigte ihr das pinkfarbene Kleid. »Und das hier?«

Kennedys Antwort wurde von dröhnenden Motorrädern verschluckt, als Bear, Bones und Bullet am Straßenrand hielten.

»Bäah!«, quietschte Kennedy.

Bear nahm seinen Helm ab und stieg vom Motorrad, um das kleine Mädchen auf den Arm zu nehmen. Als sie mit dem Eis gegen sein Kinn stieß, verdrehte er die Augen und zuckte nur mit den Schultern, was sie zum Kichern brachte.

»Was macht ihr denn hier?«, fragte Gemma.

Bones und Bullet sahen Truman auf eine Art an, die sie nicht deuten konnte. Truman war heute schweigsam gewesen, wurde ihr gerade klar, und sie fragte sich, was mit ihm los war.

»Wir haben gehört, dass hier heiße Mädels unterwegs sind«, sagte Bear und richtete seinen verführerischen Blick auf Crystal, die nur die Augen verdrehte. Das war deren *Ding* geworden. Er baggerte Crystal an und aus irgendeinem Grund – den sie Gemma nicht anvertraute – wies sie ihn immer zurück.

»Und kostenloses Eis.« Bones nahm Bear Kennedy aus dem Arm und leckte an ihrem Eis.

»Boney!«, beschwerte sie sich.

Alle lachten über den Spitznamen, den sie sich für ihn angewöhnt hatte. Sie befreite sich aus seinen Armen und stapfte zu Truman, der ihr über den Kopf strich. Er beugte sich hinunter und flüsterte ihr etwas zu. Voller Konzentration zog sie die Augenbrauen zusammen.

»Wie geht's meinem kleinen Freund?« Bullet nahm Lincoln auf den Arm und sofort zupfte das Baby an seinem Bart. »Der kommt morgen runter.«

»Wirklich?«, fragte Dixie.

»Ja, dieser kleine Mann hier hat genug daran herumgerissen.« Er küsste Lincoln auf die Wange, und das Baby zupfte weiter und kicherte von Herzen, als Bullet ihn anbrummte.

Wärme erfüllte Gemmas Herz bei all der Liebe, die diese Kinder in ihrem Leben hatten. Bei all der Liebe, die *sie* in ihrem Leben hatte. Ihr Blick suchte Truman, wie immer, und sie ertappte ihn dabei, wie er sie auf eine Art und Weise anschaute – wie so oft in den letzten Monaten, voller Staunen und so viel Liebe –, dass es sich wie eine Umarmung anfühlte.

Kennedy hielt ihre Eiswaffel Gemma hin und schmierte dabei etwas von der köstlichen Süßigkeit auf Gemmas Rock. Gemma beugte sich hinunter und verzichtete auf das Eis, um sich stattdessen Eisküsse abzuholen.

»Mmm, das sind die besten Küsse überhaupt«, sagte Gemma lachend. Sie war vielleicht nicht die Mutter von Kennedy und Lincoln, aber sie liebte sie mit Sicherheit so, wie Eltern es überhaupt nur konnten.

»Ich mach das, Liebling«, bot Truman sich an und beugte sich hinunter, um das Eis mit einer Serviette von ihrem Rock zu wischen. Mit einem wunderschönen Lächeln schaute er zu ihr auf – sodass es in ihrem Bauch wieder nur so vor Schmetterlingen flatterte – und hielt ihr seine Eiswaffel hin.

»Nein danke. Die Eisküsse genügen mir.«

Crystal und Dixie schnappten nach Luft. Gemma schaute sich um und fragte sich, was sie wohl gesehen hatten. Crystal deutete auf Truman, der vor Gemma auf ein Knie gegangen war und ihr noch immer die Eiswaffel anbot – mit einem wunderschönen Diamantring, der oben auf dem Eis thronte. Irgendwie hatte sie es hinbekommen, den zu übersehen.

»*Ohmeingott!* Truman?« Sie begegnete seinem freudigen, liebevollen Blick und ihr Herz ging auf, nahm all den Platz in ihrer Brust ein.

»Meine Süße, ich kann dir keinen Glamour oder Glitzer bieten, aber dafür Eisflecken, selbstgemachte Märchen und Mitternachtsküsse.« Seine blauen Augen leuchteten auf, als er *Mitternachtsküsse* sagte, und sie fragte sich, ob er an die vergangene Nacht dachte, in der sie sich in ihrem neuen Zuhause geliebt hatten. Ein *richtiges* Zuhause, in dem die Kinder aufwachsen konnten, in dem sie Freunde einladen und ein sicheres, glückliches Leben führen konnten. »Und eine Familie, die dich über alles liebt. Wenn du uns nimmst. Ich werde dich sogar diesen Artikel schreiben lassen, mit dem du mich ständig nervst, wenn du mich heiratest. Möchtest du meine Frau werden, Gemma? Möchtest du uns heiraten?«

Gemmas Tränen liefen hemmungslos. »Ich will keinen Glamour oder Glitzer. Alles, was ich mir jemals wünschen könnte, ist hier auf diesem Gehweg. Ja, Tru Blue, ich möchte dich heiraten.«

Er stand auf und leckte den Ring ab, bevor er ihn ihr über den Finger schob. »Etwas klebrig. Und klein, aber irgendwann ersetze ich ihn durch einen größeren.«

»Das wirst du nicht tun«, sagte sie und bewunderte den hinreißenden Beweis seiner Liebe. »Der ist perfekt.«

Alle johlten und jubelten, als er seine starken Arme um sie legte und sie zu dem unglaublichsten Kuss ihres Lebens an sich zog – dem Kuss ihres zukünftigen Ehemanns.

Kennedy versuchte, sich zwischen ihre Beine zu schieben, und lachend gingen sie auseinander, damit Truman *ihr* kleines Mädchen auf den Arm nehmen konnte.

»Bist du jetzt meine Mommy?«, fragte Kennedy begeistert.

Neue Tränen sammelten sich in Gemmas Augen. Sie schaute Truman fragend an.

»Ich weiß nicht, wie das angefangen hat, aber sie hat schon

den ganzen Tag gefragt, ob sie uns Mommy und Daddy nennen darf.« Er zuckte mit den Schultern und zeigte ihr das süßeste Lächeln, das sie je gesehen hatte.

Gemma musste sich vor all den Monaten geirrt haben. Ihre Eierstöcke konnten nicht an dem Tag explodiert sein, als sie Truman kennengelernt hatte, denn sie war sich sicher, dass es gerade eben passiert war.

»Ja, meine Kleine. Es wäre mir eine Ehre, deine Mommy zu sein.«

Danksagung

Vielen Dank, dass Sie die Geschichte von Truman und Gemma gelesen haben. Ich hoffe, Sie haben sich in die beiden verliebt, ebenso wie in die süßen Kinder und all die warmherzigen Familienmitglieder Quincy, Bullet, Bones, Bear, Dixie und Crystal. Sie alle werden in Zukunft ihre eigene Liebesgeschichte bekommen. Bestellen Sie doch meinen Newsletter, damit Sie keine der zukünftigen Neuerscheinungen über die Whiskey-Familie verpassen:
www.MelissaFoster.com/Newsletter_German

Wenn Ihnen diese Geschichte gefallen hat und Sie mehr über die Whiskeys und Peaceful Harbor lesen möchten, sollten Sie es mit dem Roman *Liebe gegen den Strom* (Die Bradens in Peaceful Harbor) versuchen, denn dort taucht diese besondere Familie zum ersten Mal auf. Oder lernen Sie gleich alle Alphahelden und selbstbewussten Heldinnen meiner Reihe »Love in Bloom – Herzen im Aufbruch« kennen. Jeder Band kann für sich allein gelesen werden, und die Figuren aus den Büchern tauchen in späteren Geschichten immer wieder auf, sodass Sie keine Verlobung, Hochzeit oder Geburt verpassen. Eine vollständige Liste aller Serientitel finden Sie am Ende dieses Buches und noch mehr Informationen gibt es hier:
www.MelissaFoster.com/Herzen-im-Aufbruch

Es gibt so viele Menschen, denen ich für Gespräche über

Truman und Gemma danken möchte: Alexis Bruce, Stacy Eaton, Amy Manemann, Natasha Brown, Elise Sax und so vielen anderen. Danke, dass ihr immer da seid. Ein ganz besonderer Dank geht an Nancy Stopper dafür, dass sie mich mit dem Anwalt Aiden Smith bekannt gemacht hat. Aiden hat mir geholfen, den juristischen Ablauf zu verstehen – meinen allergrößten Dank dafür. Ich habe mir in der Geschichte ein paar literarische Freiheiten herausgenommen, alle Irrtümer sind die meinen und spiegeln nicht Aidens hervorragendes juristisches Wissen wider.

Wie immer ein herzliches Dankeschön an mein unglaubliches Team von Lektorinnen und Korrektorinnen und mein deutsches Team – dafür, dass ihr mir helft, das Beste aus meinen Geschichten zu machen.

Lesen Sie hier einen Auszug aus dem nächsten Band!

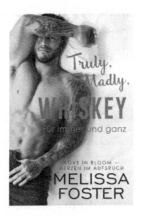

Eins

Crystal Moons Magen zog sich zusammen, als sie am Mittwochabend durch das Tor von West Millstone Estates fuhr. *Estates.* Sie schnaubte und ließ den Blick über eine Gruppe struppiger Männer schweifen, die rauchend vor dem verrosteten Maschendrahtzaun standen, der den Trailerpark umgab, in dem sie aufgewachsen war. Das »Tor« funktionierte schon nicht mehr, seitdem ein bekiffter Nachbar es umgefahren hatte, als sie gerade mal zehn Jahre alt gewesen war. Sie gab sich Mühe, die lüsternen Blicke einer anderen Männergruppe zu ignorieren, die neben dem heruntergekommenen Wohnwagen zu ihrer Rechten stand, konzentrierte sich auf die Straße und ging im Geiste ihre persönlichen Namen für die Menschen in den Wohnwagen durch, während sie an den Behausungen vorbeifuhr.

Hasserfüllt. Unheimlich. Nett. BleibmirbloßvomLeib.

Außer ihrer Mutter kannte sie hier zwar vermutlich niemanden mehr, aber die Namen, die sie den Leuten als Kind gegeben hatte, waren genauso geblieben wie das schmutzige Gefühl, das sie bei jedem Besuch hier auf der Haut spürte.

Sie parkte hinter dem alten Toyota ihrer Mutter. Altes, trockenes Laub bedeckte die Motorhaube, die Radkästen waren dreckverkrustet, ebenso die untere Türhälfte. Crystal hatte mal den Fehler begangen, ihrer Mutter Geld für eine neue Batterie zu geben, die diese prompt für Alkohol ausgegeben hatte. Sie sah sich auf der Straße nach dem Pick-up ihres älteren Bruders Jed um, fluchte leise, zog ihr Handy aus der Tasche und rief ihn an.

Er ging nach dem ersten Klingeln ran. »Na, du.«

»Komm mir nicht so. Ich stehe vor Moms Wohnwagen. Hast du es etwa vergessen? Der dritte Mittwoch im Monat.«

»Ach, verdammt. Ich suche mir eine Mitfahrgelegenheit und bin schnellstmöglich da.«

Die Verbindung war unterbrochen. Crystal hatte ganz vergessen, dass Jed wegen zu vieler nicht bezahlter Strafzettel der Führerschein entzogen worden war. Mike McCarthy, ein Ortspolizist, führte eine persönliche Vendetta gegen Jed und brummte ihm immer die höchsten Strafen auf. Jed schwor, dass Mike ihn irgendwie verwanzt haben musste, aber Crystal wusste, dass dieser Hass auf die Highschoolzeit zurückging, weil Jed damals mit jeder einzelnen von Mikes Freundinnen geschlafen hatte. Sie vermutete fast, dass er auch danach nicht damit aufgehört hatte, wollte es aber gar nicht so genau wissen. Sie liebte Jed von ganzem Herzen, doch er war ein ziemlicher Ganove. Er hatte während seiner Teenagerzeit immer wieder in

Schwierigkeiten gesteckt und als Erwachsener wegen Diebstahl einige Monate hinter Gittern gesessen. Seinen Worten zufolge lag es ihm im Blut, aber Crystal konnte das Gegenteil bestätigen, es sei denn, sie hatte wider Erwarten doch nicht dieselben Eltern wir er. Ihrer Meinung nach war er einfach so.

Sie zog den Reißverschluss ihrer Sweatjacke zu und musterte den Stapel ihrer Entwürfe für die Prinzessinnenboutique »Princess for a Day«, in der sie zusammen mit ihrer besten Freundin Gemma Wright arbeitete. Gemma und sie hatten sich kurz nach Crystals zweitem Höllentrip in einem Café kennengelernt. Als sie aus dem Trailerpark ausgezogen war, hatte sie geglaubt, diesen Albtraum hinter sich gelassen zu haben. Wenige Jahre später musste sie jedoch herausfinden, dass die Hölle unterschiedliche Formen annehmen konnte, und da hatte der Trailerpark einen Teil seines Schreckens verloren. Zurückgekehrt war sie allerdings nie, schließlich war sie zwar gebrochen, aber nicht dumm.

Erfolgreich verdrängte sie die finsteren Gedanken und schaltete den Motor aus.

Weil sie dem ausgezehrten Typen, der mit nacktem Oberkörper auf der anderen Straßenseite stand und einen gefährlich aussehenden Hund an einer Kette hielt nicht traute, steckte sie die Entwürfe in ihre Tasche und schlang sich den Träger quer über die Brust. Wie eine Barriere. So schmal der Riemen auch sein mochte, so war ihr doch alles recht, was die Person, zu der sie geworden war, von der Mutter, die sie geboren hatte, trennte.

Sie schaute sich noch ein letztes Mal im Wagen um, damit sie nichts liegen ließ, was sich zu stehlen lohnte. Der Ford Fusion von 2010 mochte nicht viel wert sein, aber er gehörte immerhin ihr. Dann fiel ihr Blick auf das farbenfrohe

Sorgenpüppchen am Rückspiegel, den ihr Vater ihr geschenkt hatte. Er hatte die Puppe aus Zweigen, Stoff und Garn gebastelt, als sie acht Jahre alt gewesen war, und sie ihr in der ersten Woche nach ihrem Umzug in den Trailerpark geschenkt. Zwar hatte er ihr jahrelang Puppen angefertigt, ihr diese jedoch aus einem guten Grund geschenkt. *Du kannst der Puppe all deine Sorgen anvertrauen, dann bist du sie los. Das ist wie Magie.* Automatisch musterte sie die kleinere Puppe an ihrem Schlüsselbund. All das waren kleine Erinnerungen daran, dass sie einst von einem Elternteil geliebt worden war. Sie nahm die Puppe vom Rückspiegel und steckte sie in die Tasche, denn wenn sie gestohlen würde, hätte sie das nicht ertragen können. Wenn sie später wegfuhr, würde sie sie wieder aufhängen.

Während sie aus dem Wagen stieg und die Tür abschloss, wappnete sie sich für den Besuch. *Du siehst sie doch nur einmal im Monat. Eine Stunde, zwölfmal im Jahr.* Eine Stunde lang konnte sie sich zusammenreißen. Danach würde sie in ihr Leben in Peaceful Harbor, Maryland, zurückkehren, das eine fünfundvierzigminütige Autofahrt entfernt stattfand. Gerade weit genug entfernt, damit sie so tun konnte, als hätte dieser Teil ihres Lebens nie existiert.

Ihr Handy vibrierte und signalisierte eine eintreffende Nachricht. Sie holte es aus der Tasche und war bereit, Jed den Kopf abzureißen, weil er garantiert wieder mit irgendeiner Ausrede ankam, warum er das Abendessen verpassen würde. *Er* stand auf dem Display. Sie verdrehte die Augen und versuchte zu verhindern, dass ihr von Kopf bis Fuß heiß wurde. Es gelang ihr nicht. Das tat es nie. Sie hatte den superscharfen Bear Whiskey in ihren Kontakten unter *Er* gespeichert, weil sie gehofft hatte, ihren Verstand dazu zu bringen, ihn wie irgendeinen x-beliebigen Kerl zu betrachten. Das Problem war nur, dass an diesem eins neunzig großen, tätowierten Bar- und Autowerkstattbesitzer rein gar nichts x-beliebig war.

Sie öffnete die Nachricht. *Bear.* Nur das eine Wort.

Das reichte, um Blitze durch ihren Körper zucken zu lassen. *Verräterischer Körper.* Der Mann gab einfach nicht auf. Er tat seit ihrer ersten Begegnung vor acht Monaten so, als wäre sie die *Seine,* als Gemma ihren Verlobten Truman Gritt, Bears besten Freund, kennengelernt hatte. Je energischer sie Bear eine Abfuhr erteilte, desto entschlossener wurde er. Seit Wochen schrieb er ihr nun schon Nachrichten, in denen nichts als sein Name stand, und stets aus heiterem Himmel. Dabei wusste er gar nicht, dass sie seinen Namen in ihren Kontakten geändert hatte. Er war schon speziell. Glaubte er wirklich, so könnte er sie dazu bewegen, ihre Meinung zu ändern?

Im Grunde genommen war das ja auch gar nicht nötig. Sie schluckte schwer und wollte die Realität nicht wahrhaben. Denn sie fand diesen Mann nicht nur total heiß, sie konnte auch nicht aufhören, an ihn zu denken. Das Schlimmste an der Sache war, dass er in den letzten etwas mehr als acht Monaten zu etwas wie einem dritten Arm für sie geworden war – aufregend, verlässlich und unangenehm, und zwar alles auf einmal. Er war eingebildet und arrogant, wenn es darum ging, sich in ihr Leben zu drängen. Das sollte sie eigentlich misstrauisch machen, aber sie wurde von ihm angezogen wie eine Motte vom Licht. Denn er war in vielerlei Hinsicht ein so loyaler, großzügiger und witziger Freund, dass sie sich fragte, wie es wohl sein mochte, all diese Eigenschaften gleichzeitig zu erleben – *und zwar in ihrem Bett.*

Grundgütiger! Sie musste aufhören, an ihn zu denken.

Abermals vibrierte ihr Handy, und als sie die Nachricht von Gemma öffnete, sah sie ein Foto des anstreichenden Bear auf dem Display. Na super. Jetzt würde sie ihn erst recht nicht mehr aus dem Kopf bekommen. Er streckte den muskulösen, tätowierten Arm nach oben aus und strich gerade einen Fensterrahmen. Sein T-Shirt klebte ihm am breiten Rücken, der zur Hüfte hin schmaler wurde und in einer eng anliegenden Jeans verschwand, die sich an seinen frustrierend knackigen Hintern schmiegte. Schon kam die nächste Nachricht. *Ich genieße es, meinem Mann beim Streichen zuzusehen, und dachte, du würdest deinen vielleicht auch gern sehen wollen.*

Crystal verdrehte die Augen. Gemma wusste, dass sie nicht mit Bear *zusammen* war. Sie waren nach dem Abendessen verabredet, um das Wohnzimmer als Vorbereitung für Gemmas und Trumans Gartenhochzeit zu streichen, und Crystal hatte gewusst, dass Bear dort sein würde. Zu ihrem eng verbundenen Freundeskreis gehörten alle vier Whiskey-Geschwister, daher war Bear immer in der Nähe, wie ein Juckreiz an einer Stelle, an der man sich nicht kratzen konnte. Sie spürte ein Flattern im Magen und stöhnte leise. Das Letzte, was sie in ihrem geschäftigen Leben fernab des Trailerparks brauchte, war die Sehnsucht nach einem Mann – und erst recht nach einem, der sich einbildete, sie würde ihm gehören.

Sie steckte ihr Handy in die Hosentasche, holte tief Luft und wandte sich dem senffarbenen Wohnwagen ihrer Mutter zu, auch wenn sie am liebsten wieder in ihr Auto gestiegen und in ihr normales Leben zurückgekehrt wäre.

Vor jedem Wohnwagen war eine kleine Freifläche. Bei den meisten bestand diese inzwischen nur noch aus Erde, die im Laufe der Jahre festgetreten oder festgefahren worden war. Aber bevor ihr Vater bei einem Autounfall ums Leben gekommen war, hatte er große Steine rings um ihr Grundstück platziert und zusammen mit Crystal einen Garten angelegt. Nun war dieses kleine Fleckchen überwuchert mit langem Gras und den stachligen Büschen, um die sie immer einen großen Bogen gemacht hatte, weil sie glaubte, die Äste wären knorrige Klauen, die sie festhalten konnten.

Der ganze Komplex hier fühlt sich so an.

Crystal setzte einen Fuß auf den staubigen Outdoor-Teppich unter dem grünen Vordach, das an einer Seite des Wohnwagens befestigt war. Jed hatte es dort aufgehängt, als sie beide Teenager gewesen waren. Der Gestank nach Zigaretten und Schweiß hing in der Luft. Zwei uralte Gartenstühle und ein Plastiktisch standen am anderen Ende des Teppichs. *Schöner Wohnen im Freien.*

Sie zögerte und wünschte sich, Jed würde sich beeilen, griff dann aber doch nach dem metallenen Türgriff der Fliegengittertür ohne Fliegengitter.

»Jeddy? Bist du das?« Die heisere Stimme ihrer Mutter hätte sexy geklungen, wenn sie nicht derart genuschelt hätte und wenn die Heiserkeit nicht eindeutig auf die von zu vielen Zigaretten rau gewordene Kehle hingewiesen hätte.

Crystal betrat den Wohnwagen und wurde von dem gleichen Gestank wie draußen umhüllt, der hier nur hundertmal intensiver war. Aus Gewohnheit atmete sie durch den Mund, so musste sie den ranzigen Geruch nicht bei jedem Atemzug wahrnehmen. Ihr Blick zuckte über die dunkel getäfelten Wände, den dünnen Teppich und das karierte Sofa, die Umgebung, in der sie aufgewachsen war. Die grün-gelben Vorhänge hatten schon bei ihrem Einzug vor den Fenstern gehangen. Die beiden Holzstühle, die Crystal und ihr Vater hellblau gestrichen hatten – ihr letztes gemeinsames Projekt –, waren inzwischen verblichen und zerkratzt. Zwei leere Bierflaschen standen auf dem Kaffeetisch neben einer leeren

Zigarettenschachtel, deren obere Hälfte abgerissen worden war. *Willkommen zu Hause.*

»Chrissy?« Ihre Mutter stand am Herd und rührte in einem großen Topf herum. Eine Zigarette hing ihr im Mundwinkel, als hätte sie dort Wurzeln geschlagen. »Ich habe mit Jeddy gerechnet.« Beim Sprechen segelte Asche auf den Fußboden. Pamela Moon war blond und sah aus wie die betrunkene Peggy Bundy, und zwar von dem übertrieben toupierten Haar über das rosafarbene Tanktop, die schwarzen Leggings und den breiten weißen Gürtel bis hinunter zu den hochhackigen Schuhen und der Art, wie sie sich bewegte und ständig eine Hand durch die Luft schwenkte.

Bei dem Spitznamen, den sie abgelegt hatte, als sie aufs College gekommen war, seufzte Crystal. Das war Jahre her, doch ihre Mutter hatte es noch immer nicht gemerkt. Oder es war ihr einfach egal. Crystal vermutete, dass es ein wenig von beidem war.

»Tut mir leid, Mom. Ich bin's bloß.«

Hoffentlich erinnerte sich ihre Mutter daran, dass sie zum Abendessen verabredet waren. Manchmal vergaß sie es. Früher hatte Crystal bei ihren monatlichen Besuchen immer etwas zu essen mitgebracht, den Versuch jedoch aufgegeben, nachdem sich ihre Mutter ständig über irgendwas beschwert hatte.

Ihre Mutter nahm eine Bierflasche von der kleinen Arbeitsplatte und trank einen großen Schluck. Crystal schätzte die Standfestigkeit ihrer Mutter ein, zählte die fünf leeren Flaschen, die in Sichtweite standen, und wusste, dass es sich dabei nicht um alle handelte, die heute geleert worden waren. Nach dem von einem betrunkenen Fahrer verursachten Autounfall, der ihren Vater das Leben gekostet hatte, war es mit ihrer Mutter bergab gegangen, was für Crystal eigentlich keinen

Sinn ergab. Der Tod ihres Vaters hatte sie in vielerlei Hinsicht beeinflusst, aber vor allem achtete Crystal darauf, auf keinen Fall zu viel zu trinken. Anfangs hatte sie geglaubt, ihre Mutter würde zur Flasche greifen, um den Verlust zu bewältigen, doch mit der Zeit war ihr klar geworden, dass sie ein ernsthaftes Problem hatte, und hatte ihr vorgeschlagen, zu den Anonymen Alkoholikern zu gehen. Ihre Mutter hatte alle Hilfsangebote ignoriert und war abweisend und verbittert geworden. Crystal hatte nicht die leiseste Ahnung, wie die Frau mit derart viel Alkohol im Blut überhaupt noch etwas zustande brachte.

»Was kochst du da?« Crystal beäugte die dunkle Masse im Kochtopf.

»Chili. Hast du Hunger?« Noch mehr Asche fiel zu Boden.

»Ja, sicher.« Sie würde das Essen auf dem Teller herumschieben und die Kochkünste ihrer Mutter loben. Danach würde sie die Reste einpacken und hierlassen, damit ihre Mutter sie am nächsten Tag verspeisen konnte. Sie stellte ihre Tasche auf dem Kaffeetisch ab, machte sich bereit, die nächste Stunde hier zu verbringen, und konnte nur hoffen, dass die Zeit schnell vergehen würde.

»Wie geht es dir, Mom? Wie gefällt dir dein Job?« Ihre Mutter arbeitete in einem Gemischtwarenladen, der drei Blocks entfernt lag.

Pamela nickte, holte tief Luft, nachdem sie die Zigarette aus dem Mund genommen hatte, und wedelte mit einer Hand in der Luft herum. »Zwanzig, dreißig Stunden die Woche. Sie reden noch immer davon, mich zum Manager zu befördern, aber du weißt ja, wie das ist.« Sie zuckte zusammen und steckte sich die Zigarette zwischen die geschminkten Lippen. »Eher finde ich einen guten Mann, bevor das passiert.«

»Klar.« Crystal hatte schon vor langer Zeit aufgehört, die

Geschichten ihrer Mutter über eine bevorstehende Beförderung zu glauben, und versuchte auch nicht mehr, sie davon zu überzeugen, dass kein Mann die Lösung für all ihre Probleme sein konnte.

Sie deckte den Tisch und hörte zu, wie ihre Mutter über eine ihrer Kolleginnen herzog. Dabei wünschte sie sich, dass ihre Mutter sie nur einmal fragte, wie es ihr ging oder wie ihr neues Leben so war, dass sie sich so für ihre Tochter interessierte, wie sie es früher getan hatte, bevor ihr Vater seine Stelle verloren hatte und sie gezwungen gewesen waren, aus ihrem Haus in Peaceful Harbor auszuziehen. Pamela hatte sich durch diesen Umzug verändert, und nach dem Tod ihres Vaters war alles noch viel schlimmer geworden.

Die Tür flog auf, und Jed kam herein und ließ den kleinen Wohnwagen gleich noch viel beengter wirken. Mit seinen knapp eins neunzig, dem dunkelblonden Haar, dem etwas dunkleren Bart und den durchdringenden blauen Augen war er das Ebenbild seines Vaters.

Er drückte Crystal einen Kuss auf den Scheitel. »Hey, Kleines. Ziehst du immer noch diese Goth-Sache durch?«

Sie verdrehte die Augen. Direkt nach ihrem Umzug nach Peaceful Harbor hatte sie sich die Haare schwarz gefärbt. Das war jetzt über vier Jahre her, und sie war davon ausgegangen, dass er sich inzwischen daran gewöhnt hätte.

»Klaust du noch immer alles, was nicht niet- und nagelfest ist?« Sie deutete mit dem Kopf auf seine Lederjacke, während er sich vorbeugte und ihrer Mutter einen Kuss auf die Wange gab.

Jed ließ sich auf die Couch fallen und legte die Füße auf den Kaffeetisch. »Nein. Ich hab einem Typen geholfen, seinen Wagen zu reparieren.« Er schnippte einen unsichtbaren Krümel von dunklen Leder. »Das Geld dafür hab ich mir legal verdient.«

»Ja, klar.« Crystal schob seine Füße vom Kaffeetisch und stand auf, um ihnen Wassergläser zu füllen. »Ich kann mich nicht daran erinnern, wann du das letzte Mal legal Geld verdient hast. Wo wohnst du denn gerade?«

»Ich bin bei einem Freund in seiner Kellerwohnung untergekommen.«

»Hast du meine Zigaretten mitgebracht?«, fragte ihre Mutter.

»Ach, Mist.« Jed zuckte zusammen. »Ich wusste doch, dass ich was vergessen habe.«

»Mensch, Jeddy«, schimpfte ihre Mutter und tat Chili auf drei Teller. »Was hast du dir dabei gedacht? Ich warte schon den ganzen Tag darauf.«

»Ich hab gearbeitet, Ma. Aber keine Sorge, ich hole dir nach dem Essen welche«, versprach Jed.

Crystal merkte auf. »Du hast gearbeitet? Im Ernst?«

»Ich versuche, mich zusammenzureißen, setze endlich ein, was ich bei meiner Mechanikerausbildung gelernt habe, und arbeite außerdem hier und da ein paar Stunden im Restaurant.«

Ihre Mutter schnaufte. »Wer's glaubt. Setzt euch an den Tisch und esst.«

Sie nahmen Platz, und die Stille wurde nur von dem Klappern des Bestecks auf den Tellern gebrochen. Crystal schob ihr Chili hin und her und beobachtete ihre Mutter, die selbst beim Essen rauchte. Sie konnte sich nur dunkel an ihre Mutter ohne gelbe Zähne und Finger erinnern oder ohne die Bitterkeit eines Menschen, dem das Leben übel mitgespielt hatte. Es gab nur wenige Erinnerungen an eine Frau, die sie mit ihrem Mittagessen in einer Papiertüte zur Grundschule schickte und lächelnd wieder in Empfang nahm, wenn sie nach der Schule aus dem Bus stieg. In mancher Hinsicht hatte sie durch den

Tod ihres Vaters beide Elternteile verloren.

»Wo arbeitest du denn?«, fragte Crystal und nahm ihren Bruder genauer in Augenschein. Er hatte nie viel getrunken und auch keine Drogen genommen. Dummerweise sah man einem Menschen jedoch nicht an, ob er ein Dieb war.

»Mein Kumpel hat eine Tankstelle. Ich helfe ihm da ein bisschen aus.«

»Wie viel kriegst du dafür?«, wollte ihre Mutter wissen.

»Mom!« Crystal mochte es ihrem Bruder zwar nicht abkaufen, dass er neuerdings versuchte, sein Leben in den Griff zu bekommen, nachdem er bisher ständig Scherereien gehabt hatte, aber die herablassende Haltung ihrer Mutter gefiel ihr gar nicht. Es war schlimm genug, dass sie kein Wort von dem glaubte, was Crystal ihr erzählte, aber sie konnte zumindest nachvollziehen, warum ihre Mutter wütend auf sie war. Crystal war mit achtzehn dank eines Studienzuschusses aufs College gegangen und hatte nie zurückgeblickt. Jed hatte weiterhin ihrer Mutter beigestanden, sie ins Bett gebracht, wenn sie so betrunken war, dass sie nicht mehr laufen konnte, und jahrelang alles getan, was sie verlangte.

»Was denn?« Pamela zog an ihrer Zigarette. »Man kann einem Lügner kein Wort glauben. Er ist genau wie euer Vater.«

»Jemand muss doch für dich sorgen«, fauchte Jed.

»Himmel noch mal, Jed. Bitte sag jetzt nicht, dass du ihr Geld gibst.« Dieses Thema wollte Crystal nicht weiter vertiefen, weil die Worte ihrer Mutter sie zu sehr auf die Palme brachten. »Dad war kein Lügner.« Sie verschränkte die Arme und war nicht bereit, diesen alten Kampf erneut auszufechten. Ihre Mutter behauptete immer, ihr Vater hätte ihr ein gutes Leben versprochen. Dabei war es nicht seine Schuld, dass er seine Job verloren hatte. Ging es bei »in guten wie in schlechten Tagen«

nicht darum, dass man sich immer lieben und die harten Zeiten zusammen durchstehen sollte? Er hatte ihnen allen ein gutes Leben ermöglicht und sie geliebt. Dafür, dass ihre Mutter beim ersten Anzeichen von Schwierigkeiten zur Flasche griff, hatte er nun wirklich nichts gekonnt. Crystal hatte nie verstanden, was ihre Mutter erwartet hatte, und inzwischen war es ihr auch egal.

Pamela nahm zum Sprechen die Zigarette aus dem Mund, und Jed legte ihr eine Hand auf den Arm. »Lass es gut sein, Mom.«

»Okay, weißt du was?« Crystal konnte nicht mehr an sich halten. »Ich bin nicht hergekommen, um mir anzuhören, wie du über Jed oder Dad herziehst.«

»Warum bist du überhaupt hier?« Ihre Mutter sah sie herausfordernd an.

»Die Frage stelle ich mir auch bei jedem Besuch.« Crystal wandte den Blick ab. »Aus irgendeinem verschrobenen Sinn für Loyalität, vermute ich.«

Ihre Mutter stand auf und ließ die Zigarette im Mundwinkel hängen. »Sei nicht so eingebildet. Du bist mein Fleisch und Blut, Mädchen, und keinen Deut besser als ich, also wag es nicht, über mich zu urteilen.«

Tief in sich fand Crystal die ruhige Stimme, auf die sie bei anmaßenden Eltern im Geschäft auch immer zurückgriff. »Ich urteile nicht über dich, Mom. Ich wünschte nur, du würdest nicht so über Jed und Dad reden.«

»Hey, wie wäre es, wenn wir das Thema wechseln.« Jed zwinkerte Crystal zu. »Wie geht es deinem Freund?«

»Welchem Freund?«

Er lachte auf. »Oh, oh. Habt ihr euch getrennt?«

Sie verdrehte die Augen. »Wen meinst du überhaupt?«

»Bear? Den Kerl, der bei Trumans Weihnachtsparty den

Arm um dich gelegt hatte, genau wie bei der Osterparade? Hast du vergessen, dass ich auch da war?«

»Er ist nicht mein Freund.« *Auch wenn er seit Monaten die Hauptrolle in meinen Träumen spielt.* »Ich habe keinen Freund, so wie beim letzten Mal und vermutlich auch beim nächsten Mal.«

Ihre Mutter schnaufte. »Sie hält es mit keinem Mann aus. Kaum fasst einer sie an, dreht sie auch schon durch.«

Die Nacht des Übergriff und damit der Grund dafür, dass sie vom College abgegangen war, stand ihr auf einmal wieder deutlich vor Augen. Wieso sie damals auf die Idee gekommen war, sich ihrer Mutter anvertrauen zu können, wusste sie selbst nicht. *Scheiß drauf.*

Sie stürmte durch den Raum und griff nach ihrer Tasche. »Tut mir leid, Jed, aber ich muss hier raus.«

»Ja, ja. Lauf weg, so, wie du es immer tust.« Ihre Mutter wedelte mit einer Hand, griff nach ihrer Gabel und stocherte auf ihrem Teller herum.

»Wie du meinst.« Crystal war es so leid, immer dieselbe alte Leier hören zu müssen. Ihre Mutter war es eigentlich nicht einmal wert, dass sie überhaupt noch etwas erwiderte.

»Großer Gott, Mom. Lass sie doch in Ruhe.« Jed stand auf und stellte sich zwischen Crystal und den Tisch, sodass sie ihre Mutter nicht mehr sehen musste. »Ignorier sie einfach. Sie hat zu viel getrunken und weiß nicht mehr, was sie redet.«

»Brauchst du eine Mitfahrgelegenheit?« Crystal wollte nur noch duschen und sich den Rauch und den Dreck ihrer Vergangenheit vom Leib schrubben.

»Ja. Ich bekomme meinen Führerschein erst in sechs Wochen wieder. Könntest du mich bei meinem Kumpel absetzen?« Er warf ihrer Mutter einen Blick zu, und Crystal konnte ihm die Schuldgefühle förmlich ansehen.

Abermals verdrehte sie die Augen. »Wir können zuerst ihre Zigaretten holen, aber ich weiß wirklich nicht, warum du das noch immer für sie tust.«

»Aus demselben Grund, aus dem du jeden Monat herkommst. Gute, alte Schuldgefühle.«

Crystal stürmte durch Trumans und Gemmas Haustür wie ein Wirbelwind, der alles mit sich riss. Ihre rabenschwarze Mähne war noch nass und umrahmte ihr wunderschönes, im Augenblick jedoch sehr finsteres Gesicht, als sie ins Wohnzimmer platzte. Sie trug eine schwarze Kapuzenjacke, unter der man ein Rolling-Stones-T-Shirt erkennen konnte, und in ihren durchdringenden blauen Augen spiegelte sich Mordlust. Ihre hautenge schwarze Jeans war an den Oberschenkeln und unter den Knien aufgerissen, sodass ihre gebräunte Haut hervorlugte. Haut, die er zu gern berühren, schmecken und an seiner spüren wollte.

Sie blieb einen Meter vor Bear stehen und stemmte eine Hand in die Hüfte. »Gib mir sofort einen Pinsel, eine Rolle oder eine gottverdammte Waffe, was immer du griffbereit hast. Gib mir einfach irgendwas und geh mir aus dem Weg.«

Sie waren vor zehn Minuten mit dem Streichen fertig geworden. Bear schmunzelte über ihre vehemente Aussage. Sie sah in jeder Stimmung sexy aus, aber diese Tigerin, die gerade vor ihm stand, löste in ihm gleichzeitig den Drang aus, sie zu trösten und mit ihr zu schlafen.

»Hattest du einen harten Abend, Süße?«

Sie kniff die Augen zusammen. »Nicht hart genug. Und ich bin nicht deine Süße. Ich muss meinen Frust irgendwie abreagieren.« Sie streckte die Hand aus und wartete offensichtlich darauf, dass er ihr einen Pinsel hineindrückte.

Er nahm ihre zarte, kleine Hand und zog sie an sich. Sein ganzer Körper verzehrte sich nach ihr. Dieses monatelange Katz-und-Maus-Spiel hielt er einfach nicht mehr aus. Sie sah ihn mit hitzigen Augen an und atmete flacher. Bear hatte keine Lust mehr auf Spielchen. Diese heiße Schönheit begehrte ihn nicht nur, sie brauchte ihn, auch wenn sie es selbst noch nicht wusste.

»Was soll das werden?« Ihre Stimme war leise und sollte offenbar bedrohlich klingen, aber in seinen Ohren hörte sie sich verführerisch und unwiderstehlich an.

Er legte ihr eine Hand unter das Kinn, fuhr ihr mit dem Daumen über die Unterlippe, und sie stieß die Luft aus. Seine andere Hand ließ er über ihr Becken wandern. Sie hatte die schnittigen, heißen Kurven einer 1961er Harley-Davidson Duo-Glide, und er konnte es kaum noch abwarten, sie in Fahrt und zum *Schnurren* zu bringen. »Ich gebe dir, was du brauchst. Eine wilde Whiskey-Nacht ist das perfekte Heilmittel für deinen Frust.«

»Onkel Be-ah!« Die dreijährige Kennedy kam in einem *Dora the Explorer*-Nachthemd und mit einem *Winnie-Puuh*-Plüschbären, den sie von Bears jüngerer Schwester Dixie geschenkt bekommen hatte, ins Zimmer gerannt. Truman hatte seine jüngeren Geschwister Kennedy und Lincoln nach der Überdosis ihrer Mutter aus einem Crackhaus gerettet und zog sie nun zusammen mit Gemma auf.

Crystal grinste Bear an und zog eine Augenbraue hoch.

Widerstrebend ließ er sie los. *Da hat mir doch glatt eine Dreijährige die Tour vermasselt.*

»Hallo, meine Hübsche.« Crystal warf Bear noch einen giftigen Blick zu, hockte sich hin und nahm Kennedy in den Arm. »So viel Niedlichkeit kann ich nach diesem frustrierenden Abend gut gebrauchen.«

»Warum bist du fwustriert, Tante Crystal?« Kennedy konnte manche Wörter noch nicht richtig aussprechen, und wann immer Bear sie reden hörte, wurde ihm ganz warm ums Herz.

»Jetzt bin ich es nicht mehr, und das habe ich nur dir zu verdanken.«

»Ich wollte dir und Beah einen Gutenachtkuss geben.« Sie drückte Crystal fest an sich und gab ihr einen Kuss, um die Ärmchen dann nach Bear auszustrecken und sich auf die Zehenspitzen zu stellen.

Er hob sie hoch, und sie schlang die Arme um seinen Hals.

»Danke, dass ich mit malen durfte.« Kennedy gähnte und legte den Kopf auf seine Schulter. »Das Haus wird wundaschön für Mommys und Tuumans – ich meine *Daddys* – Hochzeit.« Kennedy und Lincoln waren zwar Trumans Geschwister, aber seitdem Lincoln sprechen lernte, nannte er Truman *Dada*, und Kennedy hatte beschlossen, dass sie das auch tun wollte. Manchmal vergaß sie es jedoch noch und nannte ihn Tuuman.

Bear streichelte ihr den Rücken. Es fiel ihm schwer zu glauben, dass Truman die Kinder vor gerade mal einem knappen Jahr gefunden hatte. Kennedy war von einem spindeldürren, verängstigten kleinen Mädchen zu einem gesunden, glücklichen Mitglied nicht nur von Trumans, sondern auch von Bears Familie herangewachsen.

»Du bist die allerbeste Anstreicherin, Schätzchen. Danke, dass du mir geholfen hast.« Er hob den Kopf und merkte, dass Crystal ihn mit einem warmherzigen – *interessierten?* – Blick bedachte. Das gefiel ihm sehr.

Crystal schaute schnell woanders hin. »Hey, Ken? Wo ist Mommy?«

»Sie badet Lincoln.«

»Soll ich dich ins Bett bringen?«, schlug Crystal lächelnd vor.

»Ja«, antworteten Bear und Kennedy gleichzeitig.

Crystal sah Bear spöttisch an und streckte die Arme nach Kennedy aus.

Aber Bear legte Crystal einen Arm um die Taille und ignorierte ihren erbosten Blick. »Ich bringe meine beiden Lieblingsfrauen nach oben. Keine Widerrede.« Er führte sie zur Treppe, wo sie auf Truman stießen, der gerade nach unten kam.

Truman blieb Bear gegenüber stehen und ließ den Blick seiner dunklen Augen zwischen ihm und Crystal hin und her wandern. Ein Lächeln umspielte seine Lippen, und er schüttelte den Kopf. Anscheinend hatte er Crystals genervte Miene gesehen, da er Kennedy auf den Arm nahm. »Das übernehme ich. Danke.«

Nachdem er im oberen Stockwerk verschwunden war, sagte Crystal: »Du kannst mich jetzt loslassen.«

»Vergiss es.« Er ließ den Arm, wo er war, und ging mit ihr zurück ins Wohnzimmer. »Magst du mir verraten, was heute Abend passiert ist?«

»Nein. Ich will streichen.« Sie entwand sich seinem Griff, doch er zog sie gleich wieder an sich.

»Falls du glaubst, ich würde das Thema auf sich beruhen lassen, dann hast du dich geirrt. Rede mit mir. Was hat dich so auf die Palme gebracht?«

»Verdammt noch mal, Bear«, fuhr sie ihn an. »Ich bin nicht deine Freundin. Du musst mich nicht beschützen.«

Er ignorierte ihren Kommentar, da sie ganz genau wusste, wie das bei den Whiskeys lief. Vor allem aber sollte sie *ihn* gut genug kennen, um zu wissen, dass er nicht einfach dasitzen und zusehen konnte, wie sie verletzt wurde. Wenn man sie verärgert hatte, würde er denjenigen zur Rede stellen.

»*Noch nicht*, wolltest du wohl sagen«, erklärte er.

»Himmel, du bist so arrogant und übergriffig und ... *Mann!*« Sie rückte von ihm ab. »Ich habe gerade einen heftigen Besuch bei meiner Mutter hinter mir.«

»Was ist passiert?« Es überraschte ihn nicht, dass sie nicht ins Detail ging. In Bezug auf ihre Eltern war sie schon immer sehr verschlossen gewesen.

Sie nahm die Leiter und zog sie zur hinteren Wand. Als er sie ihr wieder abnahm, starrte sie ihn zornig an. Sie war wirklich die dickköpfigste Frau, die er je kennengelernt hatte. Zudem war sie auch noch der klügste, selbstsicherste und vermutlich empfindsamste Mensch, den er kannte, auch wenn sie das nie zugegeben hätte. Und das war nur einige ihrer Eigenschaften, die er überaus anziehend fand.

Als sie jetzt mit verschränkten Armen vor ihm stand, hätte es ihn nicht gewundert, wenn Dampf aus ihren Ohren gequollen wäre. »Können wir nicht einfach die Wände streichen?«

»Tut mir leid, Süße, aber wir sind für heute fertig.«

»Echt jetzt?« Als sie sich umsah, knurrte ihr Magen. Mit einem leichten Lächeln legte sie sich eine Hand auf den Bauch.

Perfekt. Schon hatte er sein Handy in der Hand und teilte Tru mit, was er mit Crystal vorhatte. »Hol deine Tasche. Wir gehen einen Happen essen.« Bei diesen Worten legte er ihr eine Hand um die Schultern und steuerte sie in Richtung Haustür.

»Ich hab keinen Hunger.«

Er bedachte sie nur mit einem kritischen Blick.

Sie sah ihn mit ihren wunderschönen Augen herausfordernd an. »Sag mir nicht, was ich zu tun haben.«

»Okay. Dein Magen knurrt. Du hast ganz offensichtlich Hunger. Also lass uns was essen gehen.«

Sie verschränkte die Arme. »Genau das meine ich.«

»Himmel noch mal.« Sie hatte ja keine Ahnung, wie sehr er diese Seite von ihr liebte. Auch wenn sie noch kein offizielles Date gehabt hatten, waren sie hin und wieder spontan etwas essen gegangen. »Hast du Hunger?«

»Ich könnte einen Happen vertragen.«

»Super. Gehen wir.«

»Grundgütiger. Ist das dein Ernst? Hat dir nie jemand beigebracht, wie man eine Frau fragt, ob sie mit dir etwas essen gehen möchte?«

»Verlangst du etwa, dass ich dich um ein Date bitte?« Er legte ihr erneut den Arm um die Taille und wackelte mit den Augenbrauen.

»Nein«, protestierte sie lachend.

Er liebte ihr Lachen. Es war keck und laut und passte perfekt zu ihr. »Jammerschade. Ich dachte schon, ich könnte mich glücklich schätzen. Würdest du gern mit mir einen Burger essen gehen, Crystal Moon?«

Sie hob ihre Tasche vom Boden auf. »*Na gut.* Aber ich muss Gemma Bescheid sagen. Du bist immer so herrschsüchtig.«

»Da stehst du doch drauf. Und ich habe Tru schon Bescheid gesagt.«

»Anmaßend und herrschsüchtig.«

Er öffnete die Haustür. Die Nacht war dunkel und sternenlos, und sogar die Straßenlaternen erweckten die Eindruck, die Dunkelheit wolle die Erde verschlingen.

Als Crystal zu ihrem Wagen gehen wollte, legte er den Arm fester um sie. »Wir nehmen meinen Pick-up.«

»Ich kann selbst fahren, dann musst du mich nicht wieder hierherbringen.«

Ungerührt hielt er ihr die Beifahrertür seines Wagens auf. »Dann könnte ich deine Gesellschaft auf der Hinfahrt nicht genießen. Steig ein.«

»Herrschsüchtig.« Sie stellte den Fuß auf das Trittbrett, und als er ihr einen Klaps auf den Hintern gab, warf sie ihm über die Schulter einen wutentbrannten Blick zu.

»Weißt du eigentlich, wie sehr ich es mag, wenn du mich so ansiehst?« Er ging um den Wagen herum, setzte sich auf den Fahrersitz und überlegte, ob er sie wieder losschnallen und ihren hübschen Hintern über die Bank zu sich heranziehen sollte. Als er ihre ernste Miene sah, fiel ihm jedoch wieder ein, dass sie einen unangenehmen Abend hinter sich hatte, und sein Mitgefühl war stärker als sein Verlangen nach ihr.

Schweigend fuhren sie zu Woody's Burgers, was ihm verriet, dass ihr mehr als ein schlecht verlaufener Besuch bei ihrer Mutter auf der Seele lag. Ihm war jedoch klar, dass sie ihm nicht anvertrauen würde, was sie tatsächlich belastete. *Jedenfalls noch nicht.* Er ging ganz schön ran, allerdings kam ihm ihre gute Freundschaft auch eher wie eine Beziehung vor und ging weit über sein Verlangen hinaus, endlich ihren herrlichen Mund zu erobern. Ihm lag etwas an ihr, und auf die eine oder andere Art würde er sie schon zum Reden bringen. Das musste er auch, denn es war offensichtlich, dass sie litt, und nichts dagegen unternehmen zu können, versetzte ihn in Rage.

Er parkte und drückte tröstend ihre Hand. »Hey.« Dann wartete er, bis sie ihm in die Augen sah. »Du weißt, dass du mit mir über alles reden kannst.«

Ihr Blick fiel auf ihre Hände, und der Hauch eines Lächelns umspielte ihre Lippen. »Ja, das weiß ich. Danke.«

Das Woody's war ein einfacher Burgerladen mit weiß gestrichenen Ziegelsteinwänden und hellgrünen Tischen und Bänken. Riesige Farne und dekorative Eisenlampen hingen von Metallstreben an der Decke herunter. Der Boden bestand aus einer bunten Mischung verschiedenster Holzplanken. Das Ganze sah nicht besonders beeindruckend aus, aber hier gab es die besten Burger und Pommes frites in ganz Peaceful Harbor, und an diesem Abend hatte Bear überdies die hübscheste Frau der Stadt am Arm. Daher war dies ein guter Abend, auch wenn über Crystals Kopf eine dunkle Wolke zu schweben schien. Doch er würde sie vor jedem hereinbrechenden Sturm beschützen.

Als sie auf einer Bank Platz nahm, setzte er sich neben sie.

»Hier gibt es aus gutem Grund an jedem Tisch zwei Bänke«, merkte sie an.

»Ach ja.« Er legte die Füße auf die Bank gegenüber, sodass die Spitzen seiner schwarzen Lederstiefel über die Tischkante hinausragten.

Crystal lachte auf.

»Du bist dran.« Er tippte auf ihren Oberschenkel und ließ die Hand dort, als sie die Füße neben seine legte.

Ohne ein Wort zu sagen, schob sie seine Hand von ihrem Bein herunter, und er streckte den Arm aus und legte ihn auf die Rückenlehne der Bank.

»Bist du eigentlich immer so?« Sie griff nach der Speisekarte und vertiefte sich darin.

»Du kannst mich schon ganz schön lange, sag du es mir.«

»Ich weiß, wie du dich in meiner Gegenwart verhältst, aber ich wollte wissen, was du bei anderen Frauen machst. Wir waren noch nie zusammen aus und hatten eine richtige Verabredung.«

Er machte sich daran, ihre verspannten Schultern zu massieren. »Dann wird es vielleicht Zeit, das zu ändern.«

Die Kellnerin kam an ihren Tisch, bevor Crystal etwas darauf erwidern konnte, und sie bestellten Burger und Pommes frites. Crystal nahm dazu einen Milchshake. *Schokolade, Vanille und Erdbeer gemischt, bitte.* Sie war wirklich einzigartig in allem, was sie tat, und das liebte er so an ihr. Das Essen kam schnell, und sie plauderten währenddessen über Trus und Gemmas Hochzeit.

Als er die Anspannung in ihrer Stimme nicht länger ertragen konnte, bat er: »Erzähl mir von deiner Mom.«

Sie zuckte mit den Achseln. »Da gibt es nicht viel zu erzählen.«

»Was hat dich heute Abend so aufgeregt?« Er nahm eine Pommes und tunkte sie in ihren Shake, als Crystal gerade in ihren Burger beißen wollte.

»Äh …« Sie legte den Burger wieder auf den Teller. »Was machst du da?«

»Ich tunke meine Pommes in deinen Shake.« Er steckte sich die Pommes in den Mund. »Haben wir so was noch nie gemacht?«

»*Nein.*«

»Wir kennen uns schon fast ein Jahr und waren noch nie Pommes essen und Shakes trinken? Du weißt selbst, dass das nicht stimmt.«

»Aber du hast noch nie deine Pommes in meinen Shake getunkt.«

Er stieß sie sanft mit der Schulter an. »Und wessen Schuld ist das? Ich würde meine Pommes nur zu gern in deinen köstlichen Milchshake tunken.«

»Das kannst du vergessen«, erklärte sie lachend und biss herzhaft in ihren Burger. Dann kaute sie mit vollen Backen, wobei sie ihn an ein Eichhörnchen erinnerte, und versuchte ganz offensichtlich zu vermeiden, weiter über *dieses* Thema sprechen zu müssen.

Er hatte seinen Burger verspeist, legte wieder den Arm um sie und tunkte noch eine Pommes in ihren Shake. Dann hielt er ihr die Pommes vor die Lippen, aber sie schob seine Hand weg und deutete auf ihren vollen Mund. Sie hatte die Augen weit aufgerissen und grinste, was er sehr genoss.

»Okay, was hältst du davon: Du verrätst mir, was heute Abend so schlimm war, und ich lasse deinen Shake in Ruhe.«

Sie schüttelte den Kopf, und schon tauchte er die nächste Pommes ein. Wimmernd versuchte Crystal, den Happen in ihrem Mund so schnell wie möglich herunterzuschlucken.

»Meine Süße schluckt nicht gern. *Ist notiert.*«

Crystal schnaubte und musste gleichzeitig lachen und verschluckte sich an ihrem Burger. Bear klopfte ihr auf den Rücken und fiel in ihr Lachen ein.

»Ich helfe dir bei der Sache mit dem Schlucken«, bot er an, was sie nur noch lauter lachen und heftiger schnauben ließ.

Während sie noch nach Atem rang, tunkte er die nächste Pommes ein.

»Hey!«

»Probier doch mal eine. Die schmeckt lecker, das kannst du mir glauben.«

Sie beäugte die Pommes, als ob sie giftig wäre.

»Nur ein Bissen.« Er strich ihr mit der Pommes über die Unterlippe und beugte sich vor. »Leck das lieber ab, bevor ich es tue.«

Crystal kniff die Augen zusammen und fuhr sich mit der Zunge über die Unterlippe.

»Grundgütiger«, murmelte er.

Sie lachte leise. »Gar nicht mal so übel. Salzig und süß.«

»Halt dich ruhig an mich, Baby. Ich sorge schon dafür, dass du genug Salziges und Süßes bekommst.«

Noch immer lachend schüttelte sie den Kopf. »Du hast meine Frage noch nicht beantwortet, ob du dich bei anderen Frauen auch so benimmst.«

»Und du hast mir noch nicht verraten, was heute Abend vorgefallen ist.« Er tunkte die nächste Pommes ein und hielt sie ihr vor den Mund.

Ihre Blicke trafen sich, und die Luft zwischen ihnen schien zu knistern. Sie betrachtete die Pommes und krümmte die Finger auf dem Oberschenkel. Dabei saß sie ganz still, sagte kein Wort und starrte nur die Pommes an, als könnte sie das sich anbahnende Inferno irgendwie verhindern.

Beau beugte sich gleichzeitig mit ihr vor, um sich die Pommes in den Mund zu stecken, und auf einmal saßen sie Nase an Nase, die Lippen nur eine Pommeslänge entfernt.

Crystal leckte sich die Lippen, und er hielt die Pommes etwas tiefer, um den Weg freizumachen für den Kuss, von dem er schon seit Monaten träumte.

»Ich musste Jed in der Gegend rumkutschieren«, sagte sie leise.

Es dauerte eine Sekunde, bis er begriffen hatte, dass sie seine Frage beantwortete.

»Ich habe haufenweise Designs für die Boutique, die ich überarbeiten muss, jetzt, wo wir eigene Kostüme verkaufen wollen. Und ich hatte noch keine Zeit, meinen Wagen zur Inspektion zu bringen, was ich dringend tun sollte, bevor ich noch einen Strafzettel bekomme. Der heutige Abend war totale Zeitverschwendung. Nicht das hier«, fügte sie schnell hinzu, »sondern das davor mit meiner Mom und Jed.«

Sie kleidete und gab sich wie ein zäher Brocken, aber in kurzen Augenblicken wie diesem, wenn sie den Schutzwall um sich herum fallen ließ, konnte er einen Blick auf die verletzliche Frau dahinter werfen. Am liebsten hätte er sie in den Arm genommen, beschützt und geliebt. Aber da sie ihn nun endlich näher an sich heranließ, war es Zeit, auch ihre Frage zu beantworten.

Die Wahrheit kam ihm leicht über die Lippen. »Du hast gefragt, ob ich immer so wäre. Nein, das liegt ganz allein an dir.«

Er beobachtete sie, während sie seine Worte mit skeptischer Miene analysierte. Spürte sie, dass er aufrichtig war? Sekunden verstrichen wie Minuten, Minuten wie Stunden. Die über Monate aufgestaute sexuelle Energie schien zwischen ihnen Funken zu schlagen. Er schob eine Hand in ihr Haar und zog sie näher an sich heran. Sie sah ihn an, als wollte sie in ihm versinken. *Endlich.* Er beugte sich vor, um sie zu küssen, aber ebenso schnell, wie die Leidenschaft aufgelodert war, zeichnete sich Kälte auf ihrem Gesicht ab. Ihre Miene wurde ernst, sie setzte sich auf und ging auf Abstand zu ihm.

Sie drehte sich zum Tisch, nahm die Füße von der Bank und setzte sich gerade hin. Was in aller Welt war eben passiert? Gerade hatte er noch kurz davor gestanden, sie zu küssen, wie er es sich schon seit Monaten ersehnte.

»Crystal …?«

Der schrille Klingelton des »Dark Knights«-Motorradclubs, dem er und seine Brüder angehörten und den sein Vater leitete, holte ihn aus seiner Verwirrung, und er zog das Handy aus der

Tasche. Sein Herz raste – ob nun wegen des Beinahe-Kusses oder des Club-Alarms, wusste er selbst nicht genau.

Er nahm den Anruf an und hörte zu, wie sein ältester Bruder Bullet die Informationen über Trevor »Scooter« Mackelby weitergab, einen siebenjährigen Jungen, dessen Mutter die Aufmerksamkeit eines Clubmitglieds erregt hatte, als sie auf Facebook davon schrieb, dass ihr Sohn in der Schule tyrannisiert wurde. Die Dark Knights hatten ihn »adoptiert« und geschworen, ihn zu beschützen. Nun hatte es wieder einen Zwischenfall in der Schule gegeben und Scooter hatte so große Angst, dass er nicht einschlafen konnte. Daher wollten die Clubmitglieder sich an diesem Abend rund um Scooters Haus versammeln und bis zum Morgen bleiben, damit er sich sicher fühlte.

»Ich muss Crystal noch zu ihrem Wagen bringen und mein Bike holen«, sagte er zu Bullet. »Wir treffen uns dann da.«

Er stand auf, legte etwas Bargeld auf den Tisch und bedauerte es, keine Zeit mehr zu haben, um sich eingehender mit diesem Beinahe-Kuss zu beschäftigen. »Tut mir leid, Süße, aber die Pflicht ruft. Ich muss los.«

Sie sah ihn irritiert an. »Die Pflicht?«

»Clubangelegenheiten.« Sie eilten zu seinem Wagen, und er berichtete ihr auf dem Rückweg zu Trumans Haus, vor dem ihr Wagen stand, von Scooter. Bears Urgroßvater hatte die Dark Knights gegründet, und sein Vater, der aufgrund seiner Größe von eins fünfundneunzig den Bikernamen Biggs trug, war der Präsident. Bear und seine Brüder waren dazu erzogen worden, die Bruderschaft zu respektieren und ihre Überzeugungen zu ehren.

»›Liebe, Loyalität und Respekt für alle‹ ist uns ins Blut übergegangen. Das ist gleichzeitig ein Segen und ein Fluch.« Er erklärte ihr, woher sie Scooter kannten, und zählte einige Beispiele auf, wie sie in Nachbarstädten in ähnlichen Situationen ausgeholfen hatten.

»Wenn ein Kind oder ein Erwachsener gemobbt wird ...«

»Oder misshandelt«, ergänzte er.

»Oder misshandelt, dann versammelt ihr euch alle vor dem Haus, bis derjenige sich sicher fühlt?«

»Im Grunde genommen schon, aber nicht immer. Das hängt von der jeweiligen Situation ab. Schulen, Lehrer, sogar die Polizei kann bei Mobbing nicht viel unternehmen. Die Opfer fühlen sich immer schwach und verletzlich. Wir ermutigen sie, darüber zu reden, und zeigen ihnen, dass wir auf ihrer Seite sind. Indem wir uns einmischen und in voller Stärke auftauchen – beispielsweise vor ihrem Haus oder Block oder indem wir sie zur Schule oder Arbeit begleiten –, erkennt der Verursacher, dass das Opfer nicht allein und verletzlich ist. Wir sind da, um es zu beschützen.«

»Aber was ist, wenn derjenige von einem Erwachsenen misshandelt und nicht gemobbt wird?«

Bear mahlte mit dem Kiefer, um den Zorn, der bei dieser Frage in ihm aufstieg, zu unterdrücken. »Wir sind auch für solche Fälle da. Und wenn es vor Gericht geht, bilden wir die Eskorte. Der ganze Club, jeder auf seinem Motorrad, vor und hinter den Autos. Und wir stellen uns auch im Gericht auf, um unsere Unterstützung zu signalisieren.«

»Und um den Täter einzuschüchtern?«

»Das ist ein netter Nebeneffekt, aber unser Ziel ist es eigentlich, das Opfer zu stärken und ihm ein Gefühl der Sicherheit zu vermitteln.«

Er hielt vor Trumans Haus, stieg aus dem Wagen und ging auf die Beifahrerseite, um Crystal die Tür zu öffnen und ihr beim Aussteigen zu helfen. »Sieh es doch mal so: Wenn man um zweiundzwanzig Uhr einen Sozialarbeiter anruft, geht er nicht mehr ans Telefon. Sobald wir die Person jedoch in unseren Club ›adoptiert‹ haben, gilt sie lebenslang als Mitglied und wir stehen Tag und Nacht für sie ein. Das alles fing vor ein paar Jahren an, als mein Vater eine Familie kennenlernte, deren Sohn gemobbt wurde und Selbstmord begangen hat. Sie lebten zwar in Florida, aber dieser Fall hat ihm die Augen geöffnet. Er hat die Mitglieder von dieser Mission überzeugt, und nun ist sie ein Teil von dem geworden, was wir darstellen.«

Crystal kramte in ihrer Handtasche nach dem Schlüsselbund. »Das ist sehr beeindruckend. Es überrascht mich, dass ich noch nie in der Zeitung davon gelesen habe.« Endlich hatte sie die Schlüssel gefunden und schloss ihre Wagentür auf.

»Wir wollen nicht in der Presse auftauchen. Uns geht es allein darum, dem Opfer zu helfen.« Er trat näher an sie heran, aber sie wich zurück und gab ihm deutlich zu verstehen, dass ihr das, was immer sie im Woody's verschreckt hatte, noch immer im Kopf herumspukte.

»Das war ein schöner Abend«, sagte er. »Danke, dass ich meine Pommes in deinen Shake tunken durfte.«

Sie schüttelte lächelnd den Kopf und blickte zu Boden. Er konnte kaum fassen, wie hinreißend und sexy sie war. Wieder einmal hatte er die sanftere Seite dieser zähen Frau zu sehen bekommen.

Er legte ihr einen Finger unter das Kinn und zwang sie sanft, ihm in die Augen zu sehen. »Das gilt auch für dich. Solltest du dich irgendwann mal nicht sicher fühlen, dann ruf mich an, egal, wie spät es sein sollte.«

Sie sah ihm lange in die Augen, als würde sie mit sich

ringen, ob sie ihm eine freche Erwiderung an den Kopf werfen oder der gegenseitigen Anziehungskraft nachgeben sollte. Diesen Ausdruck hatte er in letzter Zeit häufiger an ihr entdeckt.

Dann strahlte sie ihn an und stieg in ihren Wagen. »Damit du noch aufgeblasener wirst? Ich brauche keinen Schutz, aber es ist schön, dass du diesem kleinen Jungen hilfst.«

Er beugte sich vor und gab ihr einen Kuss auf die Wange. Solche Küsse hatte er sich schon hin und wieder gestohlen, auch wenn es ihm immer wie das erste Mal vorkam. Seine Lippen verharrten auf ihrer warmen Haut, und er nahm ihren femininen Duft in sich auf. »Du hast mich doch noch gar nicht *aufgeblasen* gesehen, Süße. Aber ich bin mir ziemlich sicher, dass dir das auch sehr gut gefallen wird. Komm gut nach Hause.«

Sie schloss die Wagentür und ließ das Fenster herunter. »Warum schickst du mir eigentlich ständig deinen Namen?«

Er merkte, dass er grinste. »Wenn du mich nicht siehst, muss ich doch dafür sorgen, dass du wenigstens an mich denkst. Gute Nacht, Süße. Schick mir eine Nachricht, damit ich weiß, dass du heil zu Hause angekommen bist, und schließ die Tür ab.«

Sie verdrehte die Augen. »Ich tue, was ich will.«

»Oh, und wir wir das tust.« Er warf ihr noch eine Kusshand zu und lauschte darauf, wie sie die Tür schloß, während er schon überlegte, wie lange es wohl dauern würde, bis sie ihm die versprochene Nachricht schickte.

Ende des Auszugs

Wenn Ihnen die Vorschau gefallen hat, können Sie *Truly, Madly, Whiskey – Für immer und ganz* direkt bei Ihrem Online-Buchhändler bestellen!

Die Whiskeys sind zum ersten Mal aufgetaucht in:
Liebe gegen den Strom (Die Bradens in Peaceful Harbor)

Sam Braden, Besitzer einer Firma für Abenteuerurlaube und Raftingtouren, lebt nach dem Motto: Wer viel arbeitet, soll auch viel feiern. Er ist schnell, konzentriert und entschlossen – und es mangelt ihm nie an Frauen, die ihre Zeit mit ihm verbringen wollen. Das Problem ist, dass die einzige Frau, die ihm wirklich etwas bedeutet, ihn immer wieder zurückweist.

Die Arztassistentin Faith Hayes hat ihre schmerzliche Vergangenheit hinter sich gelassen und sich in Peaceful Harbor ein sicheres und friedliches Leben aufgebaut. In ihrer Online-Selbsthilfegruppe Women Against Cheaters unterstützt sie andere Frauen, die ebenfalls von ihren Partnern betrogen worden sind. Als der unverschämt gut aussehende Bruder ihres Chefs ein Auge auf sie wirft, ist ihr klar, dass sie einen großen Bogen um diesen bekennenden Frauenheld machen sollte, und sie ist fest entschlossen, ihm zu widerstehen.

Sam lässt jedoch nicht locker und beweist Faith, dass seine Vergangenheit keineswegs die Weichen für die Zukunft stellen muss. Als sie sich allmählich hinter ihrer Schutzmauer hervorwagt und beginnt, Sam zu vertrauen, bleibt es nicht bei intensiven Gesprächen. Als jedoch Gegenwart und Vergangenheit aufeinanderprallen, ist es plötzlich Faith, die etwas beweisen muss.

DIE VOLLSTÄNDIGE REIHE

Love in Bloom – Herzen im Aufbruch

Für noch mehr Vergnügen lesen Sie die Bücher der Reihe nach.
Sie werden in jedem Band bekannte Figuren wiederfinden!

Die Snow-Schwestern

Schwestern im Aufbruch
Schwestern im Glück
Schwestern in Weiß

Die Bradens (Weston, Colorado)

Im Herzen eins – neu erzählt
Für die Liebe bestimmt
Freundschaft in Flammen
Wogen der Liebe
Liebe voller Abenteuer
Verspielte Herzen
Ein Fest für die Liebe (Hochzeits-Geschichte)
Nachwuchs für die Liebe (Savannahs & Jacks Baby)
Happy End für die Liebe (Hochzeits-Geschichte)

Die Bradens (Trusty, Colorado)

Bei Heimkehr Liebe
Bei Ankunft Liebe
Im Zweifel Liebe
Bei Rückkehr Liebe
Trotz allem Liebe
Bei Aufprall Liebe

Die Bradens (Peaceful Harbor)

Geheilte Herzen
Voller Einsatz für die Liebe
Liebe gegen den Strom
Vereinte Herzen
Melodie der Liebe
Sieg für die Liebe
Endlich Liebe – ein Braden-Flirt

Die Remingtons

Spiel der Herzen
Im Dschungel der Liebe
Herzen in Flammen
Herzen im Schnee
Liebe zwischen den Zeilen

Die Bradens & Montgomerys (Pleasant Hill – Oak Falls)

Von der Liebe umarmt
Alles für die Liebe
Pfade der Liebe
Wilde Herzen
Schenk mir dein Herz
Der Liebe auf der Spur

...

Die Whiskeys: Dark Knights in Peaceful Harbor

Tru Blue – Im Herzen stark
Truly, Madly, Whiskey – Für immer und ganz
Driving Whiskey Wild – Herz über Kopf

Entdecken Sie Melissa Fosters Bücher auch auf:
www.MelissaFoster.com/Herzen-im-Aufbruch

Made in the USA
Las Vegas, NV
25 February 2022